埃米莉·勃朗特诗歌艺术研究

覃志峰 著

東北林業大學出版社

图书在版编目（CIP）数据

埃米莉·勃朗特诗歌艺术研究 / 覃志峰著. --2 版. --哈尔滨：东北林业大学出版社，2016. 7（2025.7重印）

ISBN 978-7-5674-0812-8

Ⅰ. ①埃… Ⅱ. ①覃… Ⅲ. ①勃朗特，E.（1818-1848）-诗歌研究 Ⅳ. ①I561. 072

中国版本图书馆 CIP 数据核字（2016）第 149694 号

责任编辑：卢　伟

封面设计：彭　宇

出版发行：东北林业大学出版社（哈尔滨市香坊区哈平六道街 6 号 邮编：150040）

印　　装：三河市佳星印装有限公司

开　　本：850mm×1168mm　1/32

印　　张：15

字　　数：376 千字

版　　次：2016 年 8 月第 2 版

印　　次：2025 年 7 月第 3 次印刷

定　　价：90. 00 元

前 言

埃米莉•勃朗特是19世纪英国独特的小说家和诗人。她以唯一的一部小说就确立了其在英国文坛上的地位。有人称之为“说谜语的女巫”① 和“文学的狮身女怪”，② 她的作品被视为“一种不可理喻的自然现象”。③ 她本人真的有那么神秘吗？她的文学作品真的不可思议吗？其实不然，就她的诗歌而言，有人之所以认为她神秘和不可思议，一是因为他们并不了解埃米莉，对她苦难的生活和苦闷的心理并没有切身的体会。要是一个人有她那样的生活经历和心路历程的话，相信他会同情她，对她的体验就会感同身受，也会认同她作品里的人物和故事。要是一个人有像她那样了解人性和社会的话，他就不至于对她作品中的人物以及他们的行为感到“异类”和“极端”。二是因为贡达拉传奇散文文本的缺失。贡达拉史诗只不过是有关贡达拉传奇某个人物、某个场景、某个情节或某个瞬时思想和感受的诗文表述。它们有的没有时间标注，不按时间顺序，也没有标题。在没有贡达拉传奇散文文本参照的情况下，在没有了解贡达拉传奇故事情节和人物的情况下，要理解这些诗歌确实有很多困难。三是人们不习惯或

① Winifred Gérin. Emily Brontë: A Biography[M]. Oxford, New York, Melbourne: Oxford University Press，1978：vii.

② Winifred Gérin. Emily Brontë: A Biography[M]. Oxford, New York, Melbourne: Oxford University Press，1978: 11.

③ C・W・海特菲尔德.埃米莉・简・勃朗特诗歌全集[M].覃志峰，译.北京：作家出版社，2005: a.

不了解埃米莉那种“意识流”式的思维模式。埃米莉诗歌是她有感于生活或贡达拉人物故事一瞬间的思想片断，所以整部史诗并不连续和完整，而是断断续续、零零散散。埃米莉的诗歌创作历时 17 年，其间经历了许多阻隔和断裂，当然很难求得时间和故事情节上的连续性和完整性。另外，我们应当知道，埃米莉的奥秘之一就是在于她的思维指向是内心世界。她善于把自己的感受分解开来，在适当的场合、适当的时机，借助不同的场景或人物，分别细腻地特写出来。有时还在时空上进行移位变形、重新拼合等，如把霍沃思的风景移植到贡达拉王国去，把自己某种感受加之于某个贡达拉人物身上，又将自己的另一种感受加在另一个贡达拉人物身上，如此种种。因此，她的诗歌读起来让人觉得似懂非懂，觉得虚幻荒诞，似乎就像一块完整的镜子被人打破了一样，零零碎碎，一片一片，光怪陆离。或许，它们原来就是一面完整的镜子，只是后来被埃米莉打破了；或者说，原来只有一块一块的碎片，埃米莉打算把它们编织成一件金缕玉衣，没想到过早地离开了人世，只留下一摊散落的金丝、玉片。

如此看来，只要明白这样的道理和解决上述几个问题，埃米莉和她的作品就不神秘，是可以理解的，何况解决上述问题并不难。首先，对于埃米莉的生活经历，可以从不同的有关勃朗特姐妹的传记中了解。其次，许多埃米莉专家，如范妮・伊・拉奇福德（Fannie E. Ratchford）、劳拉・勒・欣克利（Laura L. Hinkley）等，已经重新构建了贡达拉史诗的故事情节，这对于理解埃米莉的诗歌起到极大的帮助作用。再次，可以结合埃米莉的生平、个性和时代，通过精读她的诗文，了解其中所蕴含的思想和内容，理解她那种孤独哀怨和渴望自由的心情，理解她诗歌人物那些极端、怪异的言行举止。因此，我们在研究和探讨埃米莉诗歌艺术时，主要依据上述两位专家重构的贡达拉传奇故事，结合埃米莉的时代背景、现实社会、生活经历、个性特征等方面内容，注重探讨其诗歌的分类、思想特征、奇异之处、意象体系、象征艺术、意境特征、格律音韵、语言风格和叙事艺术等问题。另外，为了深入了解埃米莉的诗歌，第一章介绍她的生活境遇、求学求职遭遇和文学创作经历。第四章从纵横不同角度来探讨埃米莉诗歌的女性意识、自由思想、悲剧意识、《呼啸山庄》与《贡达拉史诗》对应关系、其诗歌中的继承与创新因素和埃米莉在中国的译介和研究现状。本书各个章节既相对独立，又相互联系，力求从整体上描述埃米莉诗歌思想和艺术特征，又从细部上探讨其诗歌的思想内涵和各种诗艺技术。

诚然，诗歌艺术的概括在于整体地把握，而把握的方式是感观的、印象的、顿悟的。诗歌艺术的审美判断以审美感受为基础。因此，诗歌艺术的把握和审美感受会因主体的个体差异而有所不同；诗艺技术的细部描述也会因不同诗学依据、不同思维模式，而仁者见仁，智者见智。何况，埃米莉诗歌研究在我国尚属初始阶段，有关资料和研究成果不多，要系统、理论化地论述其诗歌思想和艺术尚需同仁共同努力。此书所有观点纯属作者个人见解，不求苟同，只求批评和共勉，共同推进我国埃米莉诗歌艺术研究。

覃志峰

2016 年 6 月 2 日
于南宁

目 录

第一章

埃米莉·勃朗特生平与文学创作

埃米莉·简·勃朗特（Emily Jane Brontë, 1818—1848）出生在英国约克郡（Yorkshire）布拉德福教区（the parish of Bradford）的桑顿村（Thornton）。父亲勃朗特先生是个乡村牧师，埃米莉随父亲几经搬迁，最后于1820年4月20日定居在霍沃思（Haworth）村。埃米莉一家命运多舛，人生坎坷，生活十分贫困。她有兄弟姐妹6个，他们从小就失去母亲。没有得到多少母爱，也没有接受多少正规教育。一向对孩子严肃和冷酷的父亲也没有给她们带来多少温暖和教益。埃米莉兄弟姐妹都是在姨妈严厉管教下长大的。她们的童年和少年大部分都在家里做家务，接受父亲和姨母的家庭教育，学习读书写字，培养共同的文学爱好。他们创办刊物，自撰故事，创作诗歌，写小说，自编自演剧本等。就是在这些文学娱乐活动中，埃米莉姐妹们表现出了极大的文学天赋。这些活动为她们日后的文学创作奠定了基础。

埃米莉的《呼啸山庄》在1847年问世之时，由于有违于当时浪漫主义的作品模式和有悖于维多利亚时代的价值观，曾遭到众多评论家的非议和责难，接着在近半个世纪里，一直不为世人所理解，就是夏洛特在为《呼啸山庄》第二版作序时，也歉意地说："这是一部粗糙的不太成熟的作品，要是假以天年，作者是能写出更好的作品来。"然而，它随着时间的推移，进入20世纪后，埃米莉的天才开始为人所认同，《呼啸山庄》也显示出它永恒的艺术魅力。时至今日，《呼啸山庄》已经成为西方文学的经典，英国著名小说家毛姆（William Somerset Maugham，1874—1965）甚至将其列入他所认为的世界十大小说之一，诗人马修·阿诺德(Mathew Arnold，1822—1888)说，“就热情、激烈与悲哀而论，在拜伦之后还没有人可以与她抗衡。”拉尔夫·福克斯(Ralp Fox，1900—1937)赞誉《呼啸山庄》是诗篇的小说，是人类天才所创作的最卓越非凡的书本之一。埃米莉诗歌的艺术价值，长期没有得到应有重视和恰当的评价，[①] 当然有众多的原因，如文本的不全、贡达拉故事背景的失传、诗坛大师云集、《呼啸山庄》的影响以及人们思想观念和认识的差异等。然而，经过一百多年的淘洗，她的诗歌艺术价值已得到广泛的认识。她作为英国诗坛上杰出诗人的地位已经确立，成为19—20世纪英国22位一流诗人之一。夏洛特曾对埃米莉诗歌“惊人的杰出深信不疑”，感到“它们如同号角，声声打动了我的心”，“我知道，凡是在世上生活过的妇女，没有一个写过这样的诗，它们精炼而有力，清澈明净，精美完善，奇特的强烈的哀婉情调是它们的特征”。[②] 马修·阿诺德盛赞埃米莉诗歌为“心灵的力量，激情，哀婉剽悍，殊世无双”。[③] 维吉尼亚·五尔夫(Virginia Woolf，1882—1941)评价埃米莉说：“她展望世界，看到这个世界分崩离析，杂乱无章，感到她内心有一股力量，要在一本书里把它统一起来……在她的诗里，她一举做到了这一点，或许她的诗会比她的小说寿命更长……她的才力，乃

① 直到1941年才出现埃米莉的诗歌全集（Hatfield C W . The Complete Poems of Emily Jane Brontë[M]. New York: Columbia University Press, 1941），人们才得以了解埃米莉诗歌的全貌。

② 杨静远.勃朗特姐妹研究[G].北京：中国社会科学出版社，1983：59.

③ 杨静远.勃朗特姐妹研究[G].北京：中国社会科学出版社，1983：627.

是一切才力中最罕见的才力。”[①]《朗曼英国文学指南》认为她“是英国文学中最伟大的女诗人”。

埃米莉是乡村牧师的女儿，一生坎坷，生活贫困，然而她却是荒原的宠儿，是英国文学上的天才，是世界文学上永恒的明星。她仅凭着《呼啸山庄》就奠定了自己的文学地位，并屹立于世界文坛之上，这是一种奇迹。她小说艺术的成功是世界公认的，她诗歌的艺术价值也正在被人们不断地发掘和赏识。

第一节 埃米莉坎坷和短暂的人生

除了埃米莉的作品，很少有关于她生活的纪录留下，甚至有关她的信件、日记以及谈话的材料也少得可怜。她只留下三封信，而且都是很简短的和日程式的信函。它们是写给埃伦·纳茜（Ellen Nussey）有关夏洛特离开家乡霍沃思期间在其他地方生活的情况。现存的日记只有简短的四篇，其中两篇是平常的日记（1834，1837），另两篇是生日日记（1841，1845）。不过，我们可以从盖斯凯尔夫人的《夏洛特·勃朗特传》中探知埃米莉的生活轨迹。虽然《夏洛特·勃朗特传》是一部文学作品，但是盖斯凯尔夫人和勃朗特姐妹是同代人，又是夏洛特的朋友，她对夏洛特姐妹肯定比较了解。何况她是以一颗虔诚、崇敬的心和严肃认真的态度来写这部传记的。她是第一个成功地为夏洛特立传的人，她有关勃朗特姐妹的材料都是第一手，是直接和可信的。

① 杨静远.勃朗特姐妹研究[G].北京：中国社会科学出版社，1983：296.

埃米莉的父亲勃朗特先生最初在杜斯伯里教区（Dewsbury parish）的哈特齐德（Hartshead）做了五年的牧师，在那里和玛莉娅·布兰威尔结了婚。埃米莉的两个姐姐玛莉娅（Maria）和伊丽莎白（Elizabeth）就是在那里出生的。后来他又到布拉德福德教区（Bradford parish）的桑顿（Thornton）任职。埃米莉（1818 年 7 月 30 日生）和她另外的三个兄弟姐妹就一个接一个地在这里出生。母亲身体娇小纤弱，生了最小的女儿安妮（Anne）后，身体健康便开始衰弱。要精心喂养和料理这么多幼小的孩子绝非易事，何况当时生活条件又非常艰苦。他们搬到霍沃思（Haworth）时，六个孩子中最大的玛莉娅也才 6 岁多。到霍沃思没几个月，母亲就患上癌症，不久便撒手人寰，当时埃米莉才两岁多。她和兄弟姐妹们从此便没有了母亲，没有了母爱，没有了娇宠。母亲死后，虽然姨母过来照看他们，但是她是从英格兰最南端的彭再斯（Penzance）而来，不适应北方的气候，对霍沃思人文习俗更是反感，因此性情反常，脾气暴躁。她所能给孩子们的东西只有长者严厉的管教和刻板的教条。

埃米莉的童年生活是在孤独寂寞、贫困凄凉和伤心悲痛中度过的。母亲的去世，使全家陷入了极大的困境，家庭没有人料理，孩子们没有了母爱，没有了精神寄托。可想而知，这对于一群婴幼儿的生活来说，是怎样的光景。他们就像一根根见不到阳光的小草，在阴暗和被人遗忘的角落里凄凉地和默默地自生自长。他们没有欢乐，没有笑脸，没有生活乐趣，个个显得老成沉重和忧郁寡欢，没有童趣，得不到童年最大的天赐，无缘感受无忧无虑的幸福时光。由于生活的艰苦和精神上的压抑，他们一个个身材纤细瘦弱，好像是把全部的体力和精力都花在发展他们惊人早熟的智力似的。在这种环境下，他们只有相依为命，追寻自个的乐趣。他们的邻居说：“你不会知道家里有小孩。这些小乖乖，他们是这样的安静，这样的不吵不闹。玛莉娅（她才 7 岁！）总是带上一张报纸把自己关在‘小孩书房’里，等她出来的时候便能告诉你所有的一切：国会的辩论了，我真不知道那些都是什么。她对妹妹和弟弟实际上就像母亲一样。从来没有见过这么好的孩子，我常常认为他们是那样的忧郁，他们和我所看到过的任何一个小孩差别太大了。……没有家庭主妇来照顾他们，他们单独吃着饭，在‘小孩书房’里看书，或低声耳语，或手拉手地到山坡上去漫步。他们那些大一点的对那些蹒跚学步的小不点总是非常体贴关照。”① 埃米莉他们就这样默默地艰难地度过了自己的童年。

在霍沃思，没有人算得上很穷的，很多人都在附近的纺织厂里做工。有些是工厂老板、小业主或经销商。虽然霍沃思没有学校，可是基斯利镇上有几所礼拜天学校，是浸信会教、卫斯理公会教和英国国教在不同时期创办的。霍沃思有钱人家的孩子都送到镇上去读书。埃米莉的大姐 10 岁了，她自己也已长到了 6 岁。由于家庭困难，父亲一直没有能力送她们上学。就在此之前一年左右，一个有钱的牧师，威尔逊先生(William Carus Wilson)发起修建一所学校，专门接纳牧师的儿女入学。威尔逊深知收入低微的牧师要供孩子上学并非易事。所以他计划通过每年的捐助筹集一定的资金和收取就读学生一年 14 英镑学杂费的办法开办了这所学校。学校很受欢迎，许多薪酬不高的牧师为此而感到欢欣鼓舞，迫不及待地把自己孩子送去上学。1824 年 7 月，父亲把玛莉娅和伊丽莎白送到那里，随后也把夏洛特和埃米莉也送到那里。不幸的是，最大的两个姐妹玛莉娅和伊丽莎白却在一场传染病中死去。父亲只好把埃米莉和夏洛特接回家。

① Elizabeth Cleghorn Gaskell. The Life of Charlotte Brontë[M]. Edit: Alan Shelston. England: Penguin Books Ltd, Harmondsworth, Middlesex, 1975：87.

此后在近 6 年的时间里，埃米莉和兄弟姐妹们待在家里，在父亲和姨妈的指导下自学。姐妹兄弟在生活上相互照顾，家务共同分担；在学习上相互帮助和团结协作，他们学识字、学画画、学缝纫、学家政。随后他们学会看书、写文章，养成了一有空闲就读书、画画和写作的习惯，培养了文学创作的爱好。他们写诗歌、写小故事、自编自演剧本，甚至创办自己的报刊和杂志。可以说这一阶段自学经历为她们日后的文学创作打下了基础。然而在家自学对于她们智力的发展和文化素质的提高毕竟很有限，勃朗特先生也深知这一点，为此他千方百计地把她们送到学校读书。

1835 年埃米莉跟随姐姐夏洛特到罗海德（Roe Head）学校读书，可是由于身体虚弱，不适应那里的生活环境，没多久姐妹俩又回到家里。为了生活，埃米莉姐妹先后外出当家庭教师或乡村教师。又当教师又当保姆繁重的劳动以及随意被人使唤的屈辱生活使埃米莉姐妹的身心遭受极大的伤害，激起她们强烈的不满和愤怒。她们曾有几次只干了几个月就辞职了。她们充分认识这是一种受人歧视的职业。为了不再受人家的气，她们决定自己开办学校。为了提高自己的师范专业技能和为开设课程做准备，她们到布鲁塞尔（Brussels）一所私立学校去进修师范课程和法语。父亲非常支持她们，1842 年他亲自陪送埃米莉和夏洛特到了布鲁塞尔。在布鲁塞尔的学习经历也非常痛苦，两个年轻姑娘在此之前一直离群索居于偏僻的小山村，没见过大世面，到了布鲁塞尔更是感到异国风俗和生活习惯的差异。她们不适应那里的生活，俩姐妹独自相处，很少跟别人说话和交往。离乡背井的生活使她们感到十分无奈。孤独寂寞的心情和压抑的情绪使埃米莉的身体急剧衰弱，整个身心几乎都快崩溃了，然而这次她没有打退堂鼓，凭着坚强的意志和决心，她坚持了下来。可是姨母布兰威尔的重病及逝世迫使这对姐妹匆匆赶回家。料理完姨母的后事，姐妹们想利用姨母留给她们的遗产在家里开办学校。埃米莉便决定留在家里和妹妹安妮一起筹办学校，夏洛特独自又回到布鲁塞尔继续她的学业。

埃米莉和安妮在家里着手准备招收学生，可是广告打出去了，却没有人来报名，这样学校没有办成。此后埃米莉再也没有在这方面做出努力，而且父亲已年近70，体弱多病，安妮还到外面做家庭教师，哥哥布兰韦尔（Branwell）也到外面做事，这样她只好担当起照顾老父和料理家庭的责任。埃米莉是个非常勤快的姑娘，总是忙里忙外，洗衣晒被、煮饭烧菜、烤包烙饼和侍候老父等，忙得不可开交。但是，她并没有因此而丢掉了自己的爱好，家务之余，她还在不停地构思写作。她随身带着笔墨，随时记下瞬间的思想和灵感。到了晚上，她便伏案阅读和写作，整理修改早期的诗歌作品，并开始《呼啸山庄》的创作。

在此期间哥哥布兰韦尔由于情场失意，丢了工作，情绪低落，终日酗酒，身染恶疾，成了家庭的累赘。可是埃米莉却给予他最大的宽容，在他病重期间更是精心护理。1848 年 9 月 24 日布兰韦尔在消沉和病痛的折磨中死去。安葬他回来的路上，全家受到突来寒风的袭击，埃米莉患上了伤风和咳嗽。由于心情忧郁和天气恶劣，加上再次受到失去亲人痛苦的打击，到了 10 月底，埃米莉的病情加重并转变成肺炎。1848 年 12 月 19 日下午 2 时，埃米莉不幸与世长辞，时年 30 岁。

第二节

埃米莉艰难的求学求职之路

埃米莉兄弟姐妹共 6 个，3 岁就失去了母亲，生活十分贫困。父亲是一个十分忠于职守的牧师，整天忙于教区的事务，而且天生不喜欢小孩。因此，他能给埃米莉兄弟姐妹们提供的教育相当有限。在家里，他尽是给孩子们传播自己所感兴趣的国事新闻，灌输自己所热衷的政治思想，所以，“他们对大众人物和报纸上讨论的国内外政治问题都很感兴趣。玛丽娅死前不久，当时她 11 岁，她父亲常说，他可以和她轻松愉快地谈论当天任何一个重要的话题，就像和一个成年人谈话一样”。[1]

埃米莉的姨妈是她母亲的大姐，她很早就是母亲的好帮手，帮助照料家庭，忙于家务和照看弟妹，自然没有接受多少教育，文化水平不高。她能给孩子们的教育也很有限。尽管如此，她还是尽量给孩子们指导，她把自己的寝室变成了教室，从小就给他们教授家政技能和缝纫手艺，整天给他们灌输着日后自立谋生的大道理。

根据当时的英格兰乡镇习俗，女孩长大后除了到农场或工厂打工、给人家当保姆外，最理想的职业就是当家庭教师或乡村教师。因此，勃朗特先生作为有文化、有远见的牧师，再贫穷，他也要竭尽全力把埃米莉她们送到学校去念书。于是 1824 年他把埃米莉和她的 3 个姐姐送进了考恩桥学校（the Cowan Bridge School）。不幸的是，1825 年春天，学校里流行了传染性伤寒病，

① 盖斯凯尔夫人.夏洛特・勃朗特传[M].覃志峰，译.北京：中国文联出版社，2004: 39.

加上学校的食宿条件的恶劣，最大的两个姐妹玛丽娅和伊丽莎白病倒了，随后便死于并发的肺炎。到了 6 月份，勃朗特先生只好把埃米莉和夏洛特从考恩桥学校接回家。

这是埃米莉人生中第二次受到的重大的打击，失去两个姐姐的痛苦和失学多年的困惑在她的生活中留下深深的烙印。失去亲人使她更加精神沮丧，郁郁不乐；失学使她意识到了学习机会的珍贵。从此促使她在家里更加刻苦自学，家务之余，她一心扑在阅读上，凡是能找到的小人书、报纸杂志，甚至政治刊物，她都不会放过，拿过来就一直啃下去。同时她和姐妹们还创办自己的刊物，撰写小故事、诗歌、剧本和小说等。这些活动与其说是她们姐妹生性好学的品质使然，不如说是她们消遣解闷，发泄心中孤寂的一种途径。这些阅读和习作对她们的学识有一定的促进，为日后的文学创作奠定了基础。当然，这种长期默默的阅读和“各自为政”的写作，久而久之也会使她们郁积成某种心理障碍，形成内向和孤僻的性格，同时也产生一种冲破传统和精神束缚的欲望，对自由解放的向往。

1835 年埃米莉跟姐姐夏洛特到罗海德学校去读书，可是，埃米莉在那里还呆不到 3 个月，又和姐姐回家了。后来夏洛特这样描述了埃米莉在罗海德学校的情景：“自由是埃米莉鼻孔的气息；没有它，她就活不下去。从家里到学校，从她那种极其沉默和孤寂，然而却无拘无束和自由自在的生活转变到了一种严守清规戒律的生活方式，这种变化使她难以忍受。在抗争中，她的身体迅速地崩溃了：脸色苍白，身体消瘦，有气无力的身体使她很快的衰弱下去。我心里感到如果不回家，或者让这种罪过继续折磨她的话，她会死去的。”[①]

---

① 盖斯凯尔夫人.夏洛特·勃朗特传[M].覃志峰，译.北京：中国文联出版社，2004: 94.

随着埃米莉姐妹不断长大，寻求谋生出路的压力也不断地增加。20 岁那年，埃米莉应聘了洛希尔学校（The Law Hill School）的教师。这是她人生中谋求经济独立的第一次尝试，也是她拿出最大勇气和做出最大努力的第一次。可是，正如她姐姐夏洛特在给朋友的信中所担忧的那样："我妹妹已经去了哈利法克斯（Halifax）附近一所有近 40 名学生的学校做教师。她走了以后，我收到过她的一封信，信中谈到她的工作，真是令人震惊，工作很累，从早上 6 点到晚上 11 点，中间只有半个钟头的活动时间。这简直是奴役，我担心她会受不了的。"[①] 果然如此，学校快节奏、严厉刻板和千篇一律的生活使埃米莉难以忍受，繁重单调的教学使她心力衰竭，她的身体健康每况愈下，没到六个月她不得不又回到了霍沃思。

就业上的艰难和生活上的贫困使得埃米莉姐妹产生了要自己创办一所学校的念头，为了学习必要的师范课程和提高自己的法语。埃米莉和姐姐夏洛特于 1842 年 2 月到布鲁塞尔（Brussels）埃热（Héger）学校求学。这样两个不谙世事的姐妹突然间被搁置在一个陌生的世界，这里的课程全是用法语讲授。语言上的障碍和人际间的隔阂使得埃米莉和姐姐处于完全孤立的境地。面对这种困境，可想而知，埃米莉会做出怎样的反应。1850 年夏洛特这样描述了埃米莉在埃热学校的情景。"她和我去了大陆的一所私立学校。异国温雅的耶稣教习惯及天主教制度和她倔犟、异端的性格及其典型英国人的个性产生了强烈的冲突，同样的痛苦和遭遇又发生了（正像在罗海德学校一样），而不断升级。她似乎又一次消沉下去了，然而，这一次她鼓起勇气下决心：怀着内心的懊悔和羞愧回顾以前的失败，决心克服困难。可是，这一次的成

① 盖斯凯尔夫人.夏洛特·勃朗特传[M].覃志峰，译.北京：中国文联出版社，2004: 101.

功使她花费了沉重的代价。直到能满载着苦苦学到的知识，回到英国那荒凉的约克郡山区，回到那偏僻的小乡村，回到牧师古老的住宅时，她才感到由衷的高兴。”①

然而，由于各种各样的原因，她们最终没能实现开办学校的愿望。但是，毕竟布鲁塞尔的经历使她固执倔犟的性格增添了几分叛逆的色彩。还在布鲁塞尔的时候，她目睹了国际大都市的生活，感受了多元文化的交汇和融合，接受了许多新的思想，改变了她许多英国传统礼数观念。她在法语作文中〔如《子女之爱》（L'Amour Filial）、《蝴蝶》（Le Papillon）、《小猫》（Le Chat）、《死亡宫殿》（Le Palais de la Mort）〕猛烈地抨击了维多利亚的虔行孝道和道德礼教等。《呼啸山庄》一个个皆具野性和叛逆精神的形象，不能不说是埃米莉这个阶段形成的思想观念的凝聚及其本人性格特征的演绎。

罗海德求学、洛希尔任教和布鲁塞尔留学的经历让埃米莉认识了自己：她从小形成的倔强、孤僻、自我封闭的性格和外界格格不入。每一次的尝试，每一次的努力，都使她感到力不从心、心力衰竭。每一次的尝试，她不是打退堂鼓，就是九死一生去拼搏。她所有融入社会和涉足世事的尝试都遭遇到她那种独特的个性强烈地抵触；心情的压抑、精神上的消沉和虚弱的体质一次次地把她推回家乡和进入自我关闭之中。

屡屡失败的经历使她意识到，只有在封闭中、在隐居之中和在孤独中，她才可以写作，她才可以发言，她才得以发泄。只有写作才能打破她生活中的寂寞和孤独，只有创作才得以宣泄她心中的郁闷和苦愁；只有写作才得以表露她的胸臆和世界观，也只有创作才能展现她桀骜不驯的野性。因此，从布鲁塞尔回来以后，

① Elizabeth Cleghorn Gaskell. The life of Charlotte Brontë[M]. Edit: Alan Shelston. England: Penguin Books Ltd, Harmondsworth, Middlesex, 1975: 225.

她潜心于诗歌写作和整理，同时从事小说《呼啸山庄》的创作。为了写作，埃米莉和姐妹们又回到了小时候的那种习惯，把自己圈进各自的天地里，埋头笔耕，只有写完以后，才相互交流和评论。这种封闭和隐蔽的文学创作活动，就连她们的父亲和兄弟也不曾觉察或引起太多的注意。这段时间的家庭生活和创作经历使得埃米莉的性格愈加内向和孤僻。特别是她患上肺结核病后，这种性格愈加凸显。在最后阶段的痛苦挣扎中，她保守和封闭的自我显得更加顽固，她把自己封闭在一个隐秘和死亡的天地里，拼命抵御一切外来的侵袭。她拒绝回答所有关于健康的问题，拒不接受家人或医生的建议和帮助；她以一种似乎不近人情和不可思议的方式拒绝进食、吃药和别人的同情。正如夏洛特所说的："她从来没有留恋什么，现在也没有。她匆匆地离我们而去。"①

第三节

埃米莉贫困和寂寞中的文学创作

埃米莉家居荒凉偏僻山村，离群索居，加上各种原因，养成了孤独乖僻、抑郁沉默、自卑沮丧、神秘莫测，然而又朴实耐劳、刻苦勤奋、聪明敏锐、自尊固执、执着坚韧、桀骜不驯、富于叛逆和创造性精神的性格。正是她的这些性格特征成就了她的文学创作，正是这些性格在她的作品中凝聚成奇特深刻的蕴意和非凡的震撼力。

正如鲁迅先生在《记念刘和珍君》中的呼号："沉默呵，沉

① Elizabeth Cleghorn Gaskell. The life of Charlotte Brontë[M]. Edit: Alan Shelston. England: Penguin Books Ltd, Harmondsworth, Middlesex, 1975: 354.

默呵！不在沉默中爆发，就在沉默中灭亡。”埃米莉没有在沉默中灭亡，而是在沉默中爆发了。在贫困、寂寞和痛苦中，她没有因此自甘寂寞和消极沉沦，而是默默地与命运和痛苦抗争。她拼命求学，为了生活，甘为“孩子王”，为发泄心中的郁闷和抒发自我的人生观，她爱上了文学，如饥似渴地苦读和默默地笔耕。他们四兄妹常常在一起读书看报、写诗作画和编撰故事，自办手抄刊物，自编自撰，定期出版，自编自演剧目。以此种种自娱自乐，排遣寂寞。他们没有意识到这些竟然是他们日后诗歌和小说创作的根基。这段消遣性的文学活动大概是在她们两度失学[考恩桥学校和罗海德学校]在家的时间里（1825—1835）进行的，也就是埃米莉的 7—17 岁之间。这期间埃米莉写了许多诗歌、剧本和传奇故事。

从布鲁塞尔回来后（1842 年），她在家里操持家务，照顾有病的父亲和哥哥，同时精心整理早年创作的诗歌，分别抄写在两本笔记本上：一本题为《贡达拉诗歌》，另一本没有标题。[①] 埃米莉诗歌一共 193 首诗。她和其他两个姐妹合作的《柯勒、埃莉丝和阿克顿·贝尔诗集》（Poems by Currer，Ellis and Acton Bell）于 1846 年 5 月出版，其中只发表了她的 21 首诗歌，其他的在她有生之年均未发表。1850 年夏洛特出版了她更多的诗作。[②] 20 世纪初期人们出版她一些不完整的诗集，直到 1941 年海特菲尔德

---

① 其实，没有标题笔记本所抄写的诗歌不一定是“非贡达拉诗歌”，其中一些仍然和贡达拉传奇故事有关。

② 1850 年 12 月 10 日埃米莉的《呼啸山庄》再版，并附有她的诗选及夏洛特撰写的有关埃米莉身份的说明。初版的《呼啸山庄》(1847)在排版和印刷方面都很糟糕。1850 年再版时，夏洛特花费了大量的心血，进行了仔细校订，在标点、段落上也作了较大的改动。长期以来，这个校订本一直被看成定本，《呼啸山庄》后来的各种版本都以它作为底本。

（C. W. Hatfield）才出版《埃米莉·简·勃朗特诗歌全集》。[①]

《贡达拉诗歌》属于贡达拉岛国的传奇故事，没有标题的一本主要抄录了有关她个人思想感情和人生态度的抒情诗。《贡达拉诗歌》以虚构的贡达拉岛为背景，以传奇式的故事为线索描述了贡达拉皇族两家人为争夺王位而开展的斗争。皇室的争斗反映了贡达拉岛国的社会斗争，也反映了 19 世纪英国社会中人与人之间、爱与恨、压迫与自由的关系。《贡达拉诗歌》是社会生产关系在埃米莉思想中的反映，是埃米莉社会观念的集成，集中体现了埃米莉对压迫和禁锢的叛逆精神，反映她渴望自由、平等和爱情的理想。没有标题的笔记本则抄录了她的抒情诗，主要是其苦闷心理和孤独生活的自白，抒发她孤独寂寞、愁苦幽怨的心情，也反映她崇尚自然、崇尚爱情、甚至崇尚死亡的思想。以散文形式写就的贡达拉传奇（The Gondal Saga）已经失传，只幸存了其中的诗歌。

埃米莉性格十分内向和害羞，写作是在不声不响中进行的。在她看来写作是一种精神寄托，是一种苦闷和寂寞的解脱方式。她从没有想到要以此谋生，甚至出名成家。再说当时的社会并不乐于接受女性的作品。记得 1836 年，夏洛特曾把自己的几首诗寄给桂冠诗人骚塞，骚塞却认为文学与女性无缘，夏洛特没有文学天赋。她们自费出版的《柯勒、埃莉丝和阿克顿·贝尔诗集》也只得用了假名，而且这本诗集的出版也曾招来许多非议和经济上的损失（只卖出了两本）。这本诗集中有 21 首是埃米莉的，当初她曾反对发表她的作品，只是在两个姐妹的再三劝说下，才勉强同意。事实上，只是到了埃米莉和安妮死后，夏洛特最终才于 1850 年《呼啸山庄》（Wuthering Heights）和《埃格尼丝·格雷》（Agnes

① Hatfield C W. The Complete Poems of Emily Jane Brontë[M]. New York: Columbia University Press, 1941.

Grey）再版时，才透露了“贝尔”等人的身份。

埃米莉在诗歌创作和整理的同时，也从事了小说的创作，据推断《呼啸山庄》的主体部分是在1845年夏天和1846年夏天之间写成，于1847年12月份成书出版。《呼啸山庄》可以说是贡达拉传奇的继续和发展。虽然两者形式不同，但是它们有同样的主题，都是人类社会关系的反映，是对人性的探索，对爱情和复仇的演绎。它们的主人公个个都是叛逆者，个个都是精神不灭。他们崇尚自然，崇尚自由，向往纯真的爱情。如贡达拉传奇中的女王和她的情人们、《呼啸山庄》中的希斯克利夫和凯瑟琳，直至后来的小凯瑟琳和哈里顿等人物便是如此。

埃米莉无论是诗歌创作上的成功，还是小说创作上的成功，都得归因于她所处的环境和她的性格。埃米莉所处的环境是一片一望无际的荒原沼泽和旷野山峦，是一处与世隔绝的偏僻山村，是一群极富野性和个性的村民，是一隅教派纷争之地。这一环境就是埃米莉创作的源泉，是她作品的背景，是她人物的原型，是她作品主题的渊源。对于生活在僻静山村的埃米莉姐妹来说，大自然是她们的人间乐土，快乐的源泉，灵魂的归宿。那片气势恢宏的荒原是埃米莉生活和作品的有机部分，是她精神的寄托。离开它，我们就了解不了埃米莉，没了它，我们就明白不了她的作品。霍沃思（Haworth）四英里外的一处山庄遗址便是埃米莉《呼啸山庄》的原型：当年它是一座石头建筑，现在是坐落在荒凉的山顶上一处残垣断壁。站在山顶，放眼四野，尽是茫无边际的荒原：枯黄的草原上，渺无人烟，疏疏落落低矮的灌木丛，只有几只羊在低头吃草，阵阵寒风呼啸而过，草木萧索作响，空旷的荒原格外孤独凄凉。也许正是这种荒原的景象激起了埃米莉无穷的想象！在这孤独凄凉的背景上，演绎了希斯克利夫一生的悲剧：一个受到伤害而又得不到慰藉的卑微灵魂——孤独绝望，爱恨交织，疯狂报复！埃米莉细腻的笔触为世人揭示了一个悲剧人物复杂的内心世界。正是这片荒原赋予了她作品独特的氛围和魅力。《呼啸山庄》狂放不羁的浪漫主义风格源于人物“爱”与“恨”的极端的冲突，更是源于一个封闭的小社会（二个山庄）和开放的大自然（荒原）的冲突。

孤独本来就是自然界永恒的主题，星空浩瀚，时空无垠，在宇宙中谁能找出第二个人类的家园？莽莽原野，四顾茫茫，谁是埃米莉的朋友？灰灰蒙蒙的天边脚下，一伏一波的山峦丘陵，哪里有埃米莉的知心？没有人喜欢孤独，但又有谁能逃离孤独？卢梭（Jean Jacques Rousseau, 1712—1778）在《忏悔录》里极力追寻着自我心灵的荒原，而且感到诚惶诚恐；梭罗（Henry David Thoreau，1817—1862）说：“我已经发现，无论两条腿怎样努力也不能使两颗心灵更加接近。”所以他选择了回归自然，与孤独和寂寞同行。马尔克思（Gabriel García Márquez, 1928— ）也感到“百年孤独”；如此看来，对于埃米莉的孤独，我们便不难理解。贫困、孤独、幽闭、苦闷和不幸的生活并没有使埃米莉消沉，此时她早已将自我付与了文学创作，冥冥中的思绪和炽热的情感也已投入到作品的世界之中。她把对旷野的感受和人生的体验凝聚成了《埃米莉诗歌全集》和《呼啸山庄》。

埃米莉生活在贫困的家庭里，生活的艰辛、屡失亲人的痛苦、社会的偏见、山村的封闭和人情的冷漠，使她饱尝了人间的苦难和冷酷，她一生虽只有 30 年，然而却受尽了人世生离死别、孤独寂寞和生活无着的遭遇。她的生活体验是深刻的，她的心理感受是切骨的，她对社会、对人生的理解极其深刻透里。因此，她的创作有它坚实的基础，而不是凭着幻想与激情写作。只有安贫守道，回到幽闭沉寂中，进入娴静的内心世界，方可保持心境的清醒，才有深刻的思考，才有本质的认识，方可找到灵魂的归宿。

她的作品是她人生经验的凝聚，是亲身体验的真实回响，是自我情感的升华。她的诗句、人物言语无一不是她心灵深处痛切思辨和微妙感触的反映。不错，埃米莉的贡达拉王国是虚幻的，《呼啸山庄》是杜撰的，然而其主题在现实生活中何愁找不到原型？其人物的遭遇何尝不是现实的再现？

自卑与自尊同行，自尊是抵御自卑最好的屏障，也是养成固守于一隅的个性，使自身与周围环境处于对抗地位，形成自我封闭的性格。她闭门独处和远离尘世的纷扰，默守着寂寞的自怜自爱和自慰自得，凄苦中默默思考和寻求人生的真谛。她热爱生她养她的荒原，正如夏洛特说的："我妹妹很喜欢那片荒原，对于她来说，在黝黑的石楠丛中，那里所开的花朵比玫瑰花还要鲜艳，她可以从一片青紫色山坡上的一个阴沉的洼地里想象出一个乐园来。在令人沮丧的孤独中，她可以找到许多难得的乐趣，尤其是，她最喜欢的——自由。"[①] 漫长冬天的荒原寒风呼啸，满天飞雪，茫茫无际的莽野中却有埃米莉的置身之地，她挤出贫困生活的间隙，穿过寒风刺骨的遮天密雪，潜回到自我独处的空间，在那里方有灵魂的安慰，方有追求的满足。在静寂中，在梦幻的驰骋中，自得的乐趣自然会冲淡贫穷的寂寥愁苦，得以默默地享用着这份恬静。远离尘世的喧闹与压力，遵从自我爱好的召唤，潜入幽静斗室去寻找精神的家园、灵魂的世界，去开拓自我生存的空间，在艺术世界忘却了尘世愁苦，享用那份虽然艰辛苦楚，但却潇洒自如的耕耘之趣。

埃米莉对人生对世界的阐释与众不同。生活的境遇使她愁苦不堪，精神的重压迫使她遁入自我的空间，寻求自我的慰藉，寻求内在人性的本质，"自守"缘于穷困愁苦的重压，缘于对人生真

---

① 盖斯凯尔夫人.夏洛特·勃朗特传[M].覃志峰，译.北京：中国文联出版社，2004: 94.

义的固执探索。在《呼啸山庄》中你看不出谁“善”，谁“恶”，你也道不明何为“爱”，何为“恨”。作品中有天有地、有风有雨、有雪有山、有家园有荒野、有爱有恨、有忠诚有叛逆、有恶魔有天使、有天堂有地狱、有压迫有反抗。埃米莉的现实生活单调乏味，然而她的精神世界却丰富多彩。她到过贡达拉岛国，上过天堂，入过坟墓，下过地狱，更体会过人生百味：坎坷多舛的命运，悲欢离合的人生。客观世界、现实人生甚至精神世界无一不是阴阳的组合，无一不处于一个和谐平衡的整体，矛盾和失调是暂时的，大自然最终是和谐的。客观是永恒的，精神是不灭的。这就是埃米莉作品所反映的主题，这就是她忧郁和痛苦人生的主题，也是她对世界和人生的理解和归结。

埃米莉是一位把荒原、寂寞、幽闭的灵魂、人生、世界诠释得最彻底、最淋漓尽致的艺术家。她是英国19世纪一流的小说家，更是一代伟大的诗人。无论是小说还是诗歌都是她心灵的表白，是她灵魂的呼唤。它们是那样的沉郁凝重，是那样的凄美动情。那是她内心的告白，是沧桑一生的感悟，苦难沉重的勃发。埃米莉坎坷和寂寞的生活和独特的个性是她文学创作成功的关键。没有孤独沉寂，没有封闭自尊，就不可能有“闭门觅句”，“蒙头吟榻”式的追寻苦思，就不能有彻透身心的思索感悟，就不可能“胸中无一尘，笔下有千纸”；[①] 同样没有固执坚韧，没有孤僻倔强，就没有193首诗歌、一部贡达拉传奇和一部《呼啸山庄》，更没有奥格斯塔、希斯克利夫和凯瑟琳的执着，也没有奥格斯塔、希斯克利夫、凯瑟琳，以至小凯瑟琳的叛逆。埃米莉痛苦的生活体验是她文学成功的基础。有了它，她才得以把生与死、人与人、人与天地演绎得如此大胆、如此张扬和如此透彻。奥格斯塔和她的

---

① 《送李奉议亳州判官四首》卷1117，转引自刘维刚.贫困与幽闭中的心灵之智[J]，新东方，1999（4）：51.

情人爱恨情仇、希斯克利夫和凯瑟琳的恩恩怨怨、痛苦快乐、沉迷狂浪就是荒原上孤独游荡的埃米莉歇斯底里的真实情感的释放。埃米莉就是希斯克利夫，就是凯瑟琳，就是贡达拉女王。

第二章

埃米莉·勃朗特诗歌的分类

根据海特菲尔德（C. W. Hatfield）1941 年出版的《埃米莉·简·勃朗特诗歌全集》[①] 统计，埃米莉的诗歌一共有 193 首。她十几岁的时候就开始写诗，大多数诗歌是关于一个名叫“贡达拉”（Gondal）的国家。“贡达拉”是她和妹妹安妮在 1831 年虚构出来的。“贡达拉”是埃米莉和妹妹小时候的一项游戏，然而，这项游戏她们几乎玩了一辈子。贡达拉游戏一直是她们从事文学创作的焦点。到埃米莉逝世前 6 个月，她还在写有关贡达拉的诗歌。埃米莉的诗歌大多是在 1836 年到 1845 年之间写成。就是到洛希尔学校（Law Hill School）当教师期间（1836/9—1837/2）和到布鲁塞尔学习期间（1842/2—11），她还写有关贡达拉的诗歌。1844 年 2 月，埃米莉重新修订了她早期所写的诗歌，并把它们分类抄写在两本笔记本上，一本标题为《贡达拉诗歌》，[②] 其中有 45 首诗歌，另一本没有标题，有 31 首诗歌。没有标题的这本笔记里的

① Hatfield C W. The Complete Poems of Emily Jane Brontë[M]. New York: Columbia University Press, 1941.

② 标题为《贡达拉诗歌》的笔记本中也有关于她个人思想感情的诗歌，没有标题的笔记本中也并非全是“非贡达拉诗歌”，有一些仍然和贡达拉传奇有关。(参见 Fannie E. Ratchford. Gondal's Queen—A Novel in Verse by Emily Jane Brontë[M]. Austin: University of Texas Press, 1955：31-33.

诗歌大多是反映她个人的思想情感和生活体验。此后，埃米莉还在继续写诗歌，其中包括她最优秀的一首诗歌："思念"（第182首）以及一些表达和反映她内心世界的诗歌（如第168、170、174、176、181、183、184、188、191首）。[①] 到1845年秋，夏洛特发现了埃米莉的诗歌，并说服她和她们共同出版了一本《贝尔诗集》（Poems by Currer, Ellis and Acton Bell, 1846/5），其中有埃米莉的21首诗。之后，由于《呼啸山庄》的创作，她似乎没什么写诗了。《呼啸山庄》（1847年12月）出版后，她还写了一首，也就是最后的一首诗（第193首）。

埃米莉绝大多数的诗歌是有关贡达拉传奇的故事和人物的自白。由于贡达拉传奇散文文本的丢失，加上诗歌创作不是按照情节和时间顺序来进行，有的诗歌的创作甚至延续了几年才完成，所以她的诗歌不是一个系统的诗作，很多没有逻辑性。它们只是诗人有关贡达拉传奇中某个场景、某个情节、某个人物即兴性的诗文描述。没有散文文本的这一框架结构，很难把这些类似于零砖碎瓦的诗歌或诗歌片断放回到原来的位置，而且有许多诗歌的内容看来适合于这个人物，也适合于那个人物，有的诗很难说是专门写这个人物的或那个人物的。有少数诗歌是关于她个人的思想情感或人生态度。在这部分诗歌中，除可以确定其归属的以外，还有一些无法确定其属于贡达拉还是埃米莉，因为它们可以适用于贡达拉人物也可以适用于埃米莉本人。这种现象对诗歌的分类和归属造成很大的困难。在分类研究上，我们的做法是：先根据有关专家[②]重构的贡达拉传奇故事，把符合贡达拉传奇内容的诗

---

① C·W·海特菲尔德.埃米莉·简·勃朗特诗歌全集[M].覃志峰，译.北京：作家出版社，2005：h.

② 主要依据范妮·伊·拉奇福德（Fannie E. Ratchford）。参见 Fannie E. Ratchford. Gondal's Queen—A Novel in Verse by Emily Jane Brontë[M]. Austin: University of Texas Press, 1955.

歌按有关贡达拉人物故事的诗歌、有关战争的诗歌、有关大自然的诗歌、有关囚禁的诗歌、有关孤独和哀叹的诗歌等来归类于贡达拉史诗，然后把剩下的诗歌归入有关埃米莉个人思想情感和人生哲理的诗歌。

第一节

埃米莉有关个人和哲理的诗歌

按范妮·伊·拉特齐福德（Fannie E. Ratchford）统计，埃米莉有关贡达拉的诗歌有 169 首。[①] 这样只有 24 首属于有关其个人的思想情感的诗了。如按劳拉 L·欣克利（Laura L. Hinkley）的统计，[②] 有关贡达拉的诗歌有 86 首，那就有 107 首属于有关埃米莉个人思想情感或无法确定的诗歌。其实，埃米莉诗歌有很多诗歌，如有关大自然的诗歌和有关孤独哀叹的诗歌，适用于贡达拉的，也适用于埃米莉本人的，也就是说，埃米莉本人的思想感情和人生态度通常都是通过贡达拉人物表现出来的。因此有的诗歌很难分清到底是有关她本人的还是有关贡达拉的，何况埃米莉的诗歌有很多没有标题。所以，在以下埃米莉诗歌分类研究过程中，有的诗歌可以在这一类出现也可以在其他类出现，如有的自然诗就很难和思想情感诗分开来。因为埃米莉的思想感情更多的是触景生情，通过景物的描写而抒发出来。所以在利用某一首诗来说明某个问题时，除了诗歌本身有明确标示以外，我们不倾

---

① Hatfield C W. The Complete Poems of Emily Jane Brontë[M]. New York: Columbia University Press,1995：17-19.

② Laura L. Hinkley. Charlotte and Emily[M]. London: Hammond, Hammond & CO. LTD, 1947.

向于认为某一首诗只能归总于这一类，而不能归属于那一类。在统计有关埃米莉本人的诗歌这个问题上，我们的做法是：先剔除有关贡达拉的诗歌，然后再根据诗歌内容和埃米莉本人的生活经历及其性情特点，把剩下的诗歌分成“有关个人思想情感的诗歌”和“有关人生哲理的诗歌”两个部分：

一、有关个人思想情感的诗歌

埃米莉诗歌中有一些是关于个人思想感情的诗歌，这些诗歌主要反映她本人的生活态度和对周围事物的看法。埃米莉一生大部分时间生活在偏僻的霍沃思，生活清苦，终日操持家务。正如埃伦•娜茜所说，她是“一个忙碌和勤快的家庭主妇，为家里人熨烫所有的衣服和烤制所有的面包”。空余时间则全身心地沉浸在文学爱好之中，这样不免时常感觉生活单调、索然无味和悲观失望。埃米莉在外面没有朋友，在家里安妮是她最好的朋友，她和安妮在生活上和兴趣爱好上都像一对孪生姐妹一样。尽管这样，她仍然感到孤独迷惘，无人与之言语，唯有孤独的沉思和默默地写作才得以发泄她心中的苦楚和忧虑，找到她心灵的乐园。因此，埃米莉的个人思想感情都是通过她的文学创作表现出来的，她的诗歌中就有不少反映了她的生活态度和目睹周围事物而触发的思想情感。

（一）有关生活态度的诗歌

这部分诗歌主要反映埃米莉孤独和苦闷的情绪，以及在孤独和劳作中自寻其乐的心情。这种心情的表述一般没有借助景物或人物来比兴，而是直截了当，直言不讳。

I am the only being whose doom
No tongue would ask, no eye would mourn;

I never caused a thought of gloom,
A smile of joy, since I was born.

In secret pleasure, secret tears,
This changeful life has slipped away,
As friendless after eighteen years,
As lone as on my natal day.

There have been times I cannot hide,
There have been times when this was drear,
When my sad soul forgot its pride
And longed for one to love me here.

But those were in the early glow
Of feelings since subdued by care;
And they have died so long ago,
I hardly now believe they were.

First melted off the hope of youth,
Then fancy's rainbow fast withdrew;
And then experience told me truth
In mortal bosoms never grew.

'Twas grief enough to think mankind
All hollow, servile, insincere;
But worse to trust to my own mind

And find the same corruption there. (No.11)[①]

世上唯独我,
活着无人过问,死也没人哀伤。
生来未曾有人为我忧愁,
未曾有人为我快乐欢笑。

偷偷地快乐——偷偷地流泪,
变幻的生活悄悄地流逝,
十八岁了还是没有朋友,
孤独得像我出生的那一天。

我曾经有过无法隐瞒的时候,
也曾经有过阴沉沮丧的时候,
忧伤的灵魂也有过忘掉自尊的时候,
也曾经有过渴望有人来爱我的时候。

可这些只是感情的一时冲动,
当时它还没有被烦恼所取代,
可是它早已消失得无影无踪,
现在我难以相信我曾经拥有。

最初是青春希望的破灭,
接着梦幻彩虹很快消失,
随后便是经验使我明白,

① 本书诗歌的序号是按海特菲尔德《埃米莉·简·勃朗特诗歌全集》中编排的序号。

真理从未从人心里产生。

想起人世我就不胜心寒，
一切都是虚假、卑屈和伪善；
可更糟糕的是，想依赖自己的心灵时，
却发现它那里一样腐败。（第 11 首）

诗歌描述的是言者孤独的 18 年。他从小没人关心爱护，没有朋友，为此他曾经“偷偷流泪”，也曾经希望有人来爱护自己。可是炎凉的世态使他幻想破灭，他看破红尘，不再相信世人。可是当他“想依赖自己的心灵时，却发现它那里一样腐败”。有人认为这首诗反映的是贡达拉史诗中阿米多斯或亚瑟少年时代孤苦伶仃的生活。然而从诗人的年龄[1]、身世和性格来看，用在她身上也未尝不可，它同样表达了埃米莉孤独的心情。埃米莉生活在穷乡僻壤，从小没有母爱，自然觉得很孤独。但是人无论怎样孤独，还总要生活的，再说，人类虽有其社会性，但是人类更喜欢独处。埃米莉也一样，有时她渴望朋友，但是有时她更向往孤独。

I'm happiest when most away
I can bear my soul from its home of clay
On a windy night when the moon is bright
And the eye can wander through worlds of light—

When I am not and none beside—
Nor earth nor sea nor cloudless sky—
But only spirit wandering wide

① 这首诗写于 1837 年 5 月 17 日，当时埃米莉已满 18 岁，还没到 19 岁。

Through infinite immensity. (No. 44)

独自一人时，我感到最高兴，
微风吹拂，皓月当空的夜晚，
我可以把灵魂从土屋里带出，
极目驰骋着这个银白的世界。

四周没有自我，也没有别人——
没有大地没有海洋没有蓝天——
只有灵魂自由自在到处漫游，
穿梭于无穷无限浩瀚的天空。（第 44 首）

这首诗直接表白了诗人喜爱孤独的心理。因为独处时，她的思想可以自由自在地驰骋在“无穷无限浩瀚的天空”中，去领略这个“银白的世界”。当然，埃米莉有时也会感到生活无聊透顶，毫无意义，甚至有一种消极厌世的情绪。

Sleep brings no joy to me,
Remembrance never dies;
My soul is given to misery
And lives in sighs.

Sleep brings no rest to me;
The shadows of the dead
My waking eyes may never see
Surround my bed.

Sleep brings no hope to me;
In soundest sleep they come,
And with their doleful imagery
Deepen the gloom.

Sleep brings no strength to me,
No power renewed to brave,
I only sail a wilder sea,
A darker wave.

Sleep brings no friend to me
To soothe and aid to bear;
They all gaze, oh, how scornfully,
And I despair.

Sleep brings no wish to knit
My harassed heart beneath;
My only wish is to forget
In sleep of death.（No. 34）

睡眠没有给我带来欢乐，
记忆从未消失；
我的灵魂充满着苦涩，
终日哀叹不已。

睡眠没有给我带来安乐；
死神的身影，

我惺忪的睡眼或许从未见过，
可它却围绕着我的床笫。

睡眠没有给我带来希望，
它们来到时我睡得正酣，
它们阴沉的身影
使黑夜更加阴暗。

睡眠没有给我带来力量，
没有能力重新壮起胆量，
我孤独地在迷失的海上航行，
面对更加黑暗的恶浪。

睡眠没有给我带来伙伴，
给我安慰以及给我帮助；
它们都在观望，噢，如此冷漠，
真是太让我失望。

睡眠没有给我带来希望，
以愈合我破碎的心；
我唯一的心愿就是：
在死的长眠中遗忘一切。（第34首）

这首“睡眠没有给我带来希望”的诗歌表现了埃米莉内心深处对生活感到孤独、不满和厌倦的情绪，充满了对死的渴望。她认为死亡可以“遗忘一切”，死亡才是永恒和不朽，唯有死亡才能使人得以解脱和自由。在《呼啸山庄》里，这种“渴望死亡”的意识表现得更加充分：凯瑟琳和希斯克利夫之间爱情已经超越生死的范畴，生离死别都无法割裂他们精神上的联系。他们活着不能结合，死后也要葬在一起，以求得灵魂的融合。埃米莉诗歌里有关生活态度的诗歌还有：

第 10 首：在美丽的自然景色中，我终日操劳，却也快乐。

第 53 首：即使心情厌烦与忧愁，可睡在这里又有什么用。

第 55 首：回想起那晚梦境真可怕，可现在一切都已过去。

第 70 首：别管我，让我忧郁，让我疑虑。①

（二）有关触景而发的思想感情

埃米莉的许多诗歌（包括一部分贡达拉的诗歌）都是触景而发。埃米莉热爱家乡，热爱大自然。闲暇之时，她喜欢投入到大自然的怀抱之中，享受着大自然的关爱。勃朗特们从小就没有母亲，他们相依为命，相伴相随，六个小人常常手拉手地到屋后的荒野上去玩耍，享受着大自然给他们带来的乐趣。这也许就是他们为什么深深爱恋这片荒漠的缘故吧。此外，大自然是他们创作的源泉，是他们创作灵感之所籍。周围的自然景物通常会引起埃米莉各种各样的思绪和情感。有的会引起她愉快的心情和无限的遐想，如：

How still, how happy! Those are words
That once would scarce agree together;
I loved the plashing of the surge,
The changing heaven, the breezy weather,

---

① 诗歌序号后的文字不是诗歌的标题，而是笔者为之概括的内容，仅供参考。

More than smooth seas and cloudless skies
And solemn, soothing, softened airs
That in the forest woke no sighs
And from the green spray shook no tears.

How still, how happy! Now I feel
Where silence dwells is sweeter far
Than laughing mirth's most joyous swell
However pure its raptures are.

Come, sit down on this sunny stone:
'Tis wintry light o'er flowerless moors—
But sit—for we are all alone
And clear expand heaven's breathless shores.

I could think in the withered grass
Spring's budding wreaths we might discern;
The violet's eye might shyly flash
And young leaves shoot among the fern.

It is but thought—full many a night
The snow shall clothe those hills afar
And storms shall add a drearier blight
And winds shall wage a wilder war,

Before the lark may herald in
Fresh foliage twined with blossoms fair

And summer days again begin
Their glory-haloed crown to wear.

Yet my heart loves December's smile
As much as July's golden beam;
Then let us sit and watch the while
The blue ice curdling on the stream.（No.93）

多寂静啊，多幸福！这些词语，
以前很难得到协调地用在一起，
我热爱汹涌波涛飞溅的哗啦声、
变幻的天空和微风清爽的天气，

甚于平静的大海、无云的天空
以及肃穆、沉静和滞缓的空气，
森林里一片静悄悄，毫无声息，
绿色的树枝竟摇不掉一滴露珠。

此刻我觉得多寂静啊，多幸福！
安宁平静的生活更为甜蜜美好，
远远胜过那种没日没夜的狂欢，
尽管它的欢乐喜悦是多么纯粹。

来吧，坐在洒满阳光的石头上：
这就是无花荒原上寒冷的阳光——
可坐下吧——因为我们都很孤独，
且极目远眺那无声清澈的天际。

我想象得到在枯萎的草丛中，
我们会看到春天萌发的花朵；
看到紫罗兰羞涩地眨着眼睛，
看到嫩叶在蕨草丛萌芽成长。

这不过是空想而已——多少个通宵，
大雪还会覆盖着那些遥远的山丘，
暴风雨再添上一场更可怕的瘟疫，
大风还会发动一场更猛烈的战争。

还没有等到百灵鸟来鸣报，
新枝已绽放出美丽的花朵，
夏天的日子又重新开始了，
而且戴上它们光辉的皇冠。

可是，我还是爱腊月的微笑
就像我爱那七月金色的阳光；
那么让我们坐下片刻并观望
那凝固在河流上蓝色的冻冰。（第 93 首）

在这首诗里，诗人表达了对宁静大自然的爱恋。她热爱汹涌的波涛、浪花飞溅的哗啦声、变幻无穷的天空，但她更爱清爽的微风、平静的大海、无云的天空、沉寂的空气、平静的树林。她之所以钟爱宁静，那是因为宁静孕育着生命。坐在万物萧瑟的荒原上，“我想象得到在枯萎的草丛中，我们会看到春天萌发的花朵；看到紫罗兰羞涩地眨着眼睛，看到嫩叶在蕨草丛萌芽成长。”难怪夏洛特说："我妹妹很喜欢那片荒原，对她来说，在黝黑的石楠丛中，那里所开的花朵比玫瑰花还要鲜艳，她可以从一片青紫色山坡上一个阴沉的洼地里想象出一个乐园来。在令人沮丧的孤独中，她可以找到许多难得的乐趣，尤其是她最喜欢的——自由。"①

And like myself lone, wholly lone,
It sees the day's long sunshine glow;
And like myself it makes its moan
In unexhausted woe.

Give we the hills our equal prayer:
Earth's breezy hills and heaven's blue sea;
We ask for nothing further here
But our own hearts and liberty.

Ah! could my hand unlock its chain,
How gladly would I watch it soar,
And ne'er regret and ne'er complain
To see its shining eyes no more.

But let me think that if to-day
It pines in cold captivity,
To-morrow both shall soar away,
Eternally, entirely Free. (No.144)

---

① 盖斯凯尔夫人.夏洛特·勃朗特传[M].覃志峰，译.北京：中国文联出版社，2004：94.

它像我一样很孤独，
看着白天漫长的日照，
它像我一样整天呻吟悲叹，
感到没完没了的痛苦。

让我们一起向青山祈祷，
愿大地清凉如山间，天空蔚蓝似大海；
除此之外，我们别无他求，
但愿我们心神宁静和自在。

唉，但愿我能亲手打开它的锁链，
看到它凌空飞去，我将多么高兴，
就是再也不能看到它明亮的眼睛，
我也会永远不后悔，永远不抱怨。

不过让我设想，要是今天
它在冰冷的囚牢思念盼望，
明天我们俩就能远走高飞，
获得永远的、完全的自由。（第 144 首）

诗人和太阳同病相怜。他们生活如此艰辛和漫长，“整天呻吟悲叹”，多么想挣脱锁链“凌空飞去”。看到太阳独自在天空上缓慢而艰难地爬行，诗人身有同感，也为它感到难过。然而，想到“明天我们俩就能远走高飞，获得永远的、完全的自由”，诗人不禁神情喜悦。埃米莉诗歌中类似的诗歌不一而足，算来还有以下数首：

第 18 首：落日余晖在，海陆尚壮丽，风儿林儿齐欢唱。

第 20 首：阳光下，发亮的草叶尖在欢快地抖动。

第 65 首：雨后天晴，天地宁静，山清水绿。

第 78 首：太阳西沉，微风吹拂，风光依然，格外宜人。

第 79 首：落叶为我祝福。

第 105 首：忧愁中，琴声让我快乐。

第 116 首：夏日美丽的黄昏。

第 126 首：不必害怕教堂的墓地，踏过去便是家园。

第 127 首：狂风让我高兴，让我看到希望。

第 128 首：林间漫步，流水、鸟儿、花儿、鹿儿让我沉醉。

第 139 首：夏日的月色：温柔、宁静、皎洁。

第 140 首：多情的晚风劝说我别悲叹。

除了对自然界中的花草树木、日夜星辰、风雨雷电表现出喜悦的心情以处，埃米莉有更多的这类诗歌流露出一种忧愁的情绪和伤感的情调，如：

The old church tower and garden wall
Are black with autumn rain,
And dreary winds foreboding call
The darkness down again.

I watched how evening took the place
Of glad and glorious day;
I watched a deeper gloom efface
The evening's lingering ray.

And as I gazed on the cheerless sky
Sad thoughts rose in my mind…（No.31）

古老教堂的钟楼和院墙
在秋雨下显得那样黑暗，
阴沉的清风也预兆着
黑暗将再次降临。

我目睹了黄昏如何侵蚀
那欢快而又灿烂的白昼；
我看着深幽的黑暗如何
抹去傍晚那苟且的光线。

我凝视那郁闷的天空时，
愁绪便涌上了我的心头……（第31首）

诗人触景生情，看到秋雨下黑暗的教堂的钟楼和院墙，看到黄昏阳光的慢慢消逝，不禁想到来临的黑暗，心中便涌起阵阵的愁绪。埃米莉的家就在教堂的旁边，墓地里坟冢累累，碑牌林立，气氛阴森恐怖。每天都会看到人们在那里埋葬死人、祭奠死者或举行各种肃穆的仪式。长期生活在这样的环境中，人的心理必定铅沉凝重，多愁善感，神经兮兮。因此，埃米莉诗歌中以教堂、墓地、死亡为题材的并不少见。

I see around me tombstones grey
Stretching their shadows far away.
Beneath the turf my footsteps tread
Lie low and lone the silent dead;
Beneath the turf, beneath the mould—

Forever dark, forever cold,
And my eyes cannot hold the tears
That memory hoards from vanished years;
For Time and Death and Mortal pain
Give wounds that will not heal again.
Let me remember half the woe
I've seen and heard and felt below,
And Heaven itself, so pure and blest,
Could never give my spirit rest.
Sweet land of light! thy children fair
Know nought akin to our despair;
Nor have they felt, nor can they tell
What tenants haunt each mortal cell,
What gloomy guests we hold within—
Torments and madness, tears and sin!
Well, may they live in extasy
Their long eternity of joy;
At least we would not bring them down
With us to weep, with us to groan.
No—Earth would wish no other sphere
To taste her cup of sufferings drear;
She turns from Heaven a careless eye
And only mourns that we must die!
Ah mother, what shall comfort thee
In all this boundless misery?
To cheer our eager eyes a while
We see thee smile; how fondly smile!

But who reads not through that tender glow
Thy deep, unutterable woe?
Indeed, no dazzling land above
Can cheat thee of thy children’s love.
We all, in life’s departing shine,
Our last dear longings blend with thine;
And struggle still and strive to trace
With clouded gaze, thy darling face.
We would not leave our native home
For any world beyond the Tomb.
No—rather on thy kindly breast
Let us be laid in lasting rest;
Or waken but to share with thee
A mutual immortality.(No.149)

我看见了周围灰色的墓碑，
远远地伸长着它们的影子。
我的脚踏着的草地的下面，
躺着的是孤独寂寞的死者；
草地的下面——泥土的下面——
永远的黑暗，永远的冰冷，
我的双眼禁不住泪水涟涟，
那是流年往月珍藏的记忆；
光阴、死亡和人间的痛苦
造成的伤害再也无法弥补。
所见所闻所感的人间疾苦，
但愿我能记住它们的一半，

天堂本身，那样纯洁神圣，
绝不会让我灵魂得到安宁。
光明大地！你美丽的孩子，
他们并不知道我们的失望，
他们感觉不到，也不知道，
什么客人常光顾这些坟穴，
里面关着怎样忧伤的客人——
那是痛苦、疯狂、眼泪和罪过！
哎，愿他们生活在极乐世界里，
享受永恒来世的幸福快乐；
至少不能让他们感到扫兴，
和我们一起哭泣一起呻吟。
不——大地不希望它的另一半
品尝着她那可怕的苦难之酒；
从天空中她漠然地移开目光，
对我们的死，只有悲伤而已！
在这一切无限的痛苦之中，
啊，母亲，什么能安慰你？
为了满足我们渴望的眼睛片刻，
我们看见你笑了，笑得多亲切！
可是，透过你温柔的笑容，
谁看不出你深深的、难言的痛苦？
真的，世上再也没有什么
能把你对孩子们的爱骗去。
在我们生命最后的余晖里，
最后愿望是和你融为一体；
我们目光蒙眬，可还在挣扎，

极力想看看你那慈爱的面容。

我们不会离开自己的家乡，

不会迁徙别处，除了坟墓，

不——宁愿在你亲切的怀抱里，

让我们躺在那里永远安息，

只求醒过来能和你一起分享，

分享那份共同的永恒。（第149首）

这也是一首睹物生情的诗歌。它描述了诗人看到周围灰色的墓碑，而想到地下孤独寂寞的死者。诗人设身处地，感慨地下的黑暗和冰冷，从而禁不住泪水涟涟。她在为死去的人感到难过，死者生前辛劳一生，死后还得不到安宁，但愿真有天堂，能让这些死者得到超度，享受来世的幸福。继而诗人想到自己的母亲，她就在死者中间。她多么希望能看到母亲！多么想知道母亲在那里是否受苦！多么想以某种方式来安慰母亲！可是，她所能告慰母亲的只能对她说："世上再也没有什么能把你对孩子们的爱骗去……我们不会离开自己的家乡，不会迁徙别处，除了坟墓，不——宁愿在你亲切的怀抱里，让我们躺在那里永远安息，只求醒过来能和你一起分享，分享那份共同的永恒。"埃米莉的这组诗歌主要是通过自然景物的比兴，反映诗人生活的艰辛，抒发孤独寂寞、愁苦幽怨的心情，同时也反映诗人崇尚自然、热爱自由、甚至向往死亡的思想。类似的诗歌还有：

第6首：森林啊，你不必嘲笑我。

第21首：太阳西下，野地荒凉，鸟儿归巢，青草摇曳，清风哀号。

第24首：不要粗野的狂风，只要月亮的清辉。

第30首：黄昏像阴云黑暗的早晨。

第 45 首：我在雨里风里回忆。

第 52 首：风暴阻隔了送葬的队伍。

第 54 首：黄昏啊，你的光线为何这样忧伤。

第 67 首：偏僻的地里长着两棵可怕的树。

第 68 首：烟雾从阴沉的山上滚滚而下。

第 69 首：她注视着那片可怕的云雾。

第 71 首：我目睹寒冷的太阳下山、光明的消失。

第 101 首：五月花开，可我渴望长眠安息。

第 103 首：夏日傍晚，寂静和孤独降临在我身上。

第 129 首：阴沉的湖面让我忧伤。

第 145 首：枯荣的花儿让我倍感孤零凄凉。

二、有关人生哲理的诗歌

埃米莉的诗歌中有一部分反映了她的人生观。由于家庭的影响和坎坷的生活经历，她形成了孤独乖僻、抑郁沉默、自卑沮丧、神秘莫测，然而又朴实耐劳、聪明敏锐、自尊固执、执着坚韧、桀骜不驯、富于叛逆和创造性精神的性格，由此也形成了她极具个性的人生观。她一方面对人生充满了信心、充满着希望，一方面对人生也充满了厌倦和迷惘，甚至对死亡充满着期待。这种矛盾的人生哲学表现在以下几方面。

（一）埃米莉双重矛盾的宗教信仰

埃米莉生活在一个牧师家庭，宗教氛围特别浓重，作为西方文化主体之一的基督教教义从小就浸透着她的思想意识，影响着她性格的发展和人生观念的形成。她表现出仁慈博爱，忍辱耐劳，安命守己和虔敬上帝：

No coward soul is mine，

No trembler in the world's storm-troubled sphere,
I see Heaven's glories shine
And Faith shines equal arming me from Fear.

O God within my breast
Almighty ever-present Deity
Life, that in me hast rest
As I Undying Life, have power in, Thee

Vain are the thousand creeds
That move men's hearts, unutterably vain,
Worthless as withered weeds
Or idlest froth amid the boundless main

To waken doubt in one
Holding so fast by thy infinity
So surely anchored on
The steadfast rock of Immortality

With wide-embracing love
Thy spirit animates eternal years
Pervades and broods above,
Changes, sustains, dissolves, creates and rears

Though Earth and moon were gone
And suns and universes ceased to be
And thou wert left alone

Every Existence would exist in thee

There is not room for Death
Nor atom that his might could render void
Since thou art Being and Breath
And what thou art may never be destroyed.（No.191）

我不是胆小鬼，
不会在世俗烦恼的风暴中颤抖，
我看见天堂闪烁着灿烂的光辉，
信念的光辉也会使我无所畏惧。

啊！上帝就在我的心窝，
无所不能的上帝、无处不在的神！
你已经把生命托付于我，
我不朽的生命因你而充满活力。

千千万万个信念都是空洞虚无，
它们让人心动，却纯粹是枉然，
如同枯萎的杂草毫无价值，
如无边大海上没用的泡沫。

它们想让人滋生怀疑，
却被你无限的力量抓住不放，
而且如此牢固地锁定
在永恒女神的顽石上。

以宽大包容一切的爱心，
你的灵魂滋养着永恒的岁月，
在你的灵魂下弥漫和笼罩着
变革、维新、求解、创造和哺育。

虽然地球和月亮都已经消失，
就连太阳和宇宙也已不存在，
只剩下你一个孤单无双，
一切万物都将生存于你。

不要给死神留出任何空间，
不要让他补充丁点的力量：
你既然成了上帝和造物主，
现在的你将永远不会毁灭。（第191首）

这首诗歌的题目是“我不是胆小鬼”。表面上是在表明自己一种大无畏的精神和勇气，实际上是在歌颂她心目中的“上帝”，表明自己坚定的宗教信仰。“上帝”是万能的，是超灵的。即使“地球和月亮都已经消失，就连太阳和宇宙也已不存在”，他还依然故我，而且可以集万物于一身。上帝是我唯一的托付，有了他，其他“千千万万个信念都是空洞虚无，它们让人心动，却纯粹是枉然，如同枯萎的杂草毫无价值，如无边大海上没用的泡沫”。有了上帝，我无所畏惧，充满活力。然而，经历了诸多不幸和艰苦的生活之后，埃米莉终于发现“上帝”并不像宗教宣扬的那样，能给信徒带来福音，消除灾难和痛苦。因此，在更多的场合，埃米莉表现出来的是一种叛逆的倾向、对宗教信仰的怀疑和“上帝”的不敬，甚至亵渎：

O thy bright eyes must answer now,
When Reason, with a scornful brow,
Is mocking at my overthrow;
O thy sweet tongue must plead for me
And tell why I have chosen thee!

Stern Reason is to judgement come
Arrayed in all her forms of gloom:
Wilt thou my advocate be dumb?
No, radiant angel, speak and say
Why I did cast the world away;

Why I have persevered to shun
The common paths that others run;
And on a strange road Journeyed on
Heedless alike of Wealth and Power—
Of Glory's wreath and Pleasure's flower.

These once indeed seemed Beings divine,
And they perchance heard vows of mine
And saw my offerings on their shrine—
But, careless gifts are seldom prized,
And mine were worthily despised;

So with a ready heart I swore
To seek their altar-stone no more,

And gave my spirit to adore
Thee, ever present, phantom thing—
My slave, my comrade, and my King!

A slave because I rule thee still;
Incline thee to my changeful will
And make thy influence good or ill—
A comrade, for by day and night
Thou art my intimate delight—

My Darling Pain that wounds and sears
And wrings a blessing out from tears
By deadening me to real cares;
And yet, a king—though prudence well
Have taught thy subject to rebel.

And am I wrong to worship where
Faith cannot doubt nor Hope despair
Since my own soul can grant my prayer?
Speak, God of Visions, plead for me
And tell why I have chosen thee! (No.176)

啊，你明亮的眼睛现在必须回答，
我倒霉时，为什么理智女神
会带着轻蔑的目光嘲笑着我；
啊，你甜蜜的舌头必须为我辩护，
并且说说我为什么选择了你！

严正的理智女神也来参加审判，
她上下穿着一身灰暗的衣服：
辩护人，你是否还在沉默不语？
不，精神焕发的天使，你说说，
我为什么抛弃了这个世界。

我为什么一直回避
那条其他人奔走的庸俗之道；
而选择了一条陌生之路，
全然不屑于富贵和权势——
谋求那荣誉之冠和幸福之花。

真的，这些似乎曾是神妙之物；
或许，它们也听到过我的誓言，
也曾见过它们神坛上我的祭品——
可，无心的礼品很少得到珍视，
那我的礼品自然也不值得赏识。

所以，带着铁定了的心我发誓，
再也不去敬奉它们圣祠的石碑；
而让我的灵魂一心一意崇拜你，
崇拜你这个永存的虚幻的精灵——
我的奴隶、我的伙伴、我的君主！

你是奴隶，因为我还能支使你；
让你服从我变化多端的意志，

我还可以让你变好或者变坏；
你是伙伴，因为无论白天黑夜，
你是我的密友、我快乐的源泉——

可爱的痛苦，它把我创伤和烤焦，
并从我的眼泪里挤出点滴的快乐，
使我对真正的痛苦感到麻木不仁；
然而，作为君主，虽然很谨慎，
你却教唆你的臣民去犯上作乱。

既然我自己的灵魂能为我祈福，
希望不会失去，信念不会动摇，
而我还是崇拜你，我是否错了？
说，虚幻的上帝，请为我辩护，
你说说，我为什么会选择了你！（第 176 首）

这首诗题为“请为我辩护”。表面上是请上帝为我辩护。实际上，是在质问上帝：为什么我一心一意追随着你，抛弃了尘世的富贵和权势、荣誉和幸福，却没有得到你的恩赐，反而让我倒霉，让我痛苦。诗歌的最后一节表明了我的态度：既然我自己的灵魂能为我祈福，希望不会失去，信念不会动摇，那我为什么还要崇拜你？“说，虚幻的上帝”（Speak, God of Visions），多么有力的一句，它表明诗人敢于斥责上帝，要上帝说个明白，同时也表明了诗人不会再相信你上帝的鬼话。第 157 首诗歌也同样表达这样一种观点——天堂是个龌龊不堪的地方：

Where Wisdom ever laughed at Love,

Or Virtue crouched to Infamy;

…

Where Pleasure still will lead to wrong,

And helpless Reason warn in vain;

And Truth is weak and Treachery strong,

And Joy the shortest path to Pain;

And Peace, the lethargy of grief;

And Hope, a phantom of the soul;

And Life, a labour void and brief;

And Death, the despot of the whole!（No.157）

那里的智慧会嘲笑爱情，

或者美德会卑躬屈膝于丑行；

……

在那里，享乐还会滋生恶行，

无助的理智的警告会无能为力；

真理会软弱，叛逆会强大；

快乐肯定会走向痛苦；

安宁是悲痛的昏睡；

希望是灵魂的幻影；

生活是空虚和短暂的苦役；

死神是主宰着一切的暴君！（第 157 首）

难怪《呼啸山庄》中的凯茜说：“我曾经做梦到了天堂，可是天堂看来不是我的家，我哭碎了心，要回到地上，天使们非常生气，他们把我扔了出来，我掉在呼啸山庄山顶上的石楠树丛里，在那里我醒来时，高兴得哭了起来。”① 如此看来，天堂也不是人们心目中的天堂，天堂不再是人们寻求安生和幸福之地。要找到幸福快乐，只有在梦中才有。

（二）埃米莉两个极端的人生观

盖斯凯尔夫人曾有这样的描述：“从来没有哪个家庭像他们这样和睦相处，亲密无间。”② 勃朗特姐妹经常居家厮守，一起生活，做家务，玩游戏，写剧本，写诗歌，写小说，其乐融融。生活虽然艰苦，也曾经历了许多不幸，但是她们还是不屈不挠，积极向上，表现出极大的乐观精神：

> Death, that struck when I was most confiding
> In my certain Faith of Joy to be,
> Strike again, Time's withered branch dividing
> From the fresh root of Eternity!
>
> Leaves, upon Time's branch, were growing brightly,
> Full of sap and full of silver dew;
> Birds, beneath its shelter, gathered nightly;
> Daily, round its flowers, the wild bees flew.
>
> Sorrow passed and plucked the golden blossom,
> Guilt stripped off the foliage in its pride;
> But, within its parent's kindly bosom,

① 艾米莉·勃朗特.呼啸山庄(英文)[M].上海：世界图书出版公司，2005：63.
② 盖斯凯尔夫人.夏洛特·勃朗特传[M].覃志峰，译.北京：中国文联出版社，2004：37.

Flowed forever Life's restoring tide.

Little mourned I for the parted Gladness,
For the vacant nest and silent song;
Hope was there and laughed me out of sadness,
Whispering, "Winter will not linger long."

And behold, with tenfold increase blessing
Spring adorned the beauty-burdened spray;
Wind and rain and fervent heat caressing
Lavished glory on its second May.

High it rose; no winged grief could sweep it;
Sin was scared to distance with its shine:
Love and its own life had power to keep it
From all wrong, from every blight but thine!

Heartless Death, the young leaves droop and languish!
Evening's gentle air may still restore—
No: the morning sunshine mocks my anguish—
Time for me must never blossom more!

Strike it down, that other boughs may nourish
Where that perished sapling used to be;
Thus, at least, its mouldering corpse will nourish
That from which it sprung—Eternity. (No.183)

当我对自己的幸福感到最为自信时，
死神！它打击着我，
当时间的枯枝从永恒的活根分离出来时，
它又再次打击着我！

时间树枝上的叶子正长得茂盛，
充满着活力，挂满银色的露珠；
小鸟夜间在它的遮蔽下聚歇着；
野蜂白天围着它的花朵儿飞舞。

悲痛女神走过，摘去金色的花蕾；
罪孽女神又捋去长势茂盛的绿叶；
可是，在它慈祥母枝的胸怀里，
永远奔流着那生命复兴的潮汐。

我很少为逝去的欢乐感到忧伤，
不为那空巢和沉寂的歌而悲戚；
希望女神就在那，为我一笑解惆怅；
悄悄说："冬天很快就会过去！"

看看吧！以十倍有加的恩赐，
春天枝头缀满了美丽的花朵；
轻风细雨和温暖空气抚爱着，
来年五月又是个满枝的辉煌！

它高高耸立，有翼的悲伤也飞不到它；
它光彩夺目，罪恶也害怕得远远离去；

爱，以及它自己的生命有能力保护它
免遭一切挫折和疾病，只除了你以外！

残酷的死神使嫩叶枯萎和凋零；
傍晚轻柔的微风也许还会再来——
不：清晨的阳光嘲笑我的痛苦——
对于我，开花的时机已不再有！

把它砍下，在树枝已枯死的地方
别的树枝可以长得繁荣茂盛；
这样，至少腐朽的遗体会滋养着
从其中间萌发出来的——永恒。（第183首）

这首诗说明诗人对面困难和灾难表现出一股不屈不挠的精神：虽然生活上我曾经受到死神、悲痛女神、罪孽女神等神祇的再三打击，但是我的体内还是“永远奔流着那生命复兴的潮汐”，我心中仍然储存着希望，相信“冬天很快就会过去”，“来年五月又是个满枝的辉煌”。即使我死去，“腐朽的遗体会滋养着从其中间萌发出来的——永恒”。这是多么有气魄的诗句啊！诗人敢于向死神挑战，即使牺牲也在所不辞，相信精神是永恒的。这又是多富于哲理的诗句啊！

路漫漫其修远兮，吾将上下而求索。埃米莉就像屈原那样，就像“哲学家”（第181首）那样，抱定信念，求索不止。埃米莉的“哲学家”虽然身居黑暗阴沉的房间，没有上帝的许诺，但是他还是冥冥地思索。明明知道这样不会有什么结果，但他没有停止幻想，没有停止探索。有人甚至劝说他停止幻想，一死结束苦楚的心路历程，可是他不言放弃，执着既往。这正是文学创作路途上埃米莉本人真实的写照。埃米莉诗歌中表现这种积极向上、顽强抗争的诗歌还有：

第 148 首：人要有想象，想象力量无穷。它可以让灵魂复苏。

第 168 首：人需要安慰，安慰使人走出困惑，看到光明。

第 174 首：人需要幻想，有了幻想，人就不孤独，就有希望。

由于生活的困苦，事业的挫折，有时也会给埃米莉造成伤害和打击，因此在生活中她有时也不免产生悲观厌世的情绪：

On a sunny brae alone I lay
One summer afternoon;
It was the marriage-time of May
With her young lover, June.

From her Mother's heart seemed loath to part
That queen of bridal charms,
But her Father smiled on the fairest child
He ever held in his arms.

The trees did wave their plumy crests,
The glad birds carolled clear;
And I, of all the wedding guests,
Was only sullen there.

There was not one but wished to shun
My aspect void of cheer;
The very grey rocks, looking on,
Asked, "What do you do here?"

And I could utter no reply:
In sooth I did not know
Why I had brought a clouded eye
To greet the general glow.

So, resting on a heathy bank,
I took my heart to me;
And we together sadly sank
Into a reverie.

We thought, "When winter comes again,
Where will these bright things be?
All vanished, like a vision vain,
An unreal mockery!"

"The birds that now so blithely sing,
Through deserts frozen dry,
Poor spectres of the perished Spring
In famished troops will fly."

"And why should we be glad at all?
The leaf is hardly green,
Before a token of the fall
Is on its surface seen."

Now whether it were really so

I never could be sure;
But as, in fit of peevish woe,
I stretched me on the moor,

A thousand thousand glancing fires
Seemed kindling in the air;
A thousand thousand silvery lyres
Resounded far and near:

Methought the very breath I breathed
Was full of sparks divine,
And all my heather-couch was wreathed
By that celestial shine.

And while the wide Earth echoing rang
To their strange minstrelsy,
The little glittering spirits sang,
Or seemed to sing, to me:

"O mortal, mortal, let them die;
Let Time and Tears destroy,
That we may overflow the sky
With universal joy."

"Let Grief distract the sufferer's breast,
And Night obscure his way;
They hasten him to endless rest,

And everlasting day."

"To Thee the world is like a tomb,
A desert's naked shore;
To us, in unimagined bloom,
It brightens more and more."

"And could we lift the veil and give
One brief glimpse to thine eye
Thou would'st rejoice for those that live,
Because they live to die."

The music ceased—the noonday Dream
Like dream of night withdrew
But Fancy still will sometimes deem
Her fond creation true. (No.170)

夏季的一天下午，
我独自躺在一面向阳的山坡上；
这正是五月和她年轻情郎六月
结婚的日子。

迷人的新婚王后，
似乎不愿和心爱的母亲分开，
父亲却笑看着这可爱的孩子，
那是他曾经抱在怀里的千金。

树木摇曳着羽毛般的树冠，
快乐的鸟儿在嘹亮地歌唱；
在所有参加婚礼的来客中，
只有我闷闷不乐！

没有一个人不想回避
我那郁郁寡欢的神色；
只有灰色的岩石，看着我，
问道：“你在这里做什么？”

而我竟一时哑口无言；
实际上，我也不知道，
面对大家高高兴兴的场面，
我为什么带着阴郁的双眼。

于是，在石楠丛生的山坡上，
我躺下来把我的心收拢回来；
然后，我俩一起伤心忧郁，
沉浸在一场白日的梦境中。

我们想：“冬天再次来临时，
这些快乐的东西踪影何在？
全消失，就像空虚的梦幻，
那是一场虚幻的玩笑而已！”

“鸟儿此刻唱得那样的欢快，
穿过那寒冷干燥的沙漠时，

它们就像暮春可怜的幽灵，
忍饥挨饿成群成群地飞走。”

“究竟我们高兴什么呢？
树叶几乎还没有发绿，
可它叶子上已显现出
那种即将掉落的迹象！”

啊，它是否真的会这样，
我一直无法肯定；
可在一阵令人烦恼的痛苦中，
我在荒地上伸展自己的腰身。

成千上万明亮的火焰
好像点燃了整个天空；
成千上万银色的竖琴，
远远近近地激荡回响。

我觉得所呼吸的空气
都充满了神圣的火花，
天堂的光辉在环绕着
我整个的石楠睡床。

当宽广的大地回唱应和着
它们那些奇妙歌曲的时候，
灿烂的小精灵也对我吟唱，
它们似乎对我唱这样的歌：

“噢，凡人，凡人，让他们死吧；
让时间和眼泪把他们毁灭，
这样我们就可以飞满天堂，
四处洋溢着喜庆和欢乐！”

“让忧伤迷惑苦难人的心，
让黑夜模糊了他的道路；
它们催着他快点去长眠，
进入那遥遥无期的岁月。”

“对于你，世界就像一片坟地，
那是一片荒凉不毛的沙碛；
对于我们，它却繁花似锦，
它会越来越显得明亮鲜艳。”

“倘若我们能够把面纱揭开，
朝你的眼睛飞快地看一眼，
你就会为活着的人而高兴，
因为他们都在为死而活着。”

音乐停止了；正午的梦幻，
犹如夜间的梦幻，消失了；
可有时做梦的人还是认为
她所钟爱的一切都是真的。（第170首）

五六月之交，夏天来临，大地一片繁荣景象，“树木摇曳着羽毛般的树冠，快乐的鸟儿在嘹亮地歌唱”，可是“只有我闷闷不乐”，“独自躺在一面向阳的山坡上”，“郁郁寡欢”。这是为什么？因为诗人认为，一切都是“空虚的梦幻”，不久将消失殆尽。在诗人眼里，“鸟儿此刻唱得那样的欢快”，可是它们都是一群忍饥挨饿、可怜的幽灵；“究竟我们高兴什么呢？树叶几乎还没有发绿，可它叶子上已显现出那种即将掉落的迹象。”在诗人看来人生多么烦恼痛苦，眼前一片肃杀黑暗。她看不到希望，看到的只有精灵们在高呼着：“噢，凡人，凡人，让他们死吧；让时间和眼泪把他们毁灭，这样我们就可以飞满天堂，四处洋溢着喜庆和欢乐！让忧伤迷惑苦难人的心，让黑夜模糊了他的道路；它们催着他快点去长眠，进入那遥遥无期的岁月。”多么悲观的人生态度啊，诗人认为人生虚幻，人生原是一场白日梦。可做梦的人还是认为他梦里的一切都是真的呢！

第 184 首诗歌同样也表现了诗人悲观遁世的思想倾向。她爱夜晚，爱星星，讨厌白天和阳光。她爱宁静，爱寂静，而讨厌喧嚣的世俗。第 185 首表现得更加极端，诗人似乎认为人生在世，唯有苦难相伴，苦难缠身，无法摆脱，但愿死神发慈悲：

Grant him at last a quiet bed,
Beside his early stricken dead—
Even where he yearns to be!

最后赐予他一个安静的床铺吧，
就在受难死去的亲人的旁边——
或者就在他渴望去的地方！

诚然，埃米莉的作品多处表现出对死亡的崇尚和向往。埃米莉在病重的期间更是表现出她那种忍耐和顺从天命的意识。夏洛特在给朋友的信中提到在此期间她拒绝医生给她看病，拒绝吃药，拒绝回答有关她的病情，甚至拒绝别人过问。实际上，她这是在让疾病折磨她的躯体，接受了它的后果。在她看来，死亡是一件幸事，是一种不灭灵魂的升华。她不惧怕疾病和死亡。夏洛特在1848 年 12 月 21 日给朋友的信中是这样理解埃米莉的死的："现在埃米莉再也不受到痛苦和劳累的折磨了，在这个世界上她再也不会了。……我们觉得她安息了，现在再也用不着为清冽的严寒和刺骨的寒风发抖了。埃米莉感觉不到这一切了，她死于希望之时，我们眼看着她在生命的巅峰之时逝去了。这可是上帝的旨意，她所去的地方比她离开的地方更好。"① 对于人生，埃米莉感到孤独、不满和厌倦，充满了对死的渴望，认为死亡是永恒和不朽的。无论是她的诗歌还是小说都蕴藏着厌世和向往大自然的意识。她悲叹："最初是青春希望的破灭，接着梦幻彩虹很快消失……想起人世我就不胜心寒，一切都是虚假、卑屈和伪善；可更糟糕的是，想依赖自己的心灵时，却发现它那里一样腐败。"② 在心灵深处，埃米莉是极其孤独的，她只有把自己的希望寄托在宗教中灵魂不灭的理念上。在她看来，大自然便是不朽灵魂的化身，是不朽精神的归宿。

（三）埃米莉淡泊名利的价值观

她默默地写诗、画画、写小说。开始她就没想到要图名求利，而且当时社会的偏见也不容许她以写书去争名夺利。关于 1846

---

① 盖斯凯尔夫人.夏洛特·勃朗特传[M].覃志峰，译.北京：中国文联出版社，2004：281.

② Emily Bronte. I AM THE ONLY BEING[A]. The Mentor Book of Major British Poets[M]. Oscar Williams ed. London: The New English Library Limited, 1963：296.

年《贝尔诗集》的出版，夏洛特有过这样一段话：1845 年秋天，我偶尔看到二妹埃米莉手写的一卷诗稿。……埃米莉生性含而不露。埋藏在她心底的感情秘密，虽是至亲至近的人，非经许可也不得贸然触犯。因此，仅仅诗稿被我发现一事，就须我解释几个小时，她才释然于怀；使她相信这些诗歌确有发表价值，又花费我整整几天。[①] 可见，埃米莉不想发表她的作品，只是在姐姐再三劝说下，她才勉强同意。埃米莉尽管生活清贫，但是她对待名誉、权利、金钱，始终抱着一种淡漠的态度：

Strong I stand, though I have borne
Anger hate, and bitter scorn;
Strong I stand, and laugh to see
How mankind have fought with me.

Shade of mast'ry, I contemn
All the puny ways of men;
Free my heart, my spirit free;
Beckon, and I'll follow thee.

False and foolish mortal, know,
If you scorn the world's disdain,
Your mean soul is far below
Other worms, however vain.

Thing of Dust—with boundless pride,
Dare you take me for a guide?

---

① 杨静远. 勃朗特姐妹研究[G]. 北京：中国社会科学出版社，1983：17.

With the humble I will be;

Haughty men are nought to me.（No.35）

我坚强地挺立着，承受着
仇恨的愤怒和极大的蔑视，
我坚强地挺立着，笑看着
人类是如何与我较量。

我蔑视着权势的黑暗、
人类一切渺小的行为；
解放了的心，自由的灵魂
招招手，我就跟你去。

虚伪和可笑的凡人该知道，
如果你不屑那世俗的嘲笑，
卑鄙的灵魂就会更加低贱，
比别的小人更加一文不值。

泥土的东西，怎样的高傲，
你怎敢把我当向导？
虽然身处卑贱之列，
可我视高傲之流如草芥。（第 35 首）

生活中有时埃米莉表现出悲观厌世，对权贵、金钱、财富、名誉更是表现出一种轻蔑的态度。她“蔑视着权势的黑暗、人类一切渺小的行为”。她不屑于世俗的高傲之辈、势利小人。“泥土的东西，怎的高傲，你怎敢把我当向导？虽然身处卑贱之列，可我视高傲之流如草芥。”这是多么轩昂的气概和清高的视界啊！相比之下，“卑鄙的灵魂就会更加低贱，比别的小人更加一文不值”。

Riches I hold in light esteem
And Love I laugh to scorn
And lust of Fame was but a dream
That vanished with the morn—

And if I pray, the only prayer
That moves my lips for me
Is—“Leave the heart that now I bear
And give me liberty.”

Yes, as my swift days near their goal
’Tis all that I implore—
Through life and death, a chainless soul
With courage to endure! (No.146)

对财富我投以轻淡的目光，
对爱情我抱着嘲笑的态度，
名誉的渴望不过是一场梦，
它随着黎明的过去而消失——

我若祈祷，张开嘴巴，
我唯一能祈祷的就是——
“此刻别打扰我，
最好给我自由！”

是的，短暂的一生已临近终点，

这就是我唯一的乞求——

无论死活，愿这颗无羁的灵魂

能够勇敢地去面对。（第 146 首）

这首诗题为“The Old Stoic”（老苦行者）。诗歌表现了一个老斯多噶主义者淡漠荣华富贵、淡泊名利、以苦为乐的人生观。实际上也反映了诗人本人的价值观：人生苦短，勇敢面对死亡，求得灵魂的自由。

（四）埃米莉的爱情和友谊哲学

埃米莉诗歌中有一首诗直截了当地表达她有关爱情和友谊的哲学观。这首诗明确地指出爱情诚可贵，友谊价更高。诗人认为爱情之于友谊好比玫瑰花之于冬青树，玫瑰花娇艳一时，冬青树则终年常绿：

Love is like the wild rose-briar,

Friendship like the holly-tree—

The holly is dark when the rose-briar blooms

But which will bloom most constantly?

The wild rose-briar is sweet in spring,

Its summer blossoms scent the air;

Yet wait till winter comes again

And who will call the wild-briar fair?

Then scorn the silly rose-wreath now

And deck thee with the holly's sheen,
That when December blights thy brow
He still may leave thy garland green.

爱情就像野玫瑰，
友谊就像冬青树——
玫瑰花开，冬青叶茂，
谁的花朵更常驻？

春天玫瑰真娇艳，
夏日玫瑰香满天；
然而待到冬天来，
谁人敢夸玫瑰俏。

甭理睬那傻笑的玫瑰花，
冬青的光辉把你来装点，
腊月虽然毁了你的容颜，
他却让你的花环常翠绿。

埃米莉的诗歌给人一种单纯、平淡的感觉，但是它们却让人体验到其中的真淳和静穆。埃米莉的诗是直率的。它们不是虚伪的描绘，而是诗人真实思想情感和真实人格的反映。她的诗有时率真得像纯真的稚童，明白得像天上的白云。然而，正是在这种纯真和率直之中，我们沉浸在一片静穆的氛围之中，从中体会到其中所包含的深刻意蕴。埃米莉诗歌平实易懂，意境清新，富有哲理，使人感到淳厚有味，余韵深长。

第二节

埃米莉有关贡达拉传奇的诗歌

埃米莉诗歌的大部分和贡达拉传奇有关。由于贡达拉传奇散文文本已经失传，加上诗歌创作又不是按照情节和时间次序进行。因此，她的诗歌不是一个系统的诗作，很多没有逻辑性，它们只是诗人一时感触的诗文描述。没有贡达拉传奇散文文本，就很难把这些诗歌归位。有许多诗歌适合这个人物，也适合那个人物，很难找到其确切的归属。

关于贡达拉诗歌的分类，不同的专家有不同的分类。范妮·伊·拉奇福德（Fannie E. Ratchford）按其归属不同的人物情节和无法确定其归属两大类来分：把能确定其人物归属的诗结合情节来排列组合，这一部分诗歌构成了故事的大致情节；无法确定其归属的诗歌又按事件无法确定的、A. G. A. 口吻的、战争诗、囚禁诗和流放诗、死亡诗和离别诗、忆念诗和悔恨诗、鼓动诗和挑战诗、有关贡达拉制度的诗、大概关于道格拉斯的诗、贡达拉的重要性等来分，显然这部分的归类又是按其题材来分的。[①] 劳拉·勒·欣克利（Laura L. Hinkley）则完全按照故事的情节来划分，[②] 如归于奥格斯塔被害和埃尔德雷德为她哀悼的这一情节的诗歌有第 143 首、第 171 首、第 173 首。故事的最后一个情节是奥格斯塔死后，共和党取得了政权，动乱结束，参加保皇党的年

① Hatfield C W. The Complete Poems of Emily Jane Brontë[M]. New York: Columbia University Press, 1995：18-19.

② Laura L. Hinkley. Charlotte and Emily[M]. London: Hammond, Hammond & CO. LTD, 1947：173-282.

轻贵族解甲回到训导宫。有关这一情节的诗歌有第104首和第153首。看得出来，前者的分类几乎能囊括所有有关的贡达拉的诗歌，不过，这样的分类有点繁杂，而且有的诗歌的归类也有些勉强；后者的分类比较清晰，诗歌归属也比较自然贴切。可是，这样分法会使一些贡达拉诗歌没有了着落。

无论如何，100 多年来，许多专家一直致力于重构贡达拉的故事和确定其诗歌的归属，其目的不外乎就是为了揭开埃米莉作品中的谜雾，以便更好地理解其本人及其作品。出于此目的，笔者按自己的理解，拟按以下思路来归类和解读①埃米莉的贡达拉诗歌：贡达拉传奇和贡达拉史诗、有关贡达拉人物故事的诗歌、有关战争的诗歌、有关大自然的诗歌、有关囚禁的诗歌、有关孤独和哀叹的诗歌等。这样的思路主要是让读者首先了解贡达拉史诗的背景知识——贡达拉传奇和传奇中的一些主要人物及其关系，再理解贡达拉史诗中一些重要题材的诗歌。这些题材的诗歌（如战争的、大自然的、囚禁的、孤独和哀叹的等）占埃米莉诗歌的比例最大，而且是关于贡达拉传奇几个最重大的事件（如战争、囚禁、哀叹等），也是埃米莉诗歌（包括她非贡达拉的诗歌）最重要的几个题材。笔者认为，从了解这些重要题材的诗歌大类入手，更有助于深入探讨埃米莉具体诗歌的含义及其艺术。

一、贡达拉传奇和贡达拉史诗

夏洛特是小勃朗特们最大的一个，也是游戏的首领。1831 年初她到罗海德学校读书后，埃米莉拒绝接受哥哥布兰韦尔作为首领，就开始和妹妹安妮玩起自己的《贡达拉传奇》（The Gondal

① 诗歌在归类上会有重复的现象，如关于贡达拉人物故事的诗歌中有的是叙述人物的战争经历，有的是叙述人物被囚禁的经历，因此，在归类和解读战争题材或囚禁题材的诗歌时，有时会引用前面已归属于人物故事的同一首诗歌。

Saga）游戏。这一活动断断续续地一直延续了 17 年，近 30 岁时（1848 年 5 月 13 日，即病逝前 6 个月），她还在写一首有关贡达拉的诗歌。[①]《贡达拉传奇》最初是以口头的形式表演，戏剧的情节她们都烂熟于心，表演之余，她们才以散文和诗歌的形式把它们记录下来。这样，贡达拉传奇有两种版本：一种是以散文形式创作的贡达拉传奇，一种是用诗歌形式创作的贡达拉史诗。当然，贡达拉传奇的散文和诗歌并不是同时创作。埃米莉和安妮关于贡达拉传奇的大量的散文已经丢失，这些散文为她们那些神秘的贡达拉史诗构成了一个完整和翔实的背景。现存的只有她们各自的诗歌部分和一份很短的她们自办杂志的片断。此外，还有 1841 年和 1845 年在埃米莉生日上她们交换的日记[②]和安妮写的贡达拉地名和人名的清单。从现存诗歌的内容看，它们创作的时间和故事的情节都缺乏连贯性，可以断定这些诗歌不是按照事件的情节来写的，它们是某些场景、剧情和人物感情的韵文叙述。无疑，它们是贡达拉传奇故事散文创作的继续和发展。因此，有关贡达拉的传奇故事，人们只能从她们现存诗歌的内容和她们的日记来了解。多年来许多勃朗特专家学者一直在尝试重新构建贡达拉的传奇故事。较著名的有：马德琳·霍普·多兹（Madeleine Hope Dodds）、范妮·伊·拉奇福德（Fannie E. Ratchford）和劳拉·勒·欣克利（Laura L. Hinkley）等。

（一）贡达拉、加阿尔丁和贡达拉的王室家族

贡达拉是北太平洋的一个岛屿，那里有湖泊、山脉和多岩石的海岸线，气候和埃米莉的家乡约克郡非常相似。那里的居民是

---

① Hatfield C W. The Complete Poems of Emily Jane Brontë[M]. New York: Columbia University Press, 1995：15.

② 埃米莉和安妮习惯在埃米莉生日时写杂记，记录当天的活动和感言，交换保存，四年后再拆开来看。

一种强悍、热情奔放和崇尚自由的民族，他们想象力丰富和具有高度的爱国热情。贡达拉是一个邦联国家，由几个王国组成。每个王国都由一个世袭的王室家族统治。在安哥拉王国的布兰萨达家族和埃克西纳家族之间存在着势不两立的竞争，这就是游戏发展的路线。

贡达拉的水手们很勇敢，他们到很远的地方去探索。他们发现了南太平洋的一个热带大岛屿加阿尔丁（Gaaldine）。这两个家族的王子们也是最初到这里来探险的成员，他们探索和占领了这个岛屿，把它分割成一个个王国和省区：亚历山大里亚（Alexandria）、阿拉米多（Almedore）、埃拉西拉顿（Elseraden）、尤拉（Ula）、泽罗纳（Zelona）和泽多拉（Zedora）。世袭的竞争和仇恨也跟随着他们来到这个岛屿上，埃米莉大量的诗歌就是和这些征服战争和家族恩怨有关。这些战争是布兰萨达家族（the house of Brenzaida）的朱利叶斯（阿拉米多的国王）发起，反对的是他的邻国泽罗纳（Zelona or Zalona）的埃克西纳家族（the house of Exina）。

（二）范妮·伊·拉奇福德重构的贡达拉传奇[①]

奥格斯塔·杰拉尔丁·阿拉米达（Augusta Geraldine Almeda）也叫罗西娜，是贡达拉南方阿拉古娜（Alcona）王国的公主。小时候，她天真快乐、热情大方、勇敢诚实，十分可爱；长大后的她则是热烈多情，浮躁不贞，且心狠残忍，然而极富理想抱负和女性魅力。许多男人纷纷拜倒在其石榴裙下，个个都为她断送了前程或性命：埃尔比王（Lord Elbë）为她战死；阿米多斯（Amadeus）被她流放和在复仇中被杀；阿尔佛雷德王（Lord Alfred）被她流放，随后在流放中自杀；费尔南多（Fernando）被她囚禁，在狱

① Fannie E. Ratchford. Gondal's Queen—A Novel in Verse by Emily Jane Brontë[M]. Austin: University of Texas Press, 1955.

中自杀；朱利叶斯王（Julius）也由于她而被人暗杀。

奥格斯塔的第一个情人是埃尔比王亚历山大（Allexander, Lord Elbë）。埃尔比王为了和她私奔而抛弃了自己的妻子。埃尔比王后来在和安哥拉（Angora）王子朱利叶斯王（Julius Brenzaida）的领土争夺战中受伤，等到奥格斯塔在贡达拉埃尔诺湖（Lake Elnor）的岸边找到他时，他已经奄奄一息，他就是枕在奥格斯塔的怀里一命归天的。此后，奥格斯塔常常为他感到伤心不已，很多年后，她还回到埃尔比王死亡的地方，追忆他的往事。埃尔比王死后，奥格斯塔也被俘虏，被关在地牢里受尽折磨。出狱以后，奥格斯塔回到南方的家。一段时间的忧伤之后，她恢复了往日的健康和生活的快乐，随后便有了另一次爱情经历。这回她爱上了阿斯品城堡的阿尔佛雷德王（Lord Alfred Sidonia of Aspin Castle）。阿尔佛雷德王有个金发碧眼的女儿叫安奇利加（Angelica），她收养了一个忧伤的男孩（阿米多斯，Amedeus），男孩后来成了她的恋人。安奇利加的母亲死后，奥格斯塔和阿尔佛雷德王结婚后，对安奇利加横加虐待，利用权力和地位占有了男孩，厌倦之后又把他和安奇利加一起流放外地。奥格斯塔生性喜新厌旧，为了追求朱利叶斯和独揽阿斯品城堡的大权，她又抛弃了阿尔佛雷德王，把他流放到英国，使其在流放中自杀。由此，奥格斯塔成了安奇利加的仇敌。

朱利叶斯·布兰萨达（Julius Brenzaida）是贡达拉（Gondal）北部安哥拉（Angora）王国的王子，早年曾和奥格斯塔谈恋爱，可是她并没有忠贞于他，而是和亚历山大私奔了。朱利叶斯后来征服了南太平洋的加阿尔丁，成为阿拉米多的国王以后，奥格斯塔则千方百计勾引他。朱利叶斯经不住旧情的驱使和奥格斯塔美貌的诱惑，不计前嫌，与她结成夫妻。此后，在奥格斯塔的鼓动和协助下，他发动了对邻国的战争，并入侵故国贡达拉，提出王位要求，迫使世仇埃克西纳家族的杰拉尔德（Gerald of Exina）和他组成联合政权，继而他背信弃义，囚禁了杰拉尔德及其儿子，最终独揽贡达拉和加阿尔丁的大权。然而，乐极生悲，终究被安奇利加（Angelica）为首的政敌和仇人所杀。安奇利加行刺朱利叶斯王，实为报复奥格斯塔。不幸的是，阿米多斯在刺杀朱利叶斯王的过程中，被朱利叶斯王的卫兵所杀。朱利叶斯王被杀以后，国内发生共和党反对保皇党的暴乱，奥格斯塔带着孩子逃亡到安哥拉山地里，由于山里环境恶劣，孩子在一场暴风雪中死去。

后来奥格斯塔重整旗鼓，聚集保皇势力，收复贡达拉，当上贡达拉的女王，统治贡达拉 15 年。在此期间，她还沉溺于一个名叫费尔南多（Fernando De Samara）的年轻人，使他背叛了自己的心上人。费尔南多无法逃脱奥格斯塔的妖术，被玩弄之后还被关进监狱里。然而，他还时时刻刻思念着她，最后竟为她殉情。奥格斯塔尽管水性杨花，但是她时常还非常想念死去的朱利叶斯王。由于厌倦了宫里的生活，一天她偷偷地和几个侍者从宫廷里溜出来，懒懒地躺在山坡上晒太阳，不料被安奇利加发现，而引来杀身之祸。在安奇利加的唆使和利诱下，道格拉斯（Douglas）先刺杀了两个随从，然后刺杀奥格斯塔。等到奥格斯塔的侍卫队长埃尔德雷德（Lord Eldred）赶到时，道格拉斯早已逃之夭夭，奥格斯塔的追兵也被他推下的积雪埋没。最后，只有埃尔德雷德一个人为女王哀悼，把她安葬在荒原上。

（三）劳拉·勒·欣克利重构的贡达拉传奇[①]

朱利叶斯·布兰萨达是贡达拉北部安哥拉王子，他和罗西娜相爱，罗西娜(Rosina)是贡达拉南部阿拉古娜（Alcona）的公主。在学校读书期间他们就已建立了恋爱关系，可是由于违犯学校纪

① Laura L. Hinkley. Charlotte and Emily[M]. London: Hammond, Hammond & CO. LTD, 1947: 273-282.

律，他被关到学校监狱里。获释后，朱利叶斯成立了一个探险队到加阿尔丁（Gaaldine）去探险。在那里他首先征服了阿拉米多，然后是泽罗纳。他追求着当地的西多拉的杰拉尔丁·西多尼亚（Geraldine Sidonia），并秘密和她结婚。然而，她拒绝和他回到贡达拉，这样他只好和她分道扬镳。杰拉尔丁给他生了一个女儿，这就是奥格斯塔。在去贡达拉的一次旅途中，发生海难，杰拉尔丁溺水而死，女儿奥格斯塔幸免于难，朱利叶斯把她放在安哥拉的山区里养大。他和罗西娜结了婚，当奥格斯塔来到他们宫里时，她遭到的只有罗西娜的冷遇。朱利叶斯发誓要和他的世仇埃克西纳（Exina，领地名，家族名为格兰尼顿，Gleneden）的国王杰拉尔德联盟；可是他却背叛了诺言，把杰拉尔德（Gerald）及其儿子亚瑟（Arthur）关进监狱，并自立为贡达拉和加阿尔丁的国王。他镇压了埃克西纳的叛乱，然而却遭到了道格拉斯暗杀。道格拉斯逃脱了。此后，罗西娜以他们儿子亨利·安哥拉的名义当上了摄政王。

随着奥格斯塔的长大，她成了许多风流韵事和政治纷争的中心人物，她的第一个情人是阿米多斯（Amedeus）。阿米多斯后来因谋反而被流放，他的女友安奇利加（Angelica）随他一起被流放，后来再次由于参与暗杀，而搭上性命。为此，奥格斯塔受到了安奇利加的谴责和仇恨。奥格斯塔一生中最主要的情人是已婚的亚历山大·埃尔比王，他们成了恋人，奥格斯塔偷偷生下一个儿子，亚历山大里亚（Alexanderia）。为了保全她在王室的名声和利益，奥格斯塔让他在一次暴风雪中死去。埃尔比的妻子死后，奥格斯塔和他结了婚，随后对罗西娜发动了战争。亚历山大·埃尔比死于战场上，奥格斯塔目睹他死去，她自己也成了俘虏而被关进监狱里。被她“高贵的敌人”罗西娜从监狱里释放出来以后，奥格斯塔和费尔南多谈上了恋爱，使他抛弃了青梅竹马的恋人，

10 年后姑娘为他忧郁而死。费尔南多由于政治原因被关进监狱，不久奥格斯塔就把他忘得一干二净，这导致了费尔南多后来的自杀。

奥格斯塔的第二个情人是她母亲的兄弟，贡达拉的阿斯品城堡的阿尔佛雷德王。阿尔佛雷德王是个鳏夫，由于迷恋上了奥格斯塔而把自己的小女儿（Alfred Sidonia）置之不理。他们最后结了婚，奥格斯塔成了王后，这也许是在罗西娜死后的事。阿尔佛雷德的健康每况愈下，阿尔佛雷德的纯洁和善良使奥格斯塔清醒地认识到，她和他结合是一种罪过，他们应该永远地分离，因此她把他送到英格兰，让他在那里自生自灭。之后，以前曾参加过反对朱利叶斯的共和党人发动了一场革命暴动，造成了格兰尼顿（Glenden）家族的分裂。奥格斯塔逃到安哥拉的山区里，在那里，在安奇利加的唆使下，道格拉斯暗杀了她。女王的侍卫长埃尔德雷德为她哀悼，并把她安葬在荒原上。[①]

---

① 就范妮·伊·拉奇福德重构的贡达拉传奇和劳拉·勒·欣克利重构的贡达拉传奇而言，根据笔者的研究，从埃米莉诗歌的内容来看，似乎后者较为自然贴合，故事情节也更为曲折动人。至于前者，把 Rosina，Augusta Geraldine Almeda 和 Geraldine 认定为同一人物，似乎不能完全令人诚服。情节的划分似乎有点勉强，有些诗歌的归类似乎也欠妥切。不过，我们知道，范妮·伊·拉奇福德是研究勃朗特早期文学创作的专家，从事这方面研究的时间最长，经验最丰富，成就最大，影响最深广，最具权威。她有她的依据、她的理解。在一些问题上，由于笔者水平有限，不能甚解。坦诚地说，笔者现有的资料更多的是从她那里而来。所以，本书有关贡达拉传奇的人物事件和故事情节，主要接受她的观点。

二、有关贡达拉人物故事的诗歌

埃米莉和安妮的贡达拉传奇开始之初没有剧本，是以口头的形式上演的，经过多次反复的演练，她们早已把情节烂熟于心。后来闲暇之余，她们才以散文的形式把它记录下来。由于她们都是各做各的记录，因此在剧情、人物名称上都有不尽相同之处。[①]在用散文叙述剧情和描述人物的同时，她们还不时以诗文形式描述某些场景、人物或思想情感。应该说，它们是贡达拉传奇的副产品，是贡达拉传奇故事散文创作的继续和升华。不过，有的诗歌有时会远远落后于它的散文几个月甚至几年。从诗歌的时间和内容看，它们不是按时间顺序和故事情节来写，而是在后来的时间里，她们有感于剧作的某一情景或某一人物而随着诗兴创作出来的。整个贡达拉史诗的创作时间跨度达 17 年之久。大多数诗作都是在家里写成的，可是也有一部分诗歌是埃米莉在洛希尔学校当乡村教师时写的，在布鲁塞尔学习期间，她也写了几首贡达拉诗歌，如第 153 首（H. A. 和 A. S.，1842 年 5 月 17 日）、第 154 首（写于阿斯品城堡中，1842 年 8 月 20 日—1843 年 2 月 6 日）、第 155 首（自我诘问，1842 年 10 月 23 日—1843 年 2 月 6 日）等。在 1845 年 7 月 30 日的日记里，埃米莉写到他们第一次远足。她和安妮把自己装扮成从训导宫逃出来的一伙保皇党，她们正在被共和党追赶着。她还写道："贡达拉还像从前那样繁荣兴旺。我目前在写第一次内战——安妮也在写一些有关的文章和亨利·苏凤娜[②]的生平。"《呼啸山庄》出版后，她还于 1848 年 5 月 13 日写了她最后的一首诗（第 193 首：为什么要问清楚何时何地）。由于

① 如埃米莉的主人公是 Augusta 和 Julius，安妮对应的主人公分别是 Alexandria Zenobia 和 Alexander Hybernia.

② 亨利·苏凤娜（Henry Sophona）：贡达拉传奇中，安妮的一个人物。

贡达拉传奇散文的丢失，无法确定每一首诗的时间或者它所叙述的人物或情节。正如不同专家重构的故事情节不尽相同一样，有些诗歌的归属也会因人而异，再说有的诗歌的归属问题也有模棱两可的现象。根据诗歌内容和专家重构的故事情节，大致可以把它们归属于不同的人物和情节。

（一）有关奥格斯塔的诗歌

奥格斯塔是贡达拉南方阿拉古娜王国的公主。小时候，她天真快乐、热情大方、十分可爱；长大后则热烈刚毅，多情浮躁，富于理想和女性魅力。为了达到个人政治目的和情感需要，她敢作敢为，且不择手段。在大学读书时，她尽管和朱利叶斯有了感情纠葛，可是后来还是和亚历山大私奔了。因此造成了朱利叶斯和亚历山大的隔阂和纷争，最后酿成了朱利叶斯和亚历山大的争夺战（当然也有争夺领地的原因），亚历山大因受伤而死。亚历山大死后，奥格斯塔被俘，被关在地牢里。出狱后，她回到南方，后来爱上阿斯品城堡的国王阿尔佛雷德。阿尔佛雷德妻子死后，她和他结了婚，成为阿斯品城堡的王后。随后还占据了阿尔佛雷德女儿安奇利加的男朋友阿米多斯。厌倦后，又把他流放外地。奥格斯塔为了追求早年的恋人朱利叶斯和独揽阿斯品城堡大权，抛弃了阿尔佛雷德王，把他流放到英国。奥格斯塔和朱利叶斯结婚后，唆使他发动侵略战争，最终导致朱利叶斯被人暗杀。此后国内爆发战争，奥格斯塔带着孩子逃到山里，孩子在暴风雪中死去。奥格斯塔收复贡达拉后，当上女王。一天她在山坡晒太阳时，不料被道格拉斯杀害。

奥格斯塔是个热烈多情的女人，深得男人的喜爱。说她水性杨花，不如说她为了理想、为了权力和利益而忍痛割爱。有关她的诗歌中，更多的是关于她对死去情人的思念。根据笔者统计，贡达拉史诗有近一半（47 首）的诗歌和奥格斯塔直接有关，其中有：

1. 关于她早年生活的

第 1 首：奥格斯塔的出生。

第 3 首：奥格斯塔的教育。

第 23 首：爱情曙光的出现。

第 80 首：奥格斯塔和朱利叶斯约会。

2. 关于她和亚历山大的

第 72 首：奥格斯塔看到亚历山大死去。

第 165 首：狱中的奥格斯塔抱怨希望女神。

第 83 首：奥格斯塔回到黑暗的牢房里。

第 53 首：出狱后，奥格斯塔表示要振作起来。

第 180 首：奥格斯塔在监狱中忆念亚历山大。

第 15 首：奥格斯塔出狱后快乐的心情。

第 16、50、51 首：奥格斯塔出狱后忆念亚历山大。

第 9 首：奥格斯塔回到埃尔诺湖忆念亚历山大。

第 49 首：奥格斯塔辞别亚历山大坟墓，回归现实生活。

3. 关于她和阿尔佛雷德的

第 137 首：奥格斯塔表达对阿尔佛雷德的爱慕。

第 112 首：奥格斯塔高调送阿米多斯去流放。

第 169 首：奥格斯塔高调送阿尔佛雷德去流放。

第 162 首：奥格斯塔祝福阿尔佛雷德一去不复返。

第 110 首：奥格斯塔对流放中的阿尔佛雷德的思念。

第 61、123 首：奥格斯塔安慰死去的阿尔佛雷德。

4. 关于她和朱利叶斯的

第 184 首：奥格斯塔热恋朱利叶斯。

第 142 首：奥格斯塔责备朱利叶斯对她早年不贞的埋怨。

第 151 首：奥格斯塔预感朱利叶斯被人杀害。

第 28 首：奥格斯塔复辟后忆念朱利叶斯。

第 111、134 首：奥格斯塔忆念朱利叶斯。

第 182 首：奥格斯塔 15 年后忆念朱利叶斯。

5. 关于她和孩子的

第 177 首：怀抱孩子，想念亲人。寄望于孩子。

第 131 首：奥格斯塔哄着孩子入睡。

第 108 首：奥格斯塔的孩子在暴风雪中死去。

第 36 首：奥格斯塔舍不得离开死去的孩子。

第 100 首：奥格斯塔忆念她的孩子。

第 183 首：奥格斯塔埋怨死神让她命运不济。

第 120 首：孩子死后，奥格斯塔振作起来，展望未来。

6. 关于她和费尔南多的

第 132 首：奥格斯塔凝视费尔南多，预见他的厄运。

第 37、76 首：奥格斯塔忆念过去的情人。

第 34、59、82、86、96 首：奥格斯塔回首往事。

第 48 首：奥格斯塔忆念坟墓里的情人。

第 130 首：奥格斯塔忆念费尔南多。

7. 关于她的死的

第 143 首：奥格斯塔被道格拉斯杀害。

埃米莉和维多利亚女王几近同龄，维多利亚女王 1837 年登基时 18 岁，埃米莉 19 岁。埃米莉塑造的奥格斯塔女王似乎受到了维多利亚女王的启发，然而，维多利亚女王在位 64 年，埃米莉只有十年的时间目睹维多利亚的女王生涯。她不知道维多利亚女王此后的生活，她也无法预测女王以后的路途，正如第 2 首诗歌所写的那样：

Will the day be bright or cloudy?

Sweetly has its dawn begun;
But the heaven may shake with thunder
Ere the setting of the sun.

Lady, watch Apollo's journey:
Thus thy firstborn's course shall be—
If his beams through summer vapours
Warm the earth all placidly,
Her days shall pass like a pleasant dream in sweet tranquility.

If it darken, if a shadow
Quench his rays and summon rain,
Flowers may open, buds may blossom:
Bud and flower alike are vain;
Her days shall pass like a mournful story in care and tears and pain.

If the wind be fresh, and free,
The wide skies clear and cloudless blue,
The woods and fields and golden flowers
Sparkling in sunshine and in dew,
Her days shall pass in Glory's light the world's drear desert through.

天空会晴朗还是多云？
清晨它是那样的灿烂，
可是，太阳下山之前，
它也许就会雷霆震撼。

夫人，请看阿波罗的旅程：
那将预示着大公主的人生之旅——
如果他的光芒能穿透夏日的云雾，
静静地温暖着整个大地，
她的日子会像一场美梦，宁静而甜蜜。

如果天色变暗，如果一片阴云
熄灭了他的光辉，唤来了风雨，
虽然花朵开放，蓓蕾也会萌芽，
可是蓓蕾和花朵一样皆是枉然，
她的日子就会充满悲伤、忧虑、痛苦和泪水。

假如风儿清新，通透流畅，
天空万里无云，清澈蔚蓝，
田野、树木和金色的花朵
沾满着朝露在阳光下闪烁，
她的日子就会光辉灿烂，逾越世俗阴沉的荒漠。

因此埃米莉塑造的奥格斯塔不是一个温文尔雅、包含大度、文明守节、四平八稳、雍容华贵、母仪天下的维多利亚女王，而是一个有心计、有理想、有政治抱负、然而却又经历坎坷、久经磨难的贡达拉女王。这个贡达拉女王与其说是埃米莉对维多利亚女王未来一生的推测，不如说是伊丽莎白女王（1533—1603）政治生涯某一方面的再现，特别是其深谋远虑以及利用爱情和婚姻以制衡国内外各种矛盾的这一面。伊丽莎白女王是一位有着极高智慧的人物，她依靠智慧周旋于各种政治力量之间，取得稳定和平衡。女王的智慧表现在她明白自己作为女人的弱点，并且非常聪明地把这种弱点变成了优势。她登基以后，几乎所有的大臣和国民都认为，她应当做的第一件事就是结婚。她毫无治国经验，有个丈夫就可以帮她治理国家，而且可以生下孩子，作为王位合法继承人，国家才能稳定。伊丽莎白登上王位，成了欧洲未婚女人中最有价值的女人。英格兰王位不知道被多少人觊觎着，现在却在一个年轻姑娘的手中，这就更刺激着他们的野心。最简单、最省事的办法是同女王结婚，自己成为实际的统治者。因此女王的求婚者络绎不绝，到她 52 岁时，重要的求婚活动有近 30 次，其中包括英格兰最强大的两个敌手：法国国王查尔斯九世和西班牙国王菲力二世，菲力在同血腥玛丽结婚之前，就以王子身份向伊丽莎白求过婚。伊丽莎白成为女王后，他便为儿子来求婚。他的妻子玛丽死后，他又以西班牙国王的身份向伊丽莎白求婚。伊丽莎白女王出于政治的考虑。她认为"血腥玛丽"的婚姻是英国的一场灾难，她要从中吸取教训，把自己的婚姻作为一种获取最大利益的手段。她把婚姻当作讨价还价的筹码，从中获取政治利益和丰厚的礼品。那些求婚者在梦想的时候，伊丽莎白女王却在把这个"婚姻游戏"变成英国极具价值的资产和外交政策的重要组成部分：当英国需要某个国家的支持或缓和关系时，就会建议对方向女王求婚，那些王公贵族谁也无法抵御这个巨大的诱惑；可是他们忙活了一阵，耗费了许多钱财，最后发现又是一场空喜。女王却取得了力量的平衡，赢得了时间，她在积蓄着力量，一步一步地巩固自己的统治和英格兰的地位。

同样奥格斯塔正是利用她的爱情和婚姻以达到她掌握政权和维护国家安定的目的。所不同的是，她的手段比伊丽莎白女王更来得直截了当，毫无掩饰，甚至是手段无情和残忍。

（二）有关亚历山大的诗歌

亚历山大（Allexander, Lord Elbë）是埃尔比的国王。亚历山大也是奥格斯塔早年的大学同学，为了和奥格斯塔私奔，抛弃了自己的妻子。亚历山大在和朱利叶斯的争夺战中受伤，被抬到埃尔诺湖畔。奥格斯塔找到他时，他已奄奄一息，不久便在她的怀里死去。此后，奥格斯塔时常怀念他，很多年后，她还回到埃尔诺湖畔纪念他。贡达拉史诗中直接描写亚历山大的并不多，大多都是通过奥格斯塔对他的回忆（如上文所列）反映出来：

第 88 首：河畔上受伤倒下前的亚历山大。

第 72 首：奥格斯塔一个人目睹亚历山大死去。

第 74 首：战后，埃尔比府邸成了一片废墟。

（三）有关阿尔佛雷德的诗歌

阿尔佛雷德是阿斯品城堡的国王。奥格斯塔出狱后，成了他的情人。阿尔佛雷德整日沉迷于奥格斯塔的美色，完全冷落自己的妻子和女儿。被抛弃的妻子忧郁成疾，不久便离开人世。妻子死后，阿尔佛雷德和奥格斯塔结了婚，不久他就发现奥格斯塔并不像他想象的那样贤惠和通情。阿尔佛雷德悔恨莫及，十分想念死去的妻子，终日郁郁寡欢，身体健康急剧衰落。此时正值国内共和党活动猖獗。为了外出疗养身体，也为了寻求外援力量，他便同意奥格斯塔的安排，到英国去。不曾想这一去实为被奥格斯塔流放，有家不能归，绝望之余自杀身亡。贡达拉史诗中直接描写阿尔佛雷德的诗歌也不多，主要也是通过奥格斯塔对他的嘱托和忆念（如上文所列）反映出来：

第 118 首：阿尔佛雷德辞别奥格斯塔去英国。

第 32 首：阿尔佛雷德走在漫漫流亡的路上。

第 102 首：阿尔佛雷德的随从在英格兰追忆他。

第 47 首：阿尔佛雷德抱怨那些忘恩负义的人。

第 158、173 首：阿尔佛雷德想念亡妻。

第 154 首：阿尔佛雷德魂归阿斯品城。

（四）有关朱利叶斯的诗歌

朱利叶斯是贡达拉北部安哥拉王国的王子，早年曾和奥格斯塔谈恋爱，可是没有得到她的真爱。朱利叶斯成了阿拉米多国王以后，奥格斯塔则主动向他献媚。朱利叶斯旧情复发，和她建立了暧昧关系。两人阴谋串通，把阿尔佛雷德流放到英国。他们结婚后，在奥格斯塔的蛊惑下，朱利叶斯发动了对邻国泽罗纳的战争，并一举入侵贡达拉，威逼利诱贡达拉国王杰拉尔德和他联合执政。不久背信弃义，囚禁杰拉尔德，自己成为贡达拉和加阿尔丁的国王。其恶行不得人心，共和党乘机作乱，安奇利加也为了报复奥格斯塔，秘密行刺朱利叶斯，朱利叶斯最终死于暗杀（史诗中没有直接描述朱利叶斯的死，而是通过第 151 首——奥格斯塔的梦魇来折射朱利叶斯的死）。

第 178 首：朱利叶斯早年违反纪律，被囚在南方学院监狱。

第 29 首：朱利叶斯攻陷丁泰洛。

第 80 首：朱利叶斯和奥格斯塔约会。

第 81 首：朱利叶斯用激将法向奥格斯塔求爱。

第 60 首：朱利叶斯责怪奥格斯塔怀念亚历山大。

第 40 首：朱利叶斯鼓舞战士们冲杀。

第 156 首：朱利叶斯攻陷泽罗纳。

第 13 首：朱利叶斯攻陷丽贾纳。

第 56 首：朱利叶斯假装和杰拉尔德组成联合政府。

第 125 首：朱利叶斯囚禁杰拉尔德。

第 12 首：朱利叶斯预感厄运来临。

（五）有关安奇利加和阿米多斯的诗歌

安奇利加是阿尔佛雷德的女儿。她收养了一个忧郁的黑男孩阿米多斯，他们姐弟相称，后来成为恋人。有人认为，他们就是

《呼啸山庄》中凯瑟琳和希斯克利夫的原型。奥格斯塔和阿尔佛雷德结婚后，奥格斯塔经常虐待她，还抢夺了阿米多斯，最后还把他们赶出家门。她的父亲也被奥格斯塔流放英国，以致在流放中自杀。由此，奥格斯塔成了他们的敌人。为了报仇，安奇利加组织暗杀朱利叶斯。暗杀行动由道格拉斯和阿米多斯执行，他们成功地刺杀了朱利叶斯，可是阿米多斯却不幸被朱利叶斯的侍卫所杀。后来，安奇利加还唆使道格拉斯成功地杀害了奥格斯塔。

第 62 首：安奇利加的摇篮曲。

第 7 首：安奇利加发现阿米多斯。

第 14 首：安奇利加遇到阿米多斯的情景。

第 186 首：苦命的阿米多斯。

第 11 首：18 岁孤独的阿米多斯。

第 144 首：阳光像我一样孤独。

第 167 首：阿米多斯哀叹自己的苦命。

第 109 首：阿米多斯回忆童年的孤独。

第 187 首：安奇利加关爱阿米多斯。

第 4 首：安奇利加被奥格斯塔冷落。

第 64、115 首：安奇利加哀叹被宫里人冷落。

第 170 首：安奇利加孤独地在夏日的山坡上遐想。

第 106 首：忧伤的安奇利加少有的微笑。

第 124 首：安奇利加和阿米多斯流浪中无处歇息。

第 149 首：安奇利加在墓园里思念母亲。

第 152 首：母亲死了，安奇利加安慰阿米多斯。

第 98 首：安奇利加和阿米多斯刺杀朱利叶斯。

第 143 首：安奇利加和道格拉斯杀害奥格斯塔。

在贡达拉史诗中，有许多哀叹孤独和苦命的诗歌，它们似乎都适合于安奇利加和阿米多斯。阿米多斯是个孤儿，在安奇利加收养他之前，无家可归，过着流浪的生活。安奇利加虽然有幸福的童年，但父亲和奥格斯塔结婚后，她便没有了安身之地，她和阿米多斯被奥格斯塔赶出家门，到处漂泊。此情此景促使他们除了哀叹命运以外，更加怀念母爱和家的温暖。这种孤独和不幸的人生对于埃米莉本人来说，应该说是深有同感。难怪诗句写得情真意切，哀婉动人。然而，在忧愁中，我们分明看到了他们在质问着苍天大地，敢于和不幸抗争的不屈不挠的精神。

（六）有关费尔南多的诗歌

费尔南多是阿加尔丁阿里红大宅院（Areon Hall）的公子。他是个热血青年，不甘委屈守望着封闭的大宅门，他辞别母亲和青梅竹马的恋人（养妹），踏上贡达拉的土地。在贡达拉他遇到了奥格斯塔，成了她的情人。由于政治原因他被关进监狱，不久便被奥格斯塔冷落。在监狱里他百感交集。虽然他埋怨奥格斯塔，想念早年的恋人，想念母亲和家乡，然而他没有后悔，而甘愿为她殉情，最后他在狱中实现了自己的心愿。奥格斯塔是无情的，他是痴情的，而更可叹的是他家乡的恋人，因长期思念他，也郁郁而终。

第 33 首：费尔南多辞别他的恋人。
第 66 首：费尔南多坐在奥格斯塔窗前。
第 22 首：费尔南多回忆奥格斯塔的招见。
第 133 首：费尔南多责备囚禁他的奥格斯塔。
第 117：费尔南多忆念他的恋人。
第 135 首：费尔南多忆念为他自杀的恋人。
第 42 首：费尔南多忆念母亲和家乡。
第 146 首：费尔南多的恋人呼唤他回来。
第 163 首：费尔南多的恋人在地下想念他。
第 85 首：费尔南多怨恨奥格斯塔，在狱中自杀。

第 87 首：费尔南多死后的迷惘。

（七）有关道格拉斯的诗歌

道格拉斯一直在追求安奇利加，可是并没有得到过她的真爱。他一直陪伴在安奇利加的左右，甘愿为她卖命。他曾参加过刺杀朱利叶斯的阴谋活动，后来又在她的唆使下，成功地刺杀奥格斯塔，之后便逃之夭夭。在逃跑过程中，他乔装打扮，奋马扬鞭，翻山越岭，推下积雪掩埋了奥格斯塔的追兵。

第 143 首：道格拉斯杀害奥格斯塔。

第 57、107 首：道格拉斯化装成黑骑士逃跑。

第 75 首：道格拉斯推下积雪埋葬追兵。

（八）其他

有些表达爱情与思念情人或家乡的诗无法确定其归属，因为它们可以适用于在英国流放的阿尔佛雷德，也适用于在外流落的安奇利加和阿米多斯，也适用于远离家乡的费尔南多。他们都有恋人，而身处他乡。他们都有思念家乡和亲人的经历。这些诗歌如下：

第 90 首：望星星盼吉兆的流浪人。

第 94 首：蓝铃花让游子思念家乡。

第 95 首：原野上思念情人的迷途人。

第 99 首：失足人回忆着童年和母亲。

第 101 首：五月的鲜花，不幸的我。

第 113 首：淡淡的云雾使我想起童年和老屋。

第 138 首：请回到我身边来。

第 145 首：枯荣的花儿让我倍感孤零凄凉。

贡达拉史诗中还有一些有关囚禁的诗歌，有的可以确定其归属，有的则很难确定。在贡达拉史传奇中，受到囚禁的有奥格斯塔、杰拉尔德、亚瑟、格林尼顿、艾尼、A·G·罗谢尔和费尔南多等。他们都向往外面的世界，他们都渴望自由，他们都表现出不屈不挠的英雄本色。这些诗歌有：

第 39 首：囚徒盼着雪花。

第 43 首：自信的年轻囚徒。

第 46 首：狱中的艾尼。

第 63 首：格兰尼顿在狱中的梦。

第 77 首：在牢房里我唱不出来。

第 92 首：囚徒向往自由的原野和天地。

第 119 首：不屈不挠的囚徒。

第 136 首：不再相爱的人。

第 189 首：北方学院的监狱里的囚徒。

第 190 首：狱中的 A·G·罗谢尔。

三、有关大自然的诗歌

（一）埃米莉之前的自然诗

自然诗也叫山水诗，主要是以自然界的山水花草树木作为描写对象，通过自然事物的描写或吟咏来寄寓现实的内容和深厚真挚的情感。自然诗大致可分为三类：一类是把山水当作人类活动的背景来描写，二类是把山水当作比兴的媒介，三类是把山水当成歌咏的对象。有人说，前两类不算自然诗，因为它们没有把山水当成具有独立美学价值的对象来欣赏。笔者不敢苟同这种观点。这三种类型的自然诗虽然在诗学上地位不同，但是它们无论如何都不是为了写物而写物，而是为叙述人类活动和表达人的思想感情服务。它们都可以启发人们从某种角度（生活的、宗教的、美学的，等等）去认知大自然，去发现和理解大自然的神奇和伟大。人类源于自然，自然给人类以生命，以衣食，以住处，给人类以灵感及其创造力。古往今来，大自然一直是人类生息繁衍的所在，是人们崇拜和歌唱对象。远古时期弱小的人类面对着强大的自然曾发出多少的困惑和惊叹。“自然”在英国作为一种文学题材发展到勃朗特姐妹时代已经有 400 多年的历史。14 世纪的乔叟（Geoffrey Chaucer，1340—1400）《坎特伯雷故事集》开头对四月美丽的大自然的描绘可谓脍炙人口。威廉·兰格伦（William Langland，1332?—1400）的抒情诗曾将我们带到旖旎美丽的湖光山色之中。

文艺复兴时期人们开始把目光从天堂移到人间，不再追寻神的启示，人们把眼光投向大自然，追寻人的现世生活，欣赏大地多彩的山川湖泊。至此，自然景物自然而然成为人们关注的对象和讴歌的客体。文艺复兴时期给我们带来了许多美妙的自然诗。亨利·霍华德（Henry Howard，1517—1547）一首诗写道：

THE soote season, that bud and bloom forth brings,
With green hath clad the hill, and eke the vale.
The nightingale with feathers new she sings;
The turtle to her make hath told her tale.
Summer is come, for every spray now springs,
The hart hath hung his old head on the pale;
The buck in brake his winter coat he slings;
The fishes flete with new repaired scale;
The adder all her slough away she slings;
The swift swallow pursueth the flies smale;
The busy bee her honey now she mings;
Winter is worn that was the flowers' bale.
And thus I see among these pleasant things

Each care decays, and yet my sorrow springs!

甜美的季节带来蓓蕾和鲜花,
绿色溢满峡谷, 披满了山岗。
羽毛新换的夜莺在快乐歌唱,
海龟向爱侣讲述自己的沧桑。
夏天快来了, 浪花都在跳跃,
矫健的赤鹿已在栅篱上挂角;
荆棘从中的雄鹿甩掉了冬裳;
浮水的鱼儿披着新换的鳞甲;
蝰蛇也抛掉了那一身的旧皮;
迅捷的燕子小蝇身后追赶忙;
繁忙的蜜蜂在开始酿着蜜糖;
那摧残百花的冬天已经消亡。
就这样, 在这些欢快的事物中我看见
一些操心已去, 可我的忧愁却又出现。[①]

伊丽莎白时期（1558—1603）的抒情诗就是以田园和乡村畜牧为主要题材。对大自然的美丽流露出由衷的欣羡之情的作品比比皆是。如在埃德蒙·斯宾塞（Edmund Spencer，1552—1599）的《牧人日历》中，清新欢快的田园野趣与大自然优美的风光景致交织在一起，令人耳目一新。他的《迎婚曲》也为我们描画了一幅轻快活泼的春景图像：

They gathered flowers to fill their flasket:
And with fine Fingers, cropt full feateously

① G·B·哈里森.英国诗歌选集[M].纽约：企鹅出版社，1950：26.

The tender stalkes on hye.
Of euery sort, which in that Meadow grew,
They gathered some; the Violet pallid blew,
The little Dazie, that at euening closes,
The virgin Lillie, and the Primrose trew,
With store of vermeil Roses,
To decke their Bridegromes posies,
Against the Brydale day, which was not long:
Sweete Themmes runne softly, till I end my Song.

采集的鲜花朵朵，把篮子装满：
全都是她们的纤指灵巧地摘自
顶端的细梗嫩枝。
草坪上生长的鲜花，品类繁多，
各样都采些, 紫罗兰淡蓝花俏,
小小的雏菊，花瓣儿在晚间合拢,
还有纯洁的百合，忠贞的樱草,
众多的玫瑰嫣红,
把新郎的花束装饰得色艳香浓,
迎接她们的佳期，它就在不久：
可爱的泰晤士河轻轻流, 流到歌的尽头。[1]

托马斯·纳什（Thomas Nashe，1567—1601）的《春》是一部优美生动的诗：

---

① 埃德蒙·斯宾塞. 斯宾塞诗选[M].胡家峦，译.桂林：漓江出版社，1997：127.

SPRING, the sweet Spring, is the year's pleasant king;
Then blooms each thing, then maids dance in a ring,
Cold doth not sting, the pretty birds do sing,
    Cuckoo, jug, jug, pu-we, to-witta-woo!

The palm and May make country houses gay,
Lambs frisk and play, the shepherds pipe all day,
And we hear aye birds tune this merry lay,
    Cuckoo, jug, jug, pu-we, to-witta-woo!

The fields breathe sweet, the daisies kiss our feet,
Young lovers meet, old wives a sunning sit
In every street, these tunes our ears do greet,
    Cuckoo, jug, jug, pu-we, to-witta-woo!
        Spring, the sweet spring!

春，甜美之春，一年中最美好的时间，
万物吐芳艳，姑娘们舞翩跹，
轻寒不袭人，小鸟歌满天，
    恰恰，咯咯，啾啾，哥哥插禾！

榆树山楂漫山野，村村舍舍生气盎，
羊羔欢欣喜洋洋，牧童整天笛声扬，
百鸟欢歌总在耳边响，
    恰恰，咯咯，啾啾，哥哥插禾！

田野馨香飘四方，维菊轻轻吻脚上，

情人双双来相会，老妇憩坐沐阳光，
条条路上都有歌声在荡漾，
恰恰，咯咯，啾啾，哥哥插禾！
春，甜美之春！[①]

虽然文艺复兴时期的英国诗人对大自然表现出了前所未有的热爱，但是大自然在他们的诗歌中只是故事的背景，起到烘托的作用，还没有获得独立的地位，还没有成为诗人有意识的审美观照的对象。英国 17 世纪的诗歌有许多也是以自然景物为标题。如罗伯特·赫里克（Robert Herrick，1591—1674）《致柳树》、《致菊花》、《致鲜花》、《致水仙》、《致西风》、《致紫罗兰》等。这些诗歌表达了人对大自然的赞美，对美的感悟，对爱情的追求以及对时光流逝的感叹。自然景物在他的诗里也不是描写的对象，而只是一种比兴，是人生的启示。它只是象征着人生转瞬即逝，暗示着人生的令人痛苦的短暂。这种象征性的阅读自然风景，以期获得某种神性意蕴或永恒真理的习惯是 17 世纪英国的典型思维方式。他们观察事物，体验经历是为了从中获取生命的真谛，而不是为了从中获得美的享受。对于这些诗人来说，要紧的是现象内在的意义，而非现象本身，更谈不上现象的外在美。

18 世纪以后随着经验主义对感觉的强调，现代科学对现象世界的研究，园林艺术对自然野趣的追求，风景画家对原始粗犷的景观的描绘，终于促成了自然诗的兴起。这一时期出现了许多纯正的自然诗，如蒲伯的（Alexander Pope, 1688—1744）《温莎的森林》、温切尔西夫人（Lady Winchilsea，1661—1720）的《夜晚幻想曲》和约翰·戴尔（John Dyer，1699—1757）的《格朗葛山》等。此外，扬格（Edward Young, 1683—1765）、托马斯·格雷

① 王佐良.英国诗史[M].南京：译林出版社，1997：76-77.

（Thomas Gray，1716—1771）、柯林斯（William Collins，1721—1759）和哥尔德斯密（Oliver Goldsmith，1728—1774）等都曾经以准确笔调来表现美丽的乡村和普通百姓淳朴的生活。特别值得一提的是汤姆森（James Thomson，1700—1748）的《四季》。《四季》对大自然的描写真切动人，风格独特。萧瑟冬季的风、雨、雪，灿烂夏季的日、草、水，欢欣春季的树、虫、人，丰硕秋季的雾、果、情，被诗人如椽之笔描绘得自然、细腻、妥切，既有绚丽的地方色彩，又有奇妙的动态感觉。① 这一时期的自然诗人敏于体验和捕捉大自然的美丽，他们的自然诗遵循着这样一种原则：观察服务于沉思。他们相信，只有被赋予了对普遍性的思考，个别的、特殊的细节才有意义。这显然是继承了欧洲诗歌的传统。不过，和 18 世纪以前的对比，这些诗人的自然诗强调的是从具体的观察得出带普遍性的反思。这一点刚好得到了 19 世纪浪漫主义诗歌的继承和发展——形成了浪漫主义诗歌那种景物描写与哲理沉思融合一体的风格。

18 世纪末到 19 世纪初是英国自然诗歌发展的第一个高峰。这一时期出现许多伟大的诗人，如华兹华斯（William Wordsworth, 1770—1850）、柯勒律治（Samuel Taylor Coleridge，1772—1834）、拜伦（George Gordon Byron, 1778—1824）、雪莱（Percy Bysshe Shelley, 1792—1822）、济慈（John Keats, 1795—1821）和司各特（Walter Scott, 1771—1832）等。这些浪漫主义诗人尽管有各种各样的政治态度和人生哲学，但是他们都热爱自然和自由，要求表达内心的感觉，认为想象比理性更重要，创造比批判更有价值，激情比机智更珍贵。② 大自然的万物在他们的笔下气象万千、多姿多彩。这些诗歌凝聚着诗人真实的内心世界、对劳动人民同情

---

① 侯维瑞.英国文学通史[M].上海：上海外语教育出版社，1999：241.
② 罗良功.英诗概论[M].武汉：武汉大学出版社，2002：139.

和对大自然的热爱，同时也被赋予了清新的格调、高雅的气质、革命的精神，展现了诗人雄浑奇伟的想象力和博大的胸怀和轩昂的斗志。

（二）埃米莉的自然诗

从海特菲尔德的《埃米莉·简·勃朗特诗歌全集》来看，埃米莉一生创作了 193 首诗,其中有近 50 首是以自然界的事物为题材，如田园、山水、花草、树木、鸟儿、阳光、风雨、云雾等。埃米莉生活在偏僻的霍沃思地区，而且生活阅历有限。她接触到的自然界很有限，主要是家乡霍沃思荒原上的山川河流、花草树木、风雨雷电等。因此，她的诗歌题材主要是她日常生活中所常见的花儿、草儿、石楠、阳光、月色、雪花、雨露，特别是霍沃思荒原上呼啸的风雪和时常笼罩的大雾阴云。然而，埃米莉的诗歌并不是为了写自然而写自然，其中大多数是情景交融、借景抒情，表达自我的心情或人生哲学，或者以景物衬托故事情节、人物的生活际遇和前途命运。可见，埃米莉有关自然的诗主要属于三类自然诗中的第一类和第二类。限于篇幅，本节仅拟讨论埃米莉第二类的自然诗。

埃米莉诗歌深受英国浪漫主义诗歌传统的影响。如司各特的《最后一位游吟诗人之歌》、《玛密恩》和《湖上夫人》中那些展现纷繁复杂的历史传奇、宽阔美丽的大自然和充满魅力的湖光山色曾深深地打动着埃米莉的心扉，激发她去探寻历史的传奇，对大自然的向往和创作的灵感。司各特那种浓郁的怀旧色彩和人物景物互为烘托、完美融合的笔法对埃米莉的诗歌创作曾产生过深刻的影响。关于这点，我们不难在她的诗歌里找到司各特的影子：

The stag at eve had drunk his fill,
Where danced the moon on Monan's rill,

And deep his midnight lair had made
In lone Glenartney's hazel shade.

But, when the sun his beacon red
Had kindled on Benvoirlich's head,
The deep mouth's bloodhound's heavy bay
Resounded up the rocky way,
And faint, from farther distance borne,
Were heard the clanging hoof and horn.①

— Walter Scott's The Lady of the Lake

月光在莫南溪上舞蹈，
牡鹿来溪边喝了个饱，
深夜安歇于格伦溪谷，
榛子树底下打的地铺。

当太阳放射万道金光，
将巍峨贝维利山照亮；
猎犬吠叫声声声不断，
在岩石重叠山路回旋；
隐隐约约从远处传来，
马蹄声声，号角绵绵。

——司各特：湖上夫人

The sun has set, and the long grass now

---

① 胡家浩，向宗平，康传彪.华特司各特作品赏析[M].武汉：武汉测绘科技大学出版社，1999：109.

Waves drearily in the evening wind;
And the wild bird has flown from that old grey stone,
In some warm nook a couch to find.

In all the lonely landscape round
I see no sight and hear no sound,
Except the wind that far away
Comes sighing o'er the heathy sea.

—Emily Brontë's poems. No.21

太阳下山了，这时长长的青草
在晚风中梦幻般地飘摇着；
野鸟从古老的岩石间飞出，
在某处温暖的旮旯找个窝。

四处荒凉的野地，
我看不到人影听不到人声，
只有远处的清风，
从石楠的海洋上哀号而过。

——埃米莉诗歌第 21 首

来自于司各特《湖夫人》这片断描写了国王晚上出来打猎的情景。首先映入我们眼帘的是宁静的夜色：温柔的月光、夜幕下的溪谷、溪边饮水的牡鹿、树下安眠的牡鹿，可是到了太阳普照大地之时，远处却传来了喧闹的狗吠声、嘈杂的马蹄声和号角声，这意味安宁已被打破，危机即将来临。埃米莉的这首诗同样写了太阳西下，夜幕降临，暖风、鸟儿都忙着找归宿，度过安详的夜晚。可是远处一片荒凉，清风不断地从石楠丛上哀号而过，分明预示着不祥的来临。这两个片断中的人物和景物贴切、融合，在描写技法和表现方法上可谓如出一辙。

The sun had brighten'd Cheviot grey,
  The sun had brighten'd the Carter's side;
And soon beneath the rising day
  Smiled Branksome towers and Teviot's tide.

The wild birds told their warbling tale,
  And waken'd every flower that blows;
And peeped forth the violet plae,
  And spread her breast the mountain rose.

And lovelier than the rose so red,
  Yet paler than the violet pale,
She early left her sleepless bed,
  The fairest maid of Teviotdale.

Why does fair Margaret so early awake,
And don her kirtle so hastilie,
And the silken knots, which in hurry she would make,
Why tremble her slender fingers to tie.[①]

—Walter Scott's The Lady of Last Minstrel

① 胡家浩，向宗平，康传彪.华特司各特作品赏析[M].武汉：武汉测绘科技大学出版社，1999：64-65.

太阳照亮了灰色的奇维奥特山，
照亮了卡特尔起伏连绵的山岭；
灿烂的一天将拉开绚丽的帷幕，
布兰克桑蒙城漾起微笑的晨雾。

山中小鸟放开婉转的歌喉，
唤醒梦中姹紫嫣红的野花；
紫罗兰睁开惺忪的睡眼，
野玫瑰将美丽尽情舒展。

什么比这红艳的玫瑰还可爱，
什么比这般紫罗兰更加娇嫩，
只有彻夜未眠而今又早起的
特维奥特河畔最迷人的少女。

美丽的玛格丽特为何这么早醒，
又为何这般急忙地将衣服穿好；
她用灵巧的双手匆匆扎系裙带，
可纤细的小指为何不断地颤抖。

——司各特：最后一位游吟诗人之歌

Awaking morning laughs from heaven
On golden summer's forests green;
And what a gush of song is given
To welcome in that light serene.

A fresh wind waves the clustering roses,

And through the open window sighs
Around the couch where she reposes,
The lady with the dovelike eyes;

With dovelike eyes and shining hair,
And velvet check so sweetly moulded;
And hands so soft and white and fair
Above her snowy bosom folded.

…

Her sister's and her brother's feet
Are brushing off the scented dew,
And she springs up in haste to greet
The grass and flowers and sunshine too.

—Emily Brontë's poems. No.26

天堂的欢笑闹醒了清晨，
闹醒金色夏日绿色森林，
森林发出一阵阵的歌声，
迎接着宁静黎明的到来。

清凉的风拂动簇簇玫瑰，
叹息着穿过敞开的窗户，
围着她就寝的床铺环绕，
这是个纯真可爱的少妇。

温和的眼睛亮亮的秀发，
柔嫩的脸颊那样的可爱，

白皙、柔软美丽的双手，
合抱着放在雪白的胸前。
……
她兄弟姐妹轻盈的手脚
拂落了芬芳清香的露珠，
她也急急地起身去迎接
那青草、鲜花以及晨曦。

——埃米莉诗歌第 26 首

司各特的这一片断描述了科兰斯顿和玛格丽特一次幽会的情形。天边刚露出晨曦，山岭便披上金色的晨装，鸟儿便亮开婉转的歌喉，花儿也睁开惺忪的睡眼，迎接新一天的来到。彻夜不眠的少女也迫不及待地穿着打扮，去和情郎约会。最迷人的、美丽的、灵巧的双手、纤细的小指等都明示着少女娇柔和妩媚。埃米莉诗歌的第 26 首同样描写了清晨热闹的景象：金色的森林、莎莎的风声、拂动的玫瑰、敞开的窗户、兄弟姐妹的叫唤、清香的露珠等无不催促着少妇赶紧起身。黑亮的秀发、柔嫩的脸颊、白皙的纤手、雪白的胸脯等也无不说明少妇娇艳的美貌。这两个片断中的人物和景物相互衬托，相得益彰，水乳交融，浑然天成。这不能不让人以为埃米莉得到了司各特的绝学真传。另外，诗歌格律舒展和谐、诗句朴素自然、言浅意深、发人深省的这一风格也是司各特和埃米莉所共有。埃米莉诗歌自然、朴素和淳真的风格所带来的艺术魅力，决非那些“俪采百字之偶，争价一句之奇”的时髦作品所能比拟。

正如英国自然诗传统表达模式一样，埃米莉自然诗的写作方法主要是首先对客观事物的描述，然后借以抒发自我的思想和情感，把人物融为一体，达到情景交融的意境，最后领略出某种感悟或真谛。所不同的是，埃米莉自然诗结尾的普遍性总结不像她的前辈那样直言不讳，抽象出枯燥的哲学说教。埃米莉的诗既有理趣又有情趣，情理交融，不经点破，读后自然有感而发，从中体味人生的哲理与志趣。

Fair sinks the summer evening now
In softened glory round my home;
The sky upon its holy brow
Wears not a cloud that speaks of gloom.

The old tower, shrined in golden light,
Looks down on the descending sun—
So gently evening blends with night,
You scarce can say that day is done.

And this is just the joyous hour
When we were wont to burst away,
To ’scape from labour’s tyrant power
And cheerfully go out to play.

Then why is all so sad and lone?
No merry foot-step on the stair—
No laugh—no heart-awaking tone,
But voiceless silence everywhere.

I’ve wandered round our garden-ground,
And still it seemed, at every turn,

That I should greet approaching feet,
And words upon the breezes borne.

In vain—they will not come to-day,
And morning's beam will rise as drear;
Then tell me—are they gone for aye
Our sun blinks through the mists of care?

Ah no; reproving Hope doth say,
Departed joys 'tis fond to mourn,
When every storm that hides their ray
Prepares a more divine return. (No.116)

夏日美丽的黄昏降临了，
房屋沐浴着柔和的光芒；
天堂是那样明亮和神圣，
没有乌云，也没有忧愁。

古城堡，金光下变成了神殿，
俯瞰着徐徐下落的太阳——
黄昏和黑夜交融得如此柔和，
你几乎说不上白天已经结束。

这正是人们娱乐的时间，
我们往往会跑出门外去，
摆脱了艰辛严酷的苦力，
高高兴兴出去玩耍嬉戏。

可为什么一切都那么悲伤孤寂？
台阶上没有了欢快的脚步——
没有笑声——没有动人的话音，
而到处都是一片无声的寂静。

我在花园的周围徘徊往复，
可是总是觉得每一次转身，
我会遇到走近前来的脚步，
以及微风所带来的说话声。

枉然也——他们今天不会来，
初升的晨曦那样阴沉晦暗；
告诉我——他们是否永远离去，
太阳是否只在愁云后眨眼？

啊，不，希望女神会责备说，
人们都爱哀叹失去了的欢乐，
每一场遮天蔽日的风暴骤雨，
都将预示着更加灿烂的晴天。（第116首）

埃米莉的诗不是从抽象的哲理出发，而是从生活出发，将生活中的感受升华为哲理，又将这哲理连同生活的露水和芬芳一起诉诸诗的形象和语言，因此她的诗既有哲人的智慧，又有诗人的情趣，隽永厚朴，耐人寻味。埃米莉生活坎坷，心情沉郁苦闷，经过长期隐忍，她的情趣已经达到了和谐的肃穆。她的智慧与情感已经融为一体，酿成极其丰富的内在精神生活。她的诗歌表现出来的正是她这种和谐肃穆的情调和丰富的内心世界。

虽然埃米莉生活范围狭窄，诗歌题材有限，但是她的视角比较开阔。她从自身的直接经验出发，写自然、写爱情、写生死、写宗教信仰，从中折射社会和政治的某一方面，表达个人对人生、对世界的看法。正如夏洛特所说："不论是埃米莉还是安妮都不是博学之士 ……她们写作总是凭着自己内心的冲动，凭着自己感受的指引，凭着自己有限的经验和她们观察所得的储蓄。"① 她诗歌的情调无论是轻松还是沉郁，无论是高亢还是沉思，无论是欢快还是哀叹，无不表达她此时此刻真实的内在感受，全无经意地流露于其青笔之端。从这方面而言，她的诗歌具有一定的社会现实意义。

以下是埃米莉诗歌中描写自然的第二类自然诗，那些作为烘托故事情节的和叙述人物所经历的场景的第一类自然诗不在此列。这些自然诗中有些属于贡达拉史诗中的诗歌，它们有的是关于贡达拉和阿加尔丁自然景观的描述（当然有的赋予了人物的思想和情绪），有的是关于战后阵地和城乡的描述。另外一些可能不属于贡达拉史诗，是埃米莉家乡的自然风景。不过，我们知道，埃米莉和安妮所创造的贡达拉的环境气候和霍沃思相当类似。许多诗歌很难分清是属于霍沃思的还是属于贡达拉的，在此一并列出：

第 1 首：清晨的天空、奥格斯塔的诞生。

第 5 首：高地的石楠在暴风中剧烈飘摇。

第 6 首：森林，你不必嘲笑我。

第 10 首：美丽的自然景色使我快乐。

第 18 首：夏日的傍晚。

第 19 首：夏日的埃尔诺湖。

① Lucasta Miller. The Brontë Myth[M]. New York: Alfred A. Knope, 2003：214.

第 20 首：阳光下的草叶尖。
第 21 首：太阳下山的阴沉的景象。
第 24 首：风与石楠。
第 26 首：欢快的清晨、娇艳的少妇。
第 30 首：太阳下山的景色。
第 31 首：老教堂的钟楼和院墙。
第 39 首：囚徒盼着雪花。
第 52 首：阴森的庄园。
第 54 首：忧伤的黄昏。
第 65 首：多变的夏日。
第 67 首：偏僻的田地、两棵可怕的树。
第 68 首：烟雾阴沉的山上滚滚而下。
第 69 首：她静静地注视着那片可怕的云雾。
第 71 首：我目睹太阳下山。
第 73 首：战后的埃尔比湖畔。
第 74 首：战后的埃尔比府。
第 78 首：太阳下山的美景。
第 79 首：落叶为我祝福。
第 90 首：繁星之夜。
第 91 首：春去冬来、万物枯荣。
第 92 首：囚徒向往着自由的原野和天地。
第 93 首：灾难后宁静和万物复苏的天地。
第 94 首：蓝铃花使我想念家乡。
第 95 首：阴沉黑暗贡达拉原野。
第 113 首：云雾使我想起童年和老屋。
第 116 首：美丽的夏日黄昏。
第 124 首：北风和流浪人。

第 126 首：阴森的教堂墓地。
第 127 首：我爱狂风和痛苦。
第 128 首：树林漫步。
第 129 首：阴沉的湖面让我忧伤。
第 139 首：夏日的月色。
第 140 首：多情的晚风。
第 144 首：阳光像我一样孤独。
第 145 首：枯荣的花儿让我倍感孤零。
第 160 首：山上的积雪。
第 184 首：我爱星星、我爱夜晚。

四、有关战争的诗歌

（一）英国的政党纷争和国内外战争

英国的历史充满着斗争，主要表现在国王和贵族的斗争、王权的争夺。英国人极富于反抗王权专制和争取自由的精神：从盎格鲁撒克逊时代起，贵族联合起来和国王专断抗衡的局势一直持续不断。从“大宪章”到“君主立宪”无一不是贵族和国王斗争的产物。在这长期的斗争中，一个坚持“君权神授”，一个拼命主张“主权在民”；一个竭力维护“君权至上”，一个力争“国王在议会”。议会是双方斗争的场地，是他们争夺的阵地，谁赢得议会，谁就赢得权利。因此议会斗争是双方争夺的重点，是他们斗争的重要方式。英国社会无人不知道议会，无人不关注议会。虽然议会斗争的双方是国王和贵族，但是他们的斗争的结果肯定会产生诸如“大宪章”和“君主立宪”等东西，这些东西会使王权受到了制约，贵族争取到了“合法权利”，缓和了他们的矛盾，在一定程度上安定社会，使人民安居乐业，使社会得到发展。议会的事不仅是国王和贵族的事，也是老百姓的事。因此，每当议会召开时，全国上下都特别关注，议会的议题更是老百姓议论的话题。英国的19世纪20—40年代是个时局动荡不安的时代：1809—1812年的路德工人运动、1815年的反对政府“谷物法”，1817年的反“威逼法”，1819年的反“彼得鲁大屠杀”，1825年的第一次经济危机，19世纪30年代初的工联主义运动，1830—1832年的农民起义以及后来的1837—1848年的宪章运动等，组成了轰轰烈烈的广泛的群众性反抗政府的活动。就在这一时期，英国阶级结构发生了重大变化，工业资产阶级实力大增。他们不满自己无权的地位，为争取权利和地位，他们和无产阶级与市民结成政治联盟对城乡旧资产阶级进行斗争，终于酿成1832年的改革。1832年工业资产阶级借助政治联盟打败了旧城乡资产阶级，改革议会，夺取政权，推行有利于自己的政治体制和经济体制的政策，确立了自由贸易的经济体制，并加深议会改革，使议会更加趋向民主，不断扩大了选举权。勃朗特姐妹就生活在这一时代里，虽然她们没有亲身参加这样的运动，但是时代反抗的潮流、争取自由和权利思想无疑在潜移默化地影响着她们的思想意识。夏洛特的《谢莉》就是直接描写了路德工人运动在约克郡的反映。埃米莉的《呼啸山庄》和《贡达拉史诗》都是以对社会矛盾的思考和认识作为作品的思想基础。人民群众的反抗精神，深深地渗透了她们的心灵，作品中的主人公，个个都极具反抗个性，“奋斗和抗争”显然就是他们生活处世的主题。另一方面，埃米莉贡达拉史诗中的保皇党和共和党的斗争就是小时候在父亲的影响、时代政治风气感染和她热衷于政治的一种反映和延伸，也是托利党和辉格党的斗争的映射。

历史上英国曾是世界上最大的殖民帝国，世界各地都有它的殖民地，被誉为“日不落的帝国”。在英帝国主义的发展历史上，国内国外战争连绵不断：英法百年战争（1336—1453）、玫瑰战争（1455—1487）、英国资产阶级革命（1642—1651）、英荷战争（1652—1674）、英法七年战争（1756－1763）、英美战争（1775－1783）、中英鸦片战争（1840—1860）、第一次世界大战（1914—1918）和第二次世界大战（1939—1945）等等无一而足，可以说，英国历史上战事不断。战争一方面虽说使人民深受苦难，阻碍了社会的发展，另一方面也可以说是历史发展不可或缺的一部分。战争使英国实现扩张领土和获取经济利益的目的，可以激发国家民族的意识和斗志，增强民族的凝聚力。小勃朗特们出生前就发生过长达22年的英法战争（1793—1815）。英国纠合了奥地利、普鲁士、撒丁王国和西班牙等反法势力组成反法联盟，最终于1815年6月18日在布鲁塞尔附近的滑铁卢战胜了拿破仑。韦尔斯利是反法同盟的统帅，由于战功显赫，被封为威灵顿公爵。威灵顿成为一代的英雄，为世世代代英国人所敬仰。威灵顿公爵是小勃朗特们心目中的大英雄，是他们儿时游戏的中心，是他们戏剧的主角。《大玻璃城》、《安格里亚》等传奇都是缘他而起，由他衍生。贡达拉史诗充满着党派斗争，充满着你死我活的战争和血淋淋的场面。这说明埃米莉深受当时海外殖民争夺、国内外战争话语、英雄崇拜思想的感染。就这一点而言，勃朗特先生的影响不可忽略。勃朗特先生就对战争很感兴趣，是个英雄崇拜主义者。年轻时，他就是一个自愿军团①的成员。曾有一段时间，他枪不离身，老年时，听到女儿谈起伦敦的武器博物馆，他就兴奋不已。他经常给小勃朗特们讲战争的故事，讲威灵顿的故事。

另外，贡达拉的王室王权斗争也可以说是英国王室权力斗争的反映。历史上，英国王权的斗争是最尖锐最频繁的。不说兰开斯特家族和约克家族的玫瑰战争，也不说都铎王朝的王位争夺，

① 1790年以后，英国一直担心会遭到法国拿破仑的进攻，为了加强防备，成立了各种各样的卫国军团，自愿军团是其中之一。

单说靠近勃朗特姐妹时代的汉诺威王朝。乔治三世经过美国独立战争的打击以后一蹶不振，陷入癫疯状态。威尔士亲王成了摄政王，乔治三世死后，他成了乔治四世。乔治四世第一次婚姻娶玛丽·史密斯，可是他们没有子女。为了有个王位继承的儿女，他第二次婚姻娶卡罗琳，他们生下了女儿夏洛特，夏洛特后来与比利时的利奥波德亲王结婚，可是1817年夏洛特和孩子一起死于难产。这样乔治四世便没有了王位继承人了。1830年他死后，他的三弟威廉四世继承了王位。威廉四世的几个儿女都幼年夭折，没有留下合法的继承人。现在只有他四弟爱德华的女儿维多利亚有望继承王位。可是维多利亚还不满周岁的时候，父亲爱德华就过早地离开了人世，随后她和母亲肯特公爵夫人便成了孤儿寡母，寄人篱下，备受皇伯威廉四世的排挤和压制。另一方面，肯特公爵夫人也盼望着威廉四世早点完蛋，自己可以以未成年女王母亲的身份担任摄政王。由此，威廉四世和肯特公爵夫人的斗争从暗中进行达到了白热化的地步。威廉四世在生日宴会上公开数落肯特公爵夫人，指责她企图谋求执掌王权。1837年威廉四世病逝，维多利亚终于如愿以偿地登上王位。如此这类历史上的王室之间的王位争夺战，自然而然会在民众中成为一个世代流行的话题，当代的王权斗争更是人们日常闲谈的焦点，以至成为文人墨客笔下的题材。

（二）小勃朗特们的战争游戏

夏洛特和埃米莉从考恩桥学校回来以后，就和布兰韦尔和安妮在家里接受教育，然而父亲和姨妈能给他们提供的教育是相当有限的。父亲给他们灌输的尽是一些有关战争和政治斗争的故事，因为他本人就非常崇拜英雄和热衷于政治，而且他认为政治是一种高雅的兴趣，街谈巷议俗不可耐。姨妈给他们的教育大多是基本的读写和家政事务的内容。小勃朗特们非常勤奋好学，他们常常在一起读书看报、写诗作画和编撰故事，自办手抄刊物，自编自撰，定期出版，自编剧本，排演节目。可以说在家接受教育的一时期（1825—1831）对小勃朗特们影响最深的应该是父亲的英雄主义和政治思想的教育。在父亲的教育和影响下，小勃朗特们都对战争和政治兴趣十足。他们的游戏及自编自演的戏剧都与战争和政治有关。1826 年 6 月 5 日，父亲从利兹给布兰韦尔带回来一盒木制士兵。从此拉开了小勃朗特们的戏剧游戏。他们把那一盒士兵称为"年轻人"或"十二人团"。此后，每个年轻人都有自己的名字，形成了自己的个性，他们都成为海外冒险的勇士。每个年轻人都有一块自己的领地，统治着自己的王国。后来这些小王国共同组成了一个"大玻璃城联邦"（the Great Glass Town Confederacy）。玻璃城由四个魔鬼精灵（Genii）统治着。它俨然就是一个国家，其中的政府、军队、警察、报社和学校等等一应俱全。《青年人杂志》、《黑森林杂志》就是玻璃城的两份重要的报刊。其实就是小勃朗特们自办发行的报刊。他们发表自己撰写的文章和自编的故事等。[①] 除"年轻人"戏剧以外，这时期小勃朗特玩的还有"我们的伙伴"和"岛上居民"等。"岛上居民"也是小勃朗特们选出自己喜爱的名流，把他们送到西非岛屿上去殖民，

---

① 如《青年人杂志》1829 年一共 6 期。内容有：1.一则真实的故事；2.战争的起因；3.一支歌；4.对话；5.一则真实的故事续集；6.告多的精神；7.酒馆内部，诗一首；8.玻璃城，歌一首；9.银杯，传说；10.沙漠中的桌子和花瓶，歌一首；11.谈话；12.大桥即景；13.古不列颠之歌；14.吾大桶的风景，故事；15.一个美国人的故事；16.天才花园题诗；17.玻璃城叙事诗；18.瑞士艺术家，故事；19.本杂志递送诗赋；20.同样的事，不同的人；21.议会里的大鬼；22.西班牙的丰收；23.瑞士艺术家续集；24.谈话。（盖斯凯尔夫人.夏洛特·勃朗特传[M].覃志峰译.北京：中国文联出版社，2004：53）

然后在那里繁衍生息。[①] 这些戏剧游戏的人物主要是威灵顿公爵(Duke of Wellington)和想象出来的他的儿子，演绎的大都是关于他们的海外战争和征服的故事。威灵顿的大儿子杜洛侯爵（Marquess of Douro）从大玻璃城扩张出来，另外建立了安格里亚（Angria）王国。夏洛特和布兰韦尔是安格里亚的导演，夏洛特负责导演安格里亚的罗曼故事，她给杜洛配了两个妻子、几个情妇、好多侍女，故事叙述得十分逼真。布兰韦尔负责导演国会和战争事务。他发明了一个海盗珀西（Percy）和杜洛对抗，上演许多精彩的争夺战。由于 1831 年夏洛特要到罗海德去上学，埃米莉不满布兰韦尔作为安格里亚戏剧游戏的首领，她和安妮便放弃

① “岛上居民”的剧情产生于 1827 年 12 月。一天晚上，大约是 11 月，一场寒冷的雨雪和暴风雾过后，紧接着就是一阵阵暴风雪和严冬刺骨的寒风，我们围坐在厨房暖融融的火炉边，刚刚结束了和苔比进行的一场是否要点蜡烛的争辩，这回她赢了。这样屋里没有点蜡烛，大家都沉默了好长一段时间，最终还是布兰韦尔打破了沉默，他懒洋洋地说：“我不知道干什么好。”……夏洛特：“……噢，如果我们每人都有一个自己的小岛就好了。”布兰韦尔：“要有的话，我宁可选男人岛。”夏洛特：“我嘛，选怀特岛。”埃米莉：“艾伦岛给我吧。”安妮：“我的应该是格伦赛。”然后，我们就挑选我们岛上的首领。布兰韦尔选了约翰·牛、阿斯特雷·库伯和李·亨特；埃米莉选了华尔特·司各特、洛克哈特先生和约翰尼·洛克海特；安妮选了米切尔·桑得雷、班逊克勋爵、亨利·哈尔福德爵士。我选了威灵顿公爵和他的两个儿子、克里斯托福·诺斯和他的伙伴，还有阿伯尼兹先生。……第二天，我们又在首领的名单上加上许多人，直到添加够了王国里几乎全部的主要人物。……我们在一个虚构的小岛上成立了一所学校，学校可以容纳 1 000 个学生。小岛方圆 50 英里，看上去肯定比任何真正的岛屿都更加迷人。（盖斯凯尔夫人.夏洛特·勃朗特传[M].覃志峰，译.北京：中国文联出版社，2004：54-55）

安格里亚王国，开始了她们自己的戏剧游戏——贡达拉传奇。从此埃米莉和安妮一生都在经营着这个贡达拉王国，演绎着许多曲折繁复和情意缠绵的爱情故事，上演着诸多你死我活和惊心动魄的征服掠夺战争。这就说明小勃朗特们在时代和父亲的影响下，他们很崇拜战争英雄和海外征服与殖民。

（三）贡达拉的战争

埃米莉和安妮构思的贡达拉传奇与夏洛特和布兰韦尔的安格里亚（Angria）传奇中的人物和情节是对应的，可是他们的性格、他们的思想、他们的行为却恰恰相反，形成鲜明的对比。由于最初受到魔鬼的影响，安格里亚完全是一个超乎道德的世界，在那里罪行不受到惩罚。为了取得一种传奇的效果，这样的惩罚是相当随意性的。那里人们的好与坏、英雄与叛逆，都是根据他们对待反叛性个人主义的态度来确定。可是在埃米莉的贡达拉里犯罪实实在在地是要受到惩罚的，甚至会被处死。在对待好与坏方面，埃米莉不允许有任何随意性的力量来左右。贡达拉人是自由的，他们是道德的代表，他们可以根据实际情况按自己的意志行事。她不带任何虚假的情感，她坚守着人类内在的道德规范和心理因素。在安格里亚传奇里，萨莫纳（Zamorna）国王（Arthur Wellesley, Marquiss of Douro）是一个风流荡漾的、很富魅力的男人，他离奇的幻想会使那些易受影响的妇女高高兴兴地去堕落或者浪漫地进入坟墓。在贡达拉里，埃米莉却塑造一个美丽而富于才干的女王。最初她是一个大方的、常给人带来快乐的女孩，由于沉溺于自己的热烈的个性，她变成一个铁石心肠的、自私的、残酷的女人，为了满足自己的虚荣心而无情地噬食着男人的灵魂。和负罪愧疚的珀西相对应，埃米莉塑造一个忧虑的黑男孩道格拉斯。他多遭不公，长成一个满怀激愤、备受良心折磨的杀人犯。

根据埃米莉和安妮的贡达拉传奇故事的散文日记，贡达拉和加阿尔丁发生过三次战争。第一次战争从贡达拉的成立到贡达拉王子们发现和瓜分加阿尔丁；第二次战争是朱利叶斯的扩张侵略战争，从朱利叶斯和奥格斯塔结婚到他被刺杀；第三次战争是共和党和保皇党的内战。可是，埃米莉诗歌没有关于第一次战争的，大部分诗歌和第二次战争有关，有关第三次战争的只有四首。

1. 有关第二次战争的诗歌

第二次战争时期主要的战事有：埃尔比王亚历山大和朱利叶斯王的领土争夺战（也有争夺奥格斯塔的因素）、朱利叶斯王和奥格斯塔发动对邻国的战争和对故国贡达拉的侵略战争。埃米莉直接描写战争的诗歌并不多，而主要通过攻陷城池、双方厮杀、阵亡将士以及战后荒凉等情景的描写来反映：

第 29 首：朱利叶斯攻陷丁泰洛城池。

第 17 首：大战后的阵地。

第 73、74 首：战后的埃尔比湖畔和埃尔比府。

第 89 首：战场上厮杀的画面。

第 156 首：朱利叶斯攻陷泽罗纳。

第 13 首：朱利叶斯攻陷丽贾纳。

第 164 首：战场上垂死的罗得里克·莱斯利。

第 192 首：战后荒村和垂死的兵士。

第 193 首：战后的荒村景象。

第 93 首：战后寂静和大地复苏的景象。

2. 有关共和党和保皇党内战的诗歌

把埃米莉和安妮的诗歌与她们的生日笔记放在一起阅读，我们就能很清楚地发现，虽然笔记写于 1845 年夏天，但是它们仍然和奥格斯塔—朱利叶斯时期有关。就贡达拉戏剧本身而言，它发展到这个阶段已经到了贡达拉新的一代人。他们正陷入一场残酷的保皇党和共和党的内战。就埃米莉的贡达拉史诗而言，这一时期是朱利叶斯被杀以后和奥格斯塔任女王的期间。这一时期也是保皇党和共和党纷争最激烈的期间。早在1841年7月30日，埃米莉写道："贡达拉国内目前正处在一个危险的时期，不过还没有出现公开的分裂。"1844年10月2日这种局势已经有了变化，这一点从埃米莉第175首诗中可以得到证实。这时一个年轻人面对着即将来临的危机发出了悲叹。此后到了1845年6月2日，埃米莉诗歌才再次提到国内分裂的事。同年7月30日埃米莉写生日笔记[①]时，国内战争已经迫在眉睫了。她在日记里记录了她们第一次到约克三日游的情景：这是我们一起做的第一次远足。她和安妮把自己装扮成从训导宫逃跑出来的一伙年轻的保皇党，她们要回到家人和朋友那里，她们此刻正在被得胜的共和党拼命地追赶着。同一天，在谈到埃米莉正在写朱利叶斯王的生平以后，安妮接着用一种相对疲倦和沮丧的语气说："贡达拉目前处在一个黑暗时期，共和党高高在上，不过保皇党也并没有完全被征服。幼主们以及他们兄弟姐妹们仍然还住在训导宫（the Palace of Instruction）里。独特团（Unique Society）半年多前在从高勒（Gaul）回来的路上在一个荒岛上失事了。他们仍然还羁留在那里……"[②]

朱利叶斯王被杀以后，国内发生共和党反对保皇党的暴乱，奥格斯塔带着孩子逃亡到安哥拉的山地里。后来奥格斯塔重整旗鼓，聚集保皇势力，收复了贡达拉，当上了贡达拉的女王，统治贡达拉15年，直到她被道格拉斯杀害。这一时期埃米莉有关的诗歌有第175、188、189、190、191、192和193首。埃米莉写了她27岁生日庆典的日记之后，她只写了四首诗，也就是第189、190、

① Fannie E. Ratchford. Gondal's Queen—A Novel in Verse by Emily Jane Brontë[M]. Austin: University of Texas Press, 1955：192.

② Fannie E. Ratchford. Gondal's Queen—A Novel in Verse by Emily Jane Brontë[M]. Austin: University of Texas Press, 1955：194.

191、192 首。前三首肯定是关于保皇党和共和党的战争，后一首很可能也是关于保皇党和共和党的战争。虽然后一首只是一份草稿，但是它的内容表明贡达拉史诗显然已经到了收尾的阶段。

第 175 首标题为 D. G. C. 献给 J. A. 写于 1844 年 10 月 2 日。这首诗表明王室家族新一代的人由于政见不同而分成保皇派和共和派，他们的纷争已经到了战争一触即发的地步：

Come, the wind may never again
Blow as now it blows for us;
And the stars may never again shine as now they shine;
Long before October returns,
Seas of blood will have parted us;
And you must crush the love in your heart, and I the love in mine!

For face to face will our kindred stand,
And as they are so shall we be;
Forgetting how the same sweet earth has borne and nourished all—
One must fight for the people's power,
And one for the rights of Royalty;
And each be ready to give his life to work the other's fall.

The chance of war we cannot shun,
Nor would we shrink from our fathers' cause,
Nor dread Death more because the hand that gives it may be dear;
We must bear to see Ambition rule
Over Love, with his iron laws;
Must yield our blood for a stranger's sake, and refuse ourselves a tear!

So, the wind may never again
Blow as now it blows for us,
And the stars may never again shine as now they shine;
Next October, the cannon's roar
From hostile ranks may be urging us—
Me to strike for your life's blood, and you to strike for mine.

嗨，风也许永远不会再
像现在这样为我们吹着；
星星也可能永远不会再像现在这样闪烁；
早在十月份还没有来之前，
血海就已经把我们分开了；
你得粉碎心中的爱，我得揉碎心中的情。

我们的亲人将面对面站着，
像他们一样我们也会这样；
忘记了我们都生活在同一片可爱的土地上——
一个必须为人民的权力而战，
而另一个却要为王权而争斗；
各方都要为推翻对方而随时献出自己的生命。

我们无法避免这场战争，
也不愿从父辈的事业中退缩，
更不怕死，因为凶手也许就是自己亲爱的人。
我们必须耐心看着野心之神
以他冷酷的法律统治着仁爱；

必须为一个陌生人献出鲜血而不掉一滴眼泪！

所以，风将永远不会再
像现在这样为我们吹着，
星星也可能永远不再像现在这样闪烁；
来年十月，敌方阵地大炮发出的轰鸣
也许会催促着我们相互拼杀——
我想要你的命，你也想要我的命。

第 188 首写于 1845 年 6 月 2 日，没有标题，Fannie Ratchford 认为它在语气语调上类似于“我不是胆小鬼”一诗，认为是在描写一个贡达拉人勇于面对即将来临的危机。

How beautiful the Earth is still
To thee—how full of Happiness;
How little fraught with real ill
Or shadowy phantoms of distress;

How Spring can bring thee glory yet
And Summer win thee to forget
December's sullen time!
Why dost thou hold the treasure fast
Of youth's delight, when youth is past
And thou art near thy prime?

When those who were thy own compeers,
Equal in fortunes and in years,

Have seen their morning melt in tears,
To dull unlovely day;
Blest, had they died unproved and young
Before their hearts were wildly wrung,
Poor slaves, subdued by passions strong,
A weak and helpless prey!

"Because, I hoped while they enjoyed,
And by fulfilment, hope destroyed—
As children hope, with trustful breast,
I waited Bliss and cherished Rest.

"A thoughtful Spirit taught me soon
That we must long till life be done;
That every phase of earthly joy
Will always fade and always cloy—"

"This I foresaw, and would not chase
The fleeting treacheries,
But with firm foot and tranquil face
Held backward from the tempting race,
Gazed o'er the sands the waves efface
To the enduring seas—"

"There cast my anchor of Desire
Deep in unknown Eternity;
Nor ever let my Spirit tire

With looking for *What is to be*."

"It is Hope's spell that glorifies
Like youth to my maturer eyes
All Nature's million mysteries—
The fearful and the fair—"

"Hope soothes me in the griefs I know,
She lulls my pain for others' woe
And makes me strong to undergo
What I am born to bear."

"Glad comforter, will I not brave
Unawed the darkness of the grave?
Nay, smile to hear Death's billows rave,
My Guide, sustained by thee?
The more unjust seems present fate
The more my Spirit springs elate
Strong in thy strength, to anticipate
Rewarding Destiny!"

大地还是那样的美丽，
对你——充满着怎样的幸福；
真正的病痛少之又少，
痛苦的阴影也不常见；

春天如何给你带来辉煌，

而夏日又如何让你忘掉
那阴沉寒冷的腊月！
你的青春已过，而且已接近中年，
你又如何能紧紧地攥住
那笔青春快乐的财富？

而你的那些同辈的伙计，
同样的命运同样的年纪，
早已含泪目睹自己的清晨
融入了沉闷乏味的中午；
在他们的心还没有绞碎之前，
死得早，没有受审，那才是福气，
可怜的奴隶，屈服于狂热的激情，
只能是个软弱无能的牺牲者！

“期待一旦得到满足，也就消失，
所以他们享乐时我便抱着期待——
就像小孩期待时，深信不疑，
我等待着幸福，也珍惜安宁。”

“一个睿智的精灵很快教导我，
我们必须在期待中度过一生；
人生每个阶段世俗的欢乐
必然都会腻味，都会消逝。”

“对此我看透了，我不会做
那些常见的和不道德的事，

而是步伐坚定和脸色平静，
从那种诱人的追逐中撤回，
凝望着海浪把沙子抹去，
把它们融入永恒的海洋——”

“在那里抛下自己的期待之锚，
深深地沉到未知的永恒世界；
不让我的灵魂感到劳神疲惫，
冷眼观望人间所发生的一切。”

“那是希望女神的魅力，
使整个大自然中千万种神秘的事物——
无论可怕的还是可爱的，
在更成熟的眼里像青春一样光彩夺目——”

“我感到痛苦时，希望女神会安慰我，
她劝说道，那些都是别人的痛苦，
她使我坚强起来，
勇敢地忍受那些与生俱来的痛苦。”

“快乐的安慰者啊！我还不勇敢吗？
我是不是惧怕坟墓的黑暗？
不，我微笑着听死神狂怒的咆哮，
我的向导，你是否支持我？
此刻的命运显得越不公道，
我的灵魂就越是得意兴奋，
你给我力量，我信心百倍，

期待着命运女神给我报答！”

第189首，标题为“M. A.写于北方学院牢房的墙壁上”，写于1845年8月。显然，诗中言者是个年轻的保皇党人，被囚禁在北方学院的监狱里。安妮在一个保皇党人（A. E.）和他的心上人（Zerona L.）的一组对话里多次提到这样的话题和情景。

I know that tonight the wind is sighing,
The soft August wind, over forest and moor;
While I in a grave-like chill am lying
On the damp black flags of my dungeon-floor.

I know that the Harvest Moon is shining:
She neither will wax nor wane for me;
Yet I weary, weary with vain repining,
One gleam of her heaven-bright face to see!

For this constant darkness is wasting the gladness,
Fast wasting the gladness of life away:
It gathers up thoughts akin to madness
That never would cloud the world of day.

I chide with my soul—I bid it cherish
The feelings it lived on when I was free,
But shrinking it murmurs, "Let Memory perish,
Forget, for thy friends have forgotten thee!"

Alas, I did think that they were weeping
Such tears as I weep—it is not so!
Their careless young eyes are closed in sleeping;
Their brows are unshadowed, undimmed by woe.

Might I go to their beds, I'd rouse that slumber;
My spirit should startle their rest, and tell
How, hour after hour, I wakefully number
Deep buried from light in my lonely cell!

Yet, let them dream on, though dreary dreaming
Would haunt my pillow if they were here,
And I were laid warmly under the gleaming
Of that guardian moon and her comrade star.

Better that I, my own fate mourning,
Should pine alone in the prison-gloom,
Than waken free on the summer morning
And feel they were suffering this awful doom.

我知道今天晚上，风正在叹息着，
八月柔和的风，吹过森林和荒野；
这时在那坟墓般的寒冷中我正躺
在地牢里潮湿黑暗地面的石板上。

我知道秋收时节的满月正照耀着，
她不会因为我而盈也不为我而亏，

可是我渴望，苦苦而无谓地渴望，
看一眼她那天仙般的光彩的容颜！

因为这持续的黑暗多么令人沮丧，
它会很快地消磨去了人生的欢乐：
它在聚集着那些类似疯狂的思想，
可是它们永远遮不住白天的世界。

我责骂自己的灵魂——我要它珍惜
我自由的时候它赖以寄托的感情，
可它畏缩着喃喃道："让记忆死吧，
忘掉吧，因为你朋友已经忘了你！"

哎呀，我真的以为他们也在哭泣，
流着眼泪像我这样——可并不这样！
他们无忧无虑和天真的眼睛正在闭着睡觉；
他们脸上没有阴影笼罩，没有痛苦而暗淡。

我若能走到他们的床前，我要唤醒沉睡的人，
我的灵魂要惊扰他们的睡眠，我要告诉他们，
我如何一小时一小时地睡不着，而数着数字，
我如何深埋在孤独地狱的小间里而不见阳光。

不过，让他们做梦吧，他们在这里，
倒反常有可怕的梦幻来我枕边作祟，
有月亮和她的伙伴星星的守护，
我便可以温暖地躺在它们的光辉下。

在地狱的黑暗里，

我独自悲叹着自己的命运，

也强过在夏季的清晨懒散地醒来，

看到他们在为我可怕的厄运难过。

第190首标题为“朱利安·M和A·G·罗谢尔”，写于1845年10月9日。这首诗描述了一个年轻女子被囚禁在监狱里的情景，前些年一首没有标明日期的诗歌片段似乎就是这首诗的前奏，那首诗是被埃米莉删除掉了。那首诗（第46首）这样写道：“艾尼的目光暗淡而呆滞，/城堡的大钟刚敲响一更，/她环视着这阴森的牢狱；/窗栏透进一丝朦胧的光线，/那是一丝愁云和冷月的光；/艾尼凝视着，像在梦中，/她觉得她看见的是阳光。/她想这时该是破晓了，/黑夜毕竟已经太漫长。”

…

The captive raised her face; it was as soft and mild

As sculptured marble saint or slumbering, unweaned child;

It was so soft and mild, it was so sweet and fair,

Pain could not trace a line nor grief a shadow there!

The captive raised her hand and pressed it to her brow:

"I have been struck," she said, "and I am suffering now;

Yet these are little worth, your bolts and irons strong;

And were they forged in steel they could not hold me long."

Hoarse laughed the jailor grim: "Shall I be won to hear;

Dost think, fond dreaming wretch, that I shall grant thy prayer?

Or, better still, wilt melt my master's heart with groans?
Ah, sooner might the sun thaw down these granite stones!

"My master's voice is low, his aspect bland and kind
But hard as hardest flint the soul that lurks behind;
And I am rough and rude, yet not more rough to see
Than is the hidden ghost which has its home in me!"

About her lips there played a smile of almost scorn:
My friend," she gently said, "you have not heard me mourn;
When you my parents' lives—my lost life, can restore,
Then may I weep and sue—but never. Friend, before!"

Her head sank on her hands; its fair curls swept the ground;
The dungeon seemed to swim in strange confusion round—
"Is she so near to death?" I murmured, half aloud,
And, kneeling, parted back the floating golden cloud.

Alas, how former days upon my heart were borne;
How memory mirrored then the prisoner's joyous morn:
Too blithe, too loving child, too warmly, wildly gay!
Was that the wintry close of thy celestial May?

She knew me and she sighed, "Lord Julian, can it be,
Of all my playmates, you alone remember me?
Nay, start not at my words, unless you deem it shame
To own, from conquered foe, a once familiar name.

"I cannot wonder now at ought the world will do,
And insult and contempt I lightly brook from you,
Since those, who vowed away their souls to win my love,
Around this living grave like utter strangers move!"

"Nor has one voice been raised to plead that I might die,
Not buried under earth but in the open sky;
By ball or speedy knife or headsman's skilful blow—
A quick and welcome pang instead of lingering woe!"

"Yet, tell them, Julian, all, I am not doomed to wear
Year after year in gloom and desolate despair;
A messenger of Hope comes every night to me,
And offers, for short life, eternal liberty."

He comes with western winds, with evening's wandering airs,
With that clear dusk of heaven that brings the thickest stars;
Winds take a pensive tone, and stars a tender fire,
And visions rise and change which kill me with desire—

"Desire for nothing known in my maturer years
When joy grew mad with awe at counting future tears;
When, if my spirit's sky was full of flashes warm,
I knew not whence they came, from sun or thunderstorm;"

"But first a hush of peace, a soundless calm descends;

The struggle of distress and fierce impatience ends;
Mute music soothes my breast—unuttered harmony
That I could never dream till earth was lost to me."

"Then dawns the Invisible, the Unseen its truth reveals;
My outward sense is gone, my inward essence feels—
Its wings are almost free its home, its harbour found;
Measuring the gulf it stoops and dares the final bound!"

"Oh, dreadful is the check—intense the agony
When the ear begins to hear and the eye begins to see;
When the pulse begins to throb, the brain to think again,
The soul to feel the flesh and the flesh to feel the chain!"

"Yet I would lose no sting, would wish no torture less;
The more that anguish racks the earlier it will bless;
And robed in fires of Hell, or bright with heavenly shine,
If it but herald Death, the vision is divine."

She ceased to speak, and I, unanswering, watched her there,
Not daring now to touch one lock of silken hair—
As I had knelt in scorn, on the dank floor I knelt still,
My fingers in the links of that iron hard and chill.

I heard, and yet heard not, the surly keeper growl;
I saw, yet did not see, the flagstone damp and foul.
The keeper, to and fro, paced by the bolted door

And shivered as he walked and, as he shivered, swore.

While my check glowed in flame, I marked that he did rave
Of air that froze his blood, and moisture like the grave—
"We have been two hours good!" he muttered peevishly;
Then, loosing off his belt the rusty dungeon key,

He said, "You may be pleased, Lord Julian, still to stay,
But duty will not let me linger here all day;
If I might go, I'd leave this badge of mine with you,
Not doubting that you'd prove a jailor stern and true."

I took the proffered charge; the captive's drooping lid
Beneath its shady lash a sudden lightning hid:
Earth's hope was not so dead, heaven's home was not so dear;
I read it in that flash of longing quelled by fear.

Then like a tender child whose hand did just enfold,
Safe in its eager grasp, a bird it wept to hold,
When pierced with one wild glance from the troubled hazel eye,
It gushes into tears and lets its treasure fly,

Thus ruth and selfish love together striving tore
The heart all newly taught to pity and adore;
If I should break the chain, I felt my bird would go;
Yet I must break the chain or seal the prisoner's woe.
……

那囚徒仰起她的脸，它是那样的柔软和温和，
像大理石雕刻的神，或未断奶的沉睡的小孩；
它是那样的柔软和温和，那样的可爱和美丽，
脸上没有一丝忧愁的影子，没有痛苦的痕迹！

囚徒举起她的手，用手指压住她的前额；
“我被人拷打，”她说，“此刻还疼痛不止；
可这些全无用处，你的门闩和镣铐很牢固，
是用钢铁铸造，但它们不能长久把我锁住。”

狱卒嘶哑狰狞地笑着：“看来我该听你的话了；
想想看，爱做梦的家伙，我会同意你的祈求？
或者，最好安静些，呻吟能感动我主人的心？
哎！那可比太阳融化这些花岗岩的石头还难。”

“我主人说话很小声，他的面容温和而慈祥，
可他后面潜藏的灵魂比最硬的燧石还要硬；
我是很粗暴和无礼，可你看怎么粗暴
也比不上隐藏在我里面的魔鬼的粗暴。”

她的嘴唇露出一丝近乎轻蔑的微笑，
“朋友，”她轻轻地说，“你还没听到我哀悼；
若你能复活我的父母和找回我流逝的生命，
我可以哭泣和祈求——可在此之前，不会的，朋友！”

她把头埋在双手里，美丽的卷发扫到了地板上，
地牢好像在一片奇怪的混乱中团团地旋转起来——

“她真的快死了？”我默默地说着，可很清晰，
我跪下去，把她垂落的金色的头发往后挽起，

唉，我的心里珍藏着怎样的往昔的岁月；
记忆多么清晰地映现她当年快乐的情景：
多快乐，多可爱的孩子，多温暖，多高兴！
难道你灿烂的五月份居然以寒冷而结束吗？

她认出了我并且叹气道：“朱利安阁下，是你？
在我所有的玩伴中，是否唯有你记得我？
不，你别为我的话吃惊，除非你认为这是耻辱，
在被征服的敌人中，有一个你曾经熟悉的名字。”

“既然那些曾以灵魂发誓而赢得我的爱人，
在这个活坟墓里进进出出而完全像陌生人，
世界无论如何变化，我都不会感到很惊讶，
现在我也可以轻松地忍受你的侮辱和藐视！”
“从来没有一个人说，我应该死去，
我不该埋在地里，而是扔在露天；
一粒子弹或一口快刀或刽子手熟练地一挥——
一阵快速和干脆的剧痛而不是慢慢的悲痛！”

“不过，朱利安，告诉他们所有的人，
我注定不会在黑暗中、在失望中年复一年地寂寞消沉；
有个希望的使者每天晚上都到我这里来，
对我许诺说，给我短暂的生命和永恒的自由。”

“他驾着西风而来，踏着黄昏慢悠悠的步伐，
披着天堂清丽的薄暮，引来了满天无数的繁星。
西风奏响了沉思的音调，星星点亮温柔的火焰，
幻影时隐时现，变化无穷，激起我万分的渴望。”

“我渴望了解成年岁月里未曾经历的事，
想想未来的苦难，快乐为何变成了疯狂；
如果我灵魂的天空上充满了温暖的光芒，
我不知道它们从何而来，从太阳或从雷暴。”

“可最初是一阵沉默，陷入无声的寂静；
痛苦的挣扎和难忍的烦躁终于结束了；
无声音乐平静了我的心——无言的和谐，
这是我至死都不会梦想到的音乐。”

“接着冥界破晓了，幽冥现出了它的真面目；
我外在感觉消失了，感觉到了内在的本质——
它的翅膀几乎已自由，找到它的家、它的港湾；
量了量海湾，它屈下身，大胆地作了最后一跳！”

“噢，囚禁多么可怕，痛苦如此剧烈，
耳朵开始听见了，眼睛开始看清楚了；
脉搏开始跳动了，大脑又可以思维了，
灵魂感觉到了肉体，肉体感觉到镣铐！”

“可我没有减少刺痛，不希望少受折磨；
受到越多痛苦的折磨，就越早得到福佑；

披着地狱的炼火，或戴着天堂的光芒，
即使它是死亡的预兆，那幻影也神圣。”

她停止了说话，我也默默地注视着她，
此刻我丝毫不敢碰她那丝绸般的头发——
我轻蔑地跪着，还是跪在潮湿的地上，
我的手指触摸到了坚硬和冰冷的铁链。

我听到，又没有听到，粗暴的狱卒在嚎叫；
我看到，又没有看到，潮湿和肮脏的石板；
那狱卒，来来回回，在上了闩的门边踱步，
他边走又边发抖，他边发抖又边骂骂咧咧。

我脸上感到火一样的发烫，我听到他在叫骂，
骂空气冰冻了他的血液，骂那坟墓般的湿气——
“我们在这里足足两个钟头了！”他满脸怒气咕哝着，
然后，从腰带上解下了那把生锈的地牢钥匙。

他说：“朱利安老爷，你也许还乐意待在这里，
可是，我的职责不容许我整天待在这里；
假如我能走了，我就把这个值班牌给你，
毫无疑问，你肯定是个严厉和忠实的看守。”

我接受了这份馈赠的职责，女囚低垂的眼睑
在那阴暗的睫毛下突然闪现出一线光亮，
大地的希望没有失望，天堂的家并非高不可及，
我明白从她被恐惧抑制了的渴望中发出的光亮。

接着像个温顺的孩子哭着要抓一只小鸟似的，
她把小手合起来，急切地要把它抓紧。
可当她看到它淡褐色的眼睛发出恐惧的目光时，
她不禁泪流如注，让她的宝贝飞走了。

这样，怜悯和自私一起拼命撕扯着
她那一颗刚刚学会同情和悯爱的心；
假如我打破了锁链，我的小鸟就会飞走，
可我必须打破锁链，否则她就永远受苦。
……

第 191 首标题为“我不是胆小鬼”，写于 1846 年 1 月 2 日。这是埃米莉没有标题笔记本里的最后一首诗，是出版《贝尔诗集》后不久写的。显然是由于前一年的 10 月份，夏洛特发现了贡达拉诗歌，埃米莉被中断后又重新回到内战史诗的创作中。这首诗虽然读起来很像埃米莉以第一人称吟咏着一首个人情感的诗，但是，显然是一个贡达拉人面对着内战的危难而吟咏的一首诗。表明言者坚定的信仰和大无畏的精神。第 192 首没有标题，写于 1846 年 9 月 14 日。这是标题为“贡达拉诗歌”笔记本中的一首诗，也是埃米莉最后的一首诗。当时《贝尔诗集》出版很不成功，《呼啸山庄》还在四处寻找出版商，不过，埃米莉已经重新回到了“多灾多难的贡达拉”。这首诗描写了内战期间，村落损毁、农田荒疏、生灵涂炭的情景。

…
It was the autumn of the year,
The time to labouring peasants dear;

Week after week, from noon to noon,
September shone as bright as June—
Still, never hand a sickle held;
The crops were garnered in the field—
Trod out and ground by horses' feet
While every ear was milky sweet;
And kneaded on the threshing-floor
With mire of tears and human gore.
Some said they thought that heaven's pure rain
Would hardly bless those fields again:
Not so—the all-benignant skies
Rebuked that fear of famished eyes—
July passed on with showers and dew,
And August glowed in showerless blue;
No harvest time could be more fair
Had harvest fruits but ripened there.

And I confess that hate of rest,
And thirst for things abandoned now,
Had weaned me from my country's breast
And brought me to that land of woe.

Enthusiast—in a name delighting,
My alien sword I drew to free
One race, beneath two standards, fighting
For Loyalty and Liberty—

When kindred strive—God help the weak!
A brother's ruth 'tis vain to seek:
At first, it hurt my chivalry
To join them in their cruelty;
But I grew hard—I learnt to wear
An iron front to terror's prayer;
I learnt to turn my ears away
From torture's groans, as well as they.
By force I learnt—What power had I
To say the conquered should not die?
What heart, one trembling foe to save
When hundreds daily filled the grave?
Yet, there were faces that could move
A moment's flash of human love;
And there were fates that made me feel
I was not, to the centre, steel—

I've often witnessed wise men fear
To meet distress which they foresaw;
And seeming cowards nobly bear
A doom that thrilled the brave with awe.

Strange proofs I've seen, how hearts could hide
Their secret with a life-long pride,
And then reveal it as they died—
Strange courage, and strange weakness too,
In that last hour when most are true,

And timid natures strangely nerved
To deeds from which the desperate swerved.
These I may tell; but, leave them now:
Go with me where my thoughts would go;
Now all to-day and all last night
I've had one scene before my sight—

Wood-shadowed dales, a harvest moon
Unclouded in its glorious noon;
A solemn landscape wide and still;
A red fire on a distant hill—
A line of fires, and deep below
Another dusker, drearier glow—
Charred beams, and lime, and blackened stones
Self-piled in cairns o'er burning bones,
And lurid flames that licked the wood,
Then quenched their glare in pools of blood.

But yester-eve—No! never care;
Let street and suburb smoulder there—
Smoke-hidden in the winding glen
They lay too far to vex my ken.

……

这是一年中的秋季，
农民最珍爱的劳动时间；
周复一周，一晌过一晌，
九月阳光明媚得像六月——

可是，没有人拿起镰刀；
谷物就这样熟在田地里——
株株麦穗乳香芬芳，
却被战马铁蹄蹂躏践踏；
打谷场上又被揉捏搅拌，
掺着泪水和鲜血的泥浆。
有人说天堂纯净的雨水，
几乎不再保佑这些田地。
并非如此——仁慈宽厚的天堂
消除了人们饥渴目光的恐惧——
七月份阵雨涟涟，露珠不断，
八月份天蓝地碧，晴朗无雨；
如成熟的果实就此采收的话，
那么这就是最好的收获时节。

我得承认那是因为讨厌别人，
渴望得到现在已失去的东西，
这才使得我离开自己的家乡，
来到了这个多灾多难的地方。

作为热血侨民——凭着自己乐意，
我也拔剑出鞘去解救一个民族，
他们分别属于两面不同的旌旗，
他们都是在为忠诚和自由而战——

族人内讧，但愿上帝帮助弱者！
这里找不到那种兄弟间的怜悯：

最初，参加他们残酷的杀戮，
我觉得有损于我骑士的风度；
可是我的心慢慢变硬——面对惊恐的哀求者
我学会以冷酷面孔相对；
面对被拷打发出的呻吟，
像他们一样，我学会了充耳不闻。
凭着武力，我明白我有什么权力，
决定一个战败的人该不该死？
每天都有千百人去填充坟墓，
发什么善心，救一个发抖的敌人？
然而，还是有些面孔能让人产生
一瞬间的人类仁爱的恻隐之心；
还是有些命运之神让我觉得，
我并不是彻头彻尾的铁石心肠——

我常看到聪明的人常担心着
会碰到自己所预见到的危难；
表面怯懦的人却能豪爽地忍受
那种让勇夫也敬畏发抖的厄运；

我曾见过许多怪事，
有人可以终生骄傲地保守自己的秘密，
可是到了要死去的时候却又泄露了它——
出奇的勇敢也是出奇的软弱，
本色到了那最后的时刻才会显露，
生性怯懦的人也会突然勇敢起来，
敢去做那些亡命之徒都回避的事。

这些以后再说，可此刻暂且不提：
请跟随我的思绪而去；
此刻，今天的一切和昨晚的一切，
一幕幕的情景都浮现在我的眼前——

绿林成荫的溪谷，一轮皎洁的满月
悬挂在湛蓝清澈的夜空中；
一派庄严的景色，宽广而宁静；
远处的山上一把鲜红的火焰——
火焰成排，而在深深的山谷里，
另一排较为昏暗和阴沉的火焰也在闪烁——
那是堆积在燃烧的骨头上的石灰
和熏黑的石头发出的燃焦的火焰，
鲜红的火焰在舔烧着树木，
然后又在一片血海中熄灭。

可是昨天晚上——不！甭管它；
让街道和市郊在这里闷烧吧——
弯弯曲曲的峡谷里浓烟缭绕，
它们那么远，我们不必担心。

在海特菲尔德的《埃米莉·简·勃朗特诗歌全集》（1941）里，本诗接下来有这样一条注释：这首诗作者没有写完，从第 1 行到第 148 行相对来说涂改比较少，很可能是从某一草稿中抄写下来的，可是从第 149 行以后，涂改和删除的特别多，很多地方笔迹几乎无法辨认，所以有的词语多半是推测的。手稿中第 149 行到第 156 行和第 172 行到第 189 行用铅笔划掉了，少数诗行和一些诗行中某些地方简直无法辨认，在此忽略则已……第1行到第8行、第27行到第54行、第76行到第263行，在本版本中是第一次出现。

第193首写于1848年5月13日。其实，笔记本中的诗歌表明埃米莉实际上已经于 1846 年初完成了贡达拉史诗的创作。然而，由于布兰韦尔出现了麻烦以及出版《呼啸山庄》是当时首要的事，所以完成贡达拉史诗的创作被耽搁了下来。显然是由于《呼啸山庄》的出版没有得到公众的接受以后，她才重新拾起贡达拉史诗，继续写还没有结束的内战。这就是最后的25行：

Why ask to know what date, what clime?
There dwelt our own humanity,
Power-worshippers from earliest time,
Foot-kissers of triumphant crime
Crushers of helpless misery,
Crushing down Justice, honouring Wrong:
If that be feeble, this be strong.

Shedders of blood, shedders of tears:
Self-cursors avid of distress;
Yet mocking heaven with senseless prayers
For mercy on the merciless.

It was the autumn of the year
When grain grows yellow in the ear;
Day after day，from noon to noon,
The August sun blazed bright as June.

But we with unregarding eyes
Saw panting earth and glowing skies;
No hand the reaper's sickle held,
Nor bound the ripe sheaves in the field.

Our corn was garnered months before,
Threshed out and kneaded-up with gore;
Ground when the ears were milky sweet
With furious toil of hoofs and feet;
I, doubly cursed on foreign sod,
Fought neither for my home nor God.

为什么要问清楚何时何地？
何时何地就有了我们人类？
远古时就有势力的崇拜者，
就有了得意之徒的马屁精，
就有了欺压无助弱者的人，
倘若正义羸弱，邪恶强大，
他们就会践踏正义，崇尚邪恶。

他们嗜人鲜血，又流着眼泪，
他们贪婪财富而又诅咒自我；
他们用虚伪的祈祷嘲笑上帝，
他们残酷无情而又祈求仁慈。

这可是一年中的秋季，

麦穗上的麦粒变黄了；
午复一午，日复一日，
八月太阳热得像六月。

可我们带着漠视的目光，
看着喘息的大地和灼热的天空；
再也没人拿镰刀去收割，
地里已经没有了一捆捆的熟麦。

几个月前我们已收割了麦子，
脱粒时我们又付出血的代价；
当麦穗发出芬芳乳香的时候，
又遭受人脚马蹄的疯狂践踏；
在外地我则受到双倍的诅咒，
只因我去打仗，
不是为了家乡，不是为了上帝。

（四）有关战争灾难的诗歌

战争的灾难是人的死亡和城乡的毁坏，再后来就是胜者欢庆，败者被处死或囚禁。安格里亚有光芒耀眼的宫殿、雍容华贵的妇人、风流倜傥的绅士，他们整日醉心于谈情说爱，争斗掠夺；而在贡达拉里，没有灿烂的宫殿，没有缤纷异彩的金银首饰，但却有充满着歇斯底里的激情和血腥的战争。安格里亚的战争有华丽壮观军事场面：雄赳赳气昂昂的行军、纷飞招展的旌旗、高亢嘹亮的军乐。而贡达拉的战争带来的则是残缺不全的身躯、死亡、囚禁、倒塌的房屋、毁灭的城市和荒废的村庄。贡达拉里没有忏悔和复活，也没有神灵来引导勇士们，也没有人为双方调解。贡达拉的战争是残酷的和毁灭性的，一切都是凭着人的意志和情感，没有同情，没有调和，一切都是淋漓尽致和血滴淋淋。

1. 关于战争场面的诗歌有：

第 28 首：朱利叶斯打败亚历山大。

第 29 首：朱利叶斯攻陷亚历山大的丁泰洛城池。

第 156 首：朱利叶斯攻陷邻国泽罗纳首都泽罗纳。

第 89 首：战场上厮杀的情景。

第 13 首：朱利叶斯攻陷贡达拉首都丽贾纳。

2. 有关战囚的诗歌有：

第 39 首：狱中奥格斯塔在悲叹。

第 165 首：狱中奥格斯塔抱怨希望女神。

第 83 首：奥格斯塔回到黑暗的牢房里。

第 125 首：杰拉尔德被朱利叶斯囚禁。

第 119 首：狱中杰拉尔德向朱利叶斯示威。

第 63 首：格兰尼顿被囚禁在监狱里。

第 77 首：格兰尼顿在阴暗的监狱里。

第 190 首：A·G·罗谢尔被朱利安家人囚禁。

第 46 首：艾尼被关在牢里。

第 39 首：囚徒盼望着雪花。

第 92 首：囚徒向往着自由的原野和天地。

第 43 首：年轻囚徒的自我安慰。

第 189 首：M·A·被囚禁在北方学院监狱里

3. 有关战争死亡和战后惨相的诗歌有：

第 17 首：战争结束后的战场上的情景。

第 88 首：受伤倒下前河畔上的亚历山大。

第 72 首：奥格斯塔看到亚历山大死去。

第150首：朱利叶斯死后，奥格斯塔和孩子流亡山区。

第164首：罗得里克·莱斯利在战场上死去。

第97首：R·格兰尼顿忆念战死的亚瑟。

第143首：奥格斯塔被安奇利加杀害。

第73、74首：战后埃尔比湖畔和埃尔比府悲凉的情景。

第192首：战后荒村和受伤临死的人。

第193首：战后的荒村景象。

第93首：灾难后，宁静和万物复苏的天地。

五、有关囚禁的诗歌

在埃米莉的贡达拉传奇中，囚禁分成两类：一类是战俘战后被囚禁。贡达拉传奇有三次战争，贡达拉史诗涉及第二次战争和第三次战争。也就是朱利叶斯的扩张侵略战争和共和党与保皇党的内战。在朱利叶斯的侵略战争中，在他和亚历山大的争夺战中，亚历山大战死，奥格斯塔成了俘虏，被囚禁在监狱里；在他发动对邻国泽罗纳和贡达拉的战争中，他先后攻破了泽罗纳的首府泽罗纳和贡达拉的首都丽贾纳。战后，他囚禁了贡达拉的国王杰拉尔德和他的儿子亚瑟以及格兰尼顿、艾尼等。朱利叶斯被刺杀以后，爆发了共和党和保皇党的内战。这次内战中，共和党首先获得胜利，尔后，奥格斯塔领导保皇派又夺取了政权，奥格斯塔被杀以后，共和党又卷土重来，夺取了政权。在这次反反复复的内战中有A·G·罗谢和M. A.等保皇党人被共和党囚禁。另一类囚禁是情人囚禁情人，主要是奥格斯塔囚禁她的小情人费尔南多。在此之前，奥格斯塔也流放过她的老情人阿尔佛雷德、安奇利加和她的情人阿米多斯。其实，流放就是一种另类的囚禁，不是把囚徒囚禁在监狱里，而是把囚徒囚禁在国外。因此，我们也把有关流放的诗歌看成是一种囚禁诗。

这些囚禁诗涉及的人物虽然不尽相同，但是它们都有一个共同的特点，就是表现被囚禁者的怨恨或思念的情绪以及一种向往自由和不屈不挠的精神。如，第 165 首写道：

Hope was but a timid friend;
She sat without my grated den,
Watching how my fate would tend,
Even as selfish-hearted men.

She was cruel in her fear;
Through the bars, one dreary day,
I looked out to see her there,
And she turned her face away!

Like a false guard, false watch keeping,
Still, in strife, she whispered peace;
She would sing while I was weeping;
When I listened, she would cease.

False she was, and unrelenting;
"When my last joys strewed the ground,
Even Sorrow saw, repenting,
Those sad relics scattered round;

Hope—whose whisper would have given
Balm, to all that frenzied pain—
Stretched her wings and soared to heaven;

Went—and ne'er returned again!

希望女神只不过是个怯懦的朋友；
她就在我的牢房外面坐着，
对我命运的好歹，乃以冷眼观看，
就像个唯利是图的自私者。

她因胆怯而如此冷酷。
郁闷的一天，透过牢笼铁栅，
我望了望她所坐之处，
她却立刻把脸来转岔！

像个假看守不断地假监视，
敌视之中而又表示着和睦；
我哀泣之时她却唱歌吟诗，
我静听之际她又无声默默。

她虚情假意而又冷漠残酷，
当我最后的欢乐散落一地，
眼看四处撒落悲惨的遗物，
连哀愁女神都会悔恨哀泣，

而希望女神，本来她能悄悄耳语
给我狂暴的痛苦带来安慰，
她却伸展双翼飞向天宙，
从此一去，乃不再复回。

这首诗标题为“Hope”（希望女神），它表现了奥格斯塔对希望女神的怨恨。希望女神冷漠无情，眼看着她在牢狱中受罪，漠不关心，甚至幸灾乐祸。她没有给她带来希望，就连安慰也不曾给她带来。诸如此类的诗歌还有第47首（杰拉尔德抱怨那些曾崇拜和追随过他的人，他们忘记自己的誓言，到了危难时期，他们即无情地离他而去）、第133首（费尔南多责备奥格斯塔。他为她奉献“真挚的忠诚，给予她最大的快乐”，可是她却欺骗了他，让他“身败名裂”。他诅咒着她，“如天上那里真有个上帝，他的神力无边，他的话也灵验，那这个地狱也该折磨你的灵魂！”）等。

贡达拉的人虽然争强好斗，但是他们个个都是有情有爱的人。有的爱得有理有利，有的爱得歇斯底里，至死无憾。阿尔佛雷德和费尔南多等就是属于后者。阿尔佛雷德虽然被奥格斯塔流放到英国，在英国期间他思念着她，但更加思念着自己从前的妻子，最后在情恨交加中自尽，魂归阿斯品的故土：

Where beams the sun the brightest
In the noons of sweet July?
Where falls the snow the lightest
From bleak December's sky?

Where can the weary lay his head,
And lay it safe the while
In a grave that never shuts its dead
From heaven's benignant smile?

Upon the earth in sunlight
Spring grass grows green and fair;

But beneath the earth is midnight,
Eternal midnight there.

Then why lament that those we love
Escape Earth's dungeon tomb?
As if the flowers that blow above
Could charm its undergloom?

From morning's faintest dawning
Till evening's deepest shade,
Thou wilt not cease thy mourning
To know where she is laid.

But if to weep above her grave
Be such a priceless boon,
Go, shed thy tears in Ocean's wave
And they will reach it soon.

Yet, midst thy wild repining—
Mad though that anguish be—
Think heaven on her is shining,
Even as it shines on thee.

With thy mind's vision pierce the deep;
Look how she rests below;
And tell me why such blessed sleep
Should cause such bitter woe?

可爱的七月天的中午，
太阳的光芒是否最明亮？
寒冷的十二月的天空，
飘落的白雪是否最轻盈？

什么坟墓里疲倦的人可以安息，
同时又能高枕无忧？
人在那里永远不会远离天堂，
而时刻感受到它亲切的微笑？

大地上阳光灿烂，
春草长得葱绿美丽；
可地下则是夜半，
而且永远漆黑一片。

为什么要为我们所爱的人悲伤？
为什么要逃离那地狱般的坟墓？
犹如地面上开放的鲜花，
它能否消除地下的黑暗？

从早上最暗淡的晨光
到傍晚最深沉的夜幕，
你从未停止你的悲伤，
想知道她埋葬在何处。

若要在她的坟头上哭泣

那将是一种无价的恩赐，
那就把眼泪撒到海浪上，
它们会很快到达她那里。

虽然伤心悲痛趋于癫狂，
可在你那强烈的哀怨中，
请这样想，阳光照在你身上，
也就像照在她身上一样。

用你的想象往地下深处看，
看看她在下面是怎样睡眠；
然后告诉我，她睡得这么香，
为什么还让你这样悲伤痛苦？

这是第 158 首，阿尔佛雷德在流放中思念她亡故的妻子。阿尔佛雷德在妻子死后和奥格斯塔结了婚。奥格斯塔并不像他想象的那样温柔贤惠，而是一个权欲熏心的狐狸精。他竟然被她以种种理由流放到英国，落得有家不能归的空头国王。他走投无路，时刻思念着故去的前妻，盼望着能回到故里。同样，囚禁中的费尔南多也在想念自己的母亲、自己早年的恋人和自己的家乡，不过他更想念的是奥格斯塔。虽然她抛弃了他，把他关在牢房里，但是他一刻也没有忘记她。他时而埋怨她，时而思念她，希望她还能爱他，甚至甘愿在监狱里为她殉情：

Light up thy halls! 'Tis closing day;
I'm drear and lone and far away—
Cold blows on my breast the northwind's bitter sigh,

And oh, my couch is bleak beneath the rainy sky!

Light up thy halls—and think not of me;
That face is absent now, thou hast hated so to see—
Bright be thine eyes, undimmed their dazzling shine,
For never, never more shall they encounter mine!

The desert moor is dark; there is tempest in the air;
I have breathed my only wish in one last, one burning prayer—
A prayer that would come forth, although it lingered long;
That set on fire my heart, but froze upon my tongue.

And now, it shall be done before the morning rise:
I will not watch the sun ascend in yonder skies.
One task alone remains—thy pictured face to view;
And then I go to prove if God, at least, be true!

Do I not see thee now? Thy black resplendent hair;
Thy glory-beaming brow, and smile, how heavenly fair!
Thine eyes are turned away—those eyes I would not see;
Their dark, their deadly ray, would more than madden me.

There, go. Deceiver, go! My hand is streaming wet;
My heart's blood flows to buy the blessing— To forget!
Oh could that lost heart give back, back again to thine,
One tenth part of the pain that clouds my dark decline!

Oh could I see thy lids weighed down in cheerless woe;
Too full to hide their tears, too stern to overflow;
Oh could I know thy soul with equal grief was torn,
This fate might be endured—this anguish might be borne!

How gloomy grows the night! 'Tis Gondal's wind that blows;
I shall not tread again the deep glens where it rose—
I feel it on my face— "Where, wild blast, dost thou roam?
What do we, wanderer, here, so far away from home?

"I do not need thy breath to cool my death-cold brow;
But go to that far land, where she is shining now;
Tell Her my latest wish, tell Her my dreary doom;
Say that my pangs are past, but Hers are yet to come."

Vain words—vain, frenzied thoughts! No ear can hear me call—
Lost in the vacant air my frantic curses fall—
And could she see me now, perchance her lip would smile,
Would smile in careless pride and utter scorn the while!

And yet for all her hate, each parting glance would tell
A stronger passion breathed, burned, in this last farewell.
Unconquered in my soul the Tyrant rules me still;
Life bows to my control, but Love I cannot kill! (No.85)

天黑了，大厅里的灯点起来！
我感到很忧郁、孤独和远离——

寒冷吹打着我的胸膛，北风在痛苦地哀叹。
噢，风雨中，我的住处是那样的阴冷！

大厅里的灯点起来——不要想着我；
此刻那张脸已经不见，你那样地不愿看到——
你眼睛多么明亮，那样的灿烂，
可它们永远、永远也不会再看到我的目光！

荒凉沼地上一片黑暗；暴风雨就在天空中；
我说出最后唯一的心愿，一个诚挚的祈祷——
虽然它一直久久地徘徊，但毕竟还要说出，
它烧灼了我的心，可它又冻僵了我的舌头。

可现在，清晨来临之前，一切都将结束，
我再也看不到太阳从遥远的天空中升起。
只有一件事还要做——看一看你如画的脸，
然后我便去见上帝，如真的有上帝的话！

我难道没看见你？那黑色华丽的头发，
容光焕发的面容，那何等烂漫的微笑！
你转向别处——我再也看不到那双眼睛；
那明眸、要命的闪烁，简直让我疯狂。

去吧，骗子，去吧！我的手已汗水淋漓，
我心中热血沸腾，只求一种恩赐——遗忘！
啊，失去的心若能找回来，那就还给你，
还给你我奄奄一息时的痛苦的十分之一！

噢，要是我能看到你因痛苦而垂下眼睑；
泪水盈眶而无法掩藏，而又竭力地强忍，
喔，要是知道你同样肝胆俱裂悲痛不已，
这种厄运便能承受——这种痛苦便能忍受！

夜晚多么的阴暗！贡达拉的风还在吹拂，
我将再也不能回到大风飞扬的幽谷里去——
风吹在我脸上——“狂风啊，你漫游何方？
我们为什么在这里流浪，这样远离家园？”

“我不需要你的微风来呵护我冰冷的面颊；
到那遥远的地方去吧，她正在那里光芒闪烁；
告诉她我最近的心愿，告诉她我凄惨的命运；
说，我的悲痛已经结束，然而她的即将来到。”

废话——没用，癫狂的想法！没人会听我叫喊——
我疯狂的诅咒只会掉落迷失在茫茫的天空中，
可现在要是她看见我，恐怕她也会抿嘴发笑，
笑得毫不在乎和傲慢，而且还发出阵阵嘲笑！

尽管她恨我，可是，离别的每个回视都表明
一种强烈的感情在这最后的辞别中喘息燃烧。
那暴君还在控制我，而我的灵魂不会被征服，
生活可以向强权低头，可我不能扼杀了爱情！（第85首）

贡达拉的人不仅有一种十分执着，甚至刻薄的爱情观，而且

还表现出一种向往自由和不屈不挠的精神。面对敌人或情人的囚禁，被囚者表现出强烈的自由向往和坚强不屈的斗志：

O transient voyager of heaven!
O silent sign of winter skies!
What adverse wind thy sail has driven
To dungeons where a prisoner lies?

Methinks the hands that shut the sun
So sternly from this mourning brow
Might still their rebel task have done
And checked a thing so frail as thou.

They would have done it had they known
The talisman that dwelt in thee,
For all the suns that ever shone
Have never been so kind to me.

For many a week, and many a day,
My heart was weighed with sinking gloom,
When morning rose in mourning grey
And faintly lit my prison room;

But, angel like, when I awoke,
Thy silvery form so soft and fair,
Shining through darkness, sweetly spoke
Of cloudy skies and mountains bare—

The dcarest to a mountaineer,
Who, all life long has loved the snow
That crowned her native summits drear
Better than greenest plains below.

And, voiceless, soulless messenger,
Thy presence waked a thrilling tone
That comforts me while thou art here
And will sustain when thou art gone.（No.39）

啊，天空中路过的旅行的人儿！
啊，那是冬季天空静静的标志！
是怎样的逆风把你的风帆吹送，
吹送到一个囚犯躺卧的地牢里？

我想，那样无情地把阳光
和忧伤的面容隔开的黑手，
还继续干他们大逆不道的勾当，
控制着一个像你这样脆弱的人。

要是它们知道那护身符就藏在
你的身上，它们肯定会阻止你，
因为所有那永恒闪耀着的阳光
从来没有对我这样地和蔼可亲！

有多少个星期以及多少个日子，

当清晨在悲伤的灰色里出现时，
当它模糊地照亮了我的牢房时，
沉重的黑暗却压在我的心头里。

然而，当我醒来时，就像天使，
你那温柔和靓丽的银色的身影
照亮了黑暗，并亲切地讲述着
那些多云的天空和光秃的山丘——

对登山的人来说，它是最可爱，
他们一辈子一直都热爱着白雪；
白雪给阴沉的山峰戴上了银冠，
比山下绿色的平原还更加靓丽。

无声无息的、没有灵魂的使者，
你的到来激起令人兴奋的乐章；
你在这里的时候，它安慰着我，
你走了以后，它还是余音不断。（第 39 首）

这首题为“To a Wreath of Snow”（致雪花）的诗歌反映了囚徒在黑暗的监狱里盼望雪花的心情。她多么希望冬天飘落的雪花能给黑暗的地牢带来光明，给他忧郁的心理带来一丝自由的希望。诗歌在表现囚徒向往自由的同时，还揭露了“黑手”的敌人还在“继续干他们大逆不道的勾当”，也表现出诗歌主人公至死不渝、斗争到底的大无畏精神：

There was a time when my cheek burned

To give such scornful fiends the lie;
Ungoverned nature madly spurned
The law that bade it not defy.
O in the days of ardent youth
I would have given my life for truth.

For truth, for right, for liberty,
I would have gladly, freely died;
And now I calmly hear and see
The vain man smile, the fool deride;
Though not because my heart is tame,
Though not for fear, though not for shame.

My soul still chafes at every tone
Of selfish and self-blinded error;
My breast still braves the world alone,
Steeled as it ever was to terror;
Only I know, however I frown,
The same world will go rolling on.（No.119）

曾记得有段时间我满腔热血，
揭穿了如此傲慢恶人的虚伪；
不羁的性格极大地藐视着
那不容许人们冒犯的法律。
噢！在青春热血的日子里，
为了真理，我会献出生命。

为真理，为权利，为了自由，
我会很乐意、慷慨地去献身，
现在我却冷静地听着、看着
虚荣者的微笑、傻瓜的嘲笑；
那不是因为我的心肠太柔顺，
也不是因为害怕、或者害羞。

对自私的论调和自欺的谬论，
我的灵魂仍然感到非常愤慨，
我仍然独自勇敢地面对世界，
坚强不屈从不为恐惧所吓倒；
可我知道，我如何愁眉不展，
这个世界依然继续滚滚向前。（第 119 首）

当然，金无足赤，人无完人。贡达拉人有刚正不阿的一面，也有软弱的一面。这些身心被囚禁的勇士们在长年累月面对黑暗和严刑拷打折磨的时候，也会伤感落泪，自叹自己悲苦的命运。这个问题我们将在下一节加以说明。贡达拉史诗中有关囚禁和流放的诗歌有：

1. 有关奥格斯塔的：

第 39 首：囚徒盼望着雪花。

第 43 首：年轻囚徒的自我安慰。

第 83 首：奥格斯塔回到黑暗的牢房里。

第 92 首：囚徒向往着自由的原野和天地。

第 165 首：狱中的奥格斯塔抱怨希望女神。

第 180 首：奥格斯塔在监狱中忆念亚历山大。

2. 有关杰拉尔德和他族人的：

第 125 首：杰拉尔德被朱利叶斯囚禁。

第 155 首：狱中意志坚强的杰拉尔德。

第 47 首：杰拉尔德抱怨他从前的部下。

第 119 首：狱中杰拉尔德向朱利叶斯示威。

第 63 首：格兰尼顿被囚禁在监狱里。

第 77 首：格兰尼顿在阴暗的监狱里。

第 46 首：艾尼被关在牢里。

3. 有关阿尔佛雷德的：

第 118 首：阿尔佛雷德辞别奥格斯塔去流放。

第 32 首：阿尔佛雷德走在流亡的路上。

第 91 首：流放人渴望自由，盼望与情人相见。

第 158、173 首：阿尔佛雷德想念死去的妻子。

第 102 首：同被流放英格兰的人忆念阿尔佛雷德。

第 154 首：自杀后的阿尔佛雷德魂回阿斯品城堡。

4. 有关费尔南多的：

第 42 首：费尔南多忆念母亲和家乡。

第 117、135、138 首：狱中费尔南多忆念恋人。

第 22 首：费尔南多回忆奥格斯塔的召见。

第 133 首：狱中费尔南多责备奥格斯塔。

第 85 首：狱中费尔南多抱怨奥格斯塔并为她殉情。

5. 有关第三次内战中被囚禁的：

第 190 首：A·G·罗谢尔被朱利安家人囚禁。

第 189 首：M. A. 被囚禁在北方学院监狱里。

六、有关孤独和哀叹的诗歌

孤独和哀叹诗是埃米莉诗歌中一个重要的组成部分。贡达拉传奇中贡达拉是个孤独的岛屿，阿加尔丁是个孤独的岛屿，贡达拉传奇中诸如奥格斯塔、阿米多斯、安奇利加、阿尔佛雷德等人物，虽然他们有不同的经历和遭遇，但是他们都感到孤独，都在自叹着自己悲苦的命运。奥格斯塔虽然风光一时，可是她内心也是孤独的。为了消除孤独，她必须不断地去争权夺利，以谋取更多的人追随着自己，崇拜着自己；为了消除寂寞，她得不断地去寻找情人，争风吃醋。她被囚禁的时候是孤独的，当上王后以及女王以后也还是孤独的。

Death, that struck when I was most confiding
In my certain Faith of Joy to be,
Strike again, Time's withered branch dividing
From the fresh root of Eternity!

Leaves, upon Time's branch, were growing brightly,
Full of sap and full of silver dew;
Birds, beneath its shelter, gathered nightly;
Daily, round its flowers, the wild bees flew.

Sorrow passed and plucked the golden blossom,
Guilt stripped off the foliage in its pride;
But, within its parent's kindly bosom,
Flowed forever Life's restoring tide.

Little mourned I for the parted Gladness,
For the vacant nest and silent song;
Hope was there and laughed me out of sadness,
Whispering, "Winter will not linger long."

And behold, with tenfold increase blessing
Spring adorned the beauty-burdened spray;
Wind and rain and fervent heat caressing
Lavished glory on its second May.

High it rose; no winged grief could sweep it;
Sin was scared to distance with its shine:
Love and its own life had power to keep it
From all wrong, from every blight but thine!

Heartless Death, the young leaves droop and languish!
Evening's gentle air may still restore—
No: the morning sunshine mocks my anguish—
Time for me must never blossom more!

Strike it down, that other boughs may nourish
Where that perished sapling used to be;
Thus, at least, its mouldering corpse will nourish
That from which it sprung—Eternity.

当我对自己的幸福感到最为自信时，
死神！它打击着我，
当时间的枯枝从永恒的活根分离出来时，
它又再次打击着我！

时间树枝上的叶子正长得茂盛，

充满着活力，挂满银色的露珠；
小鸟夜间在它的遮蔽下聚歇着；
野蜂白天围着它的花朵儿飞舞。

悲痛女神走过，摘去金色的花蕾；
罪孽女神又捋去长势茂盛的绿叶；
可是，在它慈祥母枝的胸怀里，
永远奔流一股生命复兴的潮汐。

我很少为逝去的欢乐感到忧伤，
不为那空巢和沉寂的歌而悲戚；
希望女神在那里为我一笑解惆怅；
悄悄说：“冬天很快就会过去！”

看看吧！以十倍有加的恩赐，
春天枝头缀满了美丽的花朵；
轻风细雨和温暖空气来爱惜，
明年五月又是个满枝的辉煌！

它高高耸立，有翼的悲伤也飞不到它；
它光彩夺目，罪恶也害怕得远远离去；
爱，以及它自己的生命有能力保护它
免遭一切挫折和疾病，只除了你以外！

残酷的死神使嫩叶枯萎和凋零；
傍晚轻柔的微风也许还会再来——
不：清晨的阳光也嘲笑我的痛苦——

对于我，开花的时机已不再有！

把它砍下，在树枝已枯死的地方
别的树枝可以长得繁荣茂盛；
这样，至少腐朽的遗体会滋养着
从其中间萌发出来的——永恒。

这首题词为“Death”（死神）的诗歌写的是朱利叶斯王被人暗杀后，被迫流落山区的奥格斯塔在哀叹自己不幸的命运。诗中她在埋怨着众女神：“当我对自己的幸福感到最为自信时，死神！它打击着我，当时间的枯枝从永恒的活根分离出来时，它又再次打击着我！”“时间树枝上的叶子正长得茂盛，充满着活力，挂满银色的露珠……悲痛女神走过，摘去金色的花蕾；罪孽女神又捋去长势茂盛的绿叶”；就连“清晨的阳光也嘲笑我的痛苦”。诗歌里我们看不到哀愁悲叹的字眼，可是从埋怨中我们分明听到了她在哀叹上苍对她不公，但愿希望女神为她一笑解惆怅，给她带来希望。不过，奥格斯塔在哀叹自己不幸的同时，也并没有失去信心。她相信：虽然悲痛女神摘去金色的花蕾，罪孽女神又捋去长势茂盛的绿叶，可是，在它慈祥母枝的胸怀里，永远奔流一股生命复兴的潮汐。在树枝已枯死的地方别的树枝可以长得繁荣茂盛，因为有腐朽的遗体滋养着它，待到明年五月它将又是个满枝的辉煌！

阿米多斯从小失去父母，无家可归，四处流浪，终日郁郁不乐。后来被安奇利加收养为兄弟，和她发展成为恋人。后来被奥格斯塔居为情人，之后又被抛弃和流放，在行刺朱利叶斯王的过程度中被其侍卫所杀。阿米多斯一生凄苦，他时常哀叹自己不幸的身世和悲惨的命运：

I am the only being whose doom
No tongue would ask, no eye would mourn;
I never caused a thought of gloom,
A smile of joy, since I was born.

In secret pleasure, secret tears,
This changeful life has slipped away,
As friendless after eighteen years,
As lone as on my natal day.

There have been times I cannot hide,
There have been times when this was drear,
When my sad soul forgot its pride
And longed for one to love me here.

But those were in the early glow
Of feelings since subdued by care;
And they have died so long ago,
I hardly now believe they were.

First melted off the hope of youth,
Then fancy's rainbow fast withdrew;
And then experience told me truth
In mortal bosoms never grew.

'Twas grief enough to think mankind

All hollow, servile, insincere;
But worse to trust to my own mind
And find the same corruption there. (No.11)

世上唯独我，
活着无人过问，死也没人哀伤。
生来未曾有人为我忧愁，
未曾有人为我快乐欢笑。

偷偷地快乐——偷偷地流泪，
变幻的生活悄悄地流逝，
十八岁了还是没有朋友，
孤独得像我出生的那一天。

我曾经有过无法隐藏的时候，
也曾经有过阴沉沮丧的时候，
也有过忧伤的灵魂忘掉自尊的时候，
也曾经有过渴望有人来爱我的时候。

可这些只是感情的一时冲动，
当时它还没有被烦恼所取代，
可是它早已消失得无影无踪，
现在我难以相信我曾经拥有。

最初是青春希望的破灭，
接着梦幻彩虹很快消失，
随后便是经验使我明白，

真理从未从人心里产生。

“想起人世我就不胜心寒，
一切都是虚假、卑屈和伪善；
可更糟糕的是，想依赖自己的心灵时，
却发现它那里一样腐败。”（第11首）

在贡达拉传奇中，阿米多斯可以说是命运最不幸的一个人。“活着无人过问，死也没人哀伤。生来未曾有人为我忧愁，未曾有人为我快乐欢笑。……十八岁了还是没有朋友，孤独得像我出生的那一天。”好不容易有个安奇利加可怜他，把他收留为兄弟，可是又被奥格斯塔据为己有，尔后又被赶出阿斯品城堡。他在哀叹世事的苍凉、人情的冷漠。外界的炎凉冷漠扭曲了他的心灵，使他认识到：“一切都是虚假、卑屈和伪善；可更糟糕的是，想依赖自己的心灵时，却发现它那里一样腐败。”这是一个对世俗多么深刻透彻的认识啊！这是一个对冷漠人世多么有力的控诉啊！

安奇利加是阿斯品城堡阿尔佛雷德王的公主，早年也失去了母亲。阿尔佛雷德是个无能的昏君，整天沉溺于奥格斯塔的美色之中，对自己的女儿不闻不问，不痛不惜。安奇利加失去了往日的恩宠，在宫里备受人们的冷落：

None of my kindred now can tell
The features once beloved so well:
Those dark brown locks that used to deck
A snowy brow in ringlets small,
Now wildly shade my sunburnt neck,
And streaming down my shoulders fall.

The pure bright red of noble birth
Has deepened to a gipsy glow;
And care has quenched the smile of mirth,
And tuned my heart to welcome woe.

Yet you must know in infancy
Full many an eye watched over me;
Sweet voices to my slumber sung;
My downy couch with silk was hung;

And music soothed me when I cried;
And when I laughed they all replied;
And "rosy Blanche"—how oft was heard
In hall and bower that well-known word.

Through gathering summers still caressed;
In kingly courts a favourite guest,
A monarch's hand would pour for me
The richest gifts of royalty.

But clouds will come; too soon they came;
For not through age and not through crime,
Is Blanche a now forgotten name;
True heart, and brow unmarked by time:
These treasured blessings still are mine. (No.64)

现在没有一个亲人能说清，
他们曾多么喜欢我的模样，
黑褐色的头发卷着小卷儿，
常常飘拂在雪白的前额上，
而今散乱在黝黑的脖子上，
稀疏地披散在我的双肩上。

出身高贵，肤色纯洁而红润，
如今已黑亮得像吉卜赛女郎，
烦恼已经熄灭了欢乐的微笑，
而且我的心已经受尽了折磨。

可是你应该知道我小时候，
多少的眼睛都在注视着我，
多少甜蜜歌声伴随我睡熟，
我松软的小床满挂着丝绸。

哭闹的时候有音乐来哄逗，
我笑的时候他们都来应和，
大厅和凉亭里常常听到
熟悉的“玫瑰白兰奇”歌曲。

收获着整个夏日默默的关爱，
在王宫里我是个可爱的客人，
国王也曾亲手慷慨地送给我
许多皇宫中最华贵的礼物。

可是乌云很快笼罩了这一切，
不知何时起，也不知为何罪，
白兰奇这个名字已经被遗忘，
然而，真诚尚存，容颜未改，
还是拥有这些珍藏着的恩赐。（第 64 首）

阿尔佛雷德王对奥格斯塔唯命是听，不事朝政。难怪就在他终日醉生梦死的时候，国内矛盾重重，盗贼四起，反对党也趁机起事作乱，他的身体健康也在不断衰退。这时他无能为力，只有听信奥格斯塔的虚情假意地安排，到英国去疗养和顺便寻求帮助，把一个国家交给了一个居心叵测的女人。不曾想，此去不再复回：

The day is done, the winter sun
Is setting in its sullen sky;
And drear the course that has been run,
And dim the beams that slowly die.

No star will light my coming night;
No moon of hope for me will shine;
I mourn not heaven would blast my sight,
And I never longed for ways divine.

Through Life hard Task I did not ask
Celestial aid, celestial cheer;
I saw my fate without its mask,
And met it too without a tear.

The grief that prest this living breast
Was heavier far than earth can be;
And who would dread eternal rest
When labour's hire was agony?

Dark falls the fear of this despair
On spirits born for happiness;
But I was bred the mate of care,
The foster-child of sore distress.

No sighs for me, no sympathy,
No wish to keep my soul below;
The heart is dead since infancy,
Unwept-for let the body go. (No.167)

白天结束了——冬天的太阳
从阴暗的天空中沉落下去；
这一路的行程多么的凄凉，
慢慢消失的余光多么惨淡。

没有星辰照亮我来临的夜晚；
没有希望的月亮来为我照耀；
天空遮挡视线，我不会难过，
我永远盼望不到神圣的恩典。

苦难的一生中我没有乞求
上苍的帮助和上苍的欢喜；

我正视着命运的本来面目，
我直面着它不流一滴眼泪。

紧压在心头上的悲痛
比下压的大地还沉重；
付出的劳动变成痛苦，
谁还惧怕永久的安息？

对生来就享福的人来说，
失望的恐惧是多么可怕；
而我生来就伴随着忧愁，
极大的痛苦陪伴我长大。

没人为我叹息，没人同情我，
我灵魂里已不存有任何希望；
这颗心在襁褓中就已经死去，
我肉身死了也没人为我悲泣。（第 167 首）

阿尔佛雷德走在漫长的流放路上，逐渐接近他的终点，就像“冬天的太阳从阴暗的天空中沉落下去；这一路的行程多么的凄凉，慢慢消失的余光多么惨淡”。这首诗与其说是阿尔佛雷德悲叹不幸的归宿，不如说是他在怨恨自己由于沉迷于女色，而失去幸福、失去妻子、女儿，甚至国家。他虽然是国王，可是他也有苦难的童年。他曾操控一切，主宰别人，可是他也有把握不住个人，自我堕落而招致毁灭的结局。阿尔佛雷德的命运很悲惨，也很可悲。难怪他的肉身死了也没有人为他悲泣。

在埃米莉诗歌中有关孤独和哀叹的诗中，有的可以确定其归属，有的则没有着落。其实这一点并不重要。尽管这些孤独和哀叹的人结局不尽相同，但是他们都是孤独和苦难的，他们是在哀叹着自己人生的不幸：

1. 有关奥格斯塔的：

第 165 首：狱中的孤独的奥格斯塔抱怨希望女神。

第 183 首：奥格斯塔哀叹命运不济，埋怨死神。

2. 有关阿米多斯的：

第 11 首：18 岁的阿米多斯哀叹着孤独。

第 109 首：阿米多斯回忆小时候的孤独。

第 186 首：孤独苦命的阿米多斯。

第 66 首：年轻人孤独地在她的窗前坐着。

3. 有关安奇利加的：

第 64、115 首：安奇利加哀叹自己被宫里人冷落。

第 170 首：安奇利加孤独地在夏日的山坡上遐想。

第 106 首：孤独忧伤的安奇利加。

4. 有关阿尔佛雷德的：

第 94 首：蓝铃花使我解忧愁，免除了思乡。

第 87 首：我的灵魂不知走向何处。

第 167 首：阿尔佛雷德的灵魂在城堡的树林里哀叹。

5. 无法确定的：

第 27 首：我独坐，叹息上苍不赐予天赋。

第 70 首：让我忧郁，让我疑虑恐惧。

第 95 首：荒原上孤独的流浪人梦见精灵救星。

第 101 首：五月鲜花盛开，可我在哀叹不幸。

第 103 首：夏夜让我感到寂静和孤独。

第 114 首：夜半三更你还在独自沉思。

毋庸置疑，埃米莉诗歌中的孤独和哀叹诗和她本人不幸的经历有一定的关系。这些诗歌从某一方面反映了她内心深处的感受。埃米莉生活在贫困的家庭里，生活的艰辛、屡失亲人的痛苦、社会的偏见、山村的封闭和人情的冷漠，使她饱尝了人间的苦难和冷酷，她的生活经历了生离死别、孤独寂寞和生活无着的遭遇。她的生活体验是深刻的，她的心理感受是切骨的，她对社会、对人生的理解是深刻透里的。贫困、孤独、幽闭、苦闷和不幸的生活使她哀叹，但并没有使埃米莉消沉，哀叹之中她将自我付与了文学创作，把冥冥中的思绪和炽热的情感诉诸她的作品，将她对孤独的感受和人生的体验融入她的诗行之中。

当然，有些内容超出了她生活的经历，如在监狱里的痛苦和在外流浪的辛酸，她是无法真正体验的。因此，这内容的描写似乎只能浅尝辄止而已，无法揭示当事人那种难耐的孤独和寂寞以及那种歇斯底里的哀愁。虽然如此，她的孤独和哀叹诗具有一种普遍的意义，它们反映了现实社会中人类的孤独和不测的前途。随着社会的发展和科学技术的进步，人类似乎进步了，生活更加富足，其实它在给人类带来的丰厚的物质财富的同时也给人类自身带来许多灾难。由于人类对自然界无节制地开发和利用造成了生态失衡，破坏了人与大自然的和谐性，人类和自然各种动植物成了形同陌路的人，人类倍感孤独和寂寞。埃米莉诗歌在孤独和伤感的表面下反映的却是社会残酷的现实、人性的堕落、人情的冷漠和精神的失落，同时也寄寓了人类对现代文明的忧虑，并促使人们对人类现实理性的思考和对人类希望的探索。

第三章

埃米莉·勃朗特诗歌思想和艺术特征

诗歌艺术的把握在于整体把握，而把握的方式是直观的、印象的、顿悟的。也就是说诗歌艺术的审美判断以审美感受为基础，然而，审美感受的主体要求有较高的悟性，这对一般的诗歌爱好者来说，恐怕难以做到，因此诗歌欣赏在需要总体把握的同时，也需要细部的分析，采用归纳的方法，分解剖析其各细部要件，由里及表，以求得整体艺术风格的把握。同理，埃米莉诗歌艺术研究需要对其思想和诗艺的整体把握，也需要细部的研究。为此，这一章将探讨埃米莉诗歌以下几个方面的问题：埃米莉诗歌的思想特征、埃米莉诗歌奇异之处、埃米莉诗歌的意象体系、埃米莉诗歌的象征艺术、埃米莉诗歌的意境特征、埃米莉诗歌的格律音韵、埃米莉诗歌的语言风格、埃米莉诗歌的叙事艺术。

第一节

埃米莉诗歌的思想特征

在外在表现上，语言简洁精炼、富于格律韵律、意象鲜明生动和寓意丰富深刻是埃米莉诗歌基本的艺术特点；在内在意蕴上，“苦难”和“自由”则是她的诗歌总的思想特征。“苦难”和“自由”统领着她整个诗歌群体，反映了她一生的“苦难”，表达了她对“自由”的向往和追求。因此，了解埃米莉诗歌中“苦难”和“自由”的这一母题，把握整个诗歌的中心思想，无疑有助于进一步深入分析和了解她的诗歌艺术。为此，我们通过埃米莉诗歌文本的解读和诗人生活经历和时代的考察，阐述埃米莉诗歌“苦难”和“自由”这一思想特征及其成因。

一、苦难母题

母题指的是在文学作品中反复出现的人类基本行为、精神现象以及人类关于周围世界的概念，诸如生、死、离别、爱、时间、空间、季节、海洋、山脉、黑夜等。[①] 它们往往反复出现在作品里，成为统一整个作品的线索，从而加强作品的整体结构美学。埃米莉诗歌中苦难是一个重要的母题，它贯穿整个诗歌的始终，反映了诗人或诗歌人物的劳作、苦闷、孤独、幽怨、失意、失恋、悲观、悲伤、绝望、怀念、流放、囚禁、战争和死亡等的经历和痛苦。如第103首：

I know not how it falls on me,
This summer evening, hushed and lone;
Yet the faint wind comes soothingly
With something of an olden tone.

Forgive me if I’ve shunned so long
Your gentle greeting, earth and air!
But sorrow withers even the strong,
And who can fight against despair?

① 乐黛云.中西比较文学教程[M].北京：高等教育出版社，1988：189.

这夏日的傍晚，寂静和孤独，
我不知它怎么降临在我身上；
可是微风还是在缓缓地吹唱，
吹唱着带有几分古老的曲调。

请原谅，就算我长期地躲避
你温柔的招呼、大地和空气！
健壮的人也会因悲伤而衰弱，
谁又能与这样的绝望相抗衡？

这首诗显然是表达了诗人孤独和绝望的痛苦。夏日傍晚的微风应该是凉爽的，可是由于孤独绝望，诗人并没有意识到它的来临，而后还从微风的吹拂中听出几分忧伤的古老的曲调。诸如此类的诗歌在文字上明明白白地表达了苦难的主题，在埃米莉 193 首的诗歌中，大约有 130 首，占诗歌总数的 67%。此外，还有一部分诗歌描写诗人或诗歌人物积极乐观的人生和态度，其实它们的背后就是苦难。这类诗歌大约有 40 首，占诗歌总数的 20%。如第 53 首：

What use is it to slumber here,
Though the heart be sad and weary?
What use is it to slumber here,
Though the day rise dark and dreary?

For that mist may break when the sun is high,
And this soul forget its sorrow;

And the rosy ray of the closing day
May promise a brighter morrow.

即便心情厌烦而又忧愁，
可睡在这里又有什么用？
即使白昼沉寂而又黑暗，
可睡在这里又有什么用？

太阳高升，云雾消散，
心灵会把痛苦来遗忘；
黄昏那绯红的夕照
将预示着一个更加灿烂的明天。

这是一首乐观向上的诗歌，描述了奥格斯塔出狱后，提醒自己要向前看的情景。然而，灿烂的明天来临之前，奥格斯塔是忧愁的，是消极的，而且是痛苦的。由此可见，埃米莉的诗歌中，上述两类诗歌占据了总数的 87%。因此，我们认为“苦难”是埃米莉诗歌的母题，是她诗歌的主要思想特征。那么，这一思想特征在埃米莉诗歌中是怎么形成的？我们认为有以下几个方面的原因。

首先，埃米莉生活是苦难的。尽管她只活到了 30 岁，但是她所经历的苦难是一般人所没有经历过的。她出身于一个多子女的贫穷的乡村牧师家庭，兄弟姐妹 6 个。她 3 岁时就失去母亲，7 岁时又失去两个大姐姐，24 岁时失去姨母，30 岁时又失去哥哥。几度失去亲人，加上身体的虚弱、几度求学和就业的艰难、办学的失败、作品的出版引起的非议等都对她造成巨大的打击。这诸多的苦难使她尝尽人生的酸甜苦辣、离怨别恨和生离死别，对她的心灵产生了重大的创伤。可见埃米莉是苦难的，她对苦难的感触是深刻切骨的，她所从事的文学创作也是苦难的，因而她的诗歌也是苦难的。如第 84 首：

O come with me, thus ran the song,
The moon is bright in Autumn's sky,
And thou hast toiled and laboured long
With aching head and weary eye.

噢，跟我来，歌曲这样唱着，
秋季的天空月光晴朗亮晶晶，
而你已经操劳和耕作太长久，
疼了你的头也累了你的眼睛。

其次，她生活的环境也是苦难的。她生活的地方是偏僻的约克郡霍沃思村，牧师住宅的后面就是霍沃思荒原。“平眼望去，周围是一条波浪式蜿蜒的山脉；山脉凹落处浮现出远处的山包，它们几乎是一样的颜色、一样的形状，头顶着那片荒凉、阴沉的荒原——这片荒原是那样的空旷，让人感到孤独和寂寞；这片荒原又是那样的沉重，使人感到单调和无限的隔阂，有一种被禁锢了的感觉。”[①] 埃米莉几乎一生都是在这样的环境中过着离群索居的生活。这样荒蛮灰暗的自然环境让她感到阴沉、悲怆和沉重，使她对孤独、压抑和苦难世界的体验比任何人都更加亲切和深刻。因此，埃米莉的笔下，自然物象很少是风和日丽，明媚宜人，而大多是冷峻和凄凉，充满阴沉肃杀、风暴阴霾、冻雾冷雨，一景

① 盖斯凯尔夫人.夏洛特·勃朗特传[M].覃志峰，译.北京：中国文联出版社，2004：3.

一物无不蒙上一层阴郁的苦难色彩。如第 69 首：

Still as she looked the iron clouds
Would part, and sunlight shone between,
But drearily strange and pale and cold.

她静静地注视着那片冰冷的云雾，
它就要散去，阳光就在其间闪烁，
多么的可怕、奇异、惨白和冷酷。

再说，与世隔绝和压抑的环境、多灾多难的生活以及当时资本主义的发展给社会带来的两极分化、民众的极端贫困现象，使埃米莉形成了一种抑郁、孤独、苦闷和封闭的心理，使她形成了一种对现实社会否定的态度和消极厌世的人生观。她认为现实世界本质上是虚伪和黑暗的，现实世界就是苦难的深渊。正如《呼啸山庄》中凯瑟琳说的那样："这个世界对我将成为一个极其陌生的地方，我就不会是其中的一部分。"[①] 埃米莉在诗歌中也多次提到了这个"黑暗的"、"虚伪的"、"不幸的"的世界。如第 157 首：

The world is going—Dark world, adieu!
Grim world, go hide thee till the day;
The heart thou canst not all subdue
Must still resist if thou delay!

时间在流逝——黑暗的世界，再见！

---

① 埃米莉·勃朗特.呼啸山庄(英文)[M].上海：世界图书出版公司，2005：64.

严酷的世界，隐藏起来到明天；
人们的心，你不能全部都征服，
如果你迟疑，它们一定还会反抗！

因此，生活在这样的一个世界，人的生活是不幸的、苦难的，如第 167 首描写的就是诗歌人物苦难的一生：

The day is done, the winter sun
Is setting in its sullen sky;
And drear the course that has been run,
And dim the beams that slowly die.

No star will light my coming night;
No moon of hope for me will shine;
I mourn not heaven would blast my sight,
And I never longed for ways divine.

Through Life hard Task I did not ask
Celestial aid, celestial cheer;
I saw my fate without its mask,
And met it too without a tear.

The grief that prest this living breast
Was heavier far than earth can be;
And who would dread eternal rest
When labour's hire was agony?

Dark falls the fear of this despair
On spirits born for happiness;
But I was bred the mate of care,
The foster-child of sore distress.

No sighs for me, no sympathy,
No wish to keep my soul below;
The heart is dead since infancy,
Unwept-for let the body go.

白天结束了——冬天的太阳
从阴暗的天空中沉落下去；
这一路的行程多么地凄凉，
慢慢消失的余光多么惨淡。

没有星辰照亮我来临的夜晚；
没有希望的月亮来为我照耀；
天空遮挡视线，我不会难过，
我永远盼望不到神圣的恩典。

苦难的一生中我没有乞求
上苍的帮助和上苍的欢喜；
我正视着命运的本来面目，
我直面着它不流一滴眼泪。

紧压在心头上的悲痛
比下压的大地还沉重；

付出的劳动变成痛苦，
谁还惧怕永久的安息？

对生来就享福的人来说，
失望的恐惧是多么可怕；
而我生来就伴随着忧愁，
极大的痛苦陪伴我长大。

没人为我叹息，没人同情我，
我灵魂里已不存有任何希望；
这颗心在襁褓中就已经死去，
我肉身死了也没人为我悲泣。

二、自由探索

埃米莉诗歌的另一个思想特征就是“自由”。实际上，“苦难”和“自由”两个主题在埃米莉的诗歌里相随相伴，相互交织，水乳融合，交互影响，贯穿其诗歌的始末。“苦难”反映了诗人或诗歌人物的现实生活状况，表达了他们对现实的不满；而“自由”则是反映了诗人或诗歌人物摆脱现实苦难的愿望，表现了他们对自由的向往和追求。恶劣的生存环境和不幸的生活造成埃米莉孤僻、苦闷和封闭性格的同时，也造就了她刚毅和叛逆的性格。夏洛特说她“比男人还刚强，比小孩还要单纯”。[①] 她的比利时老师埃热先生也说：“她应该是个男人……她那坚强凛然的意志不会被别人的反对和困难所吓倒，她誓死也不会让步”。[②] 她极其叛

① 杨静远.勃朗特姐妹研究[G].北京：中国社会科学出版社，1983：21.
② Elizabeth Cleghorn Gaskell. The Life of Charlotte Brontë[M]. Edit: Alan Shelston. England: Penguin Books Ltd, Harmondsworth, Middlesex, 1975：230.

逆的性格使得她不满现实生活，向往自由，并且不断地寻求摆脱现实和争取自由的途径。夏洛特说："自由是埃米莉鼻孔的气息，没有它，她就活不下去。"[1] 埃米莉诗歌更是多次直接地表达了她对自由的渴望和追求：

…

And if I pray, the only prayer
That moves my lips for me
Is—"Leave the heart that now I bear
And give me liberty." (from No. 146)

……

我若祈祷，张开嘴巴，
我唯一能祈祷的就是——
"此刻别打扰我，
最好给我自由！"（摘录自第146首）

埃米莉不能适应现实社会，感觉现实社会叫人心寒、充满苦难，因而她诅咒和反叛这个现实社会。因此，"自由"便是埃米莉一生的追求。在诗歌里，她一直在不断地探索和寻求摆脱现世苦难的生活和获取"自由"的各种途径。归结起来，她"自由"的途径主要指向"自我心灵"、"梦幻"、"大自然"、"自我超灵世界"、"风暴"、"死亡"和"坟墓"等。

由于现实中无法找到自由，因此她曾把自由的希望寄托在"自我心灵"上，以求得精神上的自由。然而这一途径，似乎行不通。第11首诗歌说明了这一点：

…

① 盖斯凯尔夫人.夏洛特•勃朗特传[M].覃志峰，译.北京：中国文联出版社，2004：94.

’Twas grief enough to think mankind
All hollow, servile, insincere;
But worse to trust to my own mind
And find the same corruption there.
……

想起人世我就不胜心寒，
一切都是虚假、卑屈和伪善；
可更糟糕的是，想依赖自己的心灵时，
却发现它那里一样腐败。

“梦幻”也是埃米莉寄托自由和解放之地。埃米莉本身就是一个爱做梦的人，她做夜梦，有时还做白日梦。据说，她一生中曾有过几次一时的幻觉，仿佛她的眼睛看到了凡人眼睛所看不见的超自然的现实。[①] 在诗歌中，她也曾多次为自己或为苦难的贡达拉人物编织着各种各样的梦，如第 42 首说：

…
And I would seek in summer’s evening
The place that saw our last farewell;
And there, a chain of visions weaving,
I’d linger till the curfew bell.
……

夏天的黄昏里，我常去探寻着
那块目睹我们最后诀别的地方，
在那里编织着一串串的梦境，
我流连忘返，直到晚钟敲响。

① 徐崇亮.试析埃米莉•勃朗特的“心灵的感应”[J].九江师专学报.1988（2）：83.

从她连篇的梦话里，我们看到了诗人美好的憧憬。不过，埃米莉在诗歌中所编织的梦大都把自己或她的诗歌人物引向更加痛苦的境地：

'Twas in a dream revealed to me,
But not a dream of sleep:
A dream of watchful agony,
Of grief that would not weep. (from No. 47)

我那是在一场梦里得知的，
可是，不是一场睡觉的梦，
而是一场清醒而痛苦的梦，
那是一场无泪又悲伤的梦。（摘录自第 47 首）

"大自然"是埃米莉最钟爱的地方，在现实生活中是如此，在文学作品中也是如此。在现实生活中，苦难的生活和孤独的性格常常促使她把目光转向大自然。她独自在乡村的旷野和荒原上漫步徘徊，欣赏着神奇和多彩的大自然。因此，她的诗歌中许多题材都是大自然中的花儿、草儿、石楠、阳光、月色、雪花、雨露，特别是霍沃思荒原上呼啸的风雪和荒原上时常笼罩的大雾阴云。在她看来，大自然是纯净的，那里没有对人类尊严的践踏，金钱的铜臭熏染不到那儿，那里没有社稷的乌烟瘴气，人们可以呼吸到清新的空气，可以找回人的本我：野性和自由。"对于她来说，在黝黑的石楠丛中，那里所开的花朵比玫瑰花还要鲜艳，她可以从一片青紫色山坡上的一个阴沉的洼地里想象出一个乐园来。在令人沮丧的孤独中，她可以找到许多难得的乐趣，尤其是，她最喜欢的——自由。”[①] 返回大自然集中地体现了她自由的哲学。她认为世俗就像罗网和樊笼，束缚人的天性，只有回归大自然，才能得到自由。诗歌的第 44 首就是体现了这一自由的理念：

I'm happiest when most away
I can bear my soul from its home of clay
On a windy night when the moon is bright
And the eye can wander through worlds of light—

When I am not and none beside—
Nor earth nor sea nor cloudless sky—
But only spirit wandering wide
Through infinite immensity.

独自一人时，我感到最高兴，
微风吹拂，皓月当空的夜晚，
我可以把灵魂从土屋里带出，
极目驰骋着这个银白的世界。

四周没有自我，也没有别人——
没有大地没有海洋没有蓝天——
只有灵魂自由自在到处漫游，
穿梭于无穷无限浩瀚的天空。

---

① 盖斯凯尔夫人.夏洛特•勃朗特传[M].覃志峰，译.北京：中国文联出版社，2004：94.

埃米莉爱故乡的大自然，特别是那片广袤粗犷的荒原，在那里她可以找到许多乐趣，找到真我的归宿，充分享受自由的天性，甚至完全融入其中，达到你我的同一：

Thought followed thought—star followed star
Through boundless regions on,
While one sweet influence, near and far,
Thrilled through and proved us one. (from No.184)

星星随着星星——思绪接着思绪，
穿梭于无边无际的天地，
忽远忽近掠过一种美好的感觉，
它就证明了你我的合一。（摘录自第 184 首）

大自然是埃米莉理想的所在，是她的精神寄托，是人类灵魂的归宿。返回大自然的思想，包含着对于生活苦难的控诉，对社会恶俗和虚伪宗教的厌恶与鄙弃，对理想的追求和自由的向往。虽然这是一种对现实生活消极的逃避，但是其中也有包含着不满现实、反抗黑暗的积极意义。

埃米莉在现实生活中无法找到“自由”，有时，她也会转向一个超越现实的精神世界：自我超灵的世界，以求得苦难的解脱和心灵的自由。

No coward soul is mine
No trembler in the world’s storm-troubled sphere
I see Heaven’s glories shine
And Faith shines equal arming me from Fear

O God within my breast
Almighty ever-present Deity
Life, that in me hast rest
As I Undying Life, have power in, Thee

Vain are the thousand creeds
That move men's hearts, unutterably vain,
Worthless as withered weeds
Or idlest froth amid the boundless main

To waken doubt in one
Holding so fast by thy infinity
So surely anchored on
The steadfast rock of Immortality

With wide-embracing love
Thy spirit animates eternal years
Pervades and broods above,
Changes, sustains, dissolves, creates and rears

Though Earth and moon were gone
And suns and universes ceased to be
And thou wert left alone
Every Existence would exist in thee

There is not room for Death

Nor atom that his might could render void
Since thou art Being and Breath
And what thou art may never be destroyed. (No. 191)

我不是胆小鬼，
不会在世俗烦恼的风暴中颤抖，
我看见天堂闪烁着灿烂的光辉，
信念的光辉也会使我无所畏惧。

啊！上帝就在我的心窝，
无所不能的上帝、无处不在的神！
你已经把生命托付于我，
我不朽的生命因你而充满活力。

千千万万个信念都是空洞虚无，
它们让人心动，却纯粹是枉然，
如同枯萎的杂草毫无价值，
如无边大海上没用的泡沫。

它们想让人滋生怀疑，
却被你无限的力量抓住不放，
而且如此牢固地锁定
在永恒女神的顽石上。

以宽大包容一切的爱心，
你的灵魂滋养着永恒的岁月，
在你的灵魂下弥漫和笼罩着

变革、维新、求解、创造和哺育。

虽然地球和月亮都已经消失，
就连太阳和宇宙也已不存在，
只剩下你一个孤单无双，
一切万物都将生存于你。

不要给死神留出任何空间，
不要让他补充丁点的力量：
你既然成了上帝和造物主，
现在的你将永远不会毁灭。（第 191 首）

这里的上帝显然不是基督教的上帝，而是和“我的心窝”里的“上帝”，是一种自我信念中的“上帝”，是一种超越了宗教范畴的超灵的东西。这里的“天堂”也不是基督教的天堂，而是埃米莉自我超灵的世界。无论是在她的小说，还是在她的诗歌里，都有太多亵渎基督教和上帝的言行，而且充满了异教的思想。虽然她的人生观中有与基督教的原罪说和处世观相通的地方，但她所追求的超俗境界并不与基督教徒所追寻的上帝和天堂同路同归。

狂风暴雨，在埃米莉诗歌中是一个重要的元素，在构成埃米莉诗歌“苦难”和“自由”这一思想特征中是不可或缺的。狂风暴雨具有独立不羁的性格，充满着原始的野性与能量，充满着自由精神和生命力。埃米莉诗歌中的狂风暴雨和雪莱的《西风颂》一样，具有势不可当、风卷残云、摧枯拉朽、扫除一切苦难、带来自由和幸福的力量和精神，这一点显然是受到雪莱的影响，然而埃米莉的狂风暴雨似乎比雪莱的“西风”更具雄奇的气势和狂暴的野性：

The wind was rough which tore
That leaf from its parent tree;
The fate was cruel which bore
Its withering corpse to me. (from No. 124)

北风呼啸，
刮掉了树上的叶子；
命运残酷，
让我背负着它干枯的尸体。（摘录自第 124 首）

Yes, I could swear that glorious wind
Has swept the world aside,
Has dashed its memory from thy mind
Like foam-bells from the tide— (from No. 148)

是的，我可以说可怕的风暴
已经把世界横扫得东歪西倒，
已经清除了你记忆中的一切，
就像潮水泡沫那样噼啪暴破——（摘录自第 148 首）

狂风暴雨象征着自由，象征着巨大的力量，在埃米莉诗歌中，显然是表达了埃米莉及其诗歌人物摆脱现实生活的渴望，也是他们争取自由的途径之一。因此在贡达拉史诗中，苦难的人一听到狂风暴雨就会激动不已，畅快淋漓，他们似乎看到了希望，看到了自由：

That wind, I used to hear it swelling
With joy divinely deep;
You might have seen my hot tears welling,
But rapture made me weep. (from No. 127)

风，经常听到它越吹越疯狂，
我内心深处就感到十分快意；
你或许已经看到我热泪滚滚，
可那是因为高兴而泪流满面。（摘录自第 127 首）

Except for you the billowy sea
Would now be tossing under me,
The wind’s wild voice my bosom thrill
And my glad heart bound wilder still,
Flying before the rapid gale
Those wondrous southern isles to hail
Which wait for my companions free. (from No. 178)

要不是为你，此刻我一定是
行驶在波涛汹涌的大海上，
狂风的怒吼会震撼我的心，
我欢快的心也会跳得更厉害。
那些神奇的南方小岛欢呼着，
飞奔在迅猛的狂风的前面，

它们在等待着我同伴的自由。（摘录自第 178 首）

Well hast thou spoken, sweet, trustful child!
And wiser than thy sire:
And coming tempests, raging wild,
Shall strengthen thy desire—
Thy fervent hope, through storm and foam,
Through wind and Ocean's roar,
To reach, at last, the eternal home—
The steadfast, changeless shore! (from No. 177)

你说得好，可爱可信的宝贝！
你比你的父亲更聪慧：
即将来临的猛烈的暴风雨
将使你的愿望得到实现——
你热切的希望，穿过暴雨和海浪，
穿过狂风和大海的呼啸，
最终会到达永久的归宿——
那坚实的、永恒的海岸！（摘录自第 177 首）

除了直接描写猛烈的狂风暴雨以外，诗人还经常借助狂风、暴雨等一些强力的自然现象来渲染故事的情节，营造一种阴森的、悲怆的、充满暴力的气氛，表达了人物积愤待发和冲破苦难束缚的架势。狂风暴雨是埃米莉诗歌一种极富于底蕴和气势的元素，它展现了人性中的刚劲、激情和野性，它代表摆脱世俗制约后纯粹的人性，是一种狂放不羁、自由洒脱的力量，是人本能的激烈释放和表现。狂风暴雨赋予了埃米莉诗歌磅礴的气势和魅力，透过它，不仅感受到大自然中呼啸的狂风暴雨，还听到了苦难灵魂挣扎着返回本真和争取自由的呐喊和呼号。埃米莉借用“暴力”这一手段来宣泄她对现实的不满和敌视，虽然不无偏激，但是在展示生活苦难和人性邪恶的同时也表达了一种“卡夫卡式的与现实为敌，并且面对邪恶的人性而拒绝与它和解的精神传统”。[①]

埃米莉虽然有许多忤逆基督教的言行，但也没有从宗教的灵魂说中解脱出来。厌世和寻求灵魂解脱和自由是她诗歌的思想核心。她和唯心主义者一样，认为人生是苦难的，苦难只有在人死以后才得以解脱。死亡虽然是痛苦的，也令人可怕，可是人死后，肉体腐朽了，还有灵魂存在。灵魂的家园就是坟墓。坟墓也并非一个黑暗与空虚的世界，而是一个更美的去处。因此，埃米莉不论在小说中还是在诗歌里，对“坟墓”和“死亡”都表现出一种执着和热烈的向往和追求。

He will not even let us die—
Not let us die at home;
The foe must see our soldiers fly
As they had feared the tomb;

Because we dare not stay to gain
Those longed-for, glorious graves—
We dare not shrink from slavery’s chain
To leave our children slaves! (from No. 156)

他也许不会让我们死——

① 玉香.从苦难主题看余华对传统宿命观的承袭[J].山东社会科学，2006（6）：123.

不会让我们死在家里，
敌人眼看着我们的战士撤离，
那肯定是因为他们害怕坟墓。

因为我们不敢停下而去要
那些渴望得到的、光荣的坟墓——
我们不敢在奴隶的锁链前畏缩，
而让我们的子孙沦为奴隶！（摘录自第 156 首）

Oh, dreadful is the check—intense the agony
When the ear begins to hear and the eye begins to see;
When the pulse begins to throb, the brain to think again,
The soul to feel the flesh and the flesh to feel the chain!

Yet I would lose no sting, would wish no torture less;
The more that anguish racks the earlier it will bless;
And robed in fires of Hell, or bright with heavenly shine,
If it but herald Death, the vision is divine. (from No. 190)

噢，囚禁多么可怕，痛苦如此剧烈，
耳朵开始听见了，眼睛开始看清楚了；
脉搏开始跳动了，大脑又可以思维了，
灵魂感觉到了肉体，肉体感觉到镣铐！

可我没有减少刺痛，不希望少受折磨；
受到越多痛苦的折磨，就越早得到福佑；
披着地狱的炼火，或戴着天堂的光芒，

即使它是死亡的预兆，那幻影也神圣。（摘录自第 190 首）

在埃米莉的人生哲学中，世俗是污浊的，人性是堕落的。死亡意味着灵魂从罪恶中解脱出来，重归大自然：坟墓，在那里得到净化。这是一个由“异化”到“回归”的过程。她把人世的痛苦看成是灵魂解脱的必然经历，痛苦越多，解脱就越早。因此，埃米莉有许多诗歌都出现坟墓、墓碑、死神、死亡、死尸等意象，反映埃米莉和她诗歌人物，在某种程度上，对坟墓和死亡的迷恋：

Then did I check the tears of useless passion,
Weaned my young soul from yearning after thine;
Sternly denied its burning wish to hasten
Down to that tomb already more than mine! (from No. 182)

随即我抑制住无谓激情的泪滴，
捻断了我青春灵魂对您的思慕，
克制到你坟前悼念如火的欲望，
那座坟墓啊！比我自己还自己。（摘录自第 182 首）

埃米莉有关死亡和坟墓的这类诗歌，我们不妨称之为“死亡诗”和“坟墓诗”。这类诗不仅反映了诗人或其诗歌人物挣脱尘世羁绊的愿望和生命形态自由的追求，而且也体现了其对生者的价值。它可以教人勇敢，从死亡的恐惧中解脱出来，直面自己的死亡。

埃米莉诗歌的思想特征反映了她本人和诗歌人物希望摆脱生活苦难和追求自由的精神。无论是“苦难”的诗歌还是“自由”的诗歌，其中都交织着痛苦的呻吟和自由的呼唤，展现着“肉体”

和“灵魂”的斗争。埃米莉诗歌中为摆脱现世苦难和获得“自由”的各种途径，可以说，是来自于其本人孤独自省的心理，来自于其极端的宗教冥思。她为受难的人们指出了各种救赎的途径，让人在自我欺骗和麻醉中获得心理上的补偿与满足，这也许有一定的精神意义。然而，在一定意义上，却表明了诗人消极的人生哲学。这种人生哲学使得诗歌中“苦难”与“苦难”人的境地缺少了一种净化人心的崇高的悲剧震撼力，读者不能从他们与苦难抗争中所表现出来的执着和勇气得到一种令人振奋的力量和自我救赎的精神，而我们需要的是“高贵的东西毁灭”后一种生命意义的思考和激发，而不是怜悯和消沉。

三、结束语

本节从埃米莉诗歌文本出发，阐述了埃米莉诗歌表达苦难、向往自由这一思想特征。通过对作者生活经历和时代的考察，分析了埃米莉诗歌形成这一思想特征的原因在于埃米莉不幸的生活际遇、消极厌世的人生观和孤独自省的心理品性。“苦难”和“自由”是埃米莉诗歌的母题。埃米莉通过不同的方式叙述了“苦难”的经历，表达了对现实人生的关注和对人类生存境遇的思索，不过在书写“苦难”的同时，诗人透露出一种消极宿命的思想，削弱了诗歌的悲剧意识，影响了其精神境界的提升；面对“苦难”，诗人表现了强烈的自由愿望，采取许多不同措施以达到自由的目的。不过，诗人并没有实事求是，积极抗争，而是试图从精神世界和虚幻世界中寻求心灵的慰藉和归宿，表现出一种虚无主义和消极遁世的人生态度。

埃米莉一生不幸，生活惨淡。然而，她凭借苦难的精神财富和对自由的渴望，以自我生命的体验为底蕴和独立探索的精神，冲破生存的重压，向我们叙述了神秘莫测的世界、残酷的社会现实、多舛的人生命运和苦苦抗争的人们。埃米莉的诗歌不仅体验奇异和见解新奇，而且感情真挚，满含睿智和充满人生哲理。这是一份弥足珍贵的文化遗产和精神财富，十分值得珍惜和继承。

第二节

埃米莉诗歌的奇异之处

在阅读埃米莉诗歌的过程中，最让我们感到震惊的是诗歌中有诸多丰富的想象、奇异的体验、新奇的见解和新鲜的表述。要知道，埃米莉只不过是一个约克郡偏僻山村牧师的女儿，一辈子几乎都没有走出那块穷乡僻壤。她没有接受多少正规的初级教育，也没有接受什么高等教育。她只活了 30 岁，谈不上有什么广泛的和丰富的生活阅历。正如她的姐姐夏洛特说的那样："不论埃米莉或安妮都不是博学之士——她们无意到别人的思想源泉里把自己的水罐装满。"① 然而，对于这位从约克郡旷野中走出来的村姑而言，她的诗歌里竟有那么多丰富的想象、奇异的内心体验、新奇的见解和新鲜的表述，这真是让人感到不可思议。

一、丰富的想象

想象是诗歌的特质，公刘说："想象是诗的翅膀。"② 培根也说："诗是真实地由于不为物质法则所局限的想象而产生的。"③ 在诗歌创作中，想象始终伴随着诗人在艺术境界里自由地驰骋。

---

① 杨静远.勃朗特姐妹研究[G].北京：中国社会科学出版社，1983：23.
② 王效天.新诗创作艺术谈[M].南京：江苏人民出版社，1982：146.
③ 伍蠡甫.西方文论选：上卷[G].上海:上海译文出版社,1979：247.

黑格尔说："真正的创造就是艺术想象的活动。"[①] 如此看来，想象无论是对于诗歌来说，还是对诗人来说，都是相当重要的。诚然，想象正是埃米莉诗歌的特征之一，也正是她从事文学创作的特质。丰富的想象在她的诗歌里随处可见，如第5首：

High waving heather, 'neath stormy blasts bending,
Midnight and moonlight and bright shining stars;
Darkness and glory rejoicingly blending,
Earth rising to heaven and heaven descending,
Man's spirit away from its drear dongeon sending,
Bursting the fetters and breaking the bars.

All down the mountain sides, wild forests lending
One mighty voice to the lire-giving wind;
Rivers their banks in the jubilee rending,
Fast through the valleys a reckless course wending,
Wider and deeper their waters extending,
Leaving a desolate desert behind.

Shining and lowering and swelling and dying,
Changing for ever from midnight to noon;
Roaring like thunder, like soft music sighing,
Shadows on shadows advancing and flying,
Lightning-bright flashes the deep gloom defying,
Coming as swiftly and fading as soon.

---

① 黑格尔.美学：第一卷[M].北京：商务印书馆，1979：50.

在午夜的月光和璀璨的群星下，
高地的石楠在暴风中剧烈飘摇；
大地在凌空升腾而苍穹在下坠，
黑暗和光明欢娱地融合在一起；
粉碎重重脚镣和冲破层层铁栅，
阴沉的地牢里释放出人的灵魂。

暴风给满山的原野森林注入了
生命，激起了层层震撼的波涛，
汹涌的河流劈开了它们的堤岸，
滚滚奔腾于山涧幽谷和小溪中，
洪水泛滥得越来越宽越来越深，
它身后只留下一片荒芜的沙碛。

电光闪，云昏暗，风时紧时慢，
从半夜到中午一刻不停地变幻，
时而咆哮如雷，时而哀婉如乐，
乌云层层叠叠滚滚地奔腾向前，
黑暗深处雷电明光闪烁不示弱，
来的迅猛，去的也飞速。

这首诗描绘了一个暴风雨之夜的情景：风云怒吼，电闪雷鸣，大雨倾盆，“来的迅猛，去的也飞速”。这是多么猛烈的暴风雨啊：汹涌的河流劈开了它们的堤岸，滚滚奔腾于山涧幽谷和小溪中，洪水泛滥得越来越宽越来越深，它身后只留下一片荒芜的沙碛。谁曾见：大地在凌空升腾而苍穹在下坠，黑暗和光明欢怡地融合在一起；粉碎重重脚镣和冲破层层铁栅，阴沉的地牢里释放出人的灵魂。谁曾想象到那是“暴风给满山的原野森林注入了生命”，那是一场风、雨、雷、电“defying（不示弱）”的比赛呢？这是何等的想象啊！我们不禁要问：埃米莉哪来这般的想象力？

诗源于生活，但不是刻板地复制生活，诗是生活大海里飞出的浪花。浪花的飞溅靠的就是诗人的想象。浪花的大小当然全由诗人的想象力，而诗人想象力的大小又取决于他的生活阅历和知识积累。可是对于埃米莉而言，没有丰富的生活阅历，没有渊博的知识，可是她诗歌中想象是奇特的，是常人无法想象的。那么，这种超常的想象力缘何而来呢？

如果说早年坎坷的生活和独特的感受力激发了她的想象力的话，那么大自然的陶冶则给了她的想象插上了腾飞的翅膀。牧师住宅的后面就是一片灰蒙蒙的荒原，漫无边际，神奇莫测。这片旷野就是她早年梦幻和遐想的天地。埃米莉喜欢在荒原上漫步流连，夏洛特说“我妹妹很喜欢那片荒原，对于她来说，在深黑的石楠丛中，那里所开的花朵比玫瑰花还要鲜艳，她可以从一片青紫色山坡上的一个阴沉的洼地里想象出一个乐园来。”[①] 我们可以想象，有多少次她透过朦胧的晨曦或昏暗的暮色，仿佛看到眼前出现一幅幅色彩斑斓的画卷和神奇变幻的景象。此时此刻，她会用自己极其敏感的心灵去领悟和感触大自然的奥秘，从原野的风云变幻中、从狂风暴雨中、从电闪雷鸣中、从星移斗转中和季节更替中得到了丰富的想象和创作的灵感。

埃米莉极其孤僻和内向的性格也促使她沉湎于自我的想象世界和文学爱好之中。正如夏洛特说的：“一个不平静的心灵在不安分地冒着气泡……这心灵的大海经常在‘翻腾起伏，汹涌澎湃’，

---

① 盖斯凯尔夫人.夏洛特 • 勃朗特传[M].覃志峰，译.北京：中国文联出版社，2004：94.

海藻、沙砾、卵石全都在这骚动中翻搅上来”。① 难怪有人说，她的“《呼啸山庄》作为伟大的想象而活着”。② 这些都说明了想象在埃米莉文学创作中及其作品中的重要地位。另外，小时候常从父亲那里听到的爱尔兰的鬼怪故事和古老的民间传说以及后来读到的浪漫主义文学作品，如拜伦、雪莱、霍夫曼等，无疑也是触发她的想象力的一个重要因素。

二、奇异的内心体验和感受

埃米莉奇异的内心体验和感受主要表现在有关景物的诗歌、有关痛苦的诗歌和有关恐怖暴力的诗歌中。如：

And first an hour of mournful musing,
And then a gush of bitter tears,
And then a dreary calm diffusing
Its deadly mist o'er joys and cares;

And then a throb, and then a lightening,
And then a breathing from above,
And then a star in heaven brightening—
The star, the glorious star of love.

最初是一个小时的忧伤沉思，
接着就流出一股痛苦的眼泪，
然后渐渐弥漫着郁闷的沉默，
可怕的雾笼罩着忧虑与欢乐。

---

① 宋兆霖.勃朗特两姐妹全集（10）[M].石家庄：河北教育出版社，1996：583.

② 杨静远.勃朗特姐妹研究[G].北京：中国社会科学出版社，1983：240.

接着一阵抖动又来一道闪光，
紧接着天空中来了一丝微风，
然后是天上一颗闪烁的星星——
那可是一颗璀璨的爱情之星。

这是第 23 首歌，诗中采用“蒙太奇”的手法，叙述了诗歌人物一系列内在外在的体验和感受：忧伤沉思、痛苦流泪、郁闷沉默、忧喜交加、闪光抖动、微风拂面、星星闪烁、爱情降临。这诸多的体验和目历瞬间完成，叫人应接不暇，喘息不上。若不是有一种奇异和神秘的感觉能力，感官能力一般的人能有这样的体验和感觉吗？再如：

But when upraised his eye would dart
An icy shudder through the heart.
Compassion changed to horror then
And fear to meet that gaze again.
It was not hatred's tiger-glare,
Nor the wild anguish of despair;
It was not useless misery
Which mocks at friendship's sympathy.
No—lightning all unearthly shone
Deep in that dark eye's circling zone,
Such withering lightning as we deem
None but a spectre's look may beam;
And glad they were when be turned away
And wrapt him in his mantle grey,

Leant down his head upon his arm
And veiled from view their [sic] basilisk charm.

可他抬起眼睛，目光会让人
心里感到一阵冰冷和战栗。
于是同情便转变成了恐惧，
再不敢迎着他凝视的双目。
它不是仇恨的虎视眈眈，
也不是失望得痛苦不堪；
它更不是徒劳无益的苦恼
在嘲笑着那片友好的同情。
不——那是雷电神秘地闪烁，
闪烁在他乌黑的眼睛深处，
我们认为，这样灼人的雷电，
只有魔鬼的眼神里才会出现。
他们高兴地看到他转过身去，
用那灰色的斗篷把自己裹住，
把他的头垂下，靠在手臂上，
遮盖了它们那蛇精般的神色。

这是第 107 首歌，写的是一牧户人家晚饭时分来了一位不速之客。来人酷似江湖剑客，满脸傲气，可是形容憔悴，眼神诡秘。诗人在来人的眼睛里看到了什么呢？“那是雷电神秘地闪烁，闪烁在他乌黑的眼睛深处”，而且“这样灼人的雷电，只有魔鬼的眼神里才会出现”。在来人的眼睛里，诗人看到了“basilisk charm（蛇精般的神色）”。这是一种怎样细腻的观察和怎样深刻的体验啊！有谁又能从人的眼神里看到“basilisk charm（蛇精般的神色）”呢？

可见，埃米莉的观察是细致的，体验是奇特的，奇特得让人感到惊讶。

埃米莉神奇的体验和感受不知令多少人感到震惊，震惊之余，他们尝试着去做各种各样的解释。有的解释非常中肯，可是有的则显得牵强附会，极其唯心主义。如有人认为她是个神秘主义者，冥冥之中有一种神秘东西启示着她；[①] 有的认为她是个超验主义者，天人相通；有的人认为她是个宗教幻想狂；有的人证明埃米莉是个精神分裂症患者，是生活的不幸造成了她神经过敏，诱发她精神分裂。这种人性格孤僻，内心广阔而狂虐，常想入非非，可能一生沉醉于某些专业，做出较高的成就。[②] 说她像哈代、陀思妥耶夫斯基等人一样，心里充满了阴郁、悲观和变态，但也能创造出文学上的奇迹；有人还证明她患有一种精神上“两性人”的典型症状，表现为一种强烈的“男性自居感”。因此，她作品里的人物极富男权主义：自负而暴虐；有人用弗洛伊德的理论证明，她的作品都是“白日梦”的结果，是她通过文学的白日梦来达到心理缺陷的补偿。我们不敢苟同这样的观点，赫伯特·里德说得好：“她们的艺术绝不是病态艺术，任何艺术都不是这样。只是在我们寻找起源或原因时(我们完全有理由这样做)，才发现这种疾病。从小说的成功情况看，《呼啸山庄》堪称一部健康、和谐的佳作。”[③]

那么，如何理解埃米莉这种神秘奇特的内心体验和感受呢？我们似乎可以这样解释。首先，正如前面所谈，埃米莉热爱大自然，是家乡的那片荒原使她的想象力找到了栖息的场所。在这片栖息地里，她可以安静地去观察一切，想象一切，思考一切。加

---

① 杨静远.勃朗特姐妹研究[G].北京：中国社会科学出版社，1983：332.

② 高云.《呼啸山庄》阴郁的情绪基调[J].贵阳师范高等专科学校(社会科学版)，2004（1）：55.

③ 杨静远.勃朗特姐妹研究[G].北京：中国社会科学出版社，1983：276.

上早期从父亲和佣人那听到民间传说以及后来读到的浪漫主义和哥特式的作品，她就可以将自己在荒原中所体验到的感受，用奇特的意象与情节表现出来，把现实世界、幻想世界和幽灵世界隐晦含蓄地捏合在一起，从而构成她诗歌和小说那种充满神秘怪诞、恐怖暴力的气氛。从她诗歌中那些描写神奇的荒原、阴森的教堂院墙、可怕的墓地、狂烈的暴风雨、黑暗的监狱、幽暗的小路等景物中，可以断言，无不折射着上述因素对她的触发而产生的各种奇思异想。再说，埃米莉不幸的和苦难的生活经历也使她产生沉重的压力，加上她偏激的宗教信仰，使她觉得人间就是一个地狱、生活就是一种灾难。五个亲人的去世、求学和就业的艰难，创业的失败，作品的出版引起的非议等对她的打击刻骨铭心。可以想象她的心灵受到多大的创伤，她的感触是多么的深刻。难怪她有关的诗歌是那样的实在，那样的感人至深。那些有关哀叹孤独和生活艰苦、身陷囹圄、生离死别、挣脱锁链、寻求自由、回归自然，甚至向往死亡的诗歌恰好地反映了她生活的现实状况、客观情绪和心理愿望。其次，埃米莉天生具有独特感受能力、真挚的感情和细致的观察能力和丰富的想象力，因此使得她善于抓住瞬间的思想感受，并联系到现实生活乃至人类社会，得到某种新的体验和感受，并赋予它们某种新的意义。

三、新奇的见解

埃米莉的诗歌不仅有奇异的内心体验和感受，而且有许多新奇的见解。如：

"O mortal, mortal, let them die;
Let Time and Tears destroy,
That we may overflow the sky

With universal joy."

"Let Grief distract the sufferer's breast,
And Night obscure his way;
They hasten him to endless rest,
And everlasting day."

"To Thee the world is like a tomb,
A desert's naked shore;
To us, in unimagined bloom,
It brightens more and more."

"And could we lift the veil and give
One brief glimpse to thine eye
Thou would'st rejoice for those that live,
Because they live to die."

"噢，凡人，凡人，让他们死吧；
让时间和眼泪把他们毁灭，
这样我们就可以飞满天堂，
四处洋溢着喜庆和欢乐！"

"让忧伤迷惑苦难人的心，
让黑夜模糊了他的道路；
它们催着他快点去长眠，
进入那遥遥无期的岁月。"

“对于你，世界就像一片坟地，
那是一片荒凉不毛的沙碛；
对于我们，它却繁花似锦，
它会越来越显得明亮鲜艳。”

“倘若我们能够把面纱揭开，
朝你的眼睛飞快地看一眼，
你就会为活着的人而高兴，
因为他们都在为死而活着。”

这是第 170 首，题为“白日梦”。诗歌人物从一场热闹的婚礼上逃出来，一个人忧郁地在山坡上做了一场白日梦。梦中他看到各种奇异的现象：冬天来临、饥饿的群鸟在迁徙、树叶还没有发绿就显现出即将掉落的迹象、欢庆的聚会、小精灵在对他歌唱。上面引录的这段就是小精灵的唱词。精灵（spirit），是传说中的产物，是诗歌中美丽的引路者，是隐藏在万事万物中的生命象征，精灵是自然的宠儿，不与人类为敌。可是在一些传说中，精灵有好也有坏，也有很调皮的，有些坏精灵会堕落成妖精或魔鬼。可是从这首诗中看来，这里的精灵不是个别精灵，而是一大群精灵或所有的精灵。它们痛恨人类，它们诅咒人类，看到受苦受难的人，它们会让他们更加受难，好让他们尽快死去。这是一种对精灵全新的定义，全新的见解。从这全新的见解中，我们不仅看到了诗歌人物痛苦的生活，也看到了诗歌人物对宗教极端忤逆态度。诚然，这种忤逆是合情合理的，因为世上并没有什么上帝或天使或精灵能救助受苦受难的人们。从此，我们看到，每一首诗都是诗人现实生活中某一方面的反映，是她真实的内心体验，而这种体验又是奇特的、与众不同的，且具有独到的见解。

当然，埃米莉性格内向，善于思考，具有独创的精神。这也是她诗歌里许多新奇见解的由来。夏洛特说她“有一个坚强而富于独创的头脑，充满了奇怪而沉郁的力量”。[①] 为了思考她常常冥思苦想，彻夜不眠。诚然，只有人对某件事情有一种偏激的执著和热爱时，他才会有一种与众不同的、深刻的，乃至极致的体验和感受，才会有独到的见解。至此，我们似乎对埃米莉诗歌中那种丰富的想象力、神秘奇异的内心体验和感受和独特的见解不再认为不可理喻了。

四、新鲜的表述

好诗应该是意境美，意象清新，意蕴深远，此外还得加上一项——表述新鲜。因为语言是上述各类指标的载体，诗歌语言不仅要求具有艺术性，而且要求创新性。陈词滥调、鹦鹉学舌的语言绝对不能创造出美好的意境、清新的意象和深远的蕴意。因此诗歌语言最大的特点应该是简洁精致，表述新颖。至于埃米莉诗歌的简洁精致问题，我们将在后面有关“埃米莉诗歌的语言风格”一节里讨论，在这里我们要讨论的是她诗歌中“新鲜的表述”。“新鲜的表述”在埃米莉的诗歌里可以说俯拾皆是，如：

Forests of heather, dark and long,
Wave their brown, branching arms above,
And they must soothe thee with their song,
And they must shield my child of love!

Alas, the flakes are heavily falling;
They cover fast each guardian crest;

① 宋兆霖.勃朗特两姐妹全集（10）[M].石家庄：河北教育出版社，1996:267.

And chilly white their shroud is palling
Thy frozen limbs and freezing breast.

Wakes up the storm more madly wild,
The mountain drifts are tossed on high—
Farewell, unblessed, unfriended child,
I cannot bear to watch thee die!

石楠丛林阴森森而绵绵长长，
它们正在摇曳着褐色的手臂，
它们会用它们的歌声安慰你，
它们会保护我那可爱的宝贝！

哎，纷纷飘落的雪花下得紧，
很快覆盖了每座高高的山顶；
用那白色寒冷的寿衣包裹着
你冻僵的四肢和冰冷的胸膛。

让那暴风雨来得更猛烈些吧，
让山上的积雪高高地飘扬吧——
再见，不幸的没有玩伴的儿，
我忍受不了目睹你死去！

这是第108首，诗歌讲述了朱利叶斯被暗杀后，国内发生了暴乱，奥格斯塔带着孩子逃到山里，孩子在一次暴风雪中死去的情形。诗歌除了意境逼真、意象鲜明、比喻贴切自然和感情真挚热烈以外，更可贵的还是最后一节的表述。你听：“Wakes up the storm more madly wild, The mountain drifts are tossed on high—（让那暴风雨来得更猛烈些吧，让山上的积雪高高地飘扬吧——）”这是多么激昂的情绪、高亢的语调、歇斯底里的呼号啊！又是多么豪迈的气概、无畏的气魄和新奇的表达啊。你可知道，62 年之后高尔基（1868—1936）才在《海燕之歌》（1901）里写出同样的诗句：让暴风雨来得更猛烈些吧！

诗歌是激情的火花，那么好诗应该是真实强烈感情的自然流露（华兹华斯语）。无病呻吟，故弄玄虚，故作高深，哗众取宠，绝不是好诗。埃米莉的诗歌不是为诗而造情，而是真挚情感的自然流露。真实的感情，加上切身的体验，诗歌就算成功了一半，何况埃米莉又是一个极富独创性和语言天才的诗人，所以她的诗歌无疑处处出现逼真的意境、新颖的表达。正如夏洛特所说，她“有一个坚强而富于独创的头脑，充满了奇怪而沉郁的力量。当她写诗时，那种力量体现为既凝练，又精致优美的语言；可是在写散文时，那种力量却会在那种令人震惊但不大引人入胜的场景中突然迸发出来”。[①] 诚如上述诗歌那样，描写了一个母亲和儿女的生离死别的悲痛心情。倾吐自然，毫无斧凿。全诗并没有运用那些人们常用的悲悲切切的字词，连一个“痛”字都没有，却写得力透纸背，字句间无不浸透着母爱和离别巨大的悲痛。在这首诗里，诗人充分发挥了自己情感的敏感性和认同性，抒发内心的冲动。诗歌的真情是诗人真切的体验，带着心灵的颤动，用着自我心语，难怪其诗歌言语新鲜，情感肺腑。

五、结束语

无论埃米莉诗歌中丰富的想象和奇异的内心体验，还是新奇的见解和新鲜的表述，都来自于她的生活经历、对大自然的热爱、

① 宋兆霖.勃朗特两姐妹全集（10）[M].石家庄：河北教育出版社，1996:267.

敏锐的心灵体验、善于观察和思考、具有创新精神和高超的语言技能。埃米莉的诗具有原创的品质，是她真实的身心焦灼与痛苦和用灵魂思想所凝结成的肉体与形而上学的玄思相结合的作品。埃米莉的诗歌真挚、自然，真实表达她自我的追求和内心的世界。她生活沉闷单一，可是她的内心世界却丰富而复杂，具有我行我素的独创精神。因此，她的诗歌似乎超出了同代人，甚至后代人的接受能力，以致至今我们还认为她的体验神秘、见解新奇和表达新颖，这是不足为奇的。

第三节

埃米莉诗歌的意象体系

意象指的是诗人通过审美创造并借助语言描绘出来的客观物象，它蕴含着诗人的思想感情和世界观。因此可以说，意象是融入了诗人的主观情意的客观物象，是主观和客观交融的契合体。意象是诗歌的细胞，是诗歌的灵魂所在。它包含着诗人的思想和诗歌的主旨。意象是连接诗人心灵和客观世界的桥梁，也是诗人与读者进行交流的通道。为了更好地理解埃米莉的心灵世界及其诗歌的蕴涵，本节有意对其诗歌的意象体系中的意象群体、意象结构和意象意蕴等方面进行梳理和探讨。

一、埃米莉诗歌的意象群体

诗歌意象的运用有赖于诗人的个性、情趣、生活经历和世界观。诗人在诗歌创作中都有意无意地使用相对稳定的意象。因此说，每个诗人都有自己独具个性的意象。埃米莉的性格复杂奇特而又多变，人生多有不幸，遭际坎坷，因此她在意象的使用上，不可能只局限于少数几个，而是倾向于多元化和集群化。

埃米莉诗词的意象群大致可分为：花草树木植物类、天空阳光星月天象类、春夏秋冬四季类、阴晴云雾风雨雷电天气类、江河湖海山川地理类、荒漠沼地阡陌田林类、天堂牢狱灵魂肉体类、阴暗灰蒙冷色类八大类。

（一）花草树木植物类

埃米莉一生大多生活在偏僻的山村，生活阅历非常有限，而且性格箴默，不善交际，和她亲近的除了长兄和姐妹以外，就是那片灰蒙蒙的霍沃思荒原。埃米莉热爱这片荒原，荒原上的山川河流、花草树木、风雨雷电等对她来说是再熟悉不过的了。其中的花草树木大多成为她诗歌中的物象并被赋予其特定的思想感情。如第20首：

> Only some spires of bright green grass
> Transparently in sunshine quivering.
>
> 只有几片嫩绿的青草叶尖，
> 在阳光下一闪一闪地颤动。

诗人用简洁、洗练的寥寥数笔就勾勒出了一幅清晰的图画：阳光下，露水未干的青草在微风的吹拂下，欢快地震颤闪烁，映射着阳光，好不欢欣惬意。画面中，嫩绿的草叶和太阳的光照相映成趣，构成鲜明的色彩对照和动静对比。“几片嫩绿的青草叶尖”、“在阳光下”、“一闪一闪地颤动”，这是多么清新而富于寓意的意象啊！它们说明了诗人虽然形影孤单，但也自得其乐，同样得到上苍的恩赐：阳光的普照，露水的沐浴和微风的吹拂。读者读来，自然想象无穷，无不感慨其简洁和鲜明的艺术魅力。

How still, how happy! Those are words
That once would scarce agree together;
I loved the plashing of the surge,
The changing heaven, the breezy weather,

More than smooth seas and cloudless skies
And solemn, soothing, softened airs
That in the forest woke no sighs
And from the green spray shook no tears.

How still, how happy! Now I feel
Where silence dwells is sweeter far
Than laughing mirth’s most joyous swell
However pure its raptures are.

Come, sit down on this sunny stone:
’Tis wintry light o’er flowerless moors—
But sit—for we are all alone
And clear expand heaven’s breathless shores.

I could think in the withered grass
Spring’s budding wreaths we might discern;
The violet’s eye might shyly flash
And young leaves shoot among the fern.

It is but thought—full many a night
The snow shall clothe those bills afar
And storms shall add a drearier blight
And winds shall wage a wilder war,

Before the lark may herald in
Fresh foliage twined with blossoms fair
And summer days again begin
Their glory-haloed crown to wear.

Yet my heart loves December's smile
As much as July's golden beam;
Then let us sit and watch the while
The blue ice curdling on the stream. (No. 93)

多寂静啊，多幸福！这些词语，
以前很难得到协调地用在一起，
我热爱汹涌波涛飞溅的哗啦声、
变幻的天空和微风清爽的天气，

甚于平静的大海、无云的天空
以及肃穆、沉静和滞缓的空气，
森林里一片静悄悄，毫无声息，
绿色的树枝竟摇不掉一滴露珠。

此刻我觉得多寂静啊，多幸福！
安宁平静的生活更为甜蜜美好，

远远胜过那种没日没夜的极乐，
尽管它的欢乐喜悦是多么纯粹。

来吧，坐在撒满阳光的石头上：
这就是无花荒原上寒冷的阳光——
可坐下吧——因为我们都很孤独，
且极目远望那无声清澈的天际。

我想象得到在枯萎的草丛中，
我们会看到春天萌发的花朵；
看到紫罗兰羞涩地眨着眼睛，
看到嫩叶在蕨草丛萌芽成长。

这不过是空想而已——多少个通宵，
大雪还会覆盖着那些遥远的山丘，
暴风雨再添上一场更可怕的瘟疫，
大风还会发动一场更猛烈的战争。

还没有等到百灵鸟来鸣报，
新枝已绽放出美丽的花朵，
夏天的日子又重新开始了，
而且戴上它们光辉的皇冠。

可是，我还是爱腊月的微笑
就像我爱那七月金色的阳光；
那么让我们坐下片刻并观望
那凝固在河流上蓝色的冻冰。（第 93 首）

这首诗描写了诗人独坐在冬天的阳光下陷入沉思的情景：此刻荒原上一片苍茫，大雪封山，江河冰冻，天空清澈无声，太阳寒光冽冽。诗人偏爱这样的处境，这般的宁静，此时她可以放飞自己的理想，想象着春天和夏天的来临："在枯萎的草丛中"，"看到春天萌发的花朵"，"看到紫罗兰羞涩地眨着眼睛，看到嫩叶在蕨草丛萌芽成长"，看到"新枝已绽放出美丽的花朵，夏天的日子又重新开始了，而且戴上它们光辉的皇冠"。一切都存在于"静"中，所有的都在"静"中产生；而各种各样的"静"最终凝集成一个"绿色的树枝竟摇不掉一滴露珠"的意象。这一意象凝聚了诗人的理想和追求，也集结着世间的万物。

埃米莉诗歌中的花草树木类植物类意象包括各种鲜花、蓓蕾、花茎、花蕊、树木、树干、树枝、树冠、树荫、绿叶、落叶、草地、青草、杂草、青藤、苔藓、鸟、兽等。这类意象在埃米莉诗歌中出现大约有 97 次之多。其中的花草类大多被赋予积极向上的含义，而树木类（特别是紫杉树、榆树、石楠）的多数则被蒙上一层阴暗神秘暴烈的色彩。

（二）天空阳光星月天象类

自然的天象也是埃米莉诗歌中出现较多的物象，其中包括天空、太阳、阳光、地球、星星、月亮、月光等。埃米莉通过这些天象的阴晴圆缺的描绘，反映诗歌人物的各种情绪及其生活际遇。

Cold, clear, and blue, the morning heaven
Expands its arch on high;
Cold, clear, and blue, Lake Werna's water
Reflects that winter's sky.
The moon has set, but Venus shines

A silent, silvery star. (No. 1)

清澈湛蓝寒冷的清晨天空，
向着高高的苍穹伸展；
清澈湛蓝寒冷的沃纳湖水，
映射出那冬日的苍穹；
月亮落下了，可金星还亮着，
那是一颗恬静银白色的星星。（第 1 首）

奥格斯塔诞生了。她生在冬天一个寒冷的清晨，生在一个月亮已经下去、太阳还没有出来的时辰。她就像一颗金星一样，生在严寒中，生在太阳出来之前，面临着太阳出来后阳光的淹没。可是这个时段就是她的黄金时代，她安详自得，默默地散发自己的光亮。诗中由“清澈湛蓝寒冷的清晨天空”、“高高的苍穹”、“清澈湛蓝寒冷的沃纳湖水”、“冬日的苍穹”、“月亮落下了”、“金星还亮着”和“恬静银白色的星星”等意象构成的这番意境暗示着奥格斯塔一生坎坷，但必定有她的辉煌耀眼的时候。

这类意象在埃米莉诗歌中出现最多，大约有 130 次。埃米莉除了通过这些天象的阴晴圆缺反映着诗歌人物的各种情绪及其生活际遇以外，还以这类天象衬托着贡达拉传奇的故事情节以及表达了故事人物对宁静、光明、自由等理想的向往和追求。

’Tis moonlight, summer moonlight,
All soft, and still, and fair;
The solemn hour of midnight
Breathes sweetly everywhere.

But most where trees are sending
Their breezy boughs on high,
Or stooping low are lending
A shelter from the sky.

And there in those wild bowers
A lovely form is laid;
Green grass and dew-steeped flowers
Wave gently round her head. (No. 139)

这就是月色，夏天的月色，
那样的温柔、宁静和美丽，
在夜半这样庄严的时刻，
到处飘溢着芬芳的气息。

可最芬芳之处则是树林里，
拂动的树枝或高高地伸展，
或弯弯地低垂，
构成了一弯天堂的屏障。

在这茂密的树荫下，
躺着一个可爱的人；
青青的绿草和带露的花，
就在她枕边轻轻地摇曳。（第 139 首）

这首诗写于 1840 年，这段时间是埃米莉厌倦了洛希尔学校（Law Hill School）那种严肃和喧闹的学校生活，而回到家里过着清静的生活。诗中的人物就像埃米莉本人一样喜欢独处和安静，“她可以从一片青紫色山坡上的一个阴沉的洼地里想象出一个乐园来”，[①] 夏天是炎热的，唯有树下才有阴凉，尤其是晚上的树下，在有月亮的半夜更是如此。诗歌中“夏日夜半的月色”这一意象给整首诗营造了一股银色、美丽、温柔、宁静、庄严、芬芳的氛围。只有在这一股氛围中，才有清爽通透的空气，才有“青青的绿草”、“带露的花”分发出来的芬芳。也只有月色的笼罩下，树荫下才显得更加宁静阴凉，人才心静神怡。

（三）春夏秋冬四季类

一年中的四季和一天中的各个时段都可以成为埃米莉诗歌中的意象，包括春夏秋冬四季的 12 个月和一天的昼夜朝暮。这类意象在埃米莉诗歌中出现的次数接近 70 次，占有很大的比重，反映了诗歌人物的喜怒哀乐和人生境遇。

…

It was the autumn of the year
When grain grows yellow in the ear;
Day after day，from noon to noon,
The August sun blazed bright as June.

But we with unregarding eyes
Saw panting earth and glowing skies;
No hand the reaper's sickle held,
Nor bound the ripe sheaves in the field.

---

① 盖斯凯尔夫人.夏洛特•勃朗特传[M].覃志峰，译.北京：中国文联出版社，2004：94.

Our corn was garnered months before,
Threshed out and kneaded-up with gore;
Ground when the ears were milky sweet
With furious toil of hoofs and feet;
I, doubly cursed on foreign sod,
Fought neither for my home nor God. (No. 193)
……

这是一年中的秋季，
麦穗上的麦粒该变黄了；
午复一午，日复一日，
八月太阳热得像六月。

可我们带着漠视的目光，
看着喘息的大地和灼热的天空；
再也没人拿镰刀去收割，
地里已没有一捆捆成熟的麦子。

几个月前我们已收割了麦子，
脱粒时我们又付出血的代价；
当麦穗发出芬芳乳香的时候，
又遭受人脚马蹄的疯狂践踏；
在外地我则受到双倍的诅咒，
只因我不为家乡打仗也不为上帝打仗。（第 193 首）

这是有时期标记诗歌中的最后一首，写于 1848 年 5 月 13 日。这是《呼啸山庄》出版后，埃米莉重新回到贡达拉史诗的创作之中，继续写那场贡达拉还没有结束的共和党和保皇党的内战。读到诗中的“秋季”，我们不禁感到高兴，想到“麦穗上的麦粒该变黄了”、农作物丰收了，然而天气却一天热过一天（“午复一午，日复一日”），热得就像六月的烈日。这不免让人感到反常和不安：田地里已没有了“成熟的麦子”，因为“几个月前我们已收割了麦子。那是因为战争已经打响，麦穗没有成熟，还发出芬芳乳香时，我们就提前收割了，而且当“脱粒时我们又付出血的代价”，遭受敌人“人脚马蹄的疯狂践踏”。这“秋季”、“麦粒该变黄了”、“午复一午”、“日复一日”、“八月太阳热得像六月”等一系列的意象预兆着战争和灾难来临。

（四）阴晴云雾风雨雷电冰雪天气类

在埃米莉的诗歌中，大自然很少是风和日丽，景致秀美，更多的是暴风骤雨，阴冷恐怖，荒凉萧瑟。埃米莉诗歌中出现的这类意象一共有 103 次。这些意象绝大部分被注入一种沉郁、神秘和狂烈不羁的秉性。

High waving heather, ’neath stormy blasts bending,
Midnight and moonlight and bright shining stars;
Darkness and glory rejoicingly blending,
Earth rising to heaven and heaven descending,
Man’s spirit away from its drear dongeon sending,
Bursting the fetters and breaking the bars.

All down the mountain sides, wild forests lending
One mighty voice to the lire-giving wind;
Rivers their banks in the jubilee rending,
Fast through the valleys a reckless course wending,
Wider and deeper their waters extending,

Leaving a desolate desert behind.

Shining and lowering and swelling and dying,
Changing for ever from midnight to noon;
Roaring like thunder, like soft music sighing,
Shadows on shadows advancing and flying,
Lightning-bright flashes the deep gloom defying,
Coming as swiftly and fading as soon. (No. 5）

在午夜的月光和璀璨的群星下，
高地的石楠在暴风中剧烈飘摇；
大地在凌空升腾而苍穹在下坠，
黑暗和光明欢怡地融合在一起；
粉碎重重脚镣和冲破层层铁栅，
阴沉的地牢里释放出人的灵魂。

暴风给满山的原野森林注入了
生命，激起了层层震撼的波涛，
汹涌的河流劈开了它们的堤岸，
滚滚奔腾于山涧幽谷和小溪中，
洪水泛滥得越来越宽越来越深，
它身后只留下一片荒芜的沙碛。

电光闪，云昏暗，风时紧时慢，
从半夜到中午一刻不停地变幻，
时而咆哮如雷，时而哀婉如乐，
乌云层层叠叠滚滚地奔腾向前，

黑暗深处雷电明光闪烁不示弱，
来的迅猛，去的也飞速。（第 5 首）

午夜朗朗的天空，月光皎洁，群星璀璨，然而狂风突起，乌云滚滚，电闪雷鸣，天崩地裂，就像人的灵魂粉碎了重重脚镣和冲破了层层铁栅，从阴沉的地牢里获得解放一样。石楠、森林在狂风的猛烈吹打之下，剧烈飘摇，激起了层层震撼的波涛；滔天的洪水滚滚而来，劈开河岸，奔腾于山涧幽谷和小溪中，泛滥得越来越宽越来越深，洪水过后只剩下一片荒芜的沙碛。这般的昏天黑地、风雨雷电一刻不停地持续到第二天的中午。这是怎样的一场狂烈的暴风骤雨啊：它的神力缘何而来？不过，在阴沉或暴烈的天气里，也有酷暑中的阴凉、风停雨霁的宁静以及雨后山更青的景色：

'Twas one of those dark, cloudy days
That sometimes come in summer's blaze,
When heaven drops not, when earth is still,
And deeper green is on the hill. (No. 65, June 1838)

夏天炎热酷暑的日子里，
也会有黑暗多云的时候，
风停雨霁，地上静悄悄，
山上更是一片青葱翠绿。（第 65 首，1838 年 6 月）

（五）江河湖海山川地理类

埃米莉的家乡地处霍沃思荒原，荒原上并非一马平川，而是沟壑纵横，群山涟涟，荒地、沼地、湖泊星罗棋布。贡达拉是埃米莉和安妮虚构的太平洋岛国，其地理特征其实大都模拟了霍沃思的。

There swept adown that dreary glen
A wilder sound than mountain wind:
The thrilling shouts of fighting men
With something sadder far behind.

The thrilling shouts they died away
Before the night came greyly down;
But closed not with the closing day
The choking sob, the tortured moan.

Down in a hollow sunk in shade
Where dark heath waved in secret gloom,
A weary bleeding form was laid
Waiting the death that was to come. (No. 89)

阴沉的幽谷回荡着阵阵轰鸣，
它们比山上的狂风还要猛烈，
那是士兵厮杀时呐喊的声音，
令人惊心动魄而又分外悲怆。

灰蒙蒙的夜幕还未降落，

可怕的呐喊已渐渐消失；
可痛苦的呻吟和窒息的呜咽
没有随着白昼的结束而停止。

黑暗笼罩下的一个低洼地里，
黑石楠在摇曳着神秘的幽影；
那里躺着个疲惫流血的战士，
正在等待着死神最后的降临。（第89首）

这是贡达拉传奇中的第二次战争的一场战斗。这场战争是由朱利叶斯王和奥格斯塔的领土扩张而挑起的。战场上的惨烈从这首短诗里可见一斑。战斗场地的描写更是衬托出了战斗的惊心动魄和凄惨悲怆的结果：“阴沉的幽谷” 回荡着阵阵炮火的轰鸣和士兵厮杀的呐喊，战斗一直持续到夜幕降临前结束，然而，谁也没有赢得这场战斗，迎接他们的不过是一片“黑暗的笼罩下的一个低洼地”而已。

这片江河湖海山川溪谷凹凸不平的土地就是贡达拉传奇故事上演的舞台，这是人物活动和故事情节延展的大背景。这片土地上有高山悬崖也有山涧幽谷，有山丘也有平地，有海洋也有湖泊，有大江大河也有小溪清泉，有洪水也有溪流，而最多的还是汹涌的巨浪、咆哮的洪水和阴森的群山、深幽的山谷。从此类意象群中，我们不难预测到人物的归宿和故事的结局。这类意象在埃米莉诗歌中也有很多，一共出现113次。

（六）荒漠沼地阡陌田林类

这类意象指的是霍沃思地区和贡达拉岛屿上的大地、荒漠、沼地、阡陌、田地、树林等。这些地方和人们的生活以及农林牧渔业有更直接的关系，所以归为一类，总共有68处。由于霍沃思地区地处偏远，人口稀少，荒漠沼地广阔，因此，这些地方往往给人以一种开阔和自由的视野的同时，也给人以一种荒凉孤独、沉重压抑的感觉。正是基于这样的感觉，埃米莉赋予了大地宽广宁静、森林茂密欢快、原野空旷荒漠、田地繁盛怡神、沼地阴湿压抑、阡陌崎岖幽静的寓意。

How golden bright from earth and heaven
The summer day declines;
How gloriously o'er land and sea
The parting sunbeam shines.

There is a voice in the wind that waves
Those bright rejoicing trees. (No. 18)

夏日的白昼渐渐离去，
天空和大地一片金光灿烂，
在落日余晖的照耀下，
陆地和海洋多么辉煌壮丽。

那里传来了一片声音，
是风儿拨动着欢快的树林。（第 18 首）

这是夏日黄昏时分的一幅画面：天空和大地在落日余晖的照耀下一片金光灿烂，陆地和海洋显得辉煌壮丽，日落风起，拨动着树林，发出欢快的飒飒声。

To-night, there is no wind to wake

One ripple on the lonely lake;
To-night, the clouds subdued and grey
Starlight and moonlight shut away.

'Tis calm and still and almost drear,
So utter is the solitude;
But still I love to linger here
And form my mood to nature's mood.

There's a wild walk beneath the rocks
Following the bend of Aspin's side;
'Tis worn by feet of mountain-flocks
That wander down to drink the tide.

Never by cliff and gnarled tree
Wound fairy path so sweet to me;
Yet of the native shepherds none,
In open day and cheerful sun,
Will tread its labyrinths alone;
Far less when evening's pensive hour
Hushes the bird and shuts the flower,
And gives to Fancy magic power
O'er each familiar tone.

For round their hearths they'll tell the tale,
And every listener swears it true,
How wanders there a phantom pale

With spirit-eyes of dreamy blue.

It always walks with head declined,
Its long curls move not in the wind,
Its face is fair—divinely fair;
But brooding on that angel brow
Rests such a shade of deep despair
As nought divine could ever know.

How oft in twilight, lingering lone,
I've stood to watch that phantom rise,
And seen in mist and moonlit stone
Its gleaming hair and solemn eyes.

The ancient men, in secret, say
'Tis the first chief of Aspin grey
That haunts his feudal home;
But why, around that alien grave
Three thousand miles beyond the wave,
Where his exiled ashes lie
Under the cope of England's sky,
Doth he not rather roam? (No. 154)

今晚，没有一丝风来掀起
寂静的湖面上一波的涟漪；
今晚，乌云低沉而暗淡，
遮掩得星光月光都不见。

这里多么的安详多么的宁静，
几乎有点可怕和极其的孤独；
可是我还是喜欢在这里逗留，
让我的心境融入大自然之中。

岩石下面有一条崎岖的小道，
沿着阿斯品弯曲的河岸并行；
被山上羊群踩踏得崎岖不平，
它们常从这条小路下来喝水。

紧挨悬崖和古树的玲珑小路，
从没有哪一条对我如此亲切；
然而，本地没有一个牧羊人，
在大白天中和灿烂的阳光下，
会独自走上这条迷宫般的路；
更不用说到了那阴沉的傍晚，
它让鸟儿安静，让鲜花闭合，
以及它给每一个熟悉的声音
都赋予一种神奇魔力的时候。

围着火炉他们讲述那个传说，
每个听众都发誓说这是真的，
一个苍白的幽灵在那里徘徊，
它有一双梦幻般蓝色的眼睛。

那幽灵总是低头缓缓而行，

卷发长垂并没有随风飘动，
它脸形很美丽——美得神圣；
可是笼罩在天使般的脸上，
是一种极其绝望着的阴影，
这种阴影神灵也无法读懂。

我常在朦胧夜光下孤独徘徊，
站在那里看着那幽灵的出现，
就在薄雾中月光下的石头上，
它头发闪烁，目光凝重。

那些老人们私下里都传说着，
那是古代阿斯品第一任酋长，
他经常来光顾他领地的家园；
在远隔三千里烟波浩渺的地方，
在英格兰天空的笼罩之下，
那里埋葬着他流放的遗骸，
可他为什么不愿到那里去，
围着自己的坟墓徘徊？（第 154 首）

这首诗讲述了被奥格斯塔流放英国的阿尔佛雷德死后回来光顾他的阿斯品城堡的故事。讲故事的人在一个阴沉的夜晚，沿着阿斯品弯曲的河岸的一条崎岖的小道潜行。走在这条紧挨悬崖和古树、大白天都没人敢走、晚上也会让鸟儿安静和鲜花闭合和迷宫般的小路，倒反感到百般的亲切。阴沉幽暗之中，他所听到的每一个声音，都感觉非常熟悉而且具有一种神奇的魔力。他似乎看到了传说中那个可怕的幽灵沿路回来寻访他的故居的情景。诗中曲折、崎岖、幽静小道的意象为幽灵的出现营造了一种阴森神秘的气氛，也为诗人的探险设置了让人提心吊胆的悬念。

（七）天堂牢狱灵魂肉体类

这类意象包括天堂、神殿、地狱、牢房、流放、深闺、铁栅、铁链、脚镣、坟墓、墓碑、教堂、院墙、钟塔、死神、送葬人等物象，在埃米莉诗歌出现 62 次。这些都是对人的精神或肉体的禁锢和束缚，当然也是宗教意义上人生和灵魂的最后归宿。这种意象主要用在贡达拉史诗中的囚禁诗、流放诗和死亡诗中，表达囚徒们的压抑的情绪和他们心中的企盼：

In dungeons dark I cannot sing,
In sorrow's thrall 'tis hard to smile:
What bird can soar with broken wing?
What heart can bleed and joy the while? (No. 77)

在阴暗的地牢里我唱不出来，
在痛苦的折磨中我很难微笑；
有什么鸟翅膀断了还能飞翔，
谁的心淌着鲜血还其乐融融。（第 77 首）

这首诗反映了囚徒在阴暗的地牢里受尽精神和肉体双重折磨、痛苦不堪和心情压抑的情形。下面这首诗反映了囚徒身陷囹圄而心往自由天堂的情景。

I paused on the threshold, I turned to the sky;
I looked on the heaven and the dark mountains round;
The full moon sailed bright through that Ocean on high,

And the wind murmured past with a wild eerie sound;

And I entered the walls of my dark prison-house;
Mysterious it rose from the billowy moor. (No. 83)
…
我在门槛停下，抬头仰望天堂，
我望着天堂和周围黑色的群山，
一轮明月在天上的大海里航行，
清风拂过，声音怪异而又可怕。

走进墙内，回到了监狱黑暗的房间；
它就神秘地屹立在波涛般的沼地中。（第 83 首）
……

埃米莉的地处偏僻，霍沃思荒原空旷而阴沉，让人倍感孤独寂寞，有一种被隔离和禁锢之感；她家所住的房子，房顶压着沉重的石板，使人感到压迫和郁闷；家庭的不幸、生活的贫困、事业的失败、病痛的困扰等，诸如此类的因素造成了她孤独沉郁的性格，也成就了她那股宣泄郁闷的激情和向往自由的动力。所有这些在她的诗歌中都得到反映，而且在贡达拉史中表现得特别明显。贡达拉史诗中有许多囚禁诗，尽管涉及的囚徒以及囚禁之地各不相同，但是这些地方给人的感觉都是暗无天日，阴森可怕；所涉及的囚徒大多数是被背信弃义的人或者忘恩负义的人所囚禁。这些诗歌一方面反映了坟墓或囚牢的阴暗，反映了死者或囚徒们精神上被压迫和肉体上被禁锢的情形，也表现了他们坚强不屈和争取解放的精神。

（八）阴暗灰蒙冷色类

由于生活境遇和性格所致，埃米莉时常感到孤独寂寞、忧郁寡欢，甚至悲观沮丧。这方面的情绪也在她的诗歌中有所反映。她在诗歌里的许多意象涂上了一层让人感到阴沉和恐怖的冷色彩，其中有黑暗的物象、阴沉的物象、灰蒙的物象、孤独寂寞的物象、阴湿的物象、阴冷的物象、荒凉的物象、肃穆的物象、死亡的物象等。这些意象一共有 95 个，无一不带有一种低落的情绪和悲观失望的情调，使人读来感到十分压抑和不畅。

The old church tower and garden wall
Are black with autumn rain,
And dreary winds foreboding call
The darkness down again.

I watched how evening took the place
Of glad and glorious day;
I watched a deeper gloom efface
The evening's lingering ray.

And as I gazed on the cheerless sky
Sad thoughts rose in my mind... (No. 31)

古老教堂的钟楼和院墙
在秋雨下显得那样黑暗，
阴沉的清风也预兆着
黑暗将再次降临。

我目睹了黄昏如何侵蚀
那欢快而又灿烂的白昼；
我看着深幽的黑暗如何
抹去傍晚那苟且的光线。

我凝视那郁闷的天空时，
愁绪便涌上了我的心头……（第 31 首）

这首诗描绘了黄昏时分教堂的钟楼和院墙的情景：黄昏慢慢地吞蚀着阳光，阴沉的清风嘶嘶地掠壁吹过， 秋雨下，古老教堂的钟楼和院墙显得更加深沉幽暗。这番情景怎能不叫人感到心寒恐惧，愁绪万千呢？诗中的“古老教堂的钟楼和院墙”、“秋雨”、“黑暗”、“阴沉的清风”、“黄昏”、“深幽”、“苟且的光线”、“郁闷的天空”等都是冷色调的意象，给人以一种荒凉肃杀、压抑恐怖的感觉。这就是埃米莉在很多诗歌里通过这种阴暗灰蒙的冷色意象着力营造的一种抑郁阴沉的意境。以下诗歌中的 “呼啸的北风”、“干枯的尸体”、“疲惫凄凉的旅途”、“阴影”、“像鬼一样苍白的脸色”等意象都属于阴暗灰蒙冷色类的，它们都让人产生一种消极的情绪和负面的思想。

The wind was rough which tore
That leaf from its parent tree;
The fate was cruel which bore
Its withering corpse to me.

We wander on, we have no rest,
It is a dreary way.

What shadow is it
That ever moves before my eyes?
It has a brow of ghostly whiteness. (No. 124)

北风呼啸，
刮掉了树上的叶子；
命运残酷，
让我背负着它干枯的尸体。

我们游荡流浪，无处歇息，
这是那么疲惫凄凉的旅途。

它是什么阴影，
总在我的眼前晃荡？
脸色像鬼一样苍白。（第124首）

《虞书》说："诗言志，歌永言。"《史记·滑稽列传》引孔子语："书以道事，诗以达意。""志"和"意"就是"情感"。"言"和"达"就是"表现"。诗就是情感的表现。然而，诗之所以成为诗是因为诗人把感情融入物象之中，而凝结成了意象，然后通过意象来传达丰富深沉而高度浓缩的思想感情。因此可以说，意象是感情的凝聚，是感情的结晶。感情越浓烈，意象越凝练凸现；感情越丰富，意象就越多姿多彩。埃米莉性格内向，内心深沉，感情丰富，思维活跃，思想浪漫。在诗歌创作中，她善于把各种思想感情注入不同的物象，从而凝聚成丰富多彩的意象群体。

二、埃米莉诗歌的意象组合

诗歌的最高境界是意境，诗歌唯有意境才有灵魂，才能感染人，才能使人沉浸于其中的想象世界，达到最大的艺术享受。然而，意象是诗歌的细胞，意象是形成意境的材料，意境产生于意象。诗没有意象就没有意境，然而有了意象也不一定有意境，因为意境的产生有赖于意象的组合。如温庭筠《商山早行》里有诗句云：鸡声茅店月，人迹板桥霜。其中的“鸡声”、“茅店”、“月”、“人迹”、“板桥”、“霜”本是孤立的意象，在没有组合起来之前是没有意境的。它们经过温庭筠组合之后，就形成了这样的一个意境：清晨寂寥，寒冬里村头茅店形影孤单，残月还挂在屋角上，里面时而传出鸡叫，从板桥上的霜冻看，已经有人走过。这种意境使人产生一种清晨寂寥空旷、清寒孤独的感觉。这就说明了意境生于意象而超乎意象，是意象组合的升华。为了更好地理解埃米莉如何通过意象的组合来构建她的诗歌意境和寄托她的思想感情，以下试图从意象组合的角度来解构埃米莉诗歌中最常见的几种组合形式。

（一）意象对比型

诗人通过意象的对比加强意象所包含的寓意，以达到一种对立的冲突美。如第101首中的前3节，其中前6行是在描绘5月份一派春光的情景；后6行描写的则是“我”孤独悲伤的心理：

May flowers are opening
And leaves unfolding free;
There are bees in every blossom
And birds on every tree.

The sun is gladly shining,
The stream sings merrily,
And I only am pining
And all is dark to me.

O cold, cold is my heart!
It will not, cannot rise;
It feels no sympathy
With those refulgent skies. (No. 101)

五月鲜花在盛开，
鲜花瓣儿竞舒展，
朵朵鲜花藏蜜蜂，
鸟儿成群飞林间。

太阳快乐在闪耀，
溪流叮咚在欢唱，
唯我独自在苦想，
于我一切皆黑暗。

冷啊，冷呀，我的心，
它再也不能复苏兴旺，
感觉不到丝毫的快乐，
感觉不到天空的灿烂。（第101首）

诗中，阳光明媚、溪流叮咚响、鲜花盛开、蜜蜂飞舞、鸟儿成群等意象和独自在苦想、一切皆黑暗、心冷、不能复苏、感觉不到丝毫的快乐、感觉不到天空的灿烂等意象形成强烈的反衬，使“我”的孤独悲苦处境愈加突出。

（二）先象后意型

在一首诗歌里诗人先描写人象或物象，然后点明寓意。如第2首，前一节陈述有寓意的物象，后两节再点明前一节物象中所包含的寓意。

Will the day be bright or cloudy?
Sweetly has its dawn begun;
But the heaven may shake with thunder
Ere the setting of the sun.

Lady, watch Apollo's journey:
Thus thy firstborn's course shall be—
If his beams through summer vapours
Warm the earth all placidly,
Her days shall pass like a pleasant dream in sweet tranquility.

If it darken, if a shadow
Quench his rays and summon rain,
Flowers may open, buds may blossom:
Bud and flower alike are vain;
Her days shall pass like a mournful story in care and tears and pain. (No. 2)

天空会晴朗还是多云?
清晨它是那样的灿烂,
可是，太阳下山之前,

它也许就会雷霆震撼。

夫人，请看阿波罗的旅程：
那将预示着大公主的人生之旅——
如果他的光芒能穿透夏日的云雾，
静静地温暖着整个大地，
她的日子会像一场美梦，宁静而甜蜜。

如果天色变暗，如果一片阴云
熄灭了他的光辉，唤来了风雨，
虽然花朵开放，蓓蕾也会萌芽，
可是蓓蕾和花朵一样皆是枉然，
她的日子就会充满悲伤、忧虑、痛苦和泪水。（第2首）

人生就像天气一样，有时阳光明媚，有时阴雨绵绵，有时晴空万里，有时乌云滚滚，变化莫测。诗中前一节描述了天气多变现象，后二节蕴含着诗歌人物命运的不确定性。

（三）意中有象型

这类意象组合形式主要是对人物事件展开叙述，在叙述过程中含纳一些具体的意象。这些意象以直陈、比喻、隐喻、借代或象征等形式出现在诗歌里。这一组合方法意在把人物事件等一般性的形象升华为一种鲜明的意象。

King Julius left the south country
His banners all bravely flying;
His followers went out with Jubilee
But they shall return with sighing.

Loud arose the triumphal hymn
The drums were loudly rolling,
Yet you might have heard in distance dim
How a passing bell was tolling.

The sword so bright from battles won
With unseen rust is fretting,
The evening comes before the noon,
The scarce risen sun is setting.

While princes hang upon his breath
And nations round are fearing,
Close by his side a daggered death
With sheathless point stands sneering.

That death he took a certain aim,
For Death is stony-hearted
And in the zenith of his fame
Both power and life departed. (No. 98)

朱利叶斯王离开了南方地区，
他所有的旌旗都勇敢地飘扬，
战士们高高兴兴地跟他出去，
可他们定会唉声叹气地回来。

凯旋赞歌高亢嘹亮，响彻云霄，

军鼓擂得隆咚作响，震撼大地，
然而，你可以隐约听到远处
传来一阵阵微弱鸣响的丧钟。

经过多少个战场磨亮的刀剑
正在被看不见的铁锈腐蚀着，
傍晚竟然先于中午而来，
少见的太阳也正在西沉。

王子们在他面前俯首帖耳，
而周边的地区都胆战心惊，
他的身边是个佩剑的死神，
按着出鞘的剑冷笑地站着。

死神果敢地对准着要害，
死神的心肠如铁石一般，
可怜他英名正如日冲天，
却丢弃了权力一命呜呼。（第 98 首）

这首诗描述了朱利叶斯王在领土扩张战争中被人暗杀的事件。“旌旗都勇敢地飘扬”、“高高兴兴”、“凯旋赞歌高亢嘹亮”、“响彻云霄”、“军鼓擂得隆咚作响”、“震撼大地”等意象是陈述出征的情景；“一阵阵微弱鸣响的丧钟”、“看不见的铁锈”、“傍晚竟然先于中午而来”、“少见的太阳也正在西沉”、“他的身边是个佩剑的死神”等意象却预示着他来临的厄运。这里的“丧钟”、“铁锈”、“傍晚竟然先于中午而来”、“少见的太阳也正在西沉”等隐喻将要来临的厄运，“死神”则借代将要暗杀朱利叶斯的人。诗人通过这样意象的安排，用形象描绘代替逻辑叙述而形成一个个具体的意象。

（四）象中有意型

这种意象组合就是以“象”表“意”。诗歌描写的只是物象，表面上看不到思想感情，然而，从诗歌的基调和人物的处境，可以从这些物象中体会到诗歌人物一定的思想感情。

What is that smoke that ever still
Comes rolling down that dark brown hill? (No. 68)

那是什么烟雾？总是不断地
从那座阴沉的山上滚滚而下？（第 68 首）

诗中“烟雾”、“阴沉的山上”、“滚滚而下”等表面上是物景的描写，实际上反映的是诗歌人物生活中的彷徨、苦闷、恐惧，也反映了诗人抑郁的心情和对前途的忧虑。

（五）意象聚合型

诗歌是想象的艺术，想象是不受时空限制的。诗人可以通过直陈的办法把发生在不同时空的事件聚合在一起，形成色彩斑斓的世界，寄寓着诗人的思想感情。

Not a vapour had stained the breezeless blue,
Not a cloud had dimmed the sun
From the time of morning’s earliest dew
Till the summer day was done;

And all as pure and all as bright
The beam of evening died;
And purer still its parting light
Shone in Lake Elnor's tide.

Waveless and calm lies that silent deep
In its wilderness of moors;
Solemn and soft the moonbeams sleep
Upon its heathy shores.

The deer are gathered to their rest,
The wild sheep seek the fold. (No. 19)

从露珠满地的清晨
到夏日白天的消逝，
宁静的蓝天没有染过一缕青雾，
太阳也不曾被那一片乌云遮住。

一切那么纯净那么明亮，
傍晚的日晖渐渐地消失；
而夕阳却显得更加纯洁，
它还在照耀着埃尔诺湖。

一片茫茫的荒野上，
静卧着宁谧无声的湖泊；
石楠丛生的湖滨上，
歇息着温柔肃穆的月光。

鹿群聚集到它们的宿处，

野羊也寻路回到了住地。（第19首）

这是战前的埃尔诺湖的风光。诗人采用意象聚合的手法，通过陈述一天中不同时间发生的事物，把所有的物象聚合在一首诗里，以展示埃尔诺湖美丽的自然风光，也激励人们去反对战争和对大自然的热爱。

（六）蒙太奇型

诗人在一首诗歌里安排不同的意象，类似于电影的蒙太奇艺术。一个意象接一个意象，一个画面接一个画面，以此来展现人物事件的全貌及其动感，或者反映诗人复杂的思想感受。

I've been wandering in the greenwoods,
And 'mid flowery, smiling plains;
I've been listening to the dark floods,
To the thrush's thrilling strains.

I have gathered the pale primrose,
And the purple violet sweet;
I've been where the asphodel grows,
And where lives the red deer fleet.

I've been to the distant mountain,
To the silver singing rill,
By the crystal murmuring fountain,
And the shady, verdant hill.

I've been where the poplar is springing
From thc fair enamelled ground,
Where the nightingale is singing
With a solemn, plaintive sound. (No. 128)

我经常在树林里漫步，
在繁花锦绣的平原上徘徊；
倾听着低沉的潮汐声，
聆听那画眉颤悠悠的歌声。

采集着淡雅素净的报春花，
也采集甜蜜温馨的紫罗兰；
我到过日光兰生长的地方，
也到过赤鹿群生活的林地。

我曾经到过那远处的高山，
到过流水叮咚的银色小溪，
到过流水潺潺的晶莹山泉，
也曾到过阴凉翠绿的小山。

我曾到过白杨生长的地方，
它们屹立在如画的大地上，
那里的夜莺在不停地鸣唱，
歌声庄严肃穆而哀婉动人。（第128首）

这是诗人漫步大好山河的情景。在这过程中，诗人经历了“树林”、“繁花锦绣的平原”、“低沉的潮汐声”、“画眉”、“颤悠悠的歌声”、“淡雅素净的报春花”、“甜蜜温馨的紫罗兰”、“日光兰生长的地方”、“赤鹿群生活的林地”、“远处的高山”、“流水叮咚的银色小溪”、“流水潺潺的晶莹山泉”、“阴凉翠绿的小山”、“白杨生长的地方”、“如画的大地上”、“鸣唱的夜莺”等。这一系列的意象接连不断地映现在读者眼前，令人赏心悦目，极其富于动感。

（七）两极交叉型

诗人借助意象两极交叉安排的手法，冲破白天与黑夜、现实与梦、生与死的界限，徜徉穿梭于白天与黑夜、现实与梦、生与死之间，体验其中隐秘的感受。埃米莉有关黑夜、梦幻、死亡等虚幻神秘恐怖的诗歌近百首，其中写到坟墓的就有20多首。

A sudden chasm of ghastly light
Yawned in the city’s reeling wall,
And a long thundering through the night
Proclaimed our triumph—Tyndarum’s fall.

The shrieking wind sank mute and mild;
The smothering snow-clouds rolled away;
And cold—how cold!—wan moonlight smiled
Where those black ruins smouldering lay.

’Twas over—all the battle’s madness,
The bursting fires, the cannons’ roar,
The yells, the groans, the frenzied gladness,
The death, the danger, alarmed no more.

In plundered churches piled with dead
The heavy charger neighed for food;
Thc wounded soldier laid his head
'Neath roofless chambers splashed with blood.

I could not sleep: through that wild siege
My heart had fiercely burned and bounded;
The outward tumult seemed to assuage
The inward tempest it surrounded.

But dreams like this I cannot bear,
And silence whets the fang of pain;
I felt the full flood of despair
Returning to my breast again.

My couch lay in a ruined Hall,
Whose windows looked on the minster-yard,
Where chill, chill whiteness covered all—
Born stone and urn and withered sward.

The shattered glass let in the air,
And with it came a wandering moan,
A sound unutterably drear
That made me shrink to be alone.

One black yew-tree grew just below—
I thought its boughs so sad might wail;

Their ghostly fingers, flecked with snow,
Rattled against an old vault's rail.

I listened—no; 'twas life that still
Lingered in some deserted heart:
O God! what caused the shuddering shrill,
That anguished, agonising start?

An undefined, an awful dream,
A dream of what had been before;
A memory whose blighting beam
Was flitting o'er me evermore.

A frightful feeling, frenzy born—
I hurried down the dark oak stair;
I reached the door whose hinges torn
Flung streaks of moonshine here and there.

I pondered not; I drew the bar;
An icy glory caught mine eye,
From that wide heaven where every star
Stared like a dying memory;

And there the great Cathedral rose
Discrowned but most majestic so,
It looked down in serene repose
On its own realm of buried woe. (No. 29)

一道可怕的光突然撕开一个裂口，
它劈开那不断震颤的城池的围墙，
而那一记响彻黑夜的长长的雷鸣
宣告我们的胜利——丁泰洛的垮台。

尖叫的寒风慢慢沉寂而变得温柔，
那令人窒息的夹雪的乌云消散了；
冷——冷啊！——暗淡的月光微笑着，
那些黑色的废墟在那里冒着浓烟。

一切都已过去——所有激战中疯狂、
炮弹的爆炸声、那大炮的怒吼声、
呐喊声、呻吟声、狂热的欢呼声、
死亡和危险都不再让人感到害怕。

那被劫掠了的教堂里堆满了死人，
疲惫不堪的战马嘶鸣着寻找食物，
受伤的士兵已经垂下了他的脑袋，
无屋顶的房间的地上溅满了鲜血。

疯狂的攻城后，我无法安睡，
我的心剧烈地燃烧和跳动着；
外面的喧嚣声似乎会平息
这场困扰着我内心的风暴。

然而我无法忍受这样的梦，

沉默只会使痛苦更加难忍，
我感到那汹涌的绝望洪流
又再一次回到了我的心里。

我的床铺就在那毁坏了的大厅里，
大厅的窗户就正对着教堂的墓地，
冰冷冰冷的白色覆盖墓地的一切——
那里的石碑、坟墓和枯萎的草地。

破碎的玻璃窗吹进了一股清风，
伴随着阵阵断断续续的呻吟声，
那声音凄楚得无法形容，
令我蜷缩畏惧，觉得形影孤单。

窗外就是一棵黑影绰绰的紫杉树，
树干是那样阴暗，也许是在哀叹；
幽灵般的树枝上斑驳点缀着白雪，
挤压得屋顶的围栏咔嗒咔嗒作响。

我听着——不；那是生命还在
某个垂死战士的心里徘徊着；
啊，上帝，怎么发出那样的尖叫？
那样的痛苦，那样的吓人？

一场朦胧的梦，可怕的梦，
一场所有往日生活经历的梦，
一阵回忆，折磨着人的光线

不断地从我的脑海里掠过。

心里遂产生一种极其恐怖的感觉——
我赶紧走下那条黑暗的橡木楼梯，
来到了那扇门枢已破裂了的大门，
只看见到处飞闪着一道道的月光。

我不假思索地拉开了门栓横木，
一幅冰冷的景象把我吸引住了：
在那广阔的天空中，每颗星星
都注目凝视，就像失去了记忆。

那座大教堂就屹立在那里，
虽已废弃可还是那样威严，
它平静泰然地俯视着那片
埋葬了痛苦和悲哀的墓地。（第29首）

诗歌的前四节写的是丁泰洛城战役残酷的场面；第五、六节写“我”被残酷的战争吓蒙了，竟不知所发生的一切是真还是梦。第七节到第十一节写“我”看到了战后荒废的一切和呻吟垂死的伤兵。第十二节到最后一节写了“我”被惊吓得跑出门外以及看到月光下一片凄楚苍凉的景象。战争的场面、战后的惨状、月下的凄凉，这三个画面是真是梦，谁也无法说清。“我”认为它们是梦，可是它们又是那样的真真切切。其实，这三个画面是真是梦都已无关紧要，重要的是“我”已经体验到了战争的可怕和残酷。诗人就是通过这样的意象安排把白天与黑夜、现实与梦、生与死熔于一炉，出入于白天与黑夜、现实与梦、生与死之间，领略其中的神秘和独特的感觉。

埃米莉诗歌的意象组合模式多种多样，上述几种形式当然不可能囊括一切。埃米莉诗歌中许多意象组合不是单一的，而复杂多变，如有的是前述几种意象组合交错出现，还有的使用了近似意象组合、个性意象重复组合、自然—社会—心灵等多维意象组合、世俗—宗教意象组合等，有的更是难以用公式化的结构来准确地描述。所有这些都有待于我们作深入的探索。

三、埃米莉诗歌的意象特征

埃米莉从小失去母爱，然而她有幸得到姨母的照顾和兄弟姐妹们的关爱。她的童年生活也是有愉快的和丰富多彩的一面。他们在家里可以跟姨母学家政，听父亲讲故事，学画画，稍后，他们还学会玩戏剧游戏，写诗歌编故事等；他们是好兄弟姐妹，和睦共处，时常手拉着手到荒原上去玩耍。埃米莉在外没有朋友，但是她有和她关系亲密的安妮，有她心爱的虎头狗，有她的爱好，更有她独处写作的爱好和钟情的荒原；尽管这样，家居荒凉偏僻、离群索居、生活的贫困、几位家人的去世、几度失学和事业失败的打击，使得她形成了孤独沉郁、悲观沮丧而又桀骜不驯、热烈执着、富于叛逆的性格。由此看来，埃米莉的性格是多重而矛盾，有积极的，也有消极的，她的生活是多面的，有阳光也有阴云，有幸福也有痛苦，有欢乐也有悲伤，有希望也有失望。因此，在诗歌创作中，她所运用的意象也呈现着一种多元两极对立的特征。在埃米莉的诗歌里，我们不难发现众多的两极对立的意象，如现实生活—精神世界的对立、世俗社会—宗教信仰的对立。

Month after month, year after year,

My harp has poured a dreary strain;

At length a livelier note shall cheer,
And pleasure tune its chords again.

What though the stars and fair moonlight
Are quenched in morning dull and grey?
They are but tokens of the night,
And this, my soul, is day. (No. 105)

月复一月，年复一年，
我的琴声忧郁而延绵；
最后琴声又变得欢快起来，
那是欢乐校准了它的琴弦。

虽然阴沉和灰暗的早晨淹没了
明朗的月光和星辰，可又如何？
它们只不过是夜晚的象征，
而琴声，我的灵魂，却是白昼。（第 105 首）

这首诗说明了诗人生活中的艰难困苦，可是在她的精神世界里却也不乏欢怡快乐。诗中的“忧郁而延绵的琴声”象征着“月复一月、年复一年艰辛的生活”，艰难生活的琴声最后变得欢快起来，那是因为诗人的心中还存有处世乐观的态度。生活的困难就像“阴沉和灰暗的早晨”一样，它虽然淹没了心中“明朗的月光和星辰”，可是又如何呢？诗人心中的“琴声”“却是白昼”一样光明灿烂。

诚如第二章中“有关人生哲理的诗歌”一节分析的那样，埃米莉具有一种双重矛盾的宗教信仰。在生活快意或者对生活还抱有希望的时候，她是相信和虔敬上帝的，可在生活屡遭不幸或没有希望的时候，她却是怀疑上帝，甚至亵渎上帝。

The starry night shall tidings bring:
Go out upon the breezy moor,
Watch for a bird with sable wing,
And beak and talons dropping gore.

Look not around, look not beneath,
But mutely trace its airy way;
Mark where it lights upon the heath,
Then wanderer kneel thee down and pray.

What fortune may await thee there
I will not and I dare not tell,
But Heaven is moved by fervent prayer
And God is mercy—fare thee well! (No. 90)

满天繁星的夜晚将带来吉兆，
赶快到微风习习的荒原上去，
去看护那翅膀深褐色的鸟儿，
它的喙和它的爪还在滴着血。

不必往四周瞧，不必往地下看，
而是默默地追随它，往空中望，
记住它在石楠上着落的地方，
接着，流浪的你便下跪祈祷。

怎样的好运在这等待着你呢?
我不会告诉你也不敢告诉你,
可是热诚的祈祷会感动上帝,
而上帝是仁慈的——再见了你!(第90首)

人就像诗中的鸟儿一样，生活中也会遇到困难，也会受伤滴血，可是有上帝在看护着，人还会有“好运”的时候。人可以祈祷上帝，感动上帝，得到上帝的仁慈和关爱。这种两极对立的意象在埃米莉的诗歌中可以说是比比皆是。诸如，狂暴一宁静的对立、写实一浪漫的对立、孤独一快乐的对立、悲伤一幸福的对立、沮丧一振奋的对立、光明一黑暗的对立、阳光一阴云的对立、微风一风暴的对立、湖泊一大海的对立、平原一山地的对立、和平一战争的对立、囚禁一自由的对立、情爱一仇恨的对立、生存一死亡的对立等。就是在一首诗里，这种意象也能对立共存。

All hushed and still within the house;
Without—all wind and driving rain;
But something whispers to my mind,
Through rain and through the wailing wind,
Never again.
Never again? Why not again?
Memory has power as real as thine. (No. 45)

屋里一片静悄悄,
只有狂风和倾盆大雨;
然而，在雨里和哀号的风里,

有什么东西对我轻轻地耳语。

不会有的。

不会有的？为什么不会有呢？

可是记忆就像你一样真实呀。（第45首）

“屋里一片静悄悄”，可是外面却是“狂风和倾盆大雨”。在“狂风和倾盆大雨”里，诗人还能听到有人对她“轻轻地耳语”。这是那么的神奇和不可思议啊！然而，这正是诗人处世的一种做派：遇事不惊（如第36首），慢条斯理，我行我素，波涛里可以安睡（如第62首），视死如归（如第136首）、坟墓里可以安息（如第111、126、140首等）。

埃米莉诗歌中多元两极对立的意象似乎在说明：人生坎坷，命运多舛，悲欢离合，大自然、人类社会、精神世界无一不是阴阳的组合、两极的对立，然而又在对立中统一，矛盾中调谐。正是埃米莉小说和诗歌里的这种多元两极对立意象的艺术张力构成了她文学的意境，组成了她虚幻的世界，而且“可以在一个虚幻的世界里创造出一个更加真实的世界”。[①]

四、埃米莉诗歌意象的意蕴

诗歌的意象是连接读者感觉与思想的桥梁，它通过语言对客观物象形象化的描述来引领读者从感觉世界走向情感与理性交织的世界，从而重构诗人诗歌意象的蕴含。诗歌意象的运用取决于诗人的人生际遇、诗人的个性、情趣以及世界观，因此，每一个诗人都有比较稳定的意象，这种稳定的意象无疑为读者较轻松地理解诗人的真实意旨，或者顺着诗人的思维轨迹，结合个人经验

---

① C•W•海特菲尔德.埃米莉・简・勃朗特诗歌全集[M].覃志峰，译.北京：作家出版社，2005：s.

与情感去体验、思辨，甚至重构诗人的思想感情和人生观创造了条件。诗歌意象与其意义相关联，意象的意蕴有赖于诗人的情趣，有赖于诗人意象的反复运用和意象的体系。埃米莉奇特的个性和坎坷的经历决定了她诗歌意象的运用及其相对固定的内涵。我们完全可以透过她本人的性格和经历来了解其诗歌意象的蕴意。

埃米莉生活中的孤独和苦闷大多通过老树、石楠、阴雨天气、淡月愁云、秋冬暮夜、清风雨雪雾、阴暗灰蒙冷色类等这些意象来表达。这些意象就是在平常人的眼里也都是给人们带来阴沉压抑的感觉。看到这些意象，人会立刻想到阴暗、孤独、苦闷、痛苦、不幸的境遇。

'Tis evening now, the sun descends
In golden glory down the sky;
The city's murmur softly blends
With zephyrs breathing gently by.

And yet it seems a dreary morn,
A dark October morn to me,
And black the piles of rain-clouds born
Athwart heaven's stormy canopy. (No. 30)

傍晚时分，太阳下山了，
它从天空中落下，带着金辉，
城里的熙攘声轻轻地回荡着，
融合着那股悄然吹过的西风。

可是这似乎是个阴沉的早上，

对于我，像是十月黑暗的清晨，
在那弯多风多雨的苍穹上，
堆积着团团黑色带雨的阴云。（第 30 首）

黄昏时分是美好的：金黄色的阳光、美丽多彩的晚霞，美丽如画的西边天空。可是这时，远处却吹来西风，还夹杂着城里熙熙攘攘的嘈杂声。看来诗人不喜欢西风，更不喜欢熙熙攘攘的城里生活，她爱微风，她爱乡村，她爱独处隐居。因此，回荡在城里熙熙攘攘的嘈杂声和飘荡着西风的傍晚时分，在诗人看来就像阴沉的早上，就像十月黑暗的清晨：天空风雨来临，阴云滚滚。当然，要是换上一个心怀喜事、心情舒畅的人来说，眼前的景色就不是这般感觉了。

埃米莉狂野的个性和对自由追求的精神在其诗歌里主要通过闪电、雷鸣、狂风、暴雨、巨浪、洪流、太阳、晴空、朗月、星星、高山、森林、原野、炮火等意象来表达。这些意象往往有着狂暴的性格、顽强的意志和肆无忌惮的做派，聚集着强大的力量和摧枯拉朽的气势，这些都是自由解放的决定性条件。对于个性暴烈、崇尚野性和自由的埃米莉而言，这就是她所需要的精神依托。凭借着这些意象她就可以自由地驰骋于天地之间，而不再受人间疾苦和烦恼的困扰。

Alas, the flakes are heavily falling;
They cover fast each guardian crest;
And chilly white their shroud is palling
Thy frozen limbs and freezing breast.

Wakes up the storm more madly wild,

The mountain drifts are tossed on high—
Farewell, unblessed, unfriended child,
I cannot bear to watch thee die! (No. 100)

哎，纷纷飘落的雪花下得紧，
很快覆盖了每座高高的山顶；
用那白色寒冷的寿衣包裹着
你冻僵的四肢和冰冷的胸膛。

让那暴风雨来得更猛烈些吧，
让山上的积雪高高地飘扬吧——
再见，不幸的没有玩伴的儿，
我忍受不了看着你死去！（第 100 首）

朱利叶斯王被暗杀后，共和党发动暴乱，奥格斯塔带着孩子逃亡山里，孩子在一场暴风雪中死去，这时奥格斯塔伤心欲绝。这般撕心裂肺的痛苦，如何得以解脱？唯有“让那暴风雨来得更猛烈些吧，让山上的积雪高高地飘扬吧”，只有这样才能使她释放心中郁积的痛苦，达到痛快淋漓、死而后生的自由境地。

埃米莉生活空间狭小，性格内向，常常沉溺于幻想，沉湎于构建她深沉奥秘的世界，涉猎神秘奇妙的感觉。她的这种神秘奇妙的内心感受主要通过死亡、坟墓、牢狱、杀戮、探幽、白日梦等意象反映出来。

Four score shot down—all veterans strong;
One prisoner spared—their leader—young,
And he within his house was laid

Wounded and weak and nearly dead.
We gave him life against his will,
For he entreated us to kill—
But statue-like we saw his tears—
And harshly fell our captain's sneers!

"Now, heaven forbid!" with scorn he said,
"That noble gore our hands should shed
Like common blood—retain thy breath,
Or scheme if thou canst purchase death.
When men are poor we sometimes hear
And pitying grant that dastard prayer;
When men are rich we make them buy
The pleasant privilege to die."
…
My plunder ta'en I left him there
Without one breath of morning air
To struggle with his last despair,
Regardless of the 'wildered cry
Which wailed for death, yea wailed to die.
I left him there unwatched, alone,
And eager sought the court below
Where o'er a trough of chiselled stone
An ice cold well did gurgling flow.
The water in its basin shed
A stranger tinge of fiery red.
I drank and scarcely marked the hue;

My food was dyed with crimson too.
As I went out, a ragged child
With wasted cheek and ringlets wild,
A shape of fear and misery,
Raised up her helpless hands to me
And begged her father's face to see.
I spurned the piteous wretch away
"Thy father's face is lifeless clay
As thine mayst be ere fall of day
Unless the truth be quickly told—
Where they have hid thy father's gold."
Yet in the intervals of pain
He heard my taunts and moaned again
And mocking moans did I reply
And asked him why he would not die
In noble agony—uncomplaining.
Was it not foul disgrace and shame
To thus disgrace his ancient name? (No. 192)

打死了 80 个——个个都是强壮的老兵；
只留下一个俘虏——他们的长官——很年轻，
人们就把他扔在他自己的房间里，
他受了伤，很虚弱，已奄奄一息。
让他活着，我们可违背了他的意愿，
因为他曾乞求我们赐他一死了之——
我们就伫立在一旁看着他流眼泪——
感觉到我们的上尉也在发出冷笑！

他轻蔑地说："听着，上帝不允许！"——
"我们的手像沾染普通人的血一样
也会沾你崇高的血——让你苟延残喘，
如你能买到死亡的话，则另当别论。
要是他是穷人，我们有时还听他的，
给予那怯懦的祈求者以同情和怜悯；
要是他是富人，我们让他们买下
死亡这种快乐的特权。"
……
我带走了战利品，把他扔在那里，
一口清晨的空气他都呼吸不上，
他无法和那最后的失望作斗争，
我根本不理他那种悲哀的号叫，
那是死的号叫，也是号叫着要死，
我把他一个扔在那里，不再看守，
我急切搜索着下面的宫殿，
在一个石头凿成的水槽里，
汩汩流淌一股冰冷的泉水。
流进那个石槽里的泉水
呈现出一种异样的红色。
我喝着，几乎没有注意它的颜色，
连我的食物也染上了深红的颜色。
我出来时，看到一个衣着褴褛的孩子，
她面颊消瘦，头发卷曲又蓬乱，
一副怯生生和愁苦不堪的模样，
她向我举起她那双瘦弱的小手，

乞求我让她去看她的父亲一眼。
我一脚踢开那个不幸的可怜人，
“你父亲已经成了一摊肉泥，
就像你日落之前也要死一样，
除非你赶紧把实话说了——
他们把你父亲的金子藏在哪里。”
可是，在痛苦的间歇中，
他听见我的辱骂又开始呻吟起来，
我带着嘲笑的口吻模仿他的呻吟，
问他为什么还不死去，
高高尚尚地死——而不再哼哼哈哈。
他悠久的名望受到了如此玷污，
这还不是很丢人和极大的耻辱？（第192首）

这是贡达拉史诗中有关第三次国内战争的片断，其中反映了家族之间为了争夺王权和领土而相互残杀的情景。战争和仇恨使人们习惯了残酷的杀戮，失去了人生，失去了同情心。正如诗歌中的“我”一样，面对着垂死敌人的呻吟和哀求，我无动于衷，毫无怜悯之心。我抢走了他“镶着宝石的戒指和精美的小盒”，还对他百般辱骂，诅咒他快点死去，就是看到他的小孩向我乞求，我也一脚把她踢开，逼着她说出家里“金子藏在哪里”。“我”这种惨不忍睹的经历和铁石心肠的感觉，没有亲身经历的人是体会不到的，可是诗人就体会到了，而且真切得再真切不过。这种奇妙的内心感受唯有那些性格十分扭曲、内心深沉而丰富的人才能体验得到。正像《呼啸山庄》中的希斯克利夫说的一样：“我才不讲怜悯呢！我才不讲怜悯呢！虫子越是扭动，我就越想挤出它们的内脏！这种心理作用，就像出牙一样，它越觉得痛，我就磨得越起劲。”[①]

埃米莉的诗是富于情趣和理趣。她的诗不是从抽象的哲理出发，而是从生活出发，将生活中的感受升华为哲理，又将这哲理连同生活的露水和芬芳一起诉诸诗的语言和意象。所以她的诗既有诗人的情趣，又有哲人的智慧，隽永厚朴，耐人寻味。

第四节
埃米莉诗歌的象征艺术

朱熹在《诗序》中谈到诗歌起源时说：“人生而静，天之性也；感于物而动，性之欲也。夫既有欲矣，则不能无思；既有思矣，则不能无言；既有言矣，则言之所不能尽，而发于咨嗟咏叹之余者，又必有自然之音响节奏而不能已焉。此诗之所以作也。”[②] 朱熹的这段话不仅说明了诗歌产生的原因，也说明了诗歌产生的过程：“物”、“感”、“动”、“咨嗟咏叹”。诗歌的起因是“感于物而动”。没有“物”，就无所“感”，也就无所“动”，也就无所“咨嗟咏叹”。在诗歌产生的这一过程中，“物”是起点，是基础，然而，诗歌中的“物”要具有“咨嗟咏叹”的内容，全凭诗人的“感”和“动”。只有这样才能建立起“物”和“咨嗟咏叹”内容的联系。诗人在诗歌创作中通过“感”和“动”建立“物”和“咨嗟咏叹”的联系的这种手段就是象征艺术。也就是说，诗歌只有通过象征手段才能使“物”具有“咨嗟咏叹”的内容。可见，象征是诗歌创作中一种重要的艺术手段。象征就是通过具体可感的事物暗示

① 艾米莉·勃朗特.呼啸山庄(英文)[M].上海：世界图书出版公司，2005：122.
② 朱光潜.诗论[M].上海：上海古籍出版社，2004：5.

出某种深沉而丰富的思想感情。人活天地间，和自然万物息息相关。“感于物而动，性之欲也”，也可以说，世间一切无不引起人的无限思绪和感慨。这种引起人思想和嗟叹之“物”经过诗人的艺术描摹便成为一种象征之物——意象。意象的反复运用，便构成了象征，也就是使意象具有较为稳定的象征意义。

一、埃米莉诗歌的象征群体

埃米莉一生坎坷，她热爱生活，向往自由，可是又为贫穷所困，孤立无助。因此，她的诗歌时而表现出对生活的乐观，时而表现出对人生的彷徨和忧虑，甚至悲观和失望。然而，她的诗歌更多的是表现出对生活和命运的深切关注和思考。这种关注和思考，是诗人主体意识觉醒的产物，其间反映着她的生活体验和人生感悟。在阐释生活和探索人生命运这一主题的时候，埃米莉成功地在其诗歌中找到许多精当的象征性意象，向其灌注着饱满的人生体验和命运感悟，展衍出其诗歌的象征群体。

埃米莉诗歌中的象征群体可分为积极象征、消积象征以及积极消极交加象征三种类型。积极的象征表达了她积极向上的思想情感。如她生活中的欢乐和幸福，对未来、爱情和自由的憧憬和向往，甚至是梦幻，以及对大自然的热爱。如第 26 首：

Awaking morning laughs from heaven
On golden summer’s forests green;
And what a gush of song is given
To welcome in that light serene.

A fresh wind waves the clustering roses,
And through the open window sighs

Around the couch where she reposes,
The lady with the dovelike eyes;

With dovelike eyes and shining hair,
And velvet check so sweetly moulded;
And hands so soft and white and fair
Above her snowy bosom folded.
…
Her sister's and her brother's feet
Are brushing off the scented dew,
And she springs up in haste to greet
The grass and flowers and sunshine too.

天堂的欢笑闹醒了清晨，
闹醒金色夏日绿色森林，
森林发出一阵阵的歌声，
迎接着宁静黎明的到来。

清凉的风拂动簇簇玫瑰，
叹息着穿过敞开的窗户，
围着她就寝的床铺环绕，
这是个纯真可爱的少妇。

温和的眼睛亮亮的秀发，
柔嫩的脸颊那样的可爱，
白皙、柔软美丽的双手，
合抱着放在雪白的胸前。

……

她兄弟姐妹轻盈的手脚

拂落了芬芳清香的露珠，

她也急急地起身去迎接

那青草、鲜花以及晨曦。

诗中的“天堂”、“金色夏日”、“绿色森林”、“阵阵的歌声”、“宁静黎明”、“清凉的风”、“敞开的窗门”、“芬芳清香的露珠”、“青草”、“鲜花”、“晨曦”以及那位“纯真可爱的少妇”的姣好容貌的描绘，无不象征着诗人生活的幸福和满足。我们从中仿佛看到了诗人本人夜间饱睡，清晨醒来精力充沛、心情愉快地迎接新的一天的情景。又如第18首：

How golden bright from earth and heaven

The summer day declines;

How gloriously o'er land and sea

The parting sunbeam shines.

There is a voice in the wind that waves

Those bright rejoicing trees.

夏日的白昼渐渐离去，

天空和大地一片金光灿烂，

在落日余晖的照耀下，

陆地和海洋多么辉煌壮丽。

那里传来了一片声音，

是风儿拨动着欢快的树林。

诗中的“金光灿烂的天空和大地”、“落日余晖”、“辉煌壮丽的陆地和海洋”、“欢快的树林”等都说明了诗人对大自然壮丽景色的热爱，也反映了诗人此时目睹此物此景，心旷神怡的情景。在埃米莉诗歌中此类表达诗人或诗歌人物积极向上的诗歌还有第10首、第20首、第23首、第44首、第78首、第90首、第91首、第93首、第94首、第120首、第121首、第128首、第139首、第140首、第168首、第174首、第183首等。

埃米莉诗歌的消极象征包含着她诗歌中消极的思想情感。埃米莉诗歌中这种消极的象征反映了她本人或诗歌人物生活中的孤独和痛苦，以及他们对人生和爱情的忧虑和哀叹，对人生命运的悲观和失望，甚至是对死亡的向往。如第66首：

Lonely at her window sitting,
While the evening stole away;
Fitful winds, foreboding, flitting
Through a sky of cloudy grey.

孤独地在她的窗前坐着，
傍晚则悄悄地溜了过去；
阵阵不祥的风轻轻掠过，
掠过那灰暗阴沉的天际。

不难看出，诗歌中的“不祥的风”和“灰暗阴沉的天际”都象征着主人公失落的心情和爱情的无望。又如第67首：

There are two trees in a lonely field;
They breathe a spell to me;
A dreary thought their dark boughs yield,
All waving solemnly.

偏僻的田地里，长着两棵树，
它们对着我，吹来一句咒语，
黑暗的树干生出可怕的思绪，
全在那里庄严肃穆地摇晃着。

“偏僻的田地”、“一句咒语”、“黑暗的树干”、“可怕的思绪”、“庄严肃穆地摇晃”等意象反映了诗歌人物此时处境的艰难和前途的不测。第 68 首同样也反映了诗人抑郁的心情和对前途的忧虑：

What is that smoke that ever still
Comes rolling down that dark brown hill?

那是什么烟雾？总是不断地
从那座阴沉的山上滚滚而下？

据笔者统计，在埃米莉的 193 首诗歌中，大约有 80 首属于这类。这些诗歌通过具体的消极的物象反映了埃米莉本人或者贡达拉人物生活中的彷徨、苦闷、悲伤、痛苦、失望、绝望、埋怨、愤怒、责备、恐惧和死亡等象征内容。

埃米莉诗歌艺术中采用的另一种象征就是积极消极交加的象征。所谓“积极消极交加象征”，就是埃米莉在同一首诗歌中采用一些包含积极意义的物象，又采用一些包含消极意义的物象来反映她本人或诗歌人物又悲又喜、郁闷和快乐相互掺杂、幸福和不幸并存、痛苦和乐观交加的思想感情。如第116首：

Fair sinks the summer evening now
In softened glory round my home;
The sky upon its holy brow
Wears not a cloud that speaks of gloom.

The old tower, shrined in golden light,
Looks down on the descending sun—
So gently evening blends with night,
You scarce can say that day is done.

And this is just the joyous hour
When we were wont to burst away,
To 'scape from labour's tyrant power
And cheerfully go out to play.

Then why is all so sad and lone?
No merry foot-step on the stair—
No laugh—no heart-awaking tone,
But voiceless silence everywhere.

I've wandered round our garden-ground,
And still it seemed, at every turn,
That I should greet approaching feet,
And words upon the breezes borne.

In vain—they will not come to-day,
And morning's beam will rise as drear;
Then tell me—are they gone for aye
Our sun blinks through the mists of care?

Ah no; reproving Hope doth say,
Departed joys 'tis fond to mourn,
When every storm that hides their ray
Prepares a more divine return.

夏日美丽的黄昏降临了，
房屋沐浴着柔和的光芒；
天堂是那样明亮和神圣，
没有乌云，也没有忧愁。

古城堡，金光下变成了神殿，
俯瞰着徐徐下落的太阳——
黄昏和黑夜交融得如此柔和，
你几乎说不上白天已经结束。

这正是人们娱乐的时间，
我们往往会跑出门外去，
摆脱了艰辛严酷的苦力，
高高兴兴出去玩耍嬉戏。

可为什么一切都那么悲伤孤寂？

台阶上没有了欢快的脚步——
没有笑声——没有动人的话音，
而到处都是一片无声的寂静。

我在花园的周围徘徊往复，
可是总是觉得每一次转身，
我会遇到走近前来的脚步，
以及微风所带来的说话声。

枉然也——他们今天不会来，
初升的晨曦那样阴沉晦暗；
告诉我——他们是否永远离去，
太阳是否只在愁云后眨眼？

啊，不，希望女神会责备说，
人们都爱哀叹失去了的欢乐，
每一场遮天蔽日的风暴骤雨，
都将预示着更加灿烂的晴天。

诗歌的第一、二节中的“夏日美丽的黄昏”、“柔和的光芒”、“明亮和神圣的天堂”、“神殿”、“徐徐下落的太阳”、“柔和交融的黄昏和黑夜”描绘了日落时分的美丽的自然景色，意味着辛劳繁忙一天的过去和放松休闲时候的到来：男人劳作而归，坐在屋前草地上抽着旱烟或和邻居聊上几句，小孩围着大人相互追逐打闹，等待着家庭主妇准备着饭菜。这是一幅多么令人艳羡的田园生活图景啊！可是，这只是“意味”而已，“意味”毕竟不是现实。第四节中的“悲伤孤寂的一切”、“没有了欢快的脚步”、“没有笑声”、“没有动人的话音”、“到处都是一片无声的寂静”等情景让人不禁觉得惊诧。花园里没有了往日的热闹，我独自徘徊往复。物是人非，此番情景，人们不禁要问他们今天为什么不会来了？是否早上“阴沉晦暗晨曦”就预示他们永远离去，“愁云”后的太阳是否再也不出来了？可一转念，诗人坚信“每一场遮天蔽日的风暴骤雨，都将预示着更加灿烂的晴天”。这首诗既包含了诗人的忧虑情绪，也反映了诗人的乐观心情。

在埃米莉的诗歌中，这类积极消极交加象征的运用并不少见，第 3 首、第 4 首、第 7 首、第 9 首、第 39 首、第 54 首、第 65 首、第 79 首、第 92 首、第 97 首、第 127 首、第 184 首等都属于这种。埃米莉大概是想以这种象征手法来表现其自我或贡达拉人物复杂多重的心情以及变化莫测的人生命运吧！

二、埃米莉诗歌的象征特征

虽然诗歌中物象的象征意义和暗示性具有多变性的特点，读者可以根据自己的经历、情绪、审美体验从不同角度做不同的理解。然而，阅读埃米莉的诗歌，读者会自然而然地把诗中的物象和她本人的生活际遇及其性格联系起来，从而体会到她诗歌的物象具有比较固定的象征意义。诚然，埃米莉的诗就是她生活的写照，她的诗歌就是她对人生对社会深邃的感悟和明晰的洞察。她诗歌中的一景一物无不涵盖着她喜怒哀乐的感情。这就说明了埃米莉诗歌的象征意境合一、主观心情和客观物象浑然一体，具有情境交融的特征。

Death, that struck when I was most confiding
In my certain Faith of Joy to be,
Strike again, Time's withered branch dividing

From the fresh root of Eternity!

Leaves, upon Time's branch, were growing brightly,
Full of sap and full of silver dew;
Birds, beneath its shelter, gathered nightly;
Daily, round its flowers, the wild bees flew.

Sorrow passed and plucked the golden blossom,
Guilt stripped off the foliage in its pride;
But, within its parent's kindly bosom,
Flowed forever Life's restoring tide.

Little mourned I for the parted Gladness,
For the vacant nest and silent song;
Hope was there and laughed me out of sadness,
Whispering, "Winter will not linger long."

And behold, with tenfold increase blessing
Spring adorned the beauty-burdened spray;
Wind and rain and fervent heat caressing
Lavished glory on its second May.

High it rose; no winged grief could sweep it;
Sin was scared to distance with its shine:
Love and its own life had power to keep it
From all wrong, from every blight but thine!

Heartless Death, the young leaves droop and languish!
Evening's gentle air may still restore—
No: the morning sunshine mocks my anguish—
Time for me must never blossom more!

Strike it down, that other boughs may nourish
Where that perished sapling used to be;
Thus, at least, its mouldering corpse will nourish
That from which it sprung—Eternity. (No. 183)

当我对自己的幸福感到最为自信时，
死神！它打击着我，
当时间的枯枝从永恒的活根分离出来时，
它又再次打击着我！

时间树枝上的叶子正长得茂盛，
充满着活力，挂满银色的露珠；
小鸟夜间在它的遮蔽下聚歇着；
野蜂白天围着它的花朵儿飞舞。

悲痛女神走过，摘去金色的花蕾；
罪孽女神又捋去长势茂盛的绿叶；
可是，在它慈祥母枝的胸怀里，
永远奔流着一股生命复兴的潮汐。

我很少为逝去的欢乐感到忧伤，
不为那空巢和沉寂的歌而悲戚；

希望就在那，为我一笑解惆怅；
悄悄说："冬天很快就会过去！"

看看吧！以十倍有加的恩赐，
春天枝头缀满了美丽的花朵；
轻风细雨和温暖空气抚爱着，
来年五月又是个满枝的辉煌！

它高高耸立，有翼的悲伤也飞不到它；
它光彩夺目，罪恶也害怕得远远离去；
爱，以及它自己的生命有能力保护它
免遭一切挫折和疾病，只除了你以外！

残酷的死神使嫩叶枯萎和凋零；
傍晚轻柔的微风也许还会再来——
不：清晨的阳光嘲笑我的痛苦——
对于我，开花的时机已不再有！

把它砍下，在树枝已枯死的地方
别的树枝可以长得繁荣茂盛；
这样，至少腐朽的遗体会滋养着
从其中间萌发出来的——永恒。（第 183 首）

这是一首反映诗人生活不幸和顽强不屈、乐观向上的诗歌。毋庸置疑，诗歌中的这一腔幽怨和伤感的情调必定来自诗人坎坷和不幸的身世；诗中那股坚韧倔犟的精神自然源于诗人自我的性格。这首诗写于 1845 年 4 月 10 日，在此之前，她曾遭遇过多次家人的不幸和生活的挫折：最初是母亲的去世，后来是两个姐姐的夭折，多次的辍学，艰辛的教书经历，创办学校的失败。然而，她一次次地跌倒，一次次地站立起来，顽强地生活下来。这些不幸遭遇使她学会了面对现实，使她学会了坚强，学会了对生活的热爱和对美好前途的向往。诗人就像一根树枝那样，一次次地被死神剥去枝叶和花蕾，然而，“在它慈祥母枝的胸怀里，永远奔流着一股生命复兴的潮汐”，它“很少为逝去的欢乐感到忧伤，不为那空巢和沉寂的歌而悲戚”，它相信“希望就在那，为我一笑解惆怅……冬天很快就会过去……来年五月又是个满枝的辉煌”。诗歌通过新枝艰难生长经历的叙述，表现了新枝顽强的生命力和不屈不挠向上的精神，也反映了诗人本人不幸的生活经历和顽强的意志，从而使主观心情和客观物象达到物我交融的境地。

埃米莉的诗歌中的象征无论是消积象征，还是积极象征，或者积极消极交加象征都具有作者本人主观情意和客观物境互相交融的特点。第 44 首可以说是把埃米莉诗歌的象征的物我交融、意与境浑的特点发挥到了淋漓尽致的地步。在“微风吹拂，皓月当空的夜晚”，诗人可以“极目驰骋着这个银白的世界”。这时她早已忘却了自我，忘却了周围的一切，完全陶醉于眼前的景象，融入了这个广阔无垠的世界。她的肉身已化作灵魂，“自由自在到处漫游，穿梭于无穷无限浩瀚的天空”。

I'm happiest when most away
I can bear my soul from its home of clay
On a windy night when the moon is bright
And the eye can wander through worlds of light—

When I am not and none beside—

Nor earth nor sea nor cloudless sky—
But only spirit wandering wide
Through infinite immensity.

独自一人时，我感到最高兴，
微风吹拂，皓月当空的夜晚，
我可以把灵魂从土屋里带出，
极目驰骋着这个银白的世界。

四周没有自我，也没有别人——
没有大地没有海洋没有蓝天——
只有灵魂自由自在到处漫游，
穿梭于无穷无限浩瀚的天空。

三、埃米莉诗歌的象征意蕴

作为贡达拉故事背景的大自然，在表现故事情节、人物思想感情和生活命运乃至国家前途方面，在其诗歌作品中起了巨大的作用。

That dreary lake, that midnight sky,
That wan moon struggling through the cloud;
That sullen murmur, whispering by,
As if it dared not speak aloud,
Fall on my heart so sadly now
Wither my joy so lonely

Touch them not, they bloom and smile,
But their roots are withering all the while.
Ah (No. 129)

阴沉的湖面，黑暗的天空，
惨淡的月亮挣扎着穿过乌云；
郁闷不乐地抱怨着，咕哝着，
好像只是不敢大声说出，
此刻我心里有多么悲伤，
多么孤独，快乐已全无。

别碰，她们微笑，她们开花，
可她们的根须在逐渐地枯萎。
啊！（第 129 首）

贡达拉地处北太平洋，气候温和，自然景致迤逦诱人，特别是沃纳湖（Werna）、埃尔诺湖（Elnor or Elmor）、埃尔德诺湖（Elderno）等湖畔风光以及湖泊附近的礁堡奇观和沼地风光。然而，贡达拉却是一个阴暗险恶的世界，充满着王室家族之间的你争我夺和残酷战争。因此在埃米莉的诗歌里，在琦玮的湖区上空时常看到阴云密布，一片暗淡朦胧。这番情景不禁让人预感到战争的来临或者体验到战后一片凄楚荒凉的景象：

Coldly, bleakly, drearily,
Evening died on Elbe's shore;
Winds were in the cloudy sky,
Sighing, mourning evermore. (No. 73)

清冷、凄凉、阴沉和暗淡，
黄昏消失在埃尔比的湖畔，
天空中风吹云翻滚，
不停地悲鸣与哀叹。（第 73 首）

在埃米莉看来，日月星辰、花草树木、风雨雷电、天地山川等客观自然是原始的、野性的，它给人的不只是妩媚宜人的美感，而更多的是苍莽、狂野的崇高感。在她的笔下，大自然很少是风和日丽，景致秀美，更多的是暴风骤雨，冷峻萧瑟，阴森恐怖，荒凉孤独，无一不带有一种沉郁而狂烈的蕴意。

High waving heather, ’neath stormy blasts bending,
Midnight and moonlight and bright shining stars;
Darkness and glory rejoicingly blending,
Earth rising to heaven and heaven descending,
Man’s spirit away from its drear dongeon sending,
Bursting the fetters and breaking the bars.

All down the mountain sides, wild forests lending
One mighty voice to the lire-giving wind;
Rivers their banks in the jubilee rending,
Fast through the valleys a reckless course wending,
Wider and deeper their waters extending,
Leaving a desolate desert behind.

Shining and lowering and swelling and dying,

Changing for ever from midnight to noon;
Roaring like thunder, like soft music sighing,
Shadows on shadows advancing and flying,
Lightning-bright flashes the deep gloom defying,
Coming as swiftly and fading as soon. (No. 5)

在午夜的月光和璀璨的群星下，
高地的石楠在暴风中剧烈飘摇；
大地在凌空升腾而苍穹在下坠，
黑暗和光明欢娱地融合在一起；
粉碎重重脚镣和冲破层层铁栅，
阴沉的地牢里释放出人的灵魂。

暴风给满山的原野森林注入了
生命，激起了层层震撼的波涛，
汹涌的河流劈开了它们的堤岸，
滚滚奔腾于山涧幽谷和小溪中，
洪水泛滥得越来越宽越来越深，
它身后只留下一片荒芜的沙碛。

电光闪，云昏暗，风时紧时慢，
从半夜到中午一刻不停地变幻，
时而咆哮如雷，时而哀婉如乐，
乌云层层叠叠滚滚地奔腾向前，
黑暗深处雷电明光闪烁不示弱，
来的迅猛，去的也飞速。（第 5 首）

诗歌的意境中包含着诗人主观的思想、感情和个性，而这些又是社会存在的反映，因此，意境也必然反映一定的社会内容，这就是诗歌象征的普遍意义所在。这般多变、狂烈的天气变化的描写，不只霍沃思荒原自然现象的反映，而且也是风云变幻的贡达拉世界的缩影，乃至这个复杂的现实社会和不测的人生的浓缩。因此，埃米莉诗歌景物的描写有时也在于渲染气氛，隐喻人物的思想感情、生活经历以至人生命运。如第 108 首：

I've seen this dell in July's shine
As lovely as an angel's dream;
Above, heaven's depth of blue divine;
Around, the evening's golden beam.

I've seen the purple heather-bell
Look out by many a storm-worn stone;
And oh, I've seen such music swell,
Such wild notes wake these passes lone—

So soft, yet so intensely felt,
So low, yet so distinctly heard,
My breath would pause, my eyes would melt,
And my tears dew the green heath-sward.

I'd linger here a summer day,
Nor care how fast the hours flew by,
Nor mark the sun's departing ray
Smile sadly glorious from the sky.

Then, then I might have laid thee down
And deemed thy sleep would gentle be;
I might have left thee, darling one,
And thought thy God was guarding thee!

But now there is no wandering glow,
No gleam to say that God is nigh;
And coldly spreads thy couch of snow,
And harshly sounds thy lullaby.

Forests of heather, dark and long,
Wave their brown, branching arms above,
And they must soothe thee with their song,
And they must shield my child of love!

Alas, the flakes are heavily falling;
They cover fast each guardian crest;
And chilly white their shroud is palling
Thy frozen limbs and freezing breast.

Wakes up the storm more madly wild,
The mountain drifts are tossed on high—
Farewell, unblessed, unfriended child,
I cannot bear to watch thee die!

在灿烂的七月里我见过这山谷，

它就像梦幻中天使那般的可爱；
头顶上的蓝天寥廓而神圣，
周围照耀着黄昏的金色的光芒。

我见过那紫色的石楠花朵
日晒雨蚀的石头守望着它，
噢，我仿佛听到音乐响起，
奔放的旋律唤醒了孤独的山谷——

它如此轻柔，却使人强烈感受，
它那样低沉，而却又清晰可闻，
我呼吸若停息，眼睛欲消融，
眼泪化作朝露，沐浴绿色的荒野。

一个夏日里我在这里徘徊，
不在乎时辰如何飞逝而去，
也不在意阳光悠悠的离去，
不理睬他灿烂忧郁的微笑。

然后，然后我就会把你放下，
我想你的睡眠一定会很温馨；
我就会离开你，可爱的宝贝，
我想你的上帝正在看护着你。

可现在，阳光不再徘徊漫游，
没有阳光表明上帝就在附近；
你白雪的床铺冷冷地铺开着，

你的催眠曲是那样刺耳难听。

石楠丛林阴森森而绵绵长长，
它们正在摇曳着褐色的手臂，
它们会用它们的歌声安慰你，
它们会保护我那可爱的宝贝！

哎，纷纷飘落的雪花下得紧，
很快覆盖了每座高高的山顶；
用那白色寒冷的寿衣包裹着
你冻僵的四肢和冰冷的胸膛。

让那暴风雨来得更猛烈些吧，
让山上的积雪高高地飘扬吧——
再见，不幸的没有玩伴的儿，
我忍受不了看着你死去！

这是贡达拉史诗中的一首，朱利叶斯王被杀以后，国内发生共和党反对保皇党的暴乱，奥格斯塔带着孩子逃亡到安哥拉的山地里，由于山里环境恶劣，孩子在一场暴风雪中死去。在这首诗里，奥格斯塔描述的就是她孩子死去的那个山谷：山谷从夏天到冬天的变化情形。山谷的变化隐喻着孩子从天真可爱到不幸去世的过程，也蕴含母亲的心情从欢乐到悲痛的变化过程。埃米莉的诗都是有感于个人际遇和现实状况而发的，情绪色彩和宣泄意味相当浓郁，而且往往能够超越于一己遭际和现实状况的表象之上，传达出深切的人生体验和命运感悟，从而使她的一些优秀诗篇上升为人类生存的本然和本质的象征。

埃米莉的诗歌有一部分是抒情诗，通过描绘大自然的物象，把浓厚的情感渗透进诗歌里，把自我的思想倾注于自然景物之中。那些在狂风中激烈拂摇的石楠丛、荒原上阴云密布的天空、贡达拉湖区多变的气候、阴森的教堂、清风突起的黄昏、西沉的残阳等不仅富于诗情画意，而且更富于深刻的人生和社会的象征意义。埃米莉的诗不仅富于情趣，也富于理趣。她常在抒情写景之中，用朴素的语言阐说人生的哲理，给读者以启示。她的诗不是在一般意义上反映着她的世界观，而是在更高的层次上表现了她对宇宙和人生的认识，探求人生的奥秘和意义。它们是她深思求索和勇于实践的结晶。

And like myself lone, wholly lone,
It sees the day's long sunshine glow;
And like myself it makes its moan
In unexhausted woe.

Give we the hills our equal prayer:
Earth's breezy hills and heaven's blue sea;
We ask for nothing further here
But our own hearts and liberty.

Ah! could my hand unlock its chain,
How gladly would I watch it soar,
And ne'er regret and ne'er complain
To see its shining eyes no more.

But let me think that if to-day

It pines in cold captivity,
To-morrow both shall soar away,
Eternally, entirely Free. (No. 144)

它像我一样很孤独，
看着白天漫长的日照，
它像我一样整天呻吟悲叹，
感到没完没了的痛苦。

让我们一起向青山祈祷，
愿大地清凉如山间，天空蔚蓝似大海；
除此之外，我们别无他求，
但愿我们心神宁静和自在。

唉，但愿我能亲手打开它的锁链，
看到它凌空飞去，我将多么高兴，
就是再也不能看到它明亮的眼睛，
我也会永远不后悔，永远不抱怨。

不过让我设想，要是今天
它在冰冷的囚牢思念盼望，
明天我们俩就能远走高飞，
获得永远的、完全的自由。（第 144 首）

埃米莉是一个性格孤僻、苦闷的诗人，她许多诗歌的主题抒写的就是内心孤独和苦闷，其中包含着她对自身生活苦难和人生意义的探索。在这首诗里，埃米莉触景生情，看到太阳的旅行，就联想到自己的身世，以为太阳就像她自己一样天天如此孤独地旅行，整天哀叹失去自由。由此，她多希望有那么一天，她“能亲手打开它的锁链”，让它和自己一起“凌空飞去”，而“获得永远的、完全的自由”。在这首诗里，景物的出现引起诗人感情的变化，诗人感情的变化又反过来改换了景物的色调，真可谓“以我观物，故物皆着我之色彩”（王国维《人间词话》），完全达到“意与境浑”的地步。

埃米莉一生不断地追求理想，探索真理，却找不到出路，也没人理解她。因此她心里十分苦闷、矛盾，常常彷徨在歧途上，不知何去何从。斗争与妥协，自清与随俗，两种不同的处世哲学在她心中交战，使她不得安宁。她的诗总在不断反复地诉说着，探索着，这就是她思想感情中特有的一种旋律，就像交响乐中两个不同主题的对比与反复，最终会激起一片波澜壮阔的音响；埃米莉诗歌中这两种不同感情的回旋与激荡，渐渐推向高潮，自然也能取得震撼人心的艺术效果。[1] 埃米莉诗歌中的自然景物总体上是写实性的，然而，为她赢得不朽艺术生命的，则是由写实上升为象征。这些作品摒弃了就事论事、直说明言的思路，她的诗歌不是为了写景而写景、抒情而抒情，而是超乎象外，比兴象征，把思想变为意象，把说教变为启迪，丰富了作品的内涵，增添了作品的意蕴，把诗人的个人体验升华为人类的普遍经验，从而获得长久的艺术魅力和永恒的艺术生命。[2]

---

① 袁行霈.中国诗歌艺术研究[M].北京：北京大学出版社，2002：137.
② 杨景龙.徐玉诺诗的象征意蕴[J].平顶山师专学报，2002（3）：5.

第五节

埃米莉诗歌的意境特征

意境有时也称境界。根据中国传统诗学理论，意境是指作者的主观情意与客观物境互相交融而形成的艺术境界。显然，意境是由“意”（作者的主观情意）和“境”（客观物境）交融而成。诗歌的意境是客观现实在诗人头脑中反映的产物，它包含着诗人的思想感情，它是诗人思想感情和客观现实的辩证统一，它是一种可以被读者感知并沉浸于其中的艺术世界。

意境是中国古典诗歌理论的重要概念，在英语中很难找到一个相应的词语和概念。因此，这一节主要是借助中国古典诗歌的意境理论来探讨埃米莉的诗歌意境特征。在研究过程中，我们发现埃米莉的诗歌在意境类型上和中国古典诗歌有相类似的地方，而且在意境风格上，还颇具个性化特点。

一、意境的类型

诗歌的意境是怎么形成的？首先，“境”是“意”的骨架，“意”是“境”的血肉。有了“意”，“境”才有灵魂，才有灵气。所以“意境”的形成取决于“意”和“境”的结合。那么，埃米莉诗歌的意境是怎样通过“意”和“境”结合起来的？考察结果表明，埃米莉诗歌的意境有以下几种类型：

（一）触景生情

诗人事先并没有什么思想情感，只是偶然目睹某种物景或场景时，才有所感触，随之思想感情油然而生，而达到意和境的交融。埃米莉诗歌中有一部分抒情诗属于这一类，如：

Alone I sat; the summer day
Had died in smiling light away;
I saw it die, I watched it fade
From misty hill and breezeless glade;

And thoughts in my soul were gushing,
And my heart bowed beneath their power;
And tears within my eyes were rushing
Because I could not speak the feeling. (from No. 27)

我独自坐着；夏天的白昼
在微笑的夕晖中渐渐消逝；
我看见它暗淡，看见它消失
在迷蒙的山里和无风的草地。

我灵魂中的思潮迸发而出，
我的心在其威力下俯首称臣，
我眼睛里的泪水喷流汩汩，
只因我无法把感情表达清楚。（摘录自第 27 首）

诗中人物原先没有太多的想法，只是独自在那里坐着。当他看到“夏天的白昼在微笑的夕晖中渐渐消逝”的时候，便无法抑制自己的感情和思绪：思潮迸发而出，泪水喷流汩汩，油然而生各种复杂的思想感情。可见，诗人的“思潮”、“泪水”、“感情”都是因为目睹了夕阳的渐渐消逝而产生的。诗中的独坐的我、渐逝的夕阳、迷蒙的山、无风的草地、泪流满面和浮想联翩的我，构成了一个浑然的境地，处于一种朦胧、沉静而凄美的意境。

（二）缘情写景

诗人带着某种的情绪去接触外界的景物，高兴时看到的景物是美好的，忧愁时看到的景物却是凄楚的。这些物景之所以有这样的表现，是因为诗人早已把自己原有的情感注入其中，因此产生一种“物皆着我之色彩”的意境。埃米莉诗歌里有很多自然诗和抒情诗的意境就是属于这种类型，如第 73 首：

Coldly, bleakly, drearily,
Evening died on Elbe’s shore;
Winds were in the cloudy sky,
Sighing, mourning evermore.

清冷、凄凉、阴沉和暗淡，
黄昏消失在埃尔比的湖畔，
天空中风吹云翻滚，
不停地悲鸣与哀叹。

诗中所描写的景物：黄昏、湖畔、风、云等无不带有诗人的主观情调。诗人把自己忧郁、悲伤的情绪传达给了她所看到的物景，所以黄昏也表现出一种清冷、凄凉、阴沉和暗淡的色调，天空中的风和云也在“不停地悲鸣与哀叹”。在这首诗里，由于主观渲染了客观，统一了客观，意与境交融在一起，而产生一种悲凉的意境。

（三）寓情于景

埃米莉诗歌中有的并没有直接描写人物的情感，而是把它们附寓于所描写的景物中。这样的诗歌表面上句句写景，然而实际上，字字关情，隐喻地表达了人物的思想感情。如第1首：

Cold, clear, and blue, the morning heaven
Expands its arch on high;
Cold, clear, and blue, Lake Werna's water
Reflects that winter's sky.
The moon has set, but Venus shines
A silent, silvery star.

清澈湛蓝寒冷的清晨天空，
向着高高的苍穹伸展；
清澈湛蓝寒冷的沃纳湖水，
映射出那冬日的苍穹；
月亮下去了，可金星还亮着，
那是一颗恬静银白色的星星。

这首诗描写的是清晨时分一幅天地的景象。由于是冬天，所以它们既清澈、湛蓝而又寒冷。在这样的清晨的天空中，“月亮下去了，可金星还亮着”。这是多么静懿的意境啊！多么富于诗情画意：在一片湛蓝的天空中，只有金星在闪闪发亮。全诗都是写景，不过诗歌在给我们展示一幅冬日清晨美景的同时，也隐喻地向我们说明了贡达拉女王的出世，她就像一颗金星一样，在一个冬日寒冷的清晨里出生。这时候出生就意味着她的生命旅程将有阴冷也有烈日，有光明也有灰暗。因为烈日就要出现，清澈湛蓝的天空很快就会变得迷蒙灰暗。不过，月亮下去后和太阳出来前，世界属于金星。虽然时间短暂，但是她可以风光一时，主宰一切。通过写景，诗人说明了金星（奥格斯塔）的出世，也寄寓了诗人对她的前途和命运的忧虑。

（四）有情无景

埃米莉诗歌里还有一种诗歌没有描写景物，而直抒胸臆，表达自我情感。如第 77 首：

In dungeons dark I cannot sing,
In sorrow's thrall 'tis hard to smile:
What bird can soar with broken wing?
What heart can bleed and joy the while?

在阴暗的地牢里我唱不出来，
在痛苦的折磨中我很难微笑；
有什么鸟翅膀断了还能飞翔，
谁的心淌着鲜血还其乐融融。

这首诗没有描写景物，只是说明了“我”的痛苦。在痛苦的直接表达中，虽然“景物”省略了，但是诗歌的意境还是有的。“阴暗的地牢”、“痛苦的我”、“断翅的鸟”、“流血的心”等，构成一种阴森森的、血淋淋的、哀戚痛苦的意境。另外，有时埃米莉没有直接描写景物，而是借用拟人或比喻的方法，来进行泛泛的情感抒发或哲理阐述，如第 121 首：

Love is like the wild rose-briar,
Friendship like the holly-tree—

The holly is dark when the rose-briar blooms
But which will bloom most constantly?

The wild rose-briar is sweet in spring,
Its summer blossoms scent the air;
Yet wait till winter comes again
And who will call the wild-briar fair?

Then scorn the silly rose-wreath now
And deck thee with the holly's sheen,
That when December blights thy brow
He still may leave thy garland green.

爱情就像野玫瑰，
友谊就像冬青树——
玫瑰花开，冬青叶茂，
谁的花朵更常驻？

春天玫瑰真娇艳，
夏日玫瑰香满天；
然而待到冬天来，
谁人敢夸玫瑰俏。

甭理睬那傻笑的玫瑰花，
冬青的光辉把你来装点，
腊月虽然毁了你的容颜，
他却让你的花环常翠绿。

这首诗的标题为Love and Friendship（爱情与友谊）。这是一首哲理诗，诗人把爱情比喻成玫瑰花，把友谊比喻成冬青树，接着阐述了冬青树比玫瑰花更优越，更长久的道理。这首诗无疑是诗人自我情趣和经验的反照，是诗人珍重友谊胜过迷恋爱情的思想的写实。诗歌没有直接描写景物，然而诗歌意境倒反显得更加浓重：春夏和腊月、玫瑰花和冬青树、娇艳烂漫和俊雅静穆等意象构成了一幅"恬静与热烈"对比鲜明的意境。这是一幅何等的美哉的意境！可以相信，身处这样的意境，无论是诗人本人还是读者都会在一定程度上得到审美情趣的提升、精神的净化和灵魂的升华。

二、意境的风格

意境的产生首先有赖于艺术形象，即诗人心目中的花草树木、人禽鸟兽、江河山川等，然后有赖于诗人的"意"（情志）。也就是说，"意境"有了凭借的艺术形象后，还必须依赖于诗人的"意"（情志）的激活才产生艺术境界。有怎样的诗人情志就有怎样的艺术境界（意境），情志高远的诗人，他诗歌的意境就超凡昂然，情志低俗的诗人，他诗歌的意境就沉迷庸俗。因此，意境的风格取决于诗人的情志。埃米莉性格孤僻沉郁而桀骜不驯，她诗歌的意境自然也带有她性格的印迹，而独具个性：

（一）忧郁而又淡远

埃米莉生性孤独寂寞、忧伤自怜，所以她的很多诗歌都带有她的性格的情调，充满着悲切、沉郁、哀怨的气氛。如第129首：

That dreary lake, that midnight sky,
That wan moon struggling through the cloud;

That sullen murmur, whispering by,
As if it dared not speak aloud,
Fall on my heart so sadly now
Wither my joy so lonely

Touch them not, they bloom and smile,
But their roots are withering all the while.

阴沉的湖面，黑暗的天空，
惨淡的月亮挣扎着穿过乌云；
郁闷不乐地抱怨着，咕哝着，
好像只是不敢大声说出，
此刻我心里有多么悲伤，
多么孤独，快乐已全无。

别碰，她们微笑，她们开花，
可她们的根须在逐渐地枯萎。

这首诗可以说是埃米莉一生的写照，她就像一朵还没有盛开就已经开始凋谢的鲜花一样，在愁苦和忧郁中度过了短暂的一生。埃米莉大多数的诗歌，无论是自然诗、抒情诗，还是叙事诗，都在极力营造着一种阴沉压抑、忧郁哀伤的意境。当然，这些诗歌的意境无疑包含了她的主观思想、感情和个性。尽管埃米莉生活苦难，心里孤独幽怨，但是对待人生，对待生活，她并非唯利是图，麻木不仁，萎靡不振，而是勇敢面对，淡泊名利，积极思考生活的苦难，探索人生的价值和自由的出路。因此，她有的诗歌也浸透着一种清新淡远的意境。

For truth, for right, for liberty,
I would have gladly, freely died;
And now I calmly hear and see
The vain man smile, the fool deride;
Though not because my heart is tame,
Though not for fear, though not for shame.

My soul still chafes at every tone
Of selfish and self-blinded error;
My breast still braves the world alone,
Steeled as it ever was to terror;
Only I know, however I frown,
The same world will go rolling on.(from No. 119)

为真理，为正义，为了自由，
我会很乐意、慷慨地去献身，
现在我却冷静地听着、看着
虚荣者的微笑、傻瓜的嘲笑；
那不是因为我的心肠太柔顺，
也不是因为害怕、或者害羞。

对自私的论调和自欺的谬论，
我的灵魂仍然感到非常愤慨，
我仍然独自勇敢地面对世界，
坚强不屈从不为恐惧所吓倒；
可我知道，我如何愁眉不展，

这个世界依然继续滚滚向前。（摘录自第 119 首）

下面是一首题为 Nightwind（晚风）的诗歌，它意境清新而且富于哲理意味，从中我们可以看到，每每夜半时分，诗人静坐窗前，和晚风耳鬓厮磨，欣赏美好的夜色，思索着人生的命题。

In summer's mellow midnight,
A cloudless moon shone through
Our open parlour window
And rosetrees wet with dew.

I sat in silent musing,
The soft wind waved my hair:
It told me Heaven was glorious.
And sleeping Earth was fair.

I needed not its breathing
To bring such thoughts to me,
But still it whispered lowly,
"How dark the woods will be!

"The thick leaves in my murmur
Are rustling like a dream,
And all their myriad voices
Instinct with spirit seem."

I said, "Go, gentle singer,

Thy wooing voice is kind,
But do not think its music
Has power to reach my mind."

"Play with the scented flower,
The young tree's supple bough,
And leave my human feelings
In their own course to flow."

The wanderer would not leave me;
Its kiss grew warmer still—
"O come," it sighed so sweetly,
"I'll win thee 'gainst thy will."

"Have we not been from childhood friends?
Have I not loved thee long?
As long as thou hast loved the night
Whose silence wakes my song."

"And when thy heart is laid at rest
Beneath the church-yard stone
I shall have time enough to mourn
And thou to be alone."

夏日夜半多柔美，
大厅窗户向外开，
一轮明月照进来，

窗外玫瑰挂露珠。

默默静坐心冥想，
和风吹拂我头发，
言知天堂多辉煌，
大地沉睡更妩媚。

此般感觉油然生，
无须微风把言传，
可它低声在耳语：
“此处森林多幽暗！”

“密林伴我在私语，
犹如梦中瑟瑟响。
天籁无限数不清，
似乎个个有灵气。”

我说：“去你的，温柔的歌唱家，
你谄媚的歌声很亲切，
可别以为这样的歌声
就可以打动了我的心。”

“去找那芬芳的鲜花玩，
去找小树绿叶嫩枝玩，
而让我那人类的感情
在自我的河流中荡漾。”

晚风无意离开我，
亲吻变得愈温柔——
“哦，来吧，”它这般切切叹息，
“我一定要赢得你固执的心。”

“难道我们不是青梅竹马？
难道我不是长期地爱你？
只要你爱上这般的黑夜，
就是寂寞我也会把歌唱？”

“当你的心停止了跳动，
在教堂的墓碑下安息时，
我就会有足够的时间来悲叹，
你也会有足够的时间来独处。”

埃米莉还有很多诗歌其中都浸透着一种意味清新、蕴意淡远的意境。读来觉得清新雅致，其味无穷，意味深长，很富于诗情画意，发人深省，引人遐想。

Blow, west wind, by the lonely mound,
And murmur, summer streams,
There is no need of other sound
To soothe my Lady’s dreams.(from No.173)

吹吧，西风，吹拂这寂寞的坟茔，
夏天的小溪，咚咚叮叮！
这儿不需要别的声音

来安慰我爱人的梦境。（摘录自第173首）

'Twas one of those dark, cloudy days
That sometimes come in summer's blaze,
When heaven drops not, when earth is still,
And deeper green is on the hill. (No. 65)

夏天炎热酷暑的日子里，
也会有黑暗多云的时候，
风停雨霁，地上静悄悄，
山上更是一片青葱翠绿。（第65首）

（二）沉郁而又狂暴

埃米莉喜欢大自然，特别是它那种沉郁而狂暴的性格，她也喜欢动物，喜欢它们凶猛、狂野和桀骜不驯的本性。她坐在地毯上读书，“一只手臂环抱着她那只斗牛狗粗壮的脖颈；看到垂头丧气、伸着舌头跑过来的陌生狗，她会把它叫住，好心地给它水喝；要是狗发疯似地咬了她，她会爽直地、坚定地和镇定地直接到厨房去，拿起苔比的一根通红通红的意大利火棍来烙烧着被咬的地方，而伤口好之前她不会告诉任何人，因为生怕这类可怕的事会吓坏了那神经脆弱的人。”[①] 霍沃思牧师住宅有一条狗名叫“门卫”，“它是别人送给埃米莉的礼物，随这个礼物送来的还有一句警示的话：只要和它做朋友，‘门卫’对他忠实到骨子里去，可是谁要是用棍子或者鞭子打它，就会激起它残忍、无情的野性，一下子扑向他的咽喉，咬住他，直到它自己或者对方死去。‘门卫’在家里有个毛病，就是喜欢偷偷地爬上楼去，躺在铺着白色精致的床罩、舒适的床上，伸开它那茶色的粗壮的四肢。……一个秋天的傍晚，苔比半神气半胆怯、可是很气愤地走进来对埃米莉说，‘门卫’正躺在那张最好的床上安逸地睡觉呢。夏洛特看见埃米莉气白了脸，紧咬着牙关，但她不敢去干涉。当埃米莉脸色苍白、嘴唇紧锁和眼睛闪出那种光芒时，就没有人敢去劝她了。她走上楼去……拖着不情愿的‘门卫’走下楼来，它的后腿以那种坠沉的姿势反抗着，她抓住它的‘后颈’，它一路发出低沉的和野性的嚎叫。……她放下它，让它站在楼梯下的一个黑暗的角落里，她顾不上去拿棍子或者树枝，因为怕它咬她的喉咙——这样她就赤手空拳地猛打它那凶猛的红红的眼睛，等它还没来得及跳起来……她就已经‘惩罚它了’，直到它的眼睛肿了起来，接着这个半瞎的、吓坏了的畜生被带到往常的窝里。”[①] 从这段话里，我们看到，虽然埃米莉性格沉郁、身体羸弱，然而她也有坚强和暴烈的一面。她这一面的性格无论是在《呼啸山庄》里，还是在诗歌里都表现得淋漓尽致。

High waving heather, ’neath stormy blasts bending,
Midnight and moonlight and bright shining stars;
Darkness and glory rejoicingly blending,
Earth rising to heaven and heaven descending,
Man’s spirit away from its drear dongeon sending,
Bursting the fetters and breaking the bars.

All down the mountain sides, wild forests lending
One mighty voice to the lire-giving wind;
Rivers their banks in the jubilee rending,

---

① 盖斯凯尔夫人.夏洛特·勃朗特传[M].覃志峰，译.北京：中国文联出版社，2004:196-197.

Fast through the valleys a reckless course wending,
Wider and deeper their waters extending,
Leaving a desolate desert behind.

Shining and lowering and swelling and dying,
Changing for ever from midnight to noon;
Roaring like thunder, like soft music sighing,
Shadows on shadows advancing and flying,
Lightning-bright flashes the deep gloom defying,
Coming as swiftly and fading as soon. (No. 5)

在午夜的月光和璀璨的群星下，
高地的石楠在暴风中剧烈飘摇；
大地在凌空升腾而苍穹在下坠，
黑暗和光明欢娱地融合在一起；
粉碎重重脚镣和冲破层层铁栅，
阴沉的地牢里释放出人的灵魂。

暴风给满山的原野森林注入了
生命，激起了层层震撼的波涛，
汹涌的河流劈开了它们的堤岸，
滚滚奔腾于山涧幽谷和小溪中，
洪水泛滥得越来越宽越来越深，
它身后只留下一片荒芜的沙碛。

电光闪，云昏暗，风时紧时慢，
从半夜到中午一刻不停地变幻，

时而咆哮如雷，时而哀婉如乐，
乌云层层叠叠滚滚地奔腾向前，
黑暗深处雷电明光闪烁不示弱，
来的迅猛，去的也飞速。（第5首）

这首诗塑造了狂风暴雨那种独立不羁和张力无限的性格。在埃米莉诗歌里，狂风暴雨象征着力量，象征着自由，表达了诗人摆脱苦难和争取自由的渴望。埃米莉诗歌除了直接描写狂风暴雨以外，还借助教堂的荒野、院墙、墓地、墓碑、死亡、幽灵等一些事物，营造一种阴森的、悲怆的、充满暴力的意境，呈现出一种积愤待发和冲破束缚的态势。

三、结束语

意境是“意”和“境”，或者说是主观情趣和客观物景的统一。诗人在营造意境时，把自己的生活体验和审美体验灌注和渗透于自然物象中，在某种意义上，是诗人在寻找一种生命自我超越和指归生命本真的途径。因此可以说，意境是诗人真实感情和真实自然景物的融合，体现了诗人对生命价值和大自然的认识，体现“天人合一”的理念。[1] 这一点正好和埃米莉热爱大自然、回归大自然的理念和追求十分切合。

埃米莉的诗歌在意境的营造上更多的是依从自我的性格，表现出一种忧郁而淡远，或者沉郁又狂暴的意境。埃米莉诗歌的意境饱含着她对不幸生活的体验和人生的思考，浸润着她的人生追求和审美情趣。它们能够激发人对自然、对生活的热爱，对人生的体悟，也能使人得到审美情趣的熏陶和艺术的享受。从埃米莉

① 陈伯海.释“意境”——中国诗学的生命境界论[J]. 社会科学战线，2006（03）：87-99.

诗歌的意境中，我们体察到她人格境界的同时，也得到自我思想的升华和灵魂的超脱。

另外，有一点要说明的是，这一节讨论的主要是埃米莉自然诗和抒情诗中的意境，她的叙事诗有的很难说意境如何，可是谁也无法否认它们的艺术价值。毕竟诗歌的意境不是衡量诗歌艺术高低的唯一尺度。

第六节 埃米莉诗歌的格律音韵

埃米莉是英国最伟大的女诗人之一。她诗歌的伟大之处不仅在于她诗歌那股心灵的力量和她那种精炼有力、清澈明净、纯美完善、哀婉剽悍的特征，[①] 而且还在于她娴熟和高超的诗艺。那么，埃米莉利用怎样诗艺才达到如此高的艺术成就呢？本节拟从埃米莉诗歌的诗节、诗行、格律、韵律等方面进行分析和探讨，旨在了解埃米莉诗歌的诗艺概貌及其对埃米莉诗歌成就所作的贡献。

一、诗节和诗行

诗歌的形式和内容是对立统一的关系：内容决定形式，有什么样的内容，就有什么样的形式。形式是内容诸要素的组织结构和表现方式， 形式有赖于内容，但对内容也具有能动的作用。形式为内容的表现找到最佳的表达方式。适当的诗歌形式有助于诗歌内容的表现，有助于诗歌的成功。诗歌离不开形式，形式对诗

① 杨静远.勃朗特姐妹研究[G].北京：中国社会科学出版社，1983：59.

歌的成败能起着至关重要的作用。就形式而言，埃米莉诗歌的成功首先表现在诗节和诗行上。

埃米莉诗歌中最短的诗有1节，最长的诗有59节，而大多数是1—6节之间，占诗歌总数近70%，其中1节的有27首、2节的有23首、3节的有30首、4节的有21首、5节的有11首、6节的有21首，其余诗节的诗，每种都不超过9首。这些数字说明了埃米莉的诗歌大部分是短诗，有近70%的诗歌都是在6节以下。最短的诗节只有2行，最长的诗节有73行，有159首诗歌（有个别夹杂着5行、6行或7行等的诗节）的诗节为4行，约占诗歌总数的80%。就诗行长短而言，纯四步的有61首，纯三步半的有6首，四步和三步半或三步混杂的有64首，五步和五步半混杂的有21首，三步和三步半混杂的有14首。如此数来，埃米莉诗歌中有166首诗的诗行长度是在三步到五步半之间。

这些数据说明埃米莉诗歌的篇幅短小简洁，精炼有力。它们大多是埃米莉一时一刻思想感情的触发，是埃米莉激情的爆发，是埃米莉聪明智慧瞬间的闪烁。如第65首：

'Twas one of those dark, cloudy days
That sometimes come in summer's blaze,
When heaven drops not, when earth is still,
And deeper green is on the hill.

夏天炎热酷暑的日子里，
也会有黑暗多云的时候，
风停雨霁，地上静悄悄，
山上更是一片青葱翠绿。

这是埃米莉目睹雨后山青的那一刻所抒发的感慨：夏日一般天高云淡，但也会有黑云遮天的时候；夏日一般天气炎热，但也有风吹雨落而清凉的时候；夏日一般热浪灼眼，但也有雨后山青令人赏心悦目的时候。自然界尚且如此，何况人生呢？可见，埃米莉的诗歌虽然简短，然而在简短的诗篇里却包含着精邃的内容、浓烈的诗情和深远的意境。

当然，埃米莉的诗歌中也有少数篇幅和诗行都很长的诗歌，如第143、190、192首等，它们一般都是属于叙事诗的范畴。主要是对贡达拉人物和事件的叙述，或者贡达拉人物的心里独白。为此，埃米莉通常采用篇幅和诗行比较长的诗体，为故事情节提供更大的舒展空间和时间，以便人物尽量表露自己对人生坎坷、心情郁闷或牢狱痛苦的感受。我们知道，叙事诗是按照情节或意群来划分诗节，有的情节内容较多，所以诗节就长；情节短，诗节相对较短。我们注意到埃米莉叙事诗中诗节比较长的，往往也是情节最紧张、最激荡人心、或最惊魂动魄的。她的这些叙事诗往往短而清晰明快，长而时缓时快，扣人心弦，有时一气呵成。

埃米莉诗歌的篇幅大部分短而精悍，感情凝聚，意味深长；少数长而舒缓，娓娓道来，或者狂放不羁，痛快淋漓。无论是长是短，都是形式和内容的贴切统一，和谐一体。无论诗行是长是短，都是诗歌人物情感的自然流露，情绪强烈则诗行短，情绪沉弱则诗行长，长短有致，疏密有间。

二、格律和节奏

诗歌之所以成为诗歌，不仅要求篇幅和内容相互贴切以外，还要求它具有格律的节奏美。埃米莉诗歌精炼有力、清澈明净、精美完善的特点也可以从其诗歌的格律节奏上反映出来。按格律的音步来分，埃米莉诗歌有单纯型的，也有混杂型的。如：

纯四步的有61首

纯三步半的有 6 首

纯三步的有 2 首

纯五步的有 2 首

纯六步的有 1 首

混四步和三步半或三步的有 64 首

混五步和五步半的有 21 首

混三步和三步半的有 14 首

混四步半和四步的有 5 首

混六步和六步半的有 5 首

由此看来，埃米莉诗歌有 175 首的格律处在三步和五步半之间，占其诗歌总量的 90%。这说明了埃米莉诗歌总体而言具有简洁精炼的特点，如第 106 首：

She dried her tears, and they did smile
To see her checks returning glow;
Nor did discern how all the while
That full heart throbbed to overflow.

With that sweet look and lively tone,
And bright eye shining all the day,
They could not guess, at midnight lone
How she would weep the time away.

她擦干了眼泪，他们微笑着，
看见她脸上重新泛起了光彩，
可从未想过，那颗跳动的心
却充满了怎样的忧伤和痛苦。

带着可爱的笑容活泼的腔调，
她明亮的眼睛整天忽闪忽闪，
夜半孤独寂寞他们想象不到，
她是如何哀叹着度过那时辰。

这首诗的诗行从头到尾都是四个音步。每行四个音步，简短明快，更好地表达了这时候诗歌人物的心理和动作转换的快捷：擦干眼泪、微笑、脸上泛起光彩、带着可爱的笑容、活泼的腔调、眼睛忽闪忽闪等动作干净利落，没有片刻的迟缓。抑扬格的运用则表明了诗歌人物情绪变化的过程：由抑而扬，由悲而喜。可是更让人感到震撼的却是诗歌人物活泼可爱后面隐藏着的辛酸苦楚。

以上统计也说明，埃米莉诗歌并非自始至终都使用同一音步，有时为了求得内容和格律的和谐统一，冲破单调乏味和千篇一律的格律定式，她也采用音步转换或交叉的方法，使诗歌的旋律和节奏更富于变化。如第 67 首：

There are two trees in a lonely field;
They breathe a spell to me;
A dreary thought their dark boughs yield,
All waving solemnly.

偏僻的田地里，长着两棵树，
它们对我吹来一句咒语，
黑暗的树干生出可怕的思绪，
都在庄严肃穆地摇曳。

这首诗的诗行有的是四步半，有的四步，有的三步。音步的变化可以说明诗歌人物心情的变化，也隐喻诗歌人物对人生变化莫测的忧虑。人生就像偏僻地里黑暗的树木一样，它庄严肃穆而深不可测，让人感到害怕无比。抑抑扬扬格到抑扬格的节奏变化也表明了人物的情绪变化：由较为舒缓变得越加紧张，心律越加快速。

埃米莉诗歌的格律并不总是固定和绝对工整的，无论是在音步的数目还是在节奏的形式上都经常有变化，正是这些变化丰富了其诗歌的表现形式，也反映了人物多样的情感世界和故事多变的情节。埃米莉诗歌的格律无论是单纯型还是混杂型，它们都极其简短明快，富于音乐节律的跳跃性。当然，任何诗歌格律节奏的把握并不是一成不变，也并非你我无异，而是因人而异，主要靠吟诵者情绪或语气的轻重来实现。读者在朗读中，也会按其对作品的理解，情不自禁地将诗行的格律节奏自然而有顺序地展开，演绎着诗文所包含的意趣。

三、音韵和韵式

诗歌在追求意境美、形式美的同时也在刻意追求节奏美和音韵美。诗歌的音乐性除了表现为节奏外，还在于它的韵律。许多诗人都运用不同的韵律来表现不同的情绪、感情和意境，以取得最佳的艺术的效果。埃米莉也不例外，在诗歌创作过程中，她通常采用不同的音韵和韵式来加强其诗歌的表现力。

在音韵方面，埃米莉主要采用的是尾韵（end rhyme），几乎所有的诗都用了尾韵。尾韵的运用可以加强一定语音的重复对比和谐振共鸣，从而形成一种萦回之美，增强诗歌的音乐性。当然，尾韵的这种功能也得有赖于一定的韵式（rhyming scheme）。埃米莉诗歌中主要有两种韵式。一种是交叉韵（alternating rhyme），即 abab，埃米莉诗歌中有 155 首用了这种韵式。这种韵式主要用在四行诗节里。如第 148 首：

Aye, there it is! It wakes to-night
Sweet thoughts that will not die
And feeling's fires flash all as bright
As in the years gone by!

And I can tell by thine altered cheek
And by thy kindled gaze
And by the words thou scarce dost speak,
How wildly fancy plays.

Yes, I could swear that glorious wind
Has swept the world aside,
Has dashed its memory from thy mind
Like foam-bells from the tide—

And thou art now a spirit pouring
Thy presence into all—
The essence of the Tempest's roaring
And of the Tempest's fall—

A universal influence
From Thine own influence free;
A principle of life, intense,
Lost to mortality.

Thus truly when that breast is cold
Thy prisoned soul shall rise,
The dungeon mingle with the mould—
The captive with the skies.

啊，就是它！今晚唤醒了
那永不熄灭的美妙的思想，
感情的火焰还在明光闪烁，
就像已经流逝的往日那样！

从你那变样了的面容，
从你那烈火般的凝视，
从你那极少的话语里，
我看到了想象的力量。

是的，我可以说可怕的风暴
已经把世界横扫得东歪西倒，
已经清除了你记忆中的一切，
就像潮水泡沫那样噼啪破裂——

此刻，你是一个精灵，
你无处不在——
你可以让暴风雨咆哮，
也可以让暴风雨停息——

你的影响无边无际，

那是源于自由之力；
那是对生活的热爱，
那是对死亡的漠视。

诚然，你身体变得冰冷时，
你被囚禁的灵魂将会复苏，
泥土也会把地牢埋没——
你也会和天堂合二为一。

这首诗的韵律式就属于交叉型（abab），相互交错的韵脚使得整首诗歌回旋在/ai/、/i:/、/ei/、/ɔ:/、/e/、/əu/等较为响亮的元音之间，让人感觉到风暴正在怒吼，咆哮、飞逝。四拍和三拍相互交替的主旋律更是增加了风暴的狂野和一步紧似一步的迅猛。这首诗让我们想起了雪莱的“西风”，它是那样的暴烈，那样的强大，它可以风卷残云，摧枯拉朽，扫除一切沉渣落叶，播下新种子，将自由和幸福传遍大地。不过，就节奏和音响而言，埃米莉这首诗似乎要胜过雪莱的《西风颂》。

另一种音韵就是连续韵（running rhyme），即 aabbccdd……。埃米莉诗歌中有 36 首用了这种韵式。这种韵式也用在四行诗节里，更多的是用八行以上的诗节里，主要用于对贡达拉人物或事件的叙述。如在第 190 首、第 143 首等诗歌里都用到了这种韵式：

“But cursed be the very earth
That gave that fiend her fatal birth!
With her own hand she bent the bow
That laid my best affections low,
Then mocked my grief and scorned my praye

And drowned my bloom of youth in tears.
Warnings, reproaches, both were vain—
What recked she of another's pain?
My dearer self she would not spare—
From Honour's voice she turned his ear:
First made her love his only stay,
Then snatched the treacherous prop away.
Douglas, he pleaded bitterly;
He pleaded as you plead to me
For lifelong chains or timeless tomb
Or any but an Exile's doom.
We both were scorned—both sternly driven
To shelter 'neath a foreign heaven;
And darkens o'er that dreary time
A wildering dream of frenzied crime.
I will not now those days recall;
The oath within that caverned hall
And its fulfilment, those you Know—
We both together struck the blow.
But—you can never know the pain
That my lost heart did then sustain,
When severed wide by guiltless gore
I felt that one could love no more!
Back, maddening thought!—The grave is deep
Where my Amedeus lies asleep,
And I have long forgot to weep."

“然而，可恨的就是那块地，
竟生出她这样要命的仇敌！
她用自己的手拉开了弓箭，
射杀了我那最美好的情感，
嘲笑我的悲伤，蔑视我的祈祷，
让我的青春淹没在眼泪中。
警告，责备，全都是白费；
她怎么会在乎别人的痛苦？
我的心上人她也没有放过——
她弄得他把名誉置之不顾：
先是使她的爱成为他唯一的支柱；
然后背信弃义拆去爱的支柱，
道格拉斯，他苦苦地恳求着；
他恳求着就像你恳求我一样，
甘愿终身的监禁或一死了之，
或别的处罚，只是不要流放。
我们俩都被奚落了——被无情
地赶出，流放到那陌生的他乡；
那是个黑暗中更黑暗的时期，
那是个奇耻大辱和可怕的梦。
我现在不想回忆起那些日子；
山洞里的山盟海誓，
以及它结局如何，你都知道——
我们两个最终还是不欢而散。
可是——你不会知道我的痛苦，
不会知道当时我如何地失落；
被无辜的鲜血远远地分开了，

我觉得无论谁都无法再去爱！
回来！痛苦的回忆！坟墓深深，
我的阿米多斯就躺睡在那里，
而且我已经忘记哭泣很久了。”

这是安奇利加和道格拉斯刺杀奥格斯塔前，安奇利加向道格拉斯诉说奥格斯塔如何无情无义、抢夺了她的情人阿米多斯（Amedeus）后又把他们流放的经历。连续韵的运用使人似乎看到了说者在一声一泪地在诉说着自己的悲惨遭遇，控诉着奥格斯塔的残酷无情，越说越激动，最后泣不成声的情景。四步短节奏的运用更是表现了诉说者激动不已和呼吸紧促的神情。

另外也有一些诗歌既有交叉韵也夹杂着连续韵。如第 174 首（To Imagination，致幻想）：

When weary with the long day's care,
And earthly change from pain to pain,
And lost, and ready to despair,
Thy kind voice calls me back again—
O my true friend, I am not lone
While thou canst speak with such a tone!

So hopeless is the world without,
The world within I doubly prize;
Thy world where guile and hate and doubt
And cold suspicion never rise;
Where thou and I and Liberty
Have undisputed sovereignty.

What matters it that all around
Danger and grief and darkness lie,
If but within our bosom's bound
We hold a bright unsullied sky,
Warm with ten thousand mingled rays
Of suns that know no winter days?

Reason indeed may oft complain
For Nature's sad reality,
And tell the suffering heart how vain
Its cherished dreams must always be;
And Truth may rudely trample down
The flowers of Fancy newly blown.

But thou art ever there to bring
The hovering visions back and breathe
New glories o'er the blighted spring
And call a lovelier life from death,
And whisper with a voice divine
Of real worlds as bright as thine.

I trust not to thy phantom bliss,
Yet still in evening's quiet hour
With never-failing thankfulness
I welcome thee, benignant power,
Sure solacer of human cares

And brighter hope when hope despairs.

当我厌倦了整日的烦恼时，
当厌倦了世俗沧桑痛苦时，
当感到茫然若失和失望时，
你亲切的声音又把我唤醒——
你能以这种语气和我说话，
啊，忠实的朋友！我并不孤独！

没有你，世界就没有了失望；
有了你，我倍感珍惜这世界；
你那个世界里从不滋生狡诈、
仇恨、迷惘以及无端的猜疑；
在那里，你、我和自由女神
都拥有毋庸置疑的君主权力。

就是到处有危险、罪恶和黑暗，
那又有什么关系？
只要在我们内心的世界里
保持一片明亮洁净的天空，
有千万缕阳光温暖地照耀，
哪里还会在乎冬天的严寒？

理智真的会常常抱怨
大自然悲凉的现实，
还常常对苦难的人说，
他所怀抱的梦幻多么不现实；

真理也会粗暴地践踏
刚刚绽放的幻想之花。

然而，你无时不在，
给我带来缠绵的幻想，
给枯萎的春天添上新的光彩，
从死神手里夺回可爱的生命，
以一种神圣的声音悄悄述说着
像你一样光明灿烂的现实世界。

我不敢相信你梦幻般的福佑，
可在傍晚宁静时刻来临之时，
我还是怀着永远感激的心情，
欢迎你以及你那仁慈的力量，
可信赖的人类烦恼的安慰者，
当人绝望时，你便是更美好的希望。

诗歌中 ababcc 韵式的运用，音响上使人觉得两种声音似乎由最初的交替进行，而最后走向同步；意义上使人觉得诗歌人物由最初的情绪烦乱或经历坎坷，而最后得到安慰或得以安定。不同韵式的交替使用不仅使诗歌的表现手法趋于丰富多彩，也有助表达诗歌人物不同的思想感情。总之，音韵和韵式不仅是一种语音的装饰，而且也是一种加强诗行之间联系和沟通的方法，也是一种强化诗歌词意语义的重要手段。

第七节

埃米莉诗歌的语言风格

诗是语言的艺术，语言是诗意和诗美的载体。海德格尔说："诗的活动领域是语言。因此诗的本质必得从语言之本质那里获得理解。"[①] 诗歌语言是诗歌的艺术的重要因素，它展现着不同诗歌的风格，体现不同诗人的诗风和个性。诗歌语言往往因人而异，有的豪俊伟岸，有的委婉含蓄，有的清新典雅，有的平淡质朴，有的平白自然，有的明快泼辣，有的华美绚丽，有的含蓄晦涩，有的用典深奥，有的俚俗粗犷，还有的几种风格兼而有之，等等。而埃米莉诗歌语言正如她率真的个性一样，平白自然，平淡质朴，清新典雅，明快泼辣，简洁精炼，具有笔随意到之精妙。正如赵翼《瓯北诗话》卷四评价白居易时说："且其笔，快如并剪，锐如昆刀，无不达之隐，无稍晦之词。工夫又锻炼至洁，看是平易，其实精纯。"[②] 埃米莉诗歌语言的特色可以归结为以下几点。

一、常用词语，平白自然

埃米莉诗歌共 194 首，共计 35 313 个字词，包括同一词根的不同词类在内，词汇量共计 3 089 个字词（按 C. W. Hatsfield 版本统计）。如此看来，埃米莉诗歌的词汇量不多，多属日常生活用语，表达通俗。埃米莉的诗歌语言属于不加雕饰的率真朴素的语言，多用口语，通俗流畅，几近白话，或交叉韵，或连续韵，或

① 海德格尔. 海德格尔选集：上[M]. 孙周兴选编.北京：三联书店，1996：319.

② 转引自袁行霈.中国诗歌艺术研究[M].北京：北京大学出版社，2002:255.

双韵，郎朗上口，自然生动，意味无穷，耐人寻味。如 132 首：

I gazed within thine earnest eyes,
And read the sorrow brooding there;
I saw thy young breast heave with sighs,
And envied such despair.

Go to the grave in youth's first woe!
That doom was written long ago.

我凝视着你恳切的目光，
解读你那里郁积的惆怅；
看到你叹息起伏的胸膛，
真的很忌妒你那种失望。

年纪轻轻初遇痛苦就走进坟墓！
这是很早以前就注定了的命运。

这首诗用如话的语言表达了诗人既同情又忌妒“同伴”的心情。这首平白的诗真是“意味无穷，耐人寻味”。“同情”是因为诗人有同样不幸的遭遇，“忌妒”是因为，“同伴”不用遭遇更多的磨难，一了百了。当然，埃米莉诗歌语言的口语化和她所受的教育也许有一定的关系。她没有受到过高等教育，接受的教育也不算多。旨幽意晦的用词、复杂的句式和深奥思辨的理论自然与她无缘。然而，正是这种平达和简朴的诗歌语言说明了她的平实、真挚、直率，反映了她的真性情：大胆，率真。

二、正常语序，平淡质朴

埃米莉的诗歌语言平淡质朴，其特点就是选用确切的词语直接叙述，全用白描，不加修饰，显得真切深刻，又平易近人。平淡不等于简陋和寒碜，它是用语上的返璞归真，体现了诗人的真功夫，如第 68 首就是如此：

What is that smoke that ever still
Comes rolling down that dark brown hill?

那是什么烟雾？总是不断地
从那座阴沉的山上滚滚而下？

这首短诗用白描的手法描述了平常我们所看到的风雨来临前的自然现象，言语不加修饰，自然直白，可是它却显得语气真切和意味深刻。说明了诗歌人物彷徨、抑郁、苦闷，甚至是对前途感到忧虑和恐惧的心理。另外，埃米莉诗歌句式结构多采用陈述句，语序绝大多数属正常语序，就像平常说话一样，没有任何矫饰造作，更没有像有的诗人那样大量使用语序倒置来强化某一词语信息或取得诗句节奏的协调和押韵。这一点也说明了埃米莉高招的语言艺术，她不需要把诗行的句子成分颠来倒去，就可以达到韵律有致、和谐押韵的效果。

三、简单句和并列句

埃米莉诗歌的句型多为简单句或用 and 连接的并列句。简单句陈述的对象概念清晰，形象鲜明，话语明白易懂；由 and 连接的简单并列句使得语气更加紧促，陈述更加连贯，场面更为紧凑，直扣心弦，惊心动魄。另外，被连接的两部分处于平行重要的地位，避免直陈事件因果缘由。就像电影一样，利用镜头把事件现场推到观者眼前，而没有做出任何评价，全靠观众自己去理解和评判。在此诗人并不直接表露自己的感情，而把感情赋予某一对应的人物、事件或场景，使读者通过目睹和亲历这些客观事实而产生自我的体验和感想。然而，在这种有意轻描淡写的笔法中其实却隐藏着一种强烈的感情。如第104首开头两节便是：

The busy day has hurried by,
And hearts greet kindred hearts once more;
And swift the evening hours should fly,
But—what turns every gleaming eye
So often to the door,

And then so quick away—and why
Does sudden silence chill the room,
And laughter sink into a sigh,
And merry words to whispers die,
And gladness change to gloom?

忙碌的白天已匆匆地过去，
亲友又再次相见，相互问候；
晚上的时光也将飞逝而过，
可——是什么使每颗明亮的眼睛
频频地转向大门？

接着又那样迅速地移开——

为什么这房间突然变得沉默？
笑声也转而变成了叹息，
欢快的谈话也变成了低语，
欢乐也转而变成了愁绪？

这首诗题为“写在回到训导宫的路上（Written On Returning to The P. of I.）”。训导宫（Palace of Instruction）是贡达拉王子和公主们经常聚集的地方。他们都曾经是从小长大的好玩伴，可是由于皇室家族的纷争，使他们各执己见，各事其主，成为仇敌。特别是第三次国内战争期间，皇室家族及其成员分裂为共和党和保皇党，随即发生血战。战争结束后，像从前一样，他们重聚训导宫，可是每当夜晚来临，他们回到训导宫时，发现旧日的许多伙伴不见了，此时，他们这才意识到这些伙伴可能都在战争中牺牲了，不过，他们还时常幻想着他们能在某个夜晚突然出现在他们眼前，回到训导宫。诗歌的这两节就是用简单句和 and 连接起来的众多简单句描写了白天的逝去，夜晚的来临，表现了王子公主们急切的心情：他们盼望着赶紧做完一天的活，白天快快过去，晚上来到训导宫相见，可是由于想起失去的友伴，他们都不约而同地频频望着大门，希望看到朋友的回来，可是他们又意识到这是那么的不可能啊！因而又迅速地把目光从大门移开，陷入沉默的思念之中。诗歌没有说明这些，而是用了几个问句，让读者去领悟个中的缘由，去体会这时人们的心情。

四、日常用词，抒发真实情感

埃米莉诗歌是其发自内在的心声，是自我真实体验的感情流露，所以她诗歌的语言是极普通的日常用语，平白流畅，不事雕刻，自然质朴。同时她诗歌的语言平实易懂，这一点得归因于她对生活、对客观世界真实和直接的体悟和细腻的观察。她诗歌的意蕴不需要深奥的哲理辩白，也不需要抽象的道德说教，因此也就不需要富于逻辑思辨性和辩论说理性的复合句或复杂句。如第162首：

Farewell, farewell, 'tis hard to part
Yet, loved one, it must be:
I would not rend another heart
Not even by blessing thee.

Go! we must break affection's chain,
Forget the hopes of years:
Nay, grieve not—willest thou remain
To waken wilder tears?

This wild a breeze with thee and me
Roved in the dawning day;
And thou shouldest be where it shall be
Ere evening, far away.

再见了，再见，这真是难舍难分，
可是，亲爱的，我们不得不分离：
虽然我已经为你祝福祈祷，
我也不愿再撕碎另一颗心。

走吧！我们得砸碎感情的锁链，
忘掉多年抱有的希望：

不，别悲伤，请你千万要忍住，
免得流出更多的泪水。

你我曾随着阵阵微风
在黎明中徘徊漫步；
天黑前，你应随风而去，
到遥远的地方遨游。

奥格斯塔生性喜新厌旧，她和阿尔佛雷德王结婚后，又去追求朱利叶斯王，而且想独揽阿尔佛雷德王的阿斯品城堡的大权，故而抛弃了阿尔佛雷德王，借故把他流放到英国，使他在流放中自杀身亡。这首诗描写的就是奥格斯塔送别阿尔佛雷德王的情景。诗中语言毫无炼字的痕迹，朴实无华，“有什么话，说什么话；话怎么说，就怎么说”。① 音节“顺着诗意的自然曲折，自然轻重，自然高下”。② 诗歌“充分地、自由地表现人的直观感受、真实情感和深切的生活见解”。③ 虽然这是诗歌人物的感情经历，可是，毋庸置疑，这就是埃米莉本人真实个性的映照和复写。可以断言，要是她生活中有这样的经历的话，她也会这样去对待。诚然，埃米莉生活阅历有限，在她感情世界里没有复杂的概念，她敢爱敢恨，爱得真，恨得切。她这样个性的表现，在《贡达拉史诗》里，在《呼啸山庄》里，我们还可以找到更多的例子。

埃米莉诗歌的艺术魅力就在于她以极为平淡、极自然的语言把最本质的生活和最坦荡的心灵呈现给读者。生活和心灵都是赤裸裸的，没有任何的隐蔽和和遮拦。无论你有过这样的经历或耳

① 胡适.尝试集[M].上海：亚东图书馆，1920：149.
② 胡适.尝试集[M].上海：亚东图书馆，1920：191.
③ 王铁仙.中国文学的现代转型及意义[J].中国社会科学.2003（3）：170.

闻这样的经历，还是还没有经历过这样的事情，你都会被她平白真实真挚的陈述所同化。因此，她诗歌的写实性就表现在她的真语言、真生活、真感情上。

五、平素词语，描绘鲜明的形象

诗歌的神韵靠形象表现，而形象中最动人的往往是那些富有个性的细节，个性的细节就是诗歌形象的细胞。个性的细节靠的是简洁而传神的描写，而这样简洁而传神的描写靠的又是平素语言的白描。平素语言的白描有助于直观生动表现诗歌的形象，有助于人物性格的刻画、心情的描述、意境的构建和思想的表露。所有这些那是复杂晦涩的语言所不能企及的，即使利用了复杂晦涩的语言来描绘人物事物，读者也不能理解其中复杂的表述和深奥的道理。埃米莉诗歌语言的特点之一就是善于运用普通的语言塑造鲜明的形象，如第 190 首中的：

Oh, dreadful is the check—intense the agony
When the ear begins to hear and the eye begins to see;
When the pulse begins to throb, the brain to think again,
The soul to feel the flesh and the flesh to feel the chain!

噢，囚禁多么可怕，痛苦如此剧烈，
耳朵开始听见了，眼睛开始看清楚了；
脉搏开始跳动了，大脑又可以思维了，
灵魂感觉到了肉体，肉体感觉到镣铐！

这一节叙述了罗谢尔在朱利安家族监狱里受到酷刑后，回到牢房苏醒过来的情景。语言平白，所描绘的人物感受可触可感可视，历历在目。

Then like a tender child whose hand did just enfold,
Safe in its eager grasp, a bird it wept to hold,
When pierced with one wild glance from the troubled hazel eye,
It gushes into tears and lets its treasure fly,（No. 190）

接着像个温顺的孩子哭着要抓一只小鸟似的，
她把小手合起来，急切地要把它抓紧。
可当她看到它淡褐色的眼睛发出恐惧的目光时，
她不禁泪流如注，让她的宝贝飞走了。（第 190 首）

这一节描写了罗谢尔看到朱利安来到监狱，就像看到了救星一样的情景。诗歌把罗谢尔比喻成小孩，把她渴望给她带来自由的朱利安比喻成小鸟。她希望朱利安放她出去，但又同情朱利安，怕他受到牵连。因此，要抓住小鸟，又可怜它，最后还是放走了它。后来朱利安出于对罗谢尔的同情和爱怜，不顾被家人嘲笑和惩罚的可能，最后他释放了罗谢尔。这里生动细腻的描写全仰仗着平实的词语：enfold, its earger grasp, weep to hold, pierce with one wild glance, the troubled hazel eye, gush into tears, let its treasure fly。此外，还有如下诸多的用语，数不胜数，它们都是埃米莉独有的诗歌语言：

Far away is the land of rest（安息之地很遥远），
Thousand miles are stretched between（此去延伸千万里），
Many a mountain's stormy crest（其间是风雨缥缈的千山），
Many a desert void of green（片绿无存的沙漠）(第 32 首)
child of dust（泥土的孩子，指乡村孩子）（第 14 首）

thing of dust（泥土的东西，指凡夫俗子）（第35首）

类似平常的用语，塑造了一个个鲜活生动的诗歌形象，意蕴深刻隽永。反过来，这样的形象又使她诗歌的一些诗句让人过目不忘，成为诗眼佳句，为人们所喜闻乐见。

六、颜色词汇，描摹大千世界

埃米莉还善于利用各种颜色词语描摹和反映大千世界中的自然现象和景物。如：silvery star（银白色的星星，第1首）、in learning’s golden mine（在知识那金色的宝库里，第10首）、the green grass（绿色的草地，第14首）、the pure blue heaven with clouds of gold（翠绿的蓝天、金色的云彩，第15首）、golden summer’s forests green（金色夏日绿色森林，第26首）、dark October morn（黑暗的十月清晨，第30首）、dark boughs（黑暗的树干，第67首）、the soft white clouds（柔和的白云，第78首）、the brown heath（褐色的石楠，第91首）、the blue ice（蓝色的冻冰，第93首）、darkened wall（黑暗的墙壁，第94首）、grey clouds（灰色的乌云，第117首）、dark night（黑暗的夜晚，第120首）、the red deer（赤鹿，第128首）、golden June（金色的六月，第137首）、the blue heaven（蓝天，第142首）、gloomy ways（阴暗的道路，第168首）、the golden evening（金色的黄昏，第180首），等等。这些颜色词都是作为形容词用，它们一方面描摹大自然的各种现象和事物，一方面增强描写的色彩感、画面感，一方面渲染气氛、烘托人物或隐喻诗人的情绪心理。

七、语言精练，简洁有力

埃米莉诗歌语言总的特点就是语言精练，简洁有力。埃米莉的诗歌无论是描写人物事物景物，还是表达人物的喜怒哀乐的思想情感，都表现为精炼简洁，直接有力。这一点是通过上述各种语言手段来获得的，如第193首：

Why ask to know what date, what clime?
There dwelt our own humanity,
Power-worshippers from earliest time,
Foot-kissers of triumphant crime
Crushers of helpless misery,
Crushing down Justice, honouring Wrong:
If that be feeble, this be strong.

Shedders of blood, shedders of tears:
Self-cursors avid of distress;
Yet mocking heaven with senseless prayers
For mercy on the merciless.

为什么要问清楚何时何地？
何时何地就有了我们人类？
远古时就有势力的崇拜者，
就有了得意之徒的马屁精，
就有了欺压无助弱者的人，
倘若正义羸弱，邪恶强大，
他们就会践踏正义，崇尚邪恶。

他们嗜人鲜血，又流着眼泪，
他们贪婪财富而又诅咒自我；
他们用虚伪的祈祷嘲笑上帝，

他们残酷无情而又祈求仁慈。

这两节诗语言平白质朴，句式简短，节奏明快，语气严肃，精炼泼辣，生动形象地刻画了世俗的势利小人和马屁精，并且给予有力地痛斥和抨击，使人觉得痛快淋漓，回肠荡气。

综上所述，埃米莉诗歌或平淡宁静，或激越高亢，或清高淡泊，或缠绵悱恻，或缱绻无奈，或哀婉凄切，或深沉凝重，或精致缜密，都得益于她平白直接、自然朴素、简约精炼、生动明快的语言。埃米莉诗歌的言简而意丰，清淡而幽远，犹如净化后那般透明，而触发丰富的联想。她诗歌的语言具有高度的写实性、淡雅的艺术性和深刻的思想性，三者相互融合，相得益彰。不过，由于她本人的性格和信念所至，在诗歌和语言上表现为理智多于情感，严肃平和而浪漫热烈不足。

第八节 埃米莉诗歌的叙事艺术

叙事艺术和风格常常取决于特定的叙事人称、叙述视角、叙事手法和叙事模式等。叙事人称指明故事叙述人的身份，叙事视角则赋予故事叙述人以一定的叙事角度和权限。叙事人称一般为第一人称（行文用“我”或“我们”）、第二人称（行文用“你”或“你们”）、第三人称（行文用“他”或“他们”）或多人称（行文用“我”、“你”、“他”或“我们”、“你们”、“他们”）等。叙事视角可以是作者全知式（行文可以用“我”、“你”、“他”或“我们”、“你们”、“他们”）、作品人物式（行文可以用“我”、“你”、“他”或“我们”、“你们”、“他们”）或多重复合式的视角（行文也可以用“我”、“你”、“他”或“我们”、“你们”、“他们”）等。叙事方法通常有抒情、白描、细描、说明、议论、夹叙夹议以及拟人、比喻、夸张等修辞手法。叙事模式通常有顺叙、引叙、倒叙、插叙、转叙、复合叙述等。埃米莉的诗歌主要是抒情诗和叙事诗，没有复杂的叙事构建。以下就埃米莉诗歌的叙事人称、叙事视角、叙事手法和叙事模式等方面来分别加以举例说明。

一、叙事人称

有关个人感情和人生哲理的诗歌，埃米莉主要采用作者第一人称来直接叙述。作者第一人称指的就是诗人本人直接参与或见证有关的事件或情景，以“我”的眼光或亲历来看待或体验有关事件，并加以叙述或感发。如第 105 首：

Month after month, year after year,
My harp has poured a dreary strain;
At length a livelier note shall cheer,
And pleasure tune its chords again.

What though the stars and fair moonlight
Are quenched in morning dull and grey?
They are but tokens of the night,
And this, my soul, is day.

月复一月，年复一年，
我的琴声忧郁又绵绵；
最后琴声又变得欢快起来，
那是欢乐校准了它的琴弦。

虽然阴沉和灰暗的早晨淹没了
明朗的月光和星辰，可又如何？
它们只不过是夜晚的象征，
而琴声，我的灵魂，却是白昼。

有关贡达拉的叙事诗，埃米莉用得较多的是人物第一人称。人物第一人称就是故事中的人物以“我”的眼光来叙述其所见所闻或所历所感，如：

Tell me, watcher, is it winter?
Say how long my sleep has been?
Have the woods I left so lovely
Lost their robes of tender green?

Is the morning slow in coming?
Is the night-time loath to go?
Tell me, are the dreary mountains
Drearier still with drifted snow?

告诉我，看守人，这可是冬天？
请告诉我，我睡了多长的时间？
我离开时，那片树林多么可爱，
它是否已经失去了嫩绿的长袍？

清晨是否会姗姗来迟？
而夜晚是否还不愿归去？

告诉我，阴森森的群山
是否因积雪而变得更阴沉？

这是第 63 首的开头两节，标题为“Gleneden's Dream（格兰尼顿的梦）”。格兰尼顿是埃克西纳（Exina）家族的人，埃克西纳家族（the house of Exina）和布兰萨达家族（the house of Brenzaida）是世仇人家。贡达拉的许多战争都是在埃克西纳家族和布兰萨达家族之间展开。这首写的就是格兰尼顿被布兰萨达家族关押的情景。诗中以人物第一人称“我”出现，记述了“我”思念家乡和家人，以及不屈不挠，向往自由，发誓复仇的思想。

在有关贡达拉的诗歌中，埃米莉有时也用人物第二人称或第三人称，不过用得最多的是多人称，其中有人物第一人称，或加上人物第二人称，或加上人物第三人称。如第 152 首：

I do not weep, I would not weep;
Our Mother needs no tears;
Dry thine eyes too, 'tis vain to keep
This causeless grief for years.

What though her brow be changed and cold,
Her sweet eyes closed for ever?
What though the stone—the darksome mould
Our mortal bodies sever?

What though her hand smoothe ne'er again
Those silken locks of thine—
Nor through long hours of future pain

Her kind face o'er thee shine?

Remember still she is not dead,
She sees us, Gerald, now,
Laid where her angel spirit fled
'Mid heath and frozen snow.

And from that world of heavenly light
Will she not always bend,
To guide us in our lifetime's night
And guard us to the end?

Thou know'st she will, and well may'st mourn
That we are left below,
But not that she can ne'er return
To share our earthly woe.

我没有哭泣，我不会哭泣；
我们的母亲并不需要眼泪；
你也擦干眼泪，何苦呢，
多年怀着这样无故的悲伤。

倘若她容颜衰老或者病故，
永远闭上慈爱的双眼，又如何？
倘若墓碑——阴沉的泥土隔离了
我们凡人的躯体，那又怎么样？

倘若她的手永远再也不能梳捋
你那些柔软光滑的丝发——
在未来漫长痛苦的岁月中，
她慈祥的面容再也不能关照你，又如何？

请你记住，她还没有亡故，
杰拉尔德，此刻她正看着我们，
她就躺在她仁慈的灵魂飞升之处，
她就躺在石楠和冰冻的白雪之中。

在充满神圣之光的世界里
她不是总俯身照看我们吗？
在人生的黑夜里指引方向，
并始终都在保护着我们吗？

你知道，把我们留在人间
她很可能会感到非常难过，
这倒不是她再也不能回来，
回来和我们分担人间痛苦。

这首诗标题为“A. S. To G. S.”。在贡达拉史诗中，有的有标题，有的没有标题，有标题的有时用姓名缩写字母。而贡达拉的人物，有的缩写姓名是一样的，因此很难判断某个缩写姓名到底是谁的。如上一首诗标题中的“A. S.”有时代表埃尔比王 Alexander S.，有时也代表阿斯品城堡的主人 Alfred S.，有时也代表 Alfred 的女儿 Angelica, 有时还代表 A. G. A.（当她成为 Alfred 王妻子的时候）；

G. S.在一首诗里是个男孩，而在另一首诗里却是个女孩。[①] 不过从这首诗的内容判断，很可能是 Alfred 的女儿 Angelica（安奇利加）和阿米多斯（Amedeus）。从贡达拉有关的故事，我们了解到阿米多斯是个忧伤的黑孩子，身份不明，也许是个孤儿，安奇利加收养他为兄弟，后来成为她的恋人。安奇利加的母亲死后，她的父亲阿尔佛雷德和奥格斯塔结婚。此后，安奇利加和阿米多斯受尽奥格斯塔的虐待。这首诗写的就是他们思念死去的母亲，悲伤之中相互安慰的情景。诗中有人物第一人称“我”，也有人物第二人称“你”，还有人物第三人称“她”。诗歌采用多人称的叙事手法从不同角度反映不同人物对母亲去世的态度。

二、叙事视角

有关个人感情和人生哲理的诗歌，埃米莉主要采用作者全知式来直接叙述。全知式视角即叙述者处于全知全能的地位，作品中的人物、事件、场景等无不处于其视界之内、了解之中。作者全知式指的就是作者本人处于全知的位置，直接参与或见证有关的事件或情景，以“我”的眼光或亲历来看待或体验有关事件，并加以叙述或感发。如第 71 首：

It will not shine again;
Its sad course is done;
I have seen the last ray wane
Of the cold, bright sun.

它再也不会闪耀着光芒，

① Hatfield C W. The Complete Poems of Emily Jane Brontë[M]. New York: Columbia University Press, 1995：15.

它悲哀的旅途已经结束；
寒冷而明亮的太阳，
我目睹着它最后光明的消失。

有关贡达拉的叙事诗，埃米莉主要采用作者全知式、作品人物式，有时还采用多重复合式的视角等。作者全知式的视角是一种传统的叙事方法，埃米莉诗歌中有少数采用这种叙事方法。就这一点而言，她继承了传统的一面。如第17首：

The battle had passed from the height,
And still did evening fall;
While heaven, with its hosts of night,
Gloriously canopied all.

The dead around were sleeping
On heath and granite grey;
And the dying their last watch were keeping
In the closing of the day.

高地上战斗已经结束了，
接着夜幕静静地降临了；
天空出现了闪烁的群星，
灿烂的光辉笼罩着一切。

石楠中和灰色的岩石上，
到处都躺着死去的士兵；
天快黑时，垂死的士兵，

还在值着最后的一班岗。

这种传统叙事往往单一视角贯彻始终，力求始终如一，给人一种叙事自然、真实、可信的感觉。这种传统的叙事视角所叙述的事件通常被认为是作者的承诺，是真实可信的，而且已经成为一种传统的阅读和接受习惯。这是一种类似于阅读契约的东西，根据这一契约，读者无条件地信任和听从作者的引导，毫无例外地与作者和主人公站在一边，全身心投入作品的境界。然而，在埃米莉的诗歌里，特别是在贡达拉的叙事诗里，她并没有自始至终地使用这种单一人称的叙事方式，更多的是采用作品人物式的视角。作品人物指的是叙述者以第一人称出现并叙述有关事件，他是作品中的人物，是事件中的某个当事人，参与了事件的进程，还或多或少地与主要人物或所叙述的人有所接触和了解。如第 77 首：

In dungeons dark I cannot sing,
In sorrow's thrall 'tis hard to smile:
What bird can soar with broken wing?
What heart can bleed and joy the while?

在阴暗的地牢里我唱不出来，
在痛苦的折磨中我很难微笑；
有什么鸟翅膀断了还能飞翔，
谁的心淌着鲜血还其乐融融。

另外，值得一述的是，在埃米莉的贡达拉叙事诗里，有时还采用了多变人称和多重复合式的视角来叙述故事的人物和情节。

在这种叙事视角中，参与叙述的人数众多，有的是作者，有的在作品故事中担当一定的角色，也见证或参与了情节的进程，也或多或少和主要人物有接触和了解。这种叙事视角突破了大多数维多利亚文学作品的传统叙述视角，采用了多位人物叙述者，让他们从各自的角度讲述有关故事，评价自己眼中的事件与人物。如第 143 首就是采用了这种叙述方式：先由作者叙述安奇利加和道格拉斯闲散地坐在山坡上消磨时光的情景，接着由道格拉斯向安奇利加表白他对她的爱情，再下来是由安奇利加回忆叙述她和奥格斯塔的恩恩怨怨，然后要求道格拉斯帮助她把正在山坡上消遣的奥格斯塔除掉。之后，再由作者叙述安奇利加和道格拉斯杀害奥格斯塔的经过，最后由奥格斯塔的侍卫长追忆奥格斯塔。其中还穿插奥格斯塔的另一个朋友莱斯利目睹他的女朋友先于奥格斯塔被道格拉斯刺杀的情景。这样作者从不同的角度，提供不同的立场语调，把一幕一幕的情景展现在读者面前，使读者从不同角度去了解不同人物的情况和思想，从而做出自己的判断。

这样的例子在贡达拉史诗中并不少见，就是在《呼啸山庄》中也是如此。因此，对于作品里的人物，作者并没有说明他们是好人还是坏人，而全凭读者去理解和判断。其实埃米莉的作品中有晴有雨、有平川有荒野、有爱有恨、有忠诚有叛逆、有恶魔有天使、有天堂有地狱、有压迫有反抗，她的人物个个都性格鲜明，各有爱恨情仇，善行恶举兼而有之。你说不明何为“爱”，何为“恨”，你也看不出什么是“善”，什么是“恶”。

多变人称和多重复合式的视角有意设置诸多叙述人分别从全知视角、人物视角或外部旁观视角等各个角度，讲述同一人物或同一个故事，从而形成了一种多视点、多侧面、生动流变的叙事风格。这种不做全知全能的上帝、深藏背后和读者疏离的叙事方法，可谓是现当代文学的主要叙事方法，而埃米莉在一百五十多年前就已采用，这不能不说是一种创新和超前。[①]

三、叙事方法

埃米莉的诗歌的叙事方法主要有白描、细描两种。白描也叫素描，原来是中国绘画的传统技法之一，相当西洋画法上的速写或素描。其特征就是用简练的笔墨勾画人物和景象的特征，突出其神韵，不着颜色或略施淡墨，以人物或景物本身简洁的轮廓唤起观者的联想，得以完整和丰富有关人物或景物的形象。这种绘画技法运用到文章描写上，就是不用浓烈的形容词和繁复的修辞语，也不精雕细刻或大加渲染，而是抓住描写对象的特征，用准确有力的笔触，简练的语言，寥寥数笔描绘出有关的人物和事件或者表现出自己对人物事物的感受。埃米莉的诗歌就是善于运用白描手法描写她的所见所闻，清晰地描摹有关的人物、事物或事件。通过各种人物或事物的意象，表达自己的所思所感。埃米莉的诗就是秉笔直书，没有斧凿，情真意切，如见肺腑。因此，平淡自然、绝无雕饰便是她诗歌的最大特点之一。如第 20、65、67、68、73 首等都是用白描写成的语言准确凝练、意象清新鲜明、意境悠远、意蕴深邃的诗歌。

'Twas one of those dark, cloudy days
That sometimes come in summer's blaze,
When heaven drops not, when earth is still,
And deeper green is on the hill.

夏天炎热酷暑的日子里，

① 艾米莉·勃朗特.呼啸山庄[M].宋兆霖，译.北京：北京燕山出版社，2000：10.

也会有黑暗多云的时候，

风停雨霁，地上静悄悄，

山上更是一片青葱翠绿。

埃米莉的诗歌善于通过一些象征性事物、人物的描写来表达自己的思想情感和人生认识。她的诗歌没有奇特的形象、夸张的手法和华丽的辞藻，一切都是平淡自然，不经雕饰。然而，平淡中似乎不经意的表露中却蕴藏着她真实的人生观。

除了白描，埃米莉诗歌也用细描。细描就是对事物的主要特征作细致入微的刻画。这种描写，文字绚丽，色彩斑斓，往往还运用形容、比喻、拟人、对比、夸张等修辞手法加以修饰添彩。如第26首：

Awaking morning laughs from heaven

On golden summer's forests green;

And what a gush of song is given

To welcome in that light serene.

A fresh wind waves the clustering roses,

And through the open window sighs

Around the couch where she reposes,

The lady with the dovelike eyes;

With dovelike eyes and shining hair,

And velvet check so sweetly moulded;

And hands so soft and white and fair

Above her snowy bosom folded.

…

Her sister's and her brother's feet

Are brushing off the scented dew,

And she springs up in haste to greet

The grass and flowers and sunshine too.

天堂的欢笑闹醒了清晨，

闹醒金色夏日绿色森林，

森林发出一阵阵的歌声，

迎接着宁静黎明的到来。

清凉的风拂动簇簇玫瑰，

叹息着穿过敞开的窗户，

围着她就寝的床铺环绕，

这是个纯真可爱的少妇。

温柔的眼睛亮亮的秀发，

柔嫩的脸颊那样的可爱，

白皙、柔软美丽的双手，

合抱着放在雪白的胸前。

……

她兄弟姐妹轻盈的手脚

拂落了芬芳清香的露珠，

她也急急地起身去迎接

那青草、鲜花以及晨曦。

这首诗用细描的手法描绘了一位美丽的少妇清晨起床的情

景。诗中用了许多形容词描写了早晨的清新和少妇的美丽动人，如 golden（金色的）、green（绿色的）、serene（宁静的）、fresh（清凉的）、clustering（一簇一簇的）、open（敞开的）、dovelike（温柔的）、shining（亮亮的）、velvet（柔嫩的）、sweetly（可爱的）、soft and white and fair（白皙、柔软、美丽的）、snowy（雪白的）和 scented（芬芳清香的）等。另外，埃米莉诗歌白描中采用最多的修辞手段是拟人。如在上述的这首诗歌里，诗歌把天堂、清晨、森林、歌声、黎明、晨风等都人格化，赋予它们人的思维和动作。

四、叙事模式

埃米莉诗歌叙事模式主要有顺叙、引叙、倒叙等。可是，大部分的诗歌是采用顺叙的模式，有些诗歌中间还采用引叙，直接引用人物的话语来参与有关事件的描述。这种叙事模式在有关贡达拉人物和事件的诗歌里用得最多。当然，埃米莉偶尔也采用倒叙的方法来叙述或追叙有关人物先前的经历或事件的原本。如第 9 首：

There shines the moon, at noon of night—
Vision of glory—Dream of light!
Holy as heaven—undimmed and pure,
Looking down on the lonely moor—
And lonelier still beneath her ray
That drear moor stretches far away
Till it seems strange that aught can lie
Beyond its zone of silver sky.

Bright moon—dear moon! When years have past

My weary feet return at last—
And still upon Lake Elnor's breast
Thy solemn rays serenely rest
And still the fern-leaves sighing wave
Like mourners over Elbe's grave
And Earth's the same but oh to see
How wildly Time has altered me!
Am I the being who long ago
Sat watching by that water side,
The light of life expiring slow
From his fair check and brow of pride?
Not oft these mountains feel the shine
Of such a day—as, fading then,
Cast from its fount of gold divine
A last smile on the heathery plain,
And kissed the far-off peaks of snow
That gleaming on the horizon shone
As if in summer's warmest glow
Stern winter claimed a loftier throne—
And there he lay among the bloom
His red blood dyed a deeper hue,
Shuddering to feel the ghostly gloom
That coming Death around him threw—
Sickening to think one hour would sever
The sweet, sweet world and him for ever,
To think that twilight gathering dim
Would never pass away to him—

No—never more! That awful thought
A thousand dreary feelings brought,
And memory all her powers combined
And rushed upon his fainting mind.
Wide, swelling woodlands seemed to rise
Beneath soft, sunny southern skies—
Old Elbe Hall, his noble home,
Towered 'mid its trees, whose foliage green
Rustled with the kind airs that come
From summer heavens when most serene,
And bursting through the leafy shade
A gush of golden sunshine played,
Bathing the walls in amber light
And sparkling in the water clear
That stretched below—reflected bright
The whole wide world of cloudless air—
And still before his spirit's eye
Such well-known scenes would rise and fly
Till, maddening with despair and pain
He turned his dying face to me
And wildly cried, "Oh, once again
Might I my native country see!
But once again—one single day! —
And must it—can it never be?
To die—and die so far away
When life has hardly smiled for me.
Augusta—you will soon return

Back to that land in health and bloom
And then the heath alone will mourn
Above my unremembered tomb,
For you'll forget the lonely grave
And mouldering corpse by Elnor's wave."

午夜时分, 皓月当空照——
多辉煌的梦影——多灿烂的梦幻
神圣得像天堂——明亮而又皎洁
俯览凝视着孤独的荒漠——
在她的光芒下它显得更加寂寞,
那阴沉的荒漠啊远远地延伸着,
多么神奇，所有的一切
无不沐浴在它银白的夜色之中。

月儿——可爱的月儿！岁月已流逝,
我的腿脚已疲惫，可终于回来了——
然而，在埃尔诺湖的水面上,
你庄严的光辉还在宁静地照耀着,
蕨草的叶子还在起伏哀叹,
就像埃尔比墓前的哭坟人。
啊，大地依旧，可是请看:
岁月已经把我彻底地改变！
可是，我还是多年前的我,
坐在湖水的旁边观望着,
生命的光芒在他洁净的面容
和高傲的眉毛上慢慢地消逝？

这些山偶尔才得以感受到
这般光芒——它慢慢地消逝，
从金色的圣泉里把最后的微笑
播洒在石楠丛生的荒原上，
亲吻着远方那皑皑的雪峰。
雪峰在地平线上银光闪烁，
就像严冬在炎炎的夏日里，
徐徐地登上他华丽的宝座——
就在那里他躺在鲜花丛中，
他的热血染上了更深的颜色，
想到可怕的深色就毛骨悚然，
那是来临的死神已笼罩了他——
想到再过一个时辰就要永别，
永别了这个可爱美妙的世界，
想到那不断变得昏暗的黄昏
永远包围着，不禁令人心酸。
不——不会的！这可怕的想法
会带来千千万万可怕的感受，
记忆会聚集起她全部的力量，
涌进他那昏厥迷乱的大脑中。
在南方那阳光和煦的天空下——
广阔的森林似乎在不断升腾，
他高贵的家，古老的埃尔比宫
矗立在树丛林间，葱翠的叶子
伴随着夏日天空和煦的暖流
沙沙作响，一股金色的阳光
穿过那一片绿叶茂盛的树荫

静静地播撒下来，
琥珀的光辉沐浴着它的院墙，
在下面流淌的清澈的水面上
闪闪发光——光洁明亮地映射着
整个宽广晴朗无云的天空世界——
这些熟悉的景色仍然还在
他的心目中翻飞升腾，
他失望和痛苦得几近疯狂，
弥留之际他把脸转向我，
接着疯狂地叫喊：“啊，
但愿我能再次看一看我的家乡！
一次就行了——只是一天而已！
行吗？—— 绝对不行吗？
这样死去——远离家乡死去，
命运竟然对我这样无情。
奥格斯塔——你不久就会回来，
回到草木茂盛和鲜花满地的家乡，
而这里只剩下一片孤独的石楠
在我那被人遗忘的坟墓上哀叹。
因为你会把这座寂寞的坟冢忘掉，
埃尔诺湖的波浪将腐蚀我的尸首。”

这首诗写了奥格斯塔多年后回到埃尔诺湖畔悼念埃尔比王亚历山大（Alexander，Lord of Elbë）的情节。亚历山大是奥格斯塔早年的情人，在和朱利叶斯王的领土争夺战中受伤，死在贡达拉埃尔诺湖的湖畔。这首诗共有 68 行，前 16 行用顺叙的模式，叙述了奥格斯塔回到埃尔诺湖畔；从第 17 行开始诗歌用倒叙的方式，追述了亚历山大在奥格斯塔的怀里死去的那一情景。

另外，从叙事结构而言，埃米莉诗歌大多篇幅比较短小，叙事人物不多，情节事件也不复杂。因此，只要了解埃米莉的生活经历及诗歌有关贡达拉传奇故事，阅读和理解她的诗歌并没有太大的困难，并不像有人认为的那样，她的诗歌有多么的不可思议和深奥不测。

第四章
埃米莉·勃朗特诗歌专题研究

勃朗特姐妹生活在19世纪上半叶，这一时期是资本主义发展成熟和阶级斗争激化的时代。打败了拿破仑以后，英国进入了相对和平的时代，工业得到了飞速地发展，然而，阶级分化日愈加剧。这时，上层社会的矛盾主要是工业资产阶级和土地贵族之间的矛盾，表现为托利党和辉格党的政治经济利益的斗争，下层社会的矛盾主要是资产阶级地主和工人农民的斗争。托利党和辉格党的政治斗争推动了政治体制和经济体制的改革，为资产阶级赢得更多的选举权和自由贸易权。然而，轰轰烈烈的工人运动（1809—1812年的路德工人运动、1837—1848年的宪章运动）和农民运动（1830—1832年的末次农民起义）却都遭遇彻底的失败。两极分化愈加突出，资产阶级得到愈多的利益，人民群众生活就愈加贫困。但是无论如何，这一时期统治阶级的矛盾得到了暂时的调和，在一定意义上促进了社会的安定和经济的发展，从而平步进入了维多利亚繁荣时代。

勃朗特姐妹的创作和她们的社会和生活环境密切相关，社会历史状况构成了她们的思想和创作背景，而且表现出一种多重的和独特的关系。作为小资产阶级知识妇女，她们处在土地贵族和工业资本两大势力既冲突又妥协的斗争旋涡之中，同时又目睹下层人民反暴政和反饥饿的斗争。这样就在她们的意识中形成了一种双重的价值观——激进和保守、叛逆和尊重传统、理性和虔诚、现实和浪漫等。这种双重复式的价值观在她们的作品中都有不同程度的表现。[①] 因此，研究埃米莉诗歌同样不应停留在其诗歌的题材、主题和诗艺技术上。为了进一步探讨埃米莉诗歌的深层意蕴，在这一章里，我们专题研究了埃米莉诗歌的女性意识、自由思想、悲剧意识、《贡达拉史诗》与《呼啸山庄》、埃米莉对英国诗歌传统的继承和发展、埃米莉在中国的接受和研究情况等方面的内容，从纵横不同的角度来解读埃米莉诗歌所蕴含的时代和文化意义。

第一节

埃米莉诗歌女性意识阐释

19世纪初中期，英国许多女性作家在其文学作品中已开始从不同角度表现出对女性问题的关注和思考。埃米莉·勃朗特是最早在其作品中表达女性意识的女性作家之一。埃米莉自觉地意识到女性自身处境，把女性作为独立的人以贡达拉史诗的形式表现出来，发出抗议男性社会的呼声，这在19世纪初中期具有其先进性和划时代意义。本节从女性爱情婚姻和女性政权两方面问题，来探讨埃米莉·勃朗特的贡达拉史诗的女性意识。

一、贡达拉史诗

贡达拉传奇是关于想象中一个名叫贡达拉（Gondal）的国家。这个国家是埃米莉在13岁或14岁的时候和妹妹安妮作为游戏背景而创造的，而且一生都在构建和发展着它。贡达拉是北太平洋的

① 杨静远.勃朗特姐妹的生平与创作[J].名作欣赏，1986（2）: 93.

一个岛屿。它是一个邦联国家，由若干个王国组成。每个王国由一个世袭的皇室家族统治。贡达拉各家族之间矛盾重重，争权夺利，势不两立。贡达拉王子们争强好斗，热衷海外探险。他们发现和征服了南太平洋的一个热带岛屿——加阿尔丁（Gaaldine），把它分割成一个个王国：亚历山大、阿拉米多、尤拉、赛尔纳等，然后由不同的王子分别占领和统治。[①] 世袭的争斗和仇恨也随着他们来到这里，贡达拉传奇[②]就是以贡达拉岛为背景，以传奇式的故事为线索描述了皇室家族为争夺王位而开展的斗争。贡达拉史诗就是关于这些争夺和战争的情节片断或人物事件的诗文叙事。

埃米莉的贡达拉史诗是建立在贡达拉传奇的散文的基础上，这些散文为她的史诗构建了一个完整和详细的背景。然而，她和安妮关于贡达拉的散文已经丢失，现在只存留有她们的诗歌部分以及一份很短的杂志片断，还有1841年和1845年在埃米莉生日上她们交换的笔记和安妮写的贡达拉人名地名的清单。埃米莉的史诗是在1836年7月到1848年5月的12年时间里写成的。诗歌不是按照故事发生的时间或情节的次序来写，它们是某些场景、戏剧和感情的韵文描述，是她散文创作的继续和发展，也是她散文的提炼和结晶。[③] “贡达拉传奇不仅是她们儿时的创作，也是她们生活的方式，是她们每天共同秘密分享的生活……贡达拉史诗反映的是她们的生活和她们对自由的向往，贡达拉史诗是一部

① Fannie Elizabeth Ratchford. The Brontës' Web of Childhood [M]. New York: Columbia University Press, 1941：102-103.

② 本节贡达拉传奇根据：Laura L. Hinkley：The Brontës: Charlotte and Emily[M]. New York: Hastings House Publishers, 1946.

③ 埃米莉·简·勃朗特.埃米莉·简·勃朗特诗歌全集[M].C·W·海特菲尔德编.覃志峰，译.北京：作家出版社，2005：w.

极富女性意识的作品。”[1]

二、贡达拉的女王

贡达拉史诗集中体现埃米莉的社会观念，反映女性渴望男女平等、爱情婚姻自由的理想，表现女性反压迫和反禁锢的斗争，反映女性的叛逆精神和对男权主义的颠覆。[2]贡达拉是个女性统治的国家，史诗塑造了几个非凡的女性人物，如罗西娜·阿拉古娜（Rosina Alcona）、奥格斯塔·杰拉尔丁·阿拉米达（Augusta Geraldine Almeda）和安奇利加·西多尼亚（Angelica Sidonia）。她们富于叛逆精神，崇尚自由，追求爱情自由和婚姻幸福。她们一方面争强好胜，极富权欲和复仇心计；另一方面她们忧国忧民，表现出极大的政治责任感和爱国热情。

罗西娜是贡达拉南部的阿拉古娜公主，早年和贡达拉北部安哥拉王子朱利叶斯相爱，后来和朱利叶斯结成夫妻。朱利叶斯假意和埃克西纳的杰拉尔德联合执政，随后背叛诺言，囚禁并杀害杰拉尔德，自立为贡达拉和加阿尔丁的国王。在镇压埃克西纳人的起义过程中，朱利叶斯战死。此后，罗西娜当上贡达拉的摄政王。史诗第 151 首[3]就是描写埃克西纳人攻陷布兰萨达城池、朱利叶斯战死的情景以及罗西娜对国家的忧虑：

---

① Winifred Gérin. Emily Brontë: A Biography[M]. Oxford, New York, Melbourne: Oxford University Press, 1978：25-26.

② 覃志峰.论艾米莉·勃朗特的性格及其文学创作[J].莆田学院学报，2004（2）：59.

③ 本节诗歌的序号标记按： Hatfield C W. The Complete Poems of Emily Jane Brontë[M].New York: Columbia University Press, 1995。所引用的诗歌汉译均出自：埃米莉·简·勃朗特.埃米莉·简·勃朗特诗歌全集[M].C·W·.海特菲尔德编.覃志峰，译.北京：作家出版社，2005.

"Nay; rather, Gondal's shaken throne
Is now secure and free;
And my King Julius reigns alone,
Debtless, alas! to me."

Loud was the sudden gush of woe
From those who watched around;
Rosina turned, and sought to know
Why burst that boding sound.

"What then, my dreams are false?" she said;
"Come, maidens, answer me:
Has Almedore in battle bled?
Have slaves subdued the free?"

“不，决不，贡达拉摇晃的宝座
现在已经安全和自由了；
我的君王朱利叶斯可以独自掌权，
唉！对我来说，如释重负！”

突然爆发出一阵痛苦的喊叫，
它来自于那些围观的人群中；
罗西娜转过身去，她想知道
为什么发出那种不祥的声音。

“那么，我的梦是假的？”她说：

“来，姑娘们，告诉我：
阿拉米多是否已在战场上牺牲？
是不是奴隶们已经获得了自由？”

罗西娜是个极富责任心的人，对于丈夫的战死，她悲痛欲绝，然而为了国家，她化悲痛为力量，担当起救国救亡和打理朝政的重任：

“But check those coward sobs, and bring
My robes, and smoothe my tangled hair:
A noble victory you shall sing
For every hour’s despair!” (from No.151)

“不过，请抑制那些怯懦的哭泣，
给我战袍，梳理我蓬乱的头发：
失望中，你应该时时刻刻
都高唱着崇高的胜利之歌！”（摘录自第 151 首）

她是个重情义和乐观向上的人，史诗第 182 首和 183 首表达她对君王的思念，对前途的乐观。

Cold in the earth, and the deep snow piled above thee!
Far, far removed, cold in the dreary grave!
Have I forgot, my Only Love, to love thee,
Severed at last by Time’s all-wearing wave?
…
Cold in the earth, and fifteen wild Decembers
From those brown hills have melted into spring—

Faithful indeed is the spirit that remembers
After such years of change and suffering!
…
that tomb already more than mine! (from No. 182)

地下很冷，您上面盖着厚厚的积雪！
远离尘世，在阴森而寒冷的墓穴里！
终究被那消融一切的时间所隔绝了，
唯一的爱人啊，我怎能忘了去爱您？
……
地下很冷，15 个严寒的冬天，
从褐色的山岗上融化成了阳春——
经过这么多年变迁和哀思的折磨，
长相思的灵魂真的已算得上忠贞！
……
那座坟墓啊！比我自己还自己。（摘录自第 182 首）

Little mourned I for the parted Gladness,
For the vacant nest and silent song;
Hope was there and laughed me out of sadness,
Whispering, "Winter will not linger long."

And behold, with tenfold increase blessing
Spring adorned the beauty-burdened spray;
Wind and rain and fervent heat caressing
Lavished glory on its second May. (from No.183)

我很少为逝去的欢乐感到忧伤，
不为那空巢和沉寂的歌而悲戚；
希望就在那，为我一笑解惆怅；
悄悄说：“冬天很快就会过去！”

看看吧！以十倍有加的恩赐，
春天枝头缀满了美丽的花朵；
轻风细雨和温暖空气抚爱着，
来年五月又是个满枝的辉煌！（摘录自第 183 首）

这两首诗流露出孤独凄凉和愁绪幽怨的情绪，但其抒发的爱与希望是一种本质上的心理实在，是在遵循自己情感基础和独立意识上，表达对爱人由衷的思念和对前途命运的憧憬，不是妻子对丈夫的依赖，而是作为独立的人从灵魂深处发出的心声，这是女性自我意识觉醒的表现。贡达拉史诗抛开虚伪的封建礼教，大胆追求理想的爱情，这是对封建伦理的叛逆。对爱的渴望和对美好生活的向往，是女性意识中最为敏感的自我意识。这种意识在当时虽受非议，却表现女性作为人的情感需求的觉醒。

奥格斯塔是朱利叶斯和杰拉尔丁的女儿，早年离开家乡加阿尔丁，和朱利叶斯生活在贡达拉的安哥拉。朱利叶斯和罗西娜结婚后，奥格斯塔屡遭罗西娜的冷落。罗西娜当上贡达拉摄政王以后，奥格斯塔更是受到女王的虐待。可是长大后，她却成为许多风流韵事和政治的中心人物。她和贡达拉的埃尔比王亚历山大成了恋人，亚历山大的妻子死后，奥格斯塔和他结婚，生了一个儿子。在奥格斯塔的唆使下，亚历山大对罗西娜发动战争。战争失败，亚历山大受伤，死于埃尔诺湖畔，奥格斯塔流落山区。儿子死于一次暴风雪中，她本人也被俘并被罗西娜关进监狱。出狱后，奥格斯塔和费尔南多谈上恋爱。费尔南多由于政治原因被关进监狱，他们就此分手。后来，奥格斯塔爱上贡达拉阿斯品城堡的主人阿尔佛雷德，阿尔佛雷德妻子死后，奥格斯塔成了王后。然而，阿尔佛雷德健康每况愈下，奥格斯塔便借疗养之名把他送到英格兰，让他在那里自生自灭。随后她利用权力霸占阿尔佛雷德女儿安奇利加收留的男孩和恋人阿米多斯。厌倦后，又把他和安奇利加一起流放外地。共和党人发动暴动，推翻奥格斯塔政权。奥格斯塔逃到安哥拉山区，在那里，最后被安奇利加和道格拉斯杀害。

奥格斯塔童年的不幸和坎坷的经历造就了她倔强、叛逆、仇恨权贵、敢于反抗、向往自由的性格以及身陷囹圄、坚贞不屈的骨气和眷恋故土的情怀。史诗第180首写道：

Believe not what they urge
Of Eden isles beyond;
Turn back, from that tempestuous surge,
To thy own native land!

It is not Death, but pain
That struggles in thy breast;
Nay, rally, Elbe, rouse again,
I cannot let thee rest!

别相信他们怂恿你的话，
说什么那边有伊甸之岛；
返航吧，离开狂风巨浪，
回到那生养自己的故乡！

不是死神，而是悲痛
在你的胸中挣扎苦斗；
振作起来，埃尔比，重振雄风；
我不能让你就此躺下！

第 15 首和第 53 首写出了她舍弃忧愁痛苦和积极向上的精神面貌：

But this is past, and why return
O’er such a past to brood and mourn?
Shake off the fetters, break the chain,
And live and love and smile again. (from No.15)

可这已经过去了，为什么
还要回忆往事，沉思哀伤？
挣脱了脚镣，打碎了铁链，
让我重新活着，去爱去笑。（摘录自第 15 首）

What use is it to slumber here,
Though the heart be sad and weary?
What use is it to slumber here,
Though the day rise dark and dreary?

For that mist may break when the sun is high,
And this soul forget its sorrow;
And the rosy ray of the closing day
May promise a brighter morrow. (No.53)

即便心情厌烦而又忧愁，
可睡在这里又有什么用？
即使白昼沉寂而又黑暗，
可睡在这里又有什么用？

太阳高升，云雾消散，
心灵会把痛苦来遗忘；
黄昏那绯红的夕照
将预示着一个更加灿烂的明天。（第 53 首）

第 35 首则表现出她不屈不挠、蔑视权贵的风骨：

Strong I stand, though I have borne
Anger hate, and bitter scorn;
Strong I stand, and laugh to see
How mankind have fought with me.

Shade of mast'ry, I contemn
All the puny ways of men;
…
False and foolish mortal, know,
If you scorn the world's disdain,
Your mean soul is far below
Other worms, however vain.

Thing of Dust—with boundless pride,

Dare you take me for a guide?
With the humble I will be;
Haughty men are nought to me.

我坚强地挺立着，承受着
仇恨的愤怒和极大的蔑视，
我坚强地挺立着，笑看着
人类是如何与我较量。

我蔑视着权势的黑暗、
人类一切渺小的行为；
……
虚伪和可笑的凡人该知道，
如果你不屑那世俗的嘲笑，
卑鄙的灵魂就会更加低贱，
比别的小人更加一文不值。

泥土的东西，怎的高傲，
你怎敢把我当向导？
虽然身处卑贱之列，
可我视高傲之流如草芥。

奥格斯塔是多情的，她向往着爱情幸福，也曾经拥有纯真和忠贞不移的爱情。她在致阿尔佛雷德的一首诗歌里说：

"The heart I love, whate'er betide,
Is faithful as the grave

And neither foreign lands divide

Nor yet the rolling wave."(from No.110)

"我所爱的心，无论怎么样，

都会像石雕那样忠贞不渝，

异国他乡不能把我俩分离，

滚滚海浪也不能分开我俩。"（摘录自第 110 首）

然而，奥格斯塔也是个敢爱敢恨的人，为了爱情，为了幸福，她不顾一切；为了权力，为了国家，她也会抛舍亲情，大义灭亲，以社稷为重：

Long before October returns,

Seas of blood will have parted us;

And you must crush the love in your heart, and I the love in mine!

For face to face will our kindred stand,

And as they are so shall we be;

Forgetting how the same sweet earth has borne and nourished all—

One must fight for the people's power,

And one for the rights of Royalty;

And each be ready to give his life to work the other's fall.

The chance of war we cannot shun,

Nor would we shrink from our fathers' cause,

Nor dread Death more because the hand that gives it may be dear;

…

Next October, the cannon's roar
From hostile ranks may be urging us—
Me to strike for your life's blood, and you to strike for mine. (No.175)

早在十月份还没有来之前，
血海就已经把我们分开了；
你得粉碎心中的爱，我得揉碎心中的情。

我们的亲人将面对面站着，
像他们一样我们也会这样；
忘记了我们都生活在同一片可爱的土地上——
一个必须为人民的权力而战，
而另一个却要为王权而争斗；
各方都要为推翻对方而随时献出自己的生命。

我们无法避免这场战争，
也不愿从父辈的事业中退缩，
更不怕死，因为凶手也许就是自己亲爱的人。
……
来年十月，敌方阵地大炮发出的轰鸣
也许会催促着我们相互拼杀——
我想要你的命，你也想要我的命。（第 175 首）

奥格斯塔是个有思想、有抱负的人，她并没有沉溺于儿女情长的感情纠葛之中。说她权欲极强，不如说她极富政治责任心，面对家族内部的矛盾和斗争，面对国民的生死存亡，她敢于挑起重担，解救人民于水火。奥格斯塔并非绝情绝义，她和阿尔佛雷德王分手是不得已而为之，是“世俗的争斗”使他们天各一方，她感到“万分悲痛”，“怀着一颗罪过的心”（第169首）。然而，她可以抛弃夫君，承担起救国救民的大任。

安奇利加是贡达拉阿斯品城堡的阿尔佛雷德王（Lord Alfred Sidonia of Aspin Castle）的女儿。阿尔佛雷德和奥格斯塔结婚后，奥格斯塔成了王后，阿尔佛雷德由于身体原因，不能亲政，奥格斯塔独揽大权，不可一世。安奇利加在宫里备受冷落，父亲被王后流放至死。自己收留和爱恋的男孩阿米多斯也被王后据为己有，最后自己和恋人一起也被流放异地。几经不幸，刻骨铭心，所有这些只能增加她对奥格斯塔的仇恨。在重击下，安奇利加没有绝望，她坚贞不屈，勇敢面对，牢记家恨情仇，伺机报复，最终得以亲自手刃仇人。

I did not dream; remembrance still
Clasped round my heart its fetters chill;
But I am sure the soul is free
To leave its clay a little while,
Or how in exile misery
Could I have seen my country smile?
…
And vainly did you drive me far
With leagues of ocean stretched between:
My mortal flesh you might debar,
But not the eternal fire within.

My Monarch died to rule forever
A heart that can forget him never;

…

His name shall be for whom I bear

This long-sustained and hopeless doom.

And brighter in the hour of woe

Than in the blaze of victory's pride,

That glory shedding star shall glow

For which we fought and bled and died. (from No.102)

我没做梦，记忆冰冷的镣铐

仍然还在紧紧地锁住我的心，

可是，我确信灵魂可以

自由离开它的肉体片刻，

否则，在这样悲惨的流放中，

如何才得以看到家乡的笑脸。

……

你把我流放万里远也白费，

中间还相隔着宽阔的海洋；

你可以阻隔我的凡身肉体，

可阻隔不了内心永恒的火。

为了永久的王权，君主死了，

可这颗心永远不会把他忘记，

……

为了他的名字，我会忍受着

这种长久不变和无望的厄运。

陨落的星星将发出它的光芒，
比胜利时发出骄傲的火焰更鲜艳，
比痛苦时发出的光辉更明亮，
为了它，我们奋斗、流血和牺牲。（摘录自第102首）

诗句以沉郁、凄婉的笔调概括了安奇利加被流放之后，飘零的生活、凄苦的处境和充满悲哀的心情。诗人将故国之思与自家之痛联系起来，使人感到咀嚼国破家亡、亲人失散的苦涩和悲凉，表现出个人不幸与王权被篡而迸发出的复合的悲愤情感，也表达了诗人对敌人的仇恨和夺回王权的决心。安奇利加爱情专一，向往着纯真和忠贞不渝的爱情。她好心收留阿米多斯，对他逐渐产生感情，他成了她的恋人。然而奥格斯塔夺去了她的爱，这使她悲痛欲绝，熄灭了她心中的爱，再也无法去接受其他人的爱。她一心只想着复仇雪恨，夺回王位，最终如愿以偿：

Now hear me: in these regions wild
I saw to-day my enemy.
Unarmed, as helpless as a child
She slumbered on a sunny lea.
Two friends—no other guard had she,
…
My hand was raised—my knife was bare;
With stealthy tread I stole along;
…
Now, Douglas, for our hunted band—
For future joy and former woe—
Assist me with thy heart and hand

To send to hell my mortal foe.

…

The blood streams down her brow;

The blood streams through her coal-black hair—

…

And her check changing in the mortal strife

Betwixt the pain to live and agony to die.

But nothing mutable was there;

The face, all deadly fair,

Showed a fixed impress of keen suffering past,

And the raised lid did show

No wandering gleam below

But a stark anguish, self-destroyed at last. (from No.143)

听我说，在这些荒山野地里，

今天我看到我的仇敌。

空着手，脆弱得就像个小孩，

睡在一块阳光照耀的草地上，

只有两个朋友——没有别的护卫。

……

我举起手来——拔刀出鞘，

蹑手蹑脚地我悄悄地走过去；

……

来，道格拉斯，为死去的兄弟——

为未来的快乐，为先前的痛苦——

来帮帮我，用你的心和你的手

把我这个人类的仇敌送到地狱。

……

血液从她脸上流淌而下；

血液从她漆黑的头发流淌而下——

……

从她痛苦的死去活来的挣扎中，

或许你看到她的面部都变了形。

然而她的脸再也不可能变了；

她的脸，整个死一样的苍白，

是一副凝固了的曾极其痛苦的模样，

没有闭上的眼睑确实表明

她的眼睛里已经暗淡无光，

唯有极大的痛苦和最终的自我毁灭。（摘录自第143首）

三、贡达拉史诗女性意识探微

贡达拉史诗塑造三个不同的女性形象，反映她们在爱情婚姻道路上大胆追求和曲折的经历，展现女性不屈不挠自我追求的心路历程。罗西娜冲破家族束缚和朱利叶斯的从小相好；奥格斯塔不顾家族的隔阂和世人的偏见，多次恋爱和几易婚姻；安奇利加恪守初衷的爱情和不愿接受道格拉斯的爱，这些都说明了贡达拉的女性对女性独立、爱情自由、婚姻幸福的向往。她们一言一行，无不渗透着强烈的女性意识，表现了对男权主义在爱情和婚姻上的颠覆。贡达拉女性打破传统两性关系的清规戒律，打破那种女方含而不露的传统，大胆表白和追求自己的爱情婚姻。贡达拉史诗大胆提出了一个与男性社会传统伦理道德背道而驰的新型的爱情婚姻版本，打破男性中心传统的爱情婚姻模式，让女性拥有独立的人格，充当主角，享有主动权，在爱情婚姻上享有与男性一样的支配权。埃米莉通过贡达拉史诗给同时代的女性带来无限的勇气和力量：冲破男性文化藩篱，实现女性的自我追求，争取女性在爱情婚姻上的独立自由和男女平等。

传统的性别观念认为女人有两种类型：一种是“家中天使”，另一种是“恶魔”。埃米莉史诗没有停留在传统观念上，也没有像其他女作家那样停留在女性的“闺怨”上，而是深入女性的内心深处，反映她们真实的愿望和需求，展现女性的自我体验，表现出强烈的女性意识。史诗中的罗西娜、奥格斯塔和安奇利加都是“独断专横、坚贞顽强、独自不羁”。在传统观念中她们就是“魔鬼”。诚然，贡达拉的女性是“魔鬼”，也是“天使”，她们是“魔鬼式的天使”。她们富于女性魅力，使得钟爱她们的男人纷纷臣服于她们，甘愿为她们舍生忘死。朱利叶斯的外出征战、费尔南多的自杀、阿尔佛雷德流放中的思念和自杀、阿米多斯的乞求、道格拉斯的爱情表白，无不表明男人们对贡达拉女性的崇拜和痴迷。然而，她们温柔美丽而独断专行，有天使般的外表，却潜藏着强烈的女性意识和不羁的个性。她们富有开创精神，大胆主动追求爱情和婚姻；为了爱情、为了复仇，为了家族，为了政权，她们执着、任性、专横和残忍：罗西娜对朱利叶斯的追忆、奥格斯塔对爱情和婚姻的不择手段、安奇利加对爱情的专注以及她们为复仇、为政权表现出的态度和所作所为，都说明了这一点。在她们的性格和行为中“天使”和“魔鬼”兼而有之，然而，我们应该明白，“天使”是她们的本性，而“魔鬼”则是她们坎坷经历和非人际遇造成的扭曲的人性。如果奥格斯塔没有受到罗西娜王后的虐待，她就不会有那样强烈的复仇心理和那样的权力欲望以及对待情人那样的无情。如果安奇利加没有受到奥格斯塔的冷落，奥格斯塔没有篡夺王位，流放她的父亲和抢夺她的心上人，她也不会对奥格斯塔怀有那样刻骨的仇恨和那样残忍地杀害了她。埃米莉没有依照传统的这两种模型来塑造她的女性人物，而是以“魔鬼式的天使”来塑造她的贡达拉女性，反映人性的多重性以及逆境对人性的扭曲。

埃米莉本人就是“魔鬼式的天使”。在家里她是个“天使”，然而不幸遭遇造成“她比男人还要刚强，比小孩还要单纯，她的性格是那样的独特。”[①]她对生、死、病、痛，有独特的认识，她向往甜蜜爱情和幸福婚姻，追求社会平等，却又无法实现，也不愿为之压抑个性，放弃追求。贡达拉史诗表达了19世纪的女性意识和尽现女性自立、追求和叛逆的经历，这也正是埃米莉本人个性演绎和愿望的内心体验。可以说，贡达拉史诗“可能包含着某种满足夙愿的因素和某种想象的自传的因素”。[②]正如《呼啸山庄》反映埃米莉的思想感情以及对人性的探究一样，贡达拉史诗是埃米莉表达自己的女性意识和个人情感的追求。

埃米莉把女性对于爱情婚姻和社会平等的追求提高到自我追求的高度。史诗通过罗西娜、奥格斯塔和安奇利加的幸福爱情婚姻的追寻和政权争夺故事的描写，完成了从女性大胆的追求和对男性政权的颠覆的两种不同途径的探讨。女性要取得自我追求的成功必须从自身入手，提高女性自我意识，在女性人格独立和解放、男女平等的基础上，使真我得以充分的展现，从而建立平等的爱情婚姻关系和社会关系。关于这一点，她没有像其他女作家那样，借主人公之口大声疾呼，而是将震撼人心的呐喊融解和渗

---

① 盖斯凯尔夫人.夏洛特·勃朗特传[M].覃志峰，译.北京：中国文联出版社，2004：276.

② 转引自王轶美.从《呼啸山庄》看女性的自我追求[J].哈尔滨学院学报，2003（3）：100.

透在女性人物的行动中。贡达拉史诗是一部女性不屈不挠自我追求的心路史诗，诗句无不闪烁着强烈的女性意识和敢于冲破男性文化重重束缚的精神，体现了女性自我追求、争取女性独立自由的爱情婚姻和平等的政治权利的愿望。埃米莉史诗的题材并不宏大，但其表达女性对爱情婚姻和政治权力的追求则广及对整个妇女命运的思考，因而具有重大的社会意义。[①]

埃米莉时代正值女权运动萌芽时期，她是一位现实主义作家，也是走在前列的女性主义作家。贡达拉女性的权力欲望来源于当时进步的女性意识，更是根源于她们的现实处境。妇女一直被认为是男人的附属品，她们的职责、地位是在家庭，而不是在社会上，更谈不上政治上。然而，从贡达拉几位女性的坎坷生活和爱情遭遇出发，她们必须拥有政权，才能改变不幸的生活，才能在爱情婚姻上独立自主，才能实现她们的复仇计划，才能“齐家治国平天下”。基于这样的认识，我们才能理解罗西娜毅然披挂上阵，为夫王复仇，收复贡达拉，摄政治国的壮举；才能明白奥格斯塔几易爱情和婚姻、唆使丈夫发动战争、报复罗西娜和平息家族纷争等大胆的举动；才能得知安奇利加抑制自己的爱情，极力要求道格拉斯协助自己实现报复奥格斯塔和夺回王冠的毅力。由此看来，贡达拉女性对政权的追求可以理解成是一种现实的需要和社会责任的体现。贡达拉史诗中的囚禁诗、战争诗更是渗透了贡达拉女性身陷囹圄坚贞不屈的骨气、忧国忧民和眷恋故乡的情怀和慷慨悲壮、收复失地、重整河山的气概。她们不再是娇情女子，而是有着强烈救世思想的大丈夫。乱世使她们从闺中走出，直面社会现实，对自身、民族、国家表现出了女性价值的关注。作为维多利亚时代的女性，埃米莉把女性自我意识伸向广阔的社会，关注社会、百姓、国事，具有炽热的爱国情怀，这是同时代

---

① 王菊香.夏洛蒂·勃朗特的女性意识[J].绥化师专学报，2003（3）：65-66.

一般的女性所不具备的。

四、结束语

贡达拉女性在爱情婚姻和政治上的追求和表现出来强烈的个性解放、人格独立和男女平等的思想是埃米莉贡达拉史诗女性意识的核心，而她们大胆的行为的本质则是对男权社会的爱情婚姻和政治价值观的颠覆。在男性文学一统天下的时代，贡达拉史诗发出了女性的呼声，树立了女性的主体意识，表达了女性对爱情婚姻和国家政治等独到的见解和期盼。埃米莉以别具一格的艺术模式和非凡魄力颠覆了传统的道德标准，成为维多利亚时代叛逆女性的典型，不愧为19世纪女权主义萌芽时期的前卫作家。

第二节 埃米莉诗歌自由思想探源

一、引言

读过埃米莉作品的人都觉得，无论是她的诗歌还是她的《呼啸山庄》都浸透着一种强烈的自由思想：极力摆脱现实和肉体的束缚，使自我和灵魂得以超脱和解放。这种强烈的自由思想缘何而来？本节拟从人文传统、宗教文化、其生活经历和社会现实等方面进行阐释。

二、保守的人文传统和抑制人性的宗教文化

埃米莉的家乡霍沃思是个偏僻的小山村，坐落在一片陡峭的

山坡上，北面和西面是约克郡大荒原。荒原高高地向西北延展，荒芜和阴冷的原野上隆起一道道蜿蜒的小山脉，头顶着一片灰暗的苍穹。这荒原是那样的空旷、单调和沉重，使人感到孤独和寂寞，有一种被隔离和禁锢的感觉。她家所住的牧师住宅是用灰色石头砌成的两层楼房，上面压着重重的石板，使人感到压抑和郁闷。阴沉的荒原对她的心理成长产生了强烈影响，让人感到沉重的生活环境日复一日地在她心中积累沉淀，成了她孤独沉郁的性格，也形成了她宣泄心中郁闷的激情和向往自由的动力。另外，当地丛林野蛮遗风依稀可见，地方观念根深蒂固，排外意识强烈，村民性格粗鲁倔强，叛逆不驯，独往独来。就是在这种偏僻的处地环境和保守的人文氛围中，埃米莉的性格和为人处世观受到了潜移默化的影响，形成她郁郁寡欢、孤僻乖戾、不善交际、消极厌世、而又极具叛逆和向往自由的多重性格。夏洛特说："我妹妹的性格天生是不太合群的，环境养成了她离群独处的倾向，除了上教堂或上山散步外，她很少迈出家门。"① "埃米莉和安妮在生活上和情趣上缠绵得像一对孪生姐妹。一个沉默，一个胆小。居家厮守，远离所有一切朋友交往和过密的社交。"② 她自己有诗云：

I am the only being whose doom
No tongue would ask, no eye would mourn;
I never caused a thought of gloom,
A smile of joy, since I was born.

---

① 杨静远.勃朗特姐妹研究[G].北京：中国社会科学出版社，1983：25.

② 盖斯凯尔夫人.夏洛特•勃朗特传[M].覃志峰，译.北京：中国文联出版社，2004：114.

In secret pleasure, secret tears,
This changeful life has slipped away,
As friendless after eighteen years,
As lone as on my natal day.
…
'Twas grief enough to think mankind
All hollow, servile, insincere;
But worse to trust to my own mind
And find the same corruption there. (from No.11)[①]

世上唯独我，
活着无人过问，死也没人哀伤。
生来未曾有人为我忧愁，
未曾有人为我快乐欢笑。

偷偷地快乐——偷偷地流泪，
变幻的生活悄悄地流逝，
十八岁了还是没有朋友，
孤独得像我出生的那一天。
……
"想起人世我就不胜心寒，
一切都是虚假、卑屈和伪善；
可更糟糕的是，想依赖自己的心灵时，
却发现它那里一样腐败。"（摘录自第 11 首）

① Hatfield C W. The Complete Poems of Emily Jane Brontë[M].New York: Columbia University Press, 1995：36.

在《呼啸山庄》里，埃米莉更是把自己忧郁寡欢、消极厌世的人生观熔铸在希斯克利夫和凯瑟琳等人物的价值观之中，洛克伍德就是以厌世者的身份出现的。正是这样封闭禁锢、沉闷压抑的环境使埃米莉更加希望摆脱现实，与外界接触，和人们交流，追求自由和解放。埃米莉一生曾有三次尝试走出家门，融入外面的世界：一次是跟夏洛特到罗海德去上学；一次是到海里法克斯去当教师；另一次是和夏洛特到布鲁塞尔去学法语。然而，每次她都是因为不适应学校那种严肃紧张的生活和思乡病的发作，而被迫回家。夏洛特说："自由是埃米莉鼻孔的气息；没有它，她就活不下去。她从家里转到学校，从那种极其沉默和孤寂、然而又无拘无束和自由自在的生活转变到一种严守清规戒律的生活，这种转变使她难以忍受……在抗争中，她的身体迅速崩溃了：脸色苍白，身体消瘦，有气无力的身体使她很快衰弱下去。我心里觉得，如果不回家，而让这种罪过继续折磨她的话，她就会死去。"① "异国温雅的耶稣教习惯及天主教制度和她倔犟、异端的性格及其典型英国人的个性产生了强烈的冲突，同样的痛苦和遭遇又发生了（正像在罗海德学校一样），而不断升级。她似乎又一次消沉下去了，然而，这一次她鼓起勇气下了决心：怀着内心的懊悔和羞愧回顾以前的失败，决心克服困难。可是，这一次的成功使她花费了沉重的代价。"② 只有回到英国荒凉的约克郡山区，回到偏僻的小乡村，回到古老的牧师住宅时，她的身心才得以复原。

作为牧师的儿女，埃米莉在一个充满基督教文化氛围的环境里成长。一家人包括佣人在内都信奉基督教，和他们交往的都是

---

① 盖斯凯尔夫人.夏洛特•勃朗特传[M].覃志峰，译.北京：中国文联出版社，2004：94.

② 盖斯凯尔夫人.夏洛特•勃朗特传[M].覃志峰，译.北京：中国文联出版社，2004：158.

神职人员和虔诚的基督徒。基督教那种隐忍负重、安于现世的教义深深地浸透着埃米莉的灵魂。如，埃米莉在病重的期间就表现出一种强烈的忍耐和顺从天命的意识。她拒绝医生，拒绝吃药，拒绝别人过问。实际上，她是让疾病折磨自己的躯体，接受了它的后果。这就是基督教生死观在她身上的体现。基督教的原罪说和人世说对埃米莉也产生深刻的影响。从埃米莉的诗歌看出，早在创作《呼啸山庄》之前，她的小说反映的那种嫉俗厌世的人生观、认为现实世界就是人类苦难和堕落的深渊的观念早已确立。

Shade of mast'ry, I contemn
All the puny ways of men;
…
False and foolish mortal, know,
If you scorn the world's disdain,
Your mean soul is far below
Other worms, however vain.

Thing of Dust—with boundless pride,
Dare you take me for a guide?
With the humble I will be;
Haughty men are nought to me. (from No. 35)①

我蔑视着权势的黑暗、
人类一切渺小的行为；
……

---

① Hatfield C W. The Complete Poems of Emily Jane Brontë [M].New York: Columbia University Press, 1995：55-56.

虚伪和可笑的凡人该知道，
如果你不屑那世俗的嘲笑，
卑鄙的灵魂就会更加低贱，
比别的小人更加一文不值。

泥土的东西，怎的高傲，
你怎敢把我当向导？
虽然身处卑贱之列，
可我视高傲之流如草芥。（摘录自第 35 首）

Power-worshippers from earliest time,
Foot-kissers of triumphant crime
Crushers of helpless misery,
Crushing down Justice, honouring Wrong:
If that be feeble, this be strong. (from No. 193)[①]

远古时就有势力的崇拜者，
就有了得意之徒的马屁精，
就有了欺压无助弱者的人，
倘若正义羸弱，邪恶强大，
他们就会践踏正义，崇尚邪恶。（摘录自第 193 首）

《呼啸山庄》也描写了一个没有温情、充满敌意和苦难的世界。《呼啸山庄》和《贡达拉史诗》的主人公们都表现出一种强烈的厌世思想和对自由的向往。她有诗云：

---

① Hatfield C W. The Complete Poems of Emily Jane Brontë[M].New York: Columbia University Press, 1995：252.

And if I pray, the only prayer
That moves my lips for me
Is—"Leave the heart that now I bear
And give me liberty." (from No.146) [①]

我若祈祷，张开嘴巴，
我唯一能祈祷的就是——
"此刻别打扰我，
最好给我自由!"（摘录自第 146 首）

凯瑟琳说："让我感到最烦恼的东西，说到底，就是这个破碎的地狱。关在这里，我已经厌倦了。我多希望能逃到那个极乐的世界去，永远待在那里，不再老是含着眼泪望着它，也不再带着痛苦的心情想着它，而是真正地和它在一起，待在它那里。"[②]希斯克利夫的死不是因为疾病，而是因为他的肉体囚禁了他的灵魂，灵魂为自由故而不断消损他的肉体。他说："我相信我的愿望一定能实现——而且不久就会得到实现——因为它已经消耗了我的肉体：在盼望它实现的过程中，我已经被吞噬了。"[③]

《呼啸山庄》和《贡达拉史诗》的主人公都意识到人世的艰辛，极力摆脱肉体和人世的束缚，打破宗教的禁锢，进入一个超灵的自由世界，然而他们更认识到基督教的虚伪，因此他们的超灵世界并非基督教的天堂，而是他们自我心灵的自由天堂。有诗

① Hatfield C W. The Complete Poems of Emily Jane Brontë[M].New York: Columbia University Press, 1995：163.

② 艾米莉·勃朗特.呼啸山庄(英文)[M].上海：世界图书出版公司，2005：128.

③ 艾米莉·勃朗特.呼啸山庄(英文)[M].上海：世界图书出版公司，2005：259.

为证：

O God within my breast
Almighty ever-present Deity
Life, that in me hast rest
As I Undying Life, have power in, Thee

Vain are the thousand creeds
That move men’s hearts, unutterably vain,
Worthless as withered weeds
Or idlest froth amid the boundless main.（from No. 191）

啊！上帝就在我的心窝，
无所不能的上帝、无处不在的神！
你已经把生命托付于我，
我不朽的生命因你而充满活力。

千千万万个信念都是空洞虚无，
它们让人心动，却纯粹是枉然，
如同枯萎的杂草毫无价值，
如无边大海上没用的泡沫。（摘录自第 191 首）①

凯瑟琳给内莉讲述自己梦入天堂时说：“天堂看来不是我的家，我哭碎了心，要回到地上，天使们非常生气，把我扔了出来，我掉在呼啸山庄山顶上的石楠丛中，在那里我醒来时，高兴得哭

① Hatfield C W. The Complete Poems of Emily Jane Brontë[M].New York: Columbia University Press, 1995：243.

了起来。”[1] 希斯克利夫死前拒绝找牧师为他祈祷：“不需要牧师来，也不必给我念什么，告诉你吧，我快要达到我的天堂了，别人的天堂毫无价值，我不稀罕！”[2] 厌世和寻求灵魂的解脱是凯瑟琳和希斯克利夫世界观的核心，然而他们并非玩世不恭，而是认真对待人世的磨难和痛苦，认为痛苦越大，灵魂就越早得到自由。贡达拉史诗说：

“Yet I would lose no sting, would wish no torture less;

The more that anguish racks the earlier it will bless.” (from No. 190)

“可我不要减少刺痛，不希望少受折磨；

受到越多痛苦的折磨，就越早得到福佑。”（摘录自第 190 首）

在埃米莉看来，要摆脱肉体和世俗的束缚，最好的办法就是死亡。对于生活，埃米莉感到孤独、不满和厌倦，充满了对死的渴望，认为死亡是一种解脱和自由，是灵魂最好的归宿，当然，灵魂归宿的地方不是一个虚无缥缈之地，而是具体的某处。《呼啸山庄》和《贡达拉史诗》主人公灵魂的家园，有时表现为家乡，有时表现为坟墓，有时表现为大自然。

We would not leave our native home

For any world beyond the Tomb. (from No. 149)

我们不会离开自己的家乡，

不会迁徙别处，除了坟墓。（摘录自第 149 首）

---

① 艾米莉·勃朗特.呼啸山庄(英文)[M].上海：世界图书出版公司，2005：63.

② 艾米莉·勃朗特.呼啸山庄(英文)[M].上海：世界图书出版公司，2005：266.

Few hearts to mortals given
On earth so wildly pine;
Yet none would ask a Heaven
More like this Earth than thine. (from No. 147)

地球上凡人能有几个
能有如此强烈的愿望，
人们对天堂那么地向往，
却比不上你对大地的渴望。（摘录自第 147 首）

三、坎坷的生活经历和严酷的社会现实

埃米莉 3 岁时就失去了母亲，她童年的生活是在孤独寂寞、贫困凄凉和伤心悲痛中度过的。母亲的去世，孩子们没有母爱，没有精神寄托，没有生活乐趣，没有笑脸，个个显得老成沉重和忧郁寡欢。生活的艰苦和精神的压抑使她们一个个纤细瘦弱。1824 年，她和三个姐姐到考恩桥学校读书。不幸的是，最大的两个姐姐却在一场传染病中死去了。父亲只好把她和姐姐夏洛特接回家。此后有近 6 年的时间，他们兄弟姐妹只好待在家里，在父亲和姨妈的指导下自学。到了 1831 年埃米莉才有机会和夏洛特去罗海德学校读书，可是身体虚弱，适应不了那里的生活，不久姐妹俩又回家了。为了生活，埃米莉姐妹先后外出当家庭教师或乡村教师。屈辱的教师生活使埃米莉姐妹的身心受到了极大伤害，激起她们强烈的不满和愤怒。为了不再受气，她们决定自己开办一所学校。为了提高自身的师范技能，她们到布鲁塞尔去进修师范课程和法语。可是姨母的逝世迫使她们匆匆赶回家，料理完了姨母的后事，

姐妹们想利用姨母的遗产开办一所学校。埃米莉留在家里和妹妹安妮筹划招生，可是最终没有招到学生。这时父亲已年近 70，体弱多病。埃米莉只好待在家里，担当起料理家庭的责任。哥哥布兰韦尔爱情受挫，忧郁成疾，在经济上和心理上都给家人带来巨大困难和痛苦。家庭的不幸、生活的艰辛，加上父亲的严肃和冷漠，使埃米莉心理扭曲变态，使她形成了孤独乖僻、抑郁沉默、自卑沮丧、神秘内向的性格。另外，埃米莉继承了凯尔特人质朴率直、崇尚自由的血统，加上家父严格的苦行僧式的教育，使得她“比男人还要刚强”，[①] 使得惊人的自制力、对自由的向往成为她独特性格的核心。

埃米莉生活的时代是资本主义社会矛盾激化的时代，是工人阶级争取民主自由的时代，是妇女争取男女地位平等的时代，也是进步文人挣脱黑暗社会和追求自由的浪漫主义时代，虽然她生活的地方远离大城市，可是她通过阅读大量的报纸杂志和文学作品（司各特、拜伦和霍夫曼对她影响尤其深刻），了解外面的世界和社会的思潮，表现出对社会问题的关注，对工人阶级的同情，对浪漫主义的认同。所有这些对埃米莉自由思想都产生过重大的影响。随着资本主义的发展，宗教的腐败，社会和人们良好的愿望背道而驰。基督教的善有善报、恶有恶报的因果律并没有什么现实意义，老实人每况愈下，贫困不堪，而奸猾小人平步青云，风光无限。另一方面，社会的进步使人告别了原始的状态，然而却使人与自然背离，压抑人性，约束人的自由，使人的自我活动空间越来越窄小，使人性产生异化或变态。19 世纪浪漫主义人士提出“回归自然”，表达了心存忧患意识人士共同的心声。面对现实，处于同时代的埃米莉深有同感，痛感宗教的虚伪、现实社会

---

① 盖斯凯尔夫人.夏洛特•勃朗特传[M].覃志峰，译.北京：中国文联出版社，2004：276.

充满门第观念和世俗偏见，悲叹人生的苦难，企盼人性的自由解放。不过，她的自由思想不是建立在正统的资产阶级伦理观念和整个社会和谐发展的基础上，而是基于个人生存的感知和寻求自我解脱和归宿的出发点上。从埃米莉的诗歌和小说看，她对整个现实社会，甚至自我都抱着一种否定的态度，她认为现实世界本质上是虚伪黑暗的，只有她的超灵世界才天真阳光。《呼啸山庄》的内莉说，"唉，我们终归必须为自己，温柔慷慨的人只不过比横霸的人自私得公道些罢了。"埃米莉不能适应现实社会，感觉现实社会叫人心寒、充满压迫与偏见，因而诅咒和反叛社会。埃米莉在现实生活中无法找到希望，不得不转向一个超越现实的精神世界，求得心灵的自由。这样，充满喧嚣的生活和愤世嫉俗的个性就促使她把目光投向尚未受到资本主义工业污染的荒原。只有荒原才能给予她自由的天地，正如孩提时和姐妹们结伴同行在荒原上一样，抛弃人间世俗的烦恼和痛苦，回归自我，自由自在，无忧无虑，天真烂漫。夏洛特说："我妹妹很喜欢那片荒原，对于她来说，在深黑的石楠丛中，那里所开的花朵比玫瑰花还要鲜艳，她可以从一片青紫色山坡上的一个阴沉的洼地里想象出一个乐园来。在令人沮丧的孤独中，她可以找到许多难得的乐趣，尤其是她最喜欢的——自由。"[①]"家乡的山山水水，远不止是一派景观，它们是她生活其间赖以生存的事物。"[②]她的小说和诗歌都表现出一种强烈的反叛社会、返回大自然的心愿。凯瑟琳临终时要求不要把她埋葬在埃德加的家族墓地里，她给内莉指定她坟墓的所在："它在那儿，看！不是在教堂埃德加家的墓地里，而是在野外，

---

① 盖斯凯尔夫人.夏洛特•勃朗特传[M].覃志峰，译.北京：中国文联出版社，2004：94.

② 杨静远.勃朗特姐妹研究[G].北京：中国社会科学出版社，1983：25.

还立着一块墓碑呢。”[①] 希斯克利夫事先也指示教堂司事把他和凯瑟琳合葬在一起，实现他们归返大自然的愿望。小说最后一章真的实现了他们与苍茫大地融为一体的夙愿。《贡达拉史诗》也有诗句吟：

I was at peace, and drank your beams
As they were life to me
And revelled in my changeful dreams
Like petrel on the sea.

Thought followed thought—star followed star
Through boundless regions on,
While one sweet influence, near and far,
Thrilled through and proved us one. (from No. 184)[②]

我静静吸饮着你们的光辉，
犹如它们就是生命的琼浆，
陶醉于那变幻无穷的梦乡，
就像海上的海燕乘风破浪。

星星随着星星——思绪接着思绪，
穿梭于无边无际的天地，
忽远忽近掠过一种美好的感觉，
它就证明了你我的合一。（摘录自第 184 首）

---

① 艾米莉·勃朗特.呼啸山庄(英文)[M].上海：世界图书出版公司，2005：102.

② Hatfield C W. The Complete Poems of Emily Jane Brontë[M].New York: Columbia University Press, 1995：225-226.

总之，阴沉压抑的荒原、偏僻的山村、严肃的父亲、压抑人性的宗教、家庭的不幸、苦难的生活、不公的社会对她的心理成长都产生强烈的影响，使她形成腼腆忧郁、冷漠孤僻，消极厌世的负面性格。几度亲人的去世对她自我意识的发展造成了很大阻碍，致使她具有较强的自我保护意识，造成她封闭的心理。偏僻的家乡更是间接地增强了她这种自我封闭的意识，而广袤荒原又使她找到了一个释放自我强烈情感和获得自由的最佳场所。因此她终生都把霍沃思当作自己生命中不可或缺的一部分，视为自己的天堂，一旦离开家乡，她就消沉和生病。这样，也只好回到家里，而变得更加自我封闭，不愿融入社会，而潜回到自我独处的空间，在那里方有灵魂的安慰，方有追求的满足。在静寂中，在梦幻的驰骋中，自得的乐趣自然会冲淡贫穷的寂寥愁苦，得以默默地享用着这份恬静。远离尘世的喧闹与压力，遵从自我爱好的召唤，潜入幽静斗室去寻找精神的家园、灵魂的世界，开拓自由的空间，在文学创作中忘却了尘世愁苦，享用那份虽然艰辛苦楚，但却也潇洒自如的耕耘之趣。[①] 埃米莉在现实世界中所体验到的孤独、压抑、挫折等都直接影响着她对生活的感受、认识和反应，促使她极力摆脱人生的苦难和肉体的束缚，达到自我灵魂的自由境界。

四、结束语

自由思想是埃米莉人生哲学中一个重要的组成部分。埃米莉的成长过程，从某种意义上讲，就是其自由思想的成长过程，她成长的整个过程就是一个不断争取自由的过程。任何人的思想都

---

① 覃志峰.论艾米莉·勃朗特的性格及其文学创作[J].莆田学院学报，2004（2）：60.

离不开社会的思想潮流及其所处的现实环境。埃米莉自由思想是在当时的人文传统、宗教文化、生活经历、社会现实和自由思潮等方面的影响下，经过自身体验和感悟而发展起来的。了解埃米莉自由思想的渊源，不仅有助于理解她文学作品深刻的蕴意，而且有助于理解她自由思想的真谛：在社会风气每况愈下、生活压力沉重、精神无所依寄的时代，拥有一处回归纯净大自然和超灵的自由之地，何尝不是我们最大的愿望、最珍贵的财富！

第三节

埃米莉的悲剧意识和精神

一、引子

人在繁衍生息的过程中，自始至终要面对各种自然灾害、恶禽猛兽、人为祸害和自身伤病死亡等的威胁，因而无时无刻地要去应对它们。然而，在这些灾害面前，人显得如此弱小无能，人无论如何奋力抗争，永远无法最终战胜它们。这就注定了人生的悲剧性：人永远无法摆脱这些灾害，永远处于这些灾害的威胁之中。人的生存始终没有得到保障，人生缺乏安全感。人对灾害的感知和不安全感就是悲剧意识。人的一生始终充满苦难，充满悲剧。悲剧意识时刻萦绕在人的脑际，人总要想方设法去避免和消除这些悲剧和厄运，有时明知无法避免和消除它们，可是还是不断抗争，甚至牺牲自我，死而后已。这种面对灾难和悲剧，人所表现出来的不屈不挠或者舍命抗争的精神就是悲剧精神。悲剧意识和悲剧精神是人对现实不幸和灾难的反应，是对人生悲剧性的认知和应对，是人认识到自身命运的悲剧性而又能坦然面对，积极抗争，或毅然选择牺牲的一种坚定而深刻的精神。人生可谓充满艰辛和痛苦，人生就是一场悲剧，悲剧无处不在，无时不有。每一个具有悲剧意识的人都有孤独、悲悯、哀痛、忧伤、幽怨、愤怒和激奋等悲剧性的情感体验。正是这些悲剧性的情感体验促使人去奋斗，去拼命；正是这些悲剧性的情感体验使人看到了生命中的激情和不屈不挠、争取自由的悲剧精神；正是这些悲剧性的情感体验促发人对人生意义和悲剧根源的深层思考和探索。正是这些悲剧性的情感体验使人正确看待人生悲剧，不惧悲剧，并从中寻找其所具有的悲剧价值，展现人生的魅力。

埃米莉·勃朗特以其对现实和人生独特的理解以及天赋的才能创造了小说和诗歌上辉煌的成就。纵观她的人生、小说和诗歌，我们不无感受到其中流淌着一股股强烈的悲剧意识和悲剧精神。这种悲剧意识和悲剧精神既归因于她现实的生活，也归因于她独特的价值观。面对不幸的生活和严酷的现实，埃米莉表现出强烈的悲剧意识，采取各种应对措施，表现出敢于抗争的悲剧精神。

二、生活悲剧意识和悲剧精神

玛丽·罗宾逊女士在埃米莉的传记里说："我看到命运对于你没有一丝爱的表示，没有一星半点的荣誉，也没有一个微笑的时辰"[①] 诚然，埃米莉的一生是悲剧的一生：3 岁就失去母亲，7 岁失去两个大姐姐，24 岁失去姨母，30 岁失去哥哥。家庭生活的艰辛、失去亲人的痛苦、身体的虚弱、求学和就业的艰难、办学的失败、作品的出版引起的非议等让她受难不断，压力重重。诸多苦难和不幸改变了她的生活，扭曲了她的性格和心理，使她一生孤独、沉默、忧郁、苦闷，性格孤僻、内向、多愁善感。然而，

① 杨静远.勃朗特姐妹研究[G].北京：中国社会科学出版社，1983：214.

不幸和苦难的际遇也铸就了她坚韧倔强、刚强不阿的品性。在布鲁塞尔学习期间，面对生活的不适和身体的虚弱，她表现出顽强的毅力，出色地完成学业。夏洛特这样写道："由于来自异国儒雅的耶稣教习惯及天主教制度和她倔犟、异端及其典型的英国个性之间的矛盾，同样的痛苦和遭遇又发生了（正像在罗海德学校一样），而且不断升级。她似乎就要再一次消沉下去了，然而，这回她鼓起勇气：带着内心的懊悔和羞愧回顾以前的失败，她决心面对第二次严峻的考验。她确实成功了，可是这次成功使她付出了沉重的代价。直到能满载着苦苦学到的知识回到英国荒凉的约克郡山区，回到偏僻的小乡村，回到牧师古老的住宅时，她才得以释怀。"① 为了摆脱生活的重压和苦闷的心情，埃米莉爱上了大自然，她独自在乡村的旷野和荒原上漫步徘徊，欣赏着神奇和多彩的大自然。在她看来，大自然是纯净的，那里没有对人类尊严的践踏，金钱的铜臭熏染不到那里，那里没有社稷的乌烟瘴气，人们可以呼吸到清新的空气，可以找回人的本真：野性和自由。"对于她来说，在深黑的石楠丛中，那里所开的花朵比玫瑰花还鲜艳，她可以从一片青紫色山坡上的一个阴沉的洼地里想象出一个乐园来。在令人沮丧的孤独中，她可以找到许多难得的乐趣，尤其是她最喜欢的——自由。"② 大自然是埃米莉理想的所在，是她的精神寄托，是人类灵魂的归宿。重返大自然的思想，包含着埃米莉的悲剧意识和悲剧精神，包含着对生活苦难的认识和控诉，包含着对社会恶俗和虚伪宗教的厌恶与鄙弃，包含着对理想的追求和自由的向往。虽然这种做法看似对现实生活消极的逃避，但是它所包含却是敢于背叛现实、反抗黑暗的悲剧精神。

---

① 盖斯凯尔夫人.夏洛特·勃朗特传[M].覃志峰，译.北京：中国文联出版社，2004：158.

② 盖斯凯尔夫人.夏洛特·勃朗特传[M].覃志峰，译.北京：中国文联出版社，2004：94.

生活的坎坷和心理的孤独苦闷使埃米莉形成独立自省的心理品质，使她精神上达到极端的静穆，成就了她深邃的人生思考。她天赋的聪明才智和丰富的内在情感构筑了她丰富多彩的精神世界，即她所创造的文学世界。生计之余，她把全部身心都投入到她所刻意构筑的文学生活中去。在惨淡的人生中从事文学创作可谓不可思议，困难重重，然而正是苦难的生活铸就了埃米莉强烈的悲剧意识和顽强的悲剧精神，凝聚成了她不朽的文学作品。然而，埃米莉生命极其短暂，她的文学才华尚未得到充分展现。正如她自己说：

Death, that struck when I was most confiding
In my certain Faith of Joy to be,
Strike again, Time's withered branch dividing
From the fresh root of Eternity!

Leaves, upon Time's branch, were growing brightly,
Full of sap and full of silver dew;
…
Sorrow passed and plucked the golden blossom,
Guilt stripped off the foliage in its pride; (from No. 183)

当我对自己的幸福感到最为自信时，
死神！它打击着我，
当时间的枯枝从永恒的活根分离出来时，
它又再次打击着我！

时间树枝上的叶子正长得茂盛，

充满着活力，挂满银色的露珠；

……

悲痛女神走过，摘去金色的花蕾；

罪孽女神又捋去长势茂盛的绿叶；（摘录自第183首）[①]

埃米莉就像一棵树，树枝上正长着茂盛的叶子和金色的花蕾时，悲痛女神剥夺了她的幸福，罪孽女神糟蹋了她的生活，死神夺去了她的生命。生活中，面对悲痛女神、罪孽女神和死神，埃米莉处处表现出无所畏惧的悲剧精神。就是在病重期间，她也没有叫苦，"固执地拒绝回答所有有关她身体健康的问题，拒不接受无论是家人还是医生提出的任何建议或帮助。……她好像已经接受了它致命的后果。她以一种苛刻和奇异的绝食方式拒绝吃饭、吃药甚至同情。"[②] 埃米莉的悲剧精神使得她坦然地去面对生活中的不幸和厄运，甚至敢于以死相拼，视死如归。

三、小说悲剧意识和悲剧精神

《呼啸山庄》是一个充满孤独、苦难、失恋、怨恨和复仇的世界。希斯克利夫的一生是孤独和苦难的一生：他童年被人遗弃，孤苦流浪；少年受人百般打骂和凌辱；他深爱着凯瑟琳，但又不能和她成为眷属。他受尽爱情和复仇双重的折磨：他想尽办法去爱，他挖空心思去复仇，可是到头来，他还是无法摆脱对凯瑟琳的思念。他说："两个词就可以概括我的未来：死亡和地狱。失去她，生活就成了地狱。"[③] 他痛苦，他失望，他诅咒，他发疯。

---

① C·W·海特菲尔德.埃米莉·简·勃朗特诗歌全集[M].覃志峰，译.北京：作家出版社，2005：221-222.

② C·W·海特菲尔德.埃米莉·简·勃朗特诗歌全集[M].覃志峰，译.北京：作家出版社，2005：f.

③ 艾米莉·勃朗特.呼啸山庄(英文)[M].上海：世界图书出版公司，2005:119.

他无时无刻意识到世态的炎凉，人情的冷漠和人间的悲剧。他有着强烈的悲剧意识，也有着不屈不挠的悲剧精神。为了摆脱诸多的苦难和困扰，他以顽强的抗争意识和不断超越自我的精神去忍受，去奋斗，去复仇，去夺回爱情。就是凯瑟琳嫁人以后，甚至她死后，他仍不放弃他的复仇和追求爱情的努力：他愤然出走，三年后衣锦还乡，通过赌博占有亨德利的呼啸山庄，并把他儿子变成奴仆；他故意和伊莎贝拉结婚，以此报复埃德加和凯瑟琳；他强迫凯瑟琳的女儿嫁给自己病弱的儿子，以便把画眉山庄据为己有。为了找回他的爱，他常常夜宿凯瑟琳的坟头；有一次，半夜还挖开她的坟墓，与她共眠。希斯克利夫的这些行为和举动看似怪异，实则合情合理，只因苦难伴随着人生，悲剧充满着世界，多灾多难的生活和悲凉的人世扭曲了他的灵魂，导致了他非常的行为和举动。要是他没有悲剧意识，他便会麻木不仁；要是他没有悲剧精神，他就会逆来顺受，安身立命。要是这样，那才怪呢！

凯瑟琳也是一个极富悲剧意识和悲剧精神的人物。她最初意识到她的哥哥就是地狱，她要帮助希斯克利夫逃离这个地狱，自己也想离开这个地狱，为此她不顾一切地嫁给埃德加；然而，她却发现她又陷入了另一个地狱，失去了她的真爱，因此她也不顾一切地追求自由，去找回她的希斯克利夫，最终积虑成疾，以身殉情。她说："让我感到最烦恼的东西，说到底，就是这个破碎的地狱。关在这里，我已经厌倦了。我多希望能逃到那个极乐的世界去，永远待在那里，不再老是含着眼泪望着它，也不再带着痛苦的心情想着它，而是真正地和它在一起，待在那里。"[①]《呼啸山庄》的主人公都意识到人世的艰辛，极力摆脱肉体和世俗的束缚，打破宗教的禁锢，进入自由的天堂：凯瑟琳给内莉讲述自己梦入天堂时说："天堂看来不是我的家，我哭碎了心，要回到

① 艾米莉·勃朗特.呼啸山庄(英文)[M].上海：世界图书出版公司，2005:128.

地上，天使们非常生气，把我扔了出来，我掉在呼啸山庄山顶上的石楠丛中，在那里我醒来时，高兴得哭了起来。”①

摆脱现世苦难和寻求灵魂解脱是凯瑟琳和希斯克利夫世界观的核心，然而他们并非玩世不恭，而是正视人世的磨难和痛苦，甚至认为痛苦越大，灵魂就越早得到自由。贡达拉史诗说：

"Yet I would lose no sting, would wish no torture less;

The more that anguish racks the earlier it will bless; (from No. 190) ②

"可我不要减少刺痛，不希望少受折磨；

受到越多痛苦的折磨，就越早得到福佑；（摘录自第190首）

在埃米莉看来，要摆脱肉体和世俗的束缚，最好的办法就是死亡。对于生活，埃米莉感到孤独、不满和厌倦，充满了对死的渴望，认为死亡是一种解脱和自由，是灵魂最好的归宿。《呼啸山庄》的人物都表现出一种强烈的反叛社会、回归大自然和视死如归的悲剧思想。凯瑟琳临终时要求不要把她埋在家族的墓地里，她给内莉指定了她坟墓的所在："它在那儿，看！不是在教堂埃德加家的墓地里，而是在野外，还立着一块墓碑呢。"③ 希斯克利夫事先买通教堂司事，交待说，等他死后把他和凯瑟琳合葬在一起，实现他们回归大自然的愿望。悲剧意识和悲剧精神贯穿于《呼啸山庄》的始终，人就是死了后，也没有失却他们的忧患意识。在小说的结尾处，洛克伍德这样说："我一路寻找，很快就在紧靠荒原的那块斜坡上找到了那三块墓碑。……在温和的天空

① 艾米莉·勃朗特.呼啸山庄(英文)[M].上海：世界图书出版公司，2005：63.
② Hatfield C W. The Complete Poems of Emily Jane Brontë [M].New York: Columbia University Press, 1995：239.
③ 艾米莉·勃朗特.呼啸山庄(英文)[M].上海：世界图书出版公司，2005:102.

下，我徘徊在这三块墓碑的周围，望着飞蛾在石楠和风铃草中间振翼扑飞，听着微风在草间吹拂，心里想着，谁能想象得到在这片宁静的土地下，长眠的人竟不宁静呢。”①

四、诗歌悲剧意识和悲剧精神

埃米莉的生活是苦难的，她的诗歌也是苦难的。苦难和自由是埃米莉诗歌的母题，它贯穿整个诗歌的始终，反映了诗人或诗歌人物的苦闷、孤独、幽怨、失恋、思念、悲观、绝望、流放、囚禁、战争和死亡等的悲剧意识，也反映诗人或诗歌人物向往和追求自由的悲剧精神。由于苦难、孤独，埃米莉在现实生活中得不到消解，得不到知心和温暖，她不得不到文学创作的世界中去找。她孤傲独立，不愿合群入世，更喜欢离群独处，沉迷于文学创作。她的许多诗歌就是反映她的苦闷和孤独：

I know not how it falls on me,
This summer evening, hushed and lone;
Yet the faint wind comes soothingly
With something of an olden tone.

Forgive me if I've shunned so long
Your gentle greeting, earth and air!
But sorrow withers even the strong,
And who can fight against despair? (No. 103)

这夏日的傍晚，寂静和孤独，
我不知它怎么降临在我身上；

① 艾米莉·勃朗特.呼啸山庄(英文)[M].上海：世界图书出版公司，2005:269.

可是微风还是在缓缓地吹唱，
吹唱着带有几分古老的曲调。

请原谅，就算我长期地躲避
你温柔的招呼、大地和空气！
健壮的人也会因悲伤而衰弱，
谁又能与这样的绝望相抗衡？（第103首）[①]

这首诗显然表达了诗人孤独和绝望的痛苦。夏日傍晚的微风本是凉爽的，可是由于孤独绝望，诗人并没有意识到它的来临，而后还从微风的吹拂中听出几分忧伤的古老曲调。在埃米莉193首诗歌中，这类诗歌大约有130首，占诗歌总数的67%。还有大约40首诗歌描写了诗人或诗歌人物面对生活不幸和痛苦，而表现出积极乐观的人生态度：

What use is it to slumber here,
Though the heart be sad and weary?
What use is it to slumber here,
Though the day rise dark and dreary?

For that mist may break when the sun is high,
And this soul forget its sorrow;
And the rosy ray of the closing day
May promise a brighter morrow. (from No. 53)

① C・W・海特菲尔德.埃米莉・简・勃朗特诗歌全集[M].覃志峰，译.北京：作家出版社，2005：95.

即使心情厌烦而又忧愁，
可睡在这里又有什么用？
即使白昼沉寂而又黑暗，
可睡在这里又有什么用？

太阳高升，云雾消散，
心灵会把痛苦来遗忘；
黄昏那绯红的夕照
将预示着一个更加灿烂的明天。（摘录自第 53 首）[①]

这是一首乐观向上的诗歌，描述了奥格斯塔出狱后一段时间里沉溺于回忆过去的牢狱之苦，痛定思痛之余，她提醒自己要积极乐观，目光向前。

最能反映埃米莉悲剧精神的还是她的风暴诗、囚禁诗和死亡诗。埃米莉热爱家乡的荒原，特别是荒原上狂风暴雨。在她看来，狂风暴雨具有独立不羁的性格，充满着原始的野性与能量，充满着自由精神和生命力。埃米莉诗歌中的狂风暴雨和雪莱的《西风颂》一样，具有势不可当、风卷残云、摧枯拉朽、扫除一切苦难、带来自由和幸福的精神和力量。贡达拉传奇中囚禁分为两类：一类是战俘被囚禁。一类是情人被囚禁。这些囚禁诗涉及的人物虽然不尽相同，但是它们都反映被囚禁者在怨恨或思念的同时，表现出一种向往自由和不屈不挠的悲剧精神：

There was a time when my cheek burned
To give such scornful fiends the lie;
Ungoverned nature madly spurned

① C·W·海特菲尔德.埃米莉·简·勃朗特诗歌全集[M].覃志峰，译.北京：作家出版社，2005：45.

The law that bade it not defy.
O in the days of ardent youth
I would have given my life for truth.

For truth, for right, for liberty,
I would have gladly, freely died;
And now I calmly hear and see
The vain man smile, the fool deride;
Though not because my heart is tame,
Though not for fear, though not for shame.

My soul still chafes at every tone
Of selfish and self-blinded error;
My breast still braves the world alone,
Steeled as it ever was to terror;
Only I know, however I frown,
The same world will go rolling on. (No. 119)

曾记得有段时间我满腔热血，
揭穿了如此傲慢恶人的虚伪；
不羁的性格极大地藐视着
那不容许人们冒犯的法律。
噢！在青春热血的日子里，
为了真理，我会献出生命。

为真理，为正义，为了自由，
我会很乐意、慷慨地去献身，

现在我却冷静地听着、看着
虚荣者的微笑、傻瓜的嘲笑；
那不是因为我的心肠太柔顺，
也不是因为害怕、或者害羞。

对自私的论调和自欺的谬论，
我的灵魂仍然感到非常愤慨，
我仍然独自勇敢地面对世界，
坚强不屈从不为恐惧所吓倒；
可我知道，我如何愁眉不展，
这个世界依然继续滚滚向前。（第119首）[①]

在埃米莉的人生哲学中，世俗是黑暗的和污浊的，人性是堕落的。死亡意味着灵魂从罪恶中解脱出来，重归大自然：坟墓，在那里得到净化。这是一个人性由“异化”到“回归”的过程。她的许多诗歌出现坟墓、墓碑、死神、死亡、死尸等阴暗的意象，这反映了埃米莉和诗歌人物，在某种程度上，对坟墓和死亡的迷恋：

Then did I check the tears of useless passion,
Weaned my young soul from yearning after thine;
Sternly denied its burning wish to hasten
Down to that tomb already more than mine! (from No. 182)

随即我抑制住无谓激情的泪滴，

① C・W・海特菲尔德.埃米莉・简・勃朗特诗歌全集[M].覃志峰，译.北京：作家出版社，2005：116.

捻断了我青春灵魂对您的思慕，

克制到你坟前悼念如火的欲望，

那座坟墓啊！比我自己还自己。（摘录自第182首）[①]

诗歌中出现如此多阴暗的意象，似乎是在创造一种阴森恐怖的氛围，让人觉得现实社会和人性的黑暗和阴险，从而使人们更加有决心，更急于打碎它，摆脱它，而获得自由；或者她要说明：在困难和逆境中，人不屈不挠的拼搏更能显示人格的伟大和人生的价值。诚如黑格尔说："人格的伟大和刚强只有借助矛盾对立的伟大和刚强才能衡量出来。心灵从这种对立矛盾中挣扎出来，才使自己回到统一；环境的互相冲突愈众多，愈艰巨，矛盾的破坏力愈大，而心灵仍能保持自己的性格，也就愈显出主体性格的深厚和坚强。"[②] 或者正像她认为的那样：人世的痛苦是灵魂解脱的必然经历，痛苦越多，解脱就越早，越彻底。可是，无论如何，埃米莉这些描写黑暗和恐怖的诗不仅反映残酷的现实，也反映了诗人或诗歌人物为摆脱苦难的追求，还体现了其对生者的价值。它们可以教人勇敢，直面黑暗、苦难和死亡，从对其的恐惧中解脱出来。当然，埃米莉轻理性、重意志、强调人的自然属性、否定人的社会属性、回归自然、向死而生的思想和做法虽然消极没落，但是它却包含着反抗社会黑暗、不与其同流合污的积极的悲剧意义。

五、结论

"苦难"和"自由"是埃米莉生活和文学创作的母题。埃米莉表现人生苦难和寻求摆脱和自由的各种尝试和途径，可以说，

① C・W・海特菲尔德.埃米莉・简・勃朗特诗歌全集[M].覃志峰，译.北京：作家出版社，2005：221.

② 黑格尔.美学[M].朱光潜，译.北京:商务印书馆，1959：222.

得归因于她残酷的现实生活、独特的价值观和孤独自省的心理。埃米莉一生不幸，生活惨淡。然而，她能够从多重苦难中超脱出来，凭借对人生苦难的悲剧意识和争取自由的悲剧精神，以自我生命的体验为底蕴，向我们展示了神秘莫测的世界、残酷的社会现实、多舛的人生命运和苦苦抗争的人们。无论是她的现实生活还是文学作品，其中都交织着痛苦的呻吟和自由的呼唤，展现着“肉体”和“灵魂”的斗争。埃米莉通过不同的方式叙述了“苦难”的经历，表达了对现实人生的关注和对人类生存境遇的思索，面对“苦难”，诗人表现了强烈的自由愿望，采取许多不同的措施以达到自由的目的。她的悲剧意识和悲剧精神反映了她本人及其人物对苦难的认识和采取的应对，也提高了受难的人们对苦难的认识，并为人们指出了各种救赎的途径，让人们在自我超越中获得心理上的补偿与满足。然而，在书写“苦难”的同时，诗人透露出一种宿命的思想，削弱了其悲剧精神，影响了精神境界的提升，使作品中的“苦难”和“苦难”人缺少一种净化人心的崇高感和悲剧震撼力。读者不能从他们与苦难抗争中所表现出来的执着和勇气得到一种令人振奋的力量和自我救赎的悲剧精神。从她的人生悲剧和作品人物的遭际中，我们需要的不是怜悯感和消沉的情绪，而是“有价值的东西毁灭”后的一种心灵的激荡、内在意志的奋发和生命意义的思考。

第四节

《呼啸山庄》与《贡达拉史诗》

由于其惊人的取材和大胆的描写，埃米莉·勃朗特的《呼啸山庄》一问世，立刻引起社会强烈的反响和众多评论家的非议，之后又有人对其作者提出质疑，认为《呼啸山庄》是其兄弟布兰韦尔的作品。[①] 时至今日，再也没有人怀疑它的作者，可其怪异的故事和奇特的风格却给人留下许多难解的困惑，有人称埃米莉·勃朗特为“说谜语的女巫”[②]和“文学的狮身女怪”，[③] 她的作品被看成“一种不可理喻的自然现象”。[④] 150 多年来人们不断研究她和她的作品，随着研究越来越深入和时代的演进，她的谜就越来越深奥，她作品的蕴含也越来越丰富。埃米莉的文学成就没有得到充分认识，有众多的原因，而她不为人知的身世和早期作品的缺失却是主要原因。不过，她的诗歌作品保留下来了，这为我们解开埃米莉之谜找到了可靠的依据，为进一步理解她的小说提供重要的帮助。就文学创作而言，埃米莉首先是个诗人。《呼啸山庄》就是一首凄楚动人的诗。史文朋说：“姐姐所有的作品都富有诗的意境，诗的情感和诗的细节；但妹妹的作品却在本质上断然就是一首诗，最充分最肯定意义上的诗。”[⑤] 她的诗歌和小说一脉相承，有密切的渊源关系，《呼啸山庄》是贡达拉史诗的继续和发展，没有十多年贡达拉史诗的创作，就没有《呼啸山

① Fannie Elizabeth Ratchford. The Brontës' Web of Childhood[M]. New York: Columbia University Press，1941：247.

② Winifred Gérin. Emily Brontë: A Biography[M]. Oxford, New York, Melbourne: Oxford University Press，1978：vii.

③ Winifred Gérin. Emily Brontë: A Biography[M]. Oxford, New York, Melbourne: Oxford University Press，1978:11.

④ C·W·海特菲尔德.埃米莉·简·勃朗特诗歌全集[M].覃志峰，译.北京：作家出版社，2005:a.

⑤ 宋兆霖编.勃朗特两姐妹全集：第八卷[M].刘新民，译.石家庄：河北教育出版社，1996：16.

庄》。不了解她的诗歌，就无法更好地理解她的小说。毛姆说：“人们只有读了埃米莉的诗，才能猜到那导致她写《呼啸山庄》以缓和剧烈痛苦的情感经验是什么。”[①] 为此，本节探讨《呼啸山庄》和《贡达拉史诗》爱恨主题、人物身世、爱情模式、情节事件、人生态度及其爱情表达方式等方面的对应关系，以便揭示《贡达拉史诗》和《呼啸山庄》的创作思想和创作渊源，为《呼啸山庄》增添新的注释。

一、爱恨情仇的主题

《呼啸山庄》和《贡达拉史诗》都是关于爱情与复仇的故事。《呼啸山庄》主要描写希斯克利夫和凯瑟琳的爱情故事，他们青梅竹马，两小无猜，形影不离，感情深厚。可是，希斯克利夫毕竟是收养来的弃儿，儿时备受辛德雷的鄙视和虐待，这在希斯克利夫的内心埋下刻骨的仇恨。凯瑟琳对他爱情的背叛和埃德加夺去他的所爱使他悲痛欲绝，使他的复仇心更加坚定。希斯克利夫一系列的复仇行动都是围绕他的爱恨情仇。为了复仇，他不择手段，残酷无情。《贡达拉史诗》主要描写三对人物的爱情故事：罗西娜和朱利叶斯；奥格斯塔和亚历山大、阿尔佛雷德等人；安奇利加和阿拉米多。虽然他们爱情的经历各异，有的专一，有的几易情人，可是他们的爱情同样难分难解，真挚动人。罗西娜对奥格斯塔的虐待，就是对其母亲抢夺她的所爱的报复；奥格斯塔几易爱情婚姻和争权夺利可以说是对罗西娜的报复；安奇利加杀害奥格斯塔，就是为了报复其弃夫篡位、夺人所爱的行径。他们的复仇行为无一不和爱恨情仇有关。两部作品都是以爱情—仇恨—复仇为主线，来叙述人物的生命历程。

① 艾米莉·勃朗特.呼啸山庄[M].宋兆霖，译.北京：北京燕山出版社，2000：4.

二、类似的身世和三角图式的爱情

《呼啸山庄》和《贡达拉史诗》的人物都有类似的身世。《贡达拉史诗》中奥格斯塔从小失去母爱，受罗西娜的虐待和囚禁；安奇利加幼年失去母亲，被阿米多斯背叛，被奥格斯塔放逐；阿米多斯身份不明，被安奇利加收留并和她产生爱情，他们都是希斯克利夫的前身。凯瑟琳也有自己的前身：安奇利加爱的是阿米多斯，而被奥格斯塔抢去，为了利用道格拉斯为她复仇，她委屈自己和他相处；阿米多斯爱的是从小和他相处的安奇利加，可是为了名利，他屈服于奥格斯塔和背叛安奇利加，后被奥格斯塔抛弃，最后死于复仇中。《贡达拉史诗》有两对成为恋人的姐姐和养弟：一对是一个不知名的女孩和费尔南多，费尔南多迷恋奥格斯塔，抛弃了从小与他长大的姑娘。另一对是安奇利加和阿米多斯。他们都是希斯克利夫和凯瑟琳的原型，所不同的是被抛弃的都是女孩。《贡达拉史诗》的一首诗就有希斯克利夫的影子：

The ringlets of his long black hair
Fell o'er a cheek most ghastly fair.
Youthful he seemed—but worn as they
Who spend too soon their youthful day.
When his glance drooped, 'twas hard to quell
Unbidden feelings' sudden swell; (from No. 107)[1]

他既长又黑的卷发垂落而下，
遮住了那英俊而惨白的面颊，

① Hatfield C W. The Complete Poems of Emily Jane Brontë[M].New York: Columbia University Press, 1995：114.

看来年轻——可和他们一样憔悴，

他们过早地度过了青春的岁月。

他垂下眼睛，可是很难抑制住

那突然喷出的不束的感情洪流；（摘录自第 107 首）

另外，《呼啸山庄》和《贡达拉史诗》女主人公的爱情关系多呈三角形图式，如希斯克利夫—凯瑟琳—林顿；小林顿—小凯茜—哈里顿；罗西娜—朱利叶斯—杰拉尔丁；亚历山大王\费尔南多—奥格斯塔—阿米多斯\阿尔费雷德王；阿米多斯—安奇利加—道格拉斯等。正是这种三角图式的爱情使人物的情感纠葛复杂化，从而滋生许多恩恩怨怨，上演一幕幕爱情和复仇的悲剧。

三、众多吻合的情节事件

《呼啸山庄》和《贡达拉史诗》都有许多“梦”，它们反映人物内心所思所虑，寄托人物的理想和企盼，映射人物的现实境地。《呼啸山庄》中洛伍德先生的噩梦的先声就在《贡达拉史诗》第 29 首里：

The shattered glass let in the air,

And with it came a wandering moan,

A sound unutterably drear

That made me shrink to be alone.

One black yew-tree grew just below—

I thought its boughs so sad might wail;

Their ghostly fingers, flecked with snow,

Rattled against an old vault's rail.

…

An undefined, an awful dream,
A dream of what had been before;
A memory whose blighting beam
Was flitting o'er me evermore.

A frightful feeling, frenzy born—

破碎的玻璃窗吹进了一股清风，
伴随着阵阵断断续续的呻吟声，
那声音凄楚得无法形容，
令我蜷缩畏惧，觉得形影孤单。

窗外就是一棵黑影绰绰的紫杉树，
树杆那样的阴暗，也许是在哀叹；
幽灵般的树枝上斑驳点缀着白雪，
挤压得屋顶的围栏咔嗒咔嗒作响。
……
一场朦胧的梦，可怕的梦，
一场所有往日生活经历的梦，
一阵回忆，折磨着人的光线
不断地从我的脑海里掠过。

心里遂产生一种极其恐怖的感觉——

鬼魂常回到他们的故地游荡，那是因为故地有它割舍不下的东西或未了的夙愿。凯瑟琳死后就在荒原上游荡，回来光顾她的闺房；希斯克利夫死后常和凯瑟琳在山坡上约会。“如果您去问一问这一带的村民们，他们一定会手按着《圣经》发誓说，他还在走来走去。好多人都说，碰见过他，在教堂的附近，在荒原上，甚至在这座房子里。……厨房火炉旁的那个老头子证实说，自从他主人死后，每次下雨的晚上，他从窗口望出去，总能看到他们两个。”[1]《贡达拉史诗》中朱利叶斯王的鬼魂也从那片“从来没有人到过”的海湾回来看他的王国；阿尔佛雷德王的鬼魂也在阿斯品城堡里徘徊，虽然他要走过“远隔三千里烟波浩渺的地方”。

How wanders there a phantom pale
With spirit-eyes of dreamy blue.

It always walks with head declined,
Its long curls move not in the wind,
…
How oft in twilight, lingering lone,
I've stood to watch that phantom rise,
And seen in mist and moonlit stone
Its gleaming hair and solemn eyes. (from No. 154)[2]

一个苍白的幽灵在那里徘徊，
它有一双梦幻般蓝色的眼睛。

那幽灵总是低头缓缓而行，

---

① 艾米莉·勃朗特.呼啸山庄(英文)[M].上海：世界图书出版公司，2005：268.

② Hatfield C W. The Complete Poems of Emily Jane Brontë[M].New York: Columbia University Press, 1995：177.

卷发长垂并没有随风飘动，

……

我常在朦胧夜光下孤独徘徊，

站在那里看着那幽灵的出现，

就在薄雾中月光下的石头上，

它头发闪烁，目光凝重。（摘录自第 154 首）

老恩肖先生死了，内莉发现凯茜和希斯克利夫在楼上的房间里“正相互安慰对方，他们说的话比我说的还好。世上没有那个牧师能把天堂描绘得像他们纯真话语里那样美好”。[①]《贡达拉史诗》中金发女孩和黑发男孩的母亲死时，他们也互相安慰说：

I do not weep, I would not weep;

Our Mother needs no tears;

Dry thine eyes too,

…

Remember still she is not dead,

She sees us, Gerald, now,

Laid where her angel spirit fled

'Mid heath and frozen snow.

And from that world of heavenly light

Will she not always bend,

To guide us in our lifetime's night

① 艾米莉·勃朗特. 呼啸山庄(英文)[M]. 上海：世界图书出版公司，2005：33-34.

And guard us to the end? (from No. 152)[①]

我没有哭泣，我不会哭泣；
我们的母亲并不需要眼泪；
你也擦干眼泪，
……
请你记住，她还没有亡故，
杰拉尔德，此刻她正看着我们，
她就躺在她仁慈的灵魂飞升之处，
她就躺在石楠和冰冻的白雪之中。

在充满神圣之光的世界里
她不是总俯身照看我们吗？
在人生的黑夜里指引方向，
并始终都在保护着我们吗？（摘录自第152首）

《贡达拉史诗》中罗西娜出现了几周时间的精神谵妄狂乱，然后生下一个女婴。凯瑟琳去世前一段时间也头疼发烧，生下早产的小凯茜。希斯克利夫临终前一段时间，他告诉内莉说："我一往地上看，我就看见她在石板上出现！……在我所看到的东西中，都有她的影子。白天我被她的影子包围着！最平常的男人和女人的脸——就连我自己的脸——都像她。"[②] 在《贡达拉史诗》里，奥格斯塔所看到的也是这样：

---

① Hatfield C W. The Complete Poems of Emily Jane Brontë[M].New York: Columbia University Press, 1995：173.

② 艾米莉·勃朗特.呼啸山庄(英文)[M].上海：世界图书出版公司，2005：258.

I saw an eye that shone like thine;
But dark curls waved around his brow,
And his stern glance was strange to mine. (from No. 82)①

我看到一只眼睛忽闪着很像你，
可它前额波动的是黑色的卷发，
它那严肃的目光显得那样陌生。（摘录自第 82 首）

希斯克利夫的眼神也可以在《贡达拉史诗》里找到：

But when upraised his eye would dart
An icy shudder through the heart.
Compassion changed to horror then
And fear to meet that gaze again.
…
No—lightning all unearthly shone
Deep in that dark eye's circling zone,
Such withering lightning as we deem
None but a spectre's look may beam;
…
Leant down his head upon his arm
And veiled from view their basilisk charm. (from No. 107)②

---

① Hatfield C W. The Complete Poems of Emily Jane Brontë[M].New York: Columbia University Press, 1995：85.

② Hatfield C W. The Complete Poems of Emily Jane Brontë[M].New York: Columbia University Press, 1995：114.

可他抬起眼睛，目光会让人

心里感到一阵冰冷和战栗。

于是同情便转变成了恐惧，

再不敢迎着他凝视的双目。

……

不——那是雷电神秘地闪烁，

闪烁在他乌黑的眼睛深处，

我们认为，这样灼人的雷电，

只有魔鬼的眼神里才会出现。

……

把他的头垂下，靠在手臂上，

遮盖了它们那蛇精般的神色。（摘录自第 107 首）

内莉说希斯克利夫眼睛里“深藏着一对黑色的魔鬼，从来不敢打开窗口，总是鬼鬼祟祟地在里面溜来溜去，就像魔鬼的密探”。[①] 希斯克利夫的妻子也提到他那双“蛇精般的眼睛（basilisk eyes）”。[②]

四、嫉俗厌世和向往自我超灵世界的人生观

从埃米莉的诗歌看出，早在《呼啸山庄》创作之前，小说中所反映的那种嫉俗厌世人生态度、认为现实世界就是人类苦难和堕落的深渊的观点早已确立。

Shade of mast'ry, I contemn

All the puny ways of men;

---

① 艾米莉·勃朗特.呼啸山庄(英文)[M].上海：世界图书出版公司，2005：43.

② 艾米莉·勃朗特.呼啸山庄(英文)[M].上海：世界图书出版公司，2005：143.

Free my heart, my spirit free;
Beckon, and I'll follow thee.

False and foolish mortal, know,
If you scorn the world's disdain,
Your mean soul is far below
Other worms, however vain.

Thing of Dust—with boundless pride,
Dare you take me for a guide?
With the humble I will be;
Haughty men are nought to me.（from No.35）[①]

我蔑视着权势的黑暗、
人类一切渺小的行为；
解放了的心，自由的灵魂
招招手，我就跟你去。

虚伪和可笑的凡人该知道，
如果你不屑那世俗的嘲笑，
卑鄙的灵魂就会更加低贱，
比别的小人更加一文不值。

泥土的东西，怎的高傲，
你怎敢把我当向导？

① Hatfield C W. The Complete Poems of Emily Jane Brontë[M].New York: Columbia University Press, 1995：55-56.

虽然身处卑贱之列，

可我视高傲之流如草芥。（摘录自第 35 首）

’Twas grief enough to think mankind

All hollow, servile, insincere;

But worse to trust to my own mind

And find the same corruption there. (from No.11)[①]

想起人世我就不胜心寒，

一切都是虚假、卑屈和伪善；

可更糟糕的是，想依赖自己的心灵时，

却发现它那里一样腐败。（摘录自第 11 首）

Power-worshippers from earliest time,

Foot-kissers of triumphant crime

Crushers of helpless misery,

Crushing down Justice, honouring Wrong:

If that be feeble, this be strong. (from No. 193)[②]

远古时就有势力的崇拜者，

就有了得意之徒的马屁精，

就有了欺压无助弱者的人，

倘若正义羸弱，邪恶强大，

---

① Hatfield C W. The Complete Poems of Emily Jane Brontë[M].New York: Columbia University Press, 1995：36.

② Hatfield C W. The Complete Poems of Emily Jane Brontë[M].New York: Columbia University Press, 1995：252.

他们就会践踏正义，崇尚邪恶。（摘录自第193首）

《呼啸山庄》也描写了一个没有温情、充满敌意和苦难的世界。无论是《呼啸山庄》的主人公，还是《贡达拉史诗》的主人公都表现出一种极端的厌世主义思想，他们向往自由，力图超脱现世甚至是人的肉体，进入一个超灵的世界。史诗第146首说：

And if I pray, the only prayer
That moves my lips for me
Is—"Leave the heart that now I bear
And give me liberty."

我若祈祷，张开嘴巴，
我唯一能祈祷的就是——
"此刻别打扰我，
最好给我自由！"

凯瑟琳说："让我感到最烦恼的东西，说到底，就是这个破碎的地狱。关在这里，我已经厌倦了。我多希望能逃到那个极乐的世界去，永远待在那里，不再老是含着眼泪望着它，也不再带着痛苦的心情想着它，而是真正地和它在一起，待在它那里。"[①]希斯克利夫不是因病而死，是肉体囚禁了他的灵魂，灵魂为自由而不断消损他的肉体。他说："我相信我的愿望一定能实现——而且不久就会得到实现——因为它已经消耗了我的肉体：在盼望它实

① 艾米莉·勃朗特.呼啸山庄(英文)[M].上海：世界图书出版公司，2005：128.

现的过程中，我已经被吞噬了。”[①]

《呼啸山庄》和《贡达拉史诗》的主人公都希望摆脱肉体和人间的束缚，进入一个超灵的世界，然而这个超灵世界并非基督教的天堂[②]，而是他们自我心灵的家园。凯瑟琳给内莉讲述自己梦入天堂时说："天堂看来不是我的家，我哭碎了心，要回到地上，天使们非常生气，把我扔了出来，我掉在呼啸山庄山顶上的石楠丛中，在那里我醒来时，高兴得哭了起来。"[③]希斯克利夫死前拒绝找牧师为他祈祷："不需要牧师来，也不必给我念什么，告诉你吧，我快要到达我的天堂了，别人的天堂毫无价值，我不稀罕!"[④]厌世和寻求灵魂的解脱是凯瑟琳和希斯克利夫世界观的核心。虽然厌世，但是他们却能勇敢面对人世的磨难和痛苦，认为痛苦越大，解脱就越早。

> "Yet I would lose no sting, would wish no torture less;
> The more that anguish racks the earlier it will bless." (from No. 190)[⑤]

> "可我不要减少刺痛，不希望少受折磨；
> 受到越多痛苦的折磨，就越早得到福佑。"（摘录自第 190 首）

埃米莉本人以及她作品中的人物都认为，要摆脱肉体和人间

---

① 艾米莉·勃朗特.呼啸山庄(英文)[M].上海：世界图书出版公司，2005：259.

② 王晓秦.从艾米莉·勃朗特的诗歌创作看《呼啸山庄》[J].外国文学研究，1986（1）：38.

③ 艾米莉·勃朗特.呼啸山庄(英文)[M].上海：世界图书出版公司，2005：63.

④ 艾米莉·勃朗特.呼啸山庄(英文)[M].上海：世界图书出版公司，2005：266.

⑤ Hatfield C W. The Complete Poems of Emily Jane Brontë[M].New York: Columbia University Press, 1995：239.

的束缚，最好的办法就是死亡，死亡是灵魂的归宿。《呼啸山庄》和《贡达拉史诗》主人公灵魂的归宿表现为家乡、坟墓或大自然。

We would not leave our native home
For any world beyond the Tomb. (from No. 149)①

我们不会离开自己的家乡，
不会迁徙别处，除了坟墓。（摘录自第 149 首）

Few hearts to mortals given
On earth so wildly pine;
Yet none would ask a Heaven
More like this Earth than thine.（from No. 147）②

地球上凡人能有几个
能有如此强烈的愿望，
人们对天堂那么地向往，
却比不上你对大地的渴望。（摘录自第 147 首）

凯瑟琳临终时也给内莉指定了她坟墓的所在：“它在那儿，看！不是在教堂埃德加家的墓地里，而是在野外，还立着一块墓碑呢。”③

① Hatfield C W. The Complete Poems of Emily Jane Brontë[M].New York: Columbia University Press, 1995：167.

② Hatfield C W. The Complete Poems of Emily Jane Brontë[M].New York: Columbia University Press, 1995：164.

③ 艾米莉 •勃朗特.呼啸山庄(英文)[M].上海：世界图书出版公司，2005：102.

五、重演的人类原型神话

希斯克利夫和凯瑟琳从小相处，长大分别，中年重聚。为了永恒结合，他们不顾一切，不择手段，甚至通过死亡来达到目的。这种深沉、热烈、执着，甚至歇斯底里的爱，已经超越了世俗之爱。他们这种不屈不挠追求灵魂完整归一的过程，正应和了希腊神话关于人类原型的故事。[①] 希斯克利夫和凯瑟琳同属一个灵魂，由于凯瑟琳嫁给埃德加，他们分裂成两个人，分裂成两半的灵魂总是要重新结合起来。凯瑟琳对内莉说："除了你以外，还有或者说还应该有另一个你存在。如果我把自己全容纳了，那我生下来还有什么用呢？在这个世界上，我最大的不幸也是希斯克利夫的不幸。……我生活最大的目的就是他。即使其他一切都不存在了，而还有他，我就能继续活下去；如果其他一切都还在，而没有了他，那么整个世界将变得很陌生，我就不再是它的一部分。"[②]《贡达拉史诗》也有诗句吟：

---

① 在希腊神话里,原始人类是圆形的，有四条腿，四只手，一个头，一个脖子和两张一模一样的脸孔，甚至身体的其他部分也是成双成对。原始人走路时和现代人一样,跑起来时则像在滚动。原始人力量无穷而又极其自大。他们向神挑战，试图与神灵一比高下。他们的自大激怒了众神，神把他们一分为二，削弱了他们的力量,使他们为神服务。所以，所有的原始人都被劈成了两半。被劈之后，一半总想寻找到另一半，重新融为一体。一旦找到，他们就会彼此拥抱，永不分离。根据这个神话，柏拉图（Plato）曾经做过这样的解释："爱根源于原始人类，它促使身体的两半回归到原始状态。它力图使被分的人类的两半合二为一，并愈合其间的缝隙。所以每个人都作为人的一半，活着就是为了寻找另一半。这种追求完整的决心和过程就是爱情。爱情是人类对原始状态的呼唤，是原始状态的回归。"

② 艾米莉·勃朗特.呼啸山庄(英文)[M].上海：世界图书出版公司，2005：64.

I was at peace, and drank your beams
As they were life to me
And revelled in my changeful dreams
Like petrel on the sea.

Thought followed thought—star followed star
Through boundless regions on,
While one sweet influence, near and far,
Thrilled through and proved us one. (from No. 184)[①]

我静静吸饮着你们的光辉，
犹如它们就是生命的琼浆，
陶醉于那变幻无穷的梦乡，
就像海上的海燕乘风破浪。

星星随着星星——思绪接着思绪，
穿梭于无边无际的天地，
忽远忽近掠过一种美好的感觉，
它就证明了你我的合一。（摘录自第 184 首）

Though Earth and moon were gone
And suns and universes ceased to be
And thou wert left alone

① Hatfield C W. The Complete Poems of Emily Jane Brontë[M].New York: Columbia University Press, 1995：225-226.

Every Existence would exist in thee. (from No. 191)[①]

虽然地球和月亮都已经消失，
就连太阳和宇宙也已不存在，
只剩下你一个孤单无双，
那么你将集万物于一身。（摘录自第 191 首）

为了死后能和凯瑟琳合二为一，实现灵魂的结合，希斯克利夫早就作了计划，他要求教堂司事在他死后，扒开凯瑟琳的棺材，让他和凯瑟琳合埋在一起。这就是埃米莉关于两个情人灵魂二而合一的思想的体现，这就是埃米莉对希腊神话有关人类原型故事的演绎。

六、歇斯底里的爱情表达

埃米莉作品中人物的爱情真挚、强烈而执着，他们爱得缠绵悱恻，你中有我，我中有你。凯瑟琳对内莉说："我对希斯可利夫的爱，就像树林底下永恒的岩石，它给我们视觉上的快乐虽然很少，但却是不可缺少。内莉，我就是希斯克利夫！他时时刻刻在我心里：不是因为我对他比对我自己更感兴趣，而是因为他就是我自己。"[②]"我这么爱他，并不是因为他长得多帅，而是因为他比我自己还自己。"[③] 希斯克利夫在凯瑟琳临终前也感叹说："啊，凯茜！啊，我的命根！我怎么受得了啊！"《贡达拉史诗》

① Hatfield C W. The Complete Poems of Emily Jane Brontë[M].New York: Columbia University Press, 1995：243.

② 艾米莉·勃朗特. 呼啸山庄(英文)[M]. 上海：世界图书出版公司，2005：64-65.

③ 艾米莉·勃朗特.呼啸山庄(英文)[M].上海：世界图书出版公司，2005：63.

中罗西娜对朱利叶斯的爱念亦如此：

Cold in the earth, and fifteen wild Decembers
From those brown hills have melted into spring—
Faithful indeed is the spirit that remembers
After such years of change and suffering!
…
… that tomb already more than mine! (from No. 182)①

地下很冷，15 个严寒的冬天，
从褐色的山岗上融化成了阳春——
经过这么多年变迁和哀思的折磨，
长相思的灵魂真的已算得上忠贞！
……
那座坟墓啊！比我自己还自己。（摘录自第 182 首）

埃米莉作品中人物的爱情非同寻常，他们表达爱情的方式也异常奇特，是一种淋漓尽致和歇斯底里的宣泄，表现为相互“推诿指责”和“怨恨折磨”。凯瑟琳曾不止一次说埃德加和希斯克利夫给她带来的只是痛苦而已：“你和埃德加已经把我的心打碎了，希斯克利夫！你们两个都来向我痛哭哀告，好像你们应该得到怜悯一样。我不会怜悯你，决不会。你已经把我害死了，我想，你如愿以偿了。”②“但愿我能一直揪住你，直到我们两人都死去！我可不管你受什么苦，我才不管你的痛苦。你为什么不应该受苦

① Hatfield C W. The Complete Poems of Emily Jane Brontë[M].New York: Columbia University Press, 1995：223.

② 艾米莉·勃朗特.呼啸山庄(英文)[M].上海：世界图书出版公司，2005：126.

呢？而我又受苦呢！”[①] 希斯克利夫反驳说：“你现在才让我明白，你是多么的残忍……不是我打碎了你的心，是你自己把它打碎了，在打碎你的心的同时，你也打碎了我的心。”[②]贡达拉的主人公也责骂他们的情人：

There, go. Deceiver, go! My hand is streaming wet;
My heart's blood flows to buy the blessing— To forget!
Oh could that lost heart give back, back again to thine,
One tenth part of the pain that clouds my dark decline!

Oh could I see thy lids weighed down in cheerless woe;
Too full to hide their tears, too stern to overflow;
Oh could I know thy soul with equal grief was torn,
This fate might be endured—this anguish might be borne! (from No. 85)[③]

去吧，骗子，去吧！我的手已汗水淋漓，
我心中热血沸腾，只求一种恩赐——遗忘！
啊，失去的心若能找回来，那就还给你，
还给你我奄奄一息时的痛苦的十分之一！

噢，要是我能看到你因痛苦而垂下眼睑；

① 艾米莉·勃朗特.呼啸山庄(英文)[M].上海：世界图书出版公司，2005:126-127.

② Hatfield C W. The Complete Poems of Emily Jane Brontë[M].New York: Columbia University Press, 1995：129.

③ Hatfield C W. The Complete Poems of Emily Jane Brontë[M].New York: Columbia University Press, 1995:86.

泪水盈眶而无法掩藏，而又竭力地强忍，

喔，要是知道你同样肝胆俱裂悲痛不已，

这种厄运便能承受——这种痛苦便能忍受！（摘录自第 85 首）

Well thou hast paid me back my love!

But if there be a God above

Whose arm is strong, whose word is true,

This hell shall wring thy spirit too! (from No. 133)①

好了，你已经还清了我的情债，

不过，如天上那里真有个上帝，

他的神力无边，他的话也灵验，

那这个地狱也该折磨你的灵魂！（摘录自第 133 首）

主人公之间相互“推诿指责”对方，甚至“以折磨还折磨，以痛苦还痛苦”，这些都是因为爱，他们爱得如歌如泣，爱得惊天动地，爱得死去活来。他们希望爱得重修旧好，否则就要同归于尽。凯瑟琳对希斯克利夫说：“如果说我做了错事，那我在为之付出生命，这够了吧！”② 贡达拉的人也说：

If I have sinned, long, long ago

That sin was purified by woe. (from No. 133)③

---

① Hatfield C W. The Complete Poems of Emily Jane Brontë[M].New York: Columbia University Press, 1995:140.

② Hatfield C W. The Complete Poems of Emily Jane Brontë[M].New York: Columbia University Press, 1995:129.

③ Hatfield C W. The Complete Poems of Emily Jane Brontë[M].New York: Columbia University Press, 1995:138.

假若我很久以前曾有罪过的话，
那么罪过也因痛苦而得以解除。（摘录自第 133 首）

当内莉把凯瑟琳的死信带给希斯克利夫时，他呼号道：“你说你一点也不在乎我受的痛苦……只要我活着，你也别想安宁！你说我害了你，那你来缠我吧！……只求你不要留我在这个深渊里，在这里我找不到你！噢，上帝！这太难受了！我不能活着而没有生命！我不能活着而没有灵魂！”《贡达拉史诗》中也有人说：

If grief for grief can touch thee,
If answering woe for woe,
If any ruth can melt thee,
Come to me now!
…
Yes, by the tears I've poured [thee],
By all my hours of pain,
O I shall surely win thee,

Beloved, again! (from No. 138)[①]

如果悲哀偿还悲哀能感动你，
如果悲痛偿还悲痛能触动你，
如果同情偿还同情能感化你，
那么，请到我的身边来！

① Hatfield C W. The Complete Poems of Emily Jane Brontë[M].New York: Columbia University Press, 1995:144-145.

……

是的，凭我为你倾泻的眼泪，

凭着我这么长久地为你痛苦，

啊，心爱的，我一定会再次赢得你！（摘录自第 138 首）

埃米莉作品人物对爱的这种歇斯底里的表达方式，令人惊讶震撼，让人不可思议。他们之间的爱情执着热烈，不可抗拒，如同岩石坚硬，如同闪电猛烈。

七、结束语

《呼啸山庄》和《贡达拉史诗》虽然体裁不同，故事不同，但是它们实际上是同质异构，形成于不同时期，一脉相承，相互呼应。它们主题寓意、人物塑造、情节事件、思想感情及其爱情表达等方面有惊人的相似之处和密切的联系。《呼啸山庄》并不是在埃米莉逝世前一年里从“宙斯的额头上蹦出来的一个雅典娜”，它是《贡达拉史诗》的继续，也是《贡达拉史诗》的结晶。它们一部是小说，一部是诗歌，它们殊途同归，异曲同工，演绎着人类情感的艰难历程。《呼啸山庄》和《贡达拉史诗》反映了埃米莉同一创作思想和人生哲学的连续性和相承性。

第五节

埃米莉诗歌的继承与创新

埃米莉一生短暂，她只活了 30 岁，18 岁开始诗歌创作，诗歌创作整个时间跨度不过 12 年（1836—1848）。可见，无论是她的生活经历，还是诗歌创作生涯都很有限。然而，在生活阅历和创作经验都欠缺的情况下，她的诗歌创作无论是在题材内容上，还是在诗艺技术上或表现手法上都展示出相当高的水准。这一点不仅体现在她对英国诗歌传统的继承上，也体现在她对英国诗歌传统的创新上。

一、题材内容的继承与创新

埃米莉一生短暂，阅历有限，诗歌的选材和内容都非常有限。从这一点来说，和她前辈的浪漫主义作家，如司格特、拜伦和雪莱等，都是无法比拟。她的题材没有他们那种波澜壮阔的历史画卷和广阔的社会背景，她的抒情诗歌主要取材于生活中的山川河流、花草树木。这一点显然缺乏现实社会的深度和广度，但是在探索人的内心世界和人性的异化方面，她比浪漫主义前辈，乃至现实主义前辈则显得更加深刻和精到。她和陀思妥耶夫斯基、哈代一样，善于用变态的眼光去看待现实世界和客观事物，去发现常人所不能发现的阴暗和畸形的一面。不管她心中充满怎样的忧郁、悲观和变态，她都比别人更加关注人性异化和回归、人与社会的冲突、人的精神世界。就这一点来说，她远远地走在浪漫主义和现实主义前面，而更接近现代主义，而独立于同时代的文学主流之外。她的叙事诗歌虽然题材不是直接来源于现实生活，而是来自她和安妮虚构的贡达拉王国，但是，在这个贡达拉王国上演的一幕幕爱情悲剧和一场场你争我夺的权利战争却比现实更加真实，因为它们是淋漓尽致的，是血淋淋的，是露骨白白的，没有丝毫的掩饰和虚假，这是现实社会、现实中的人所做不到的。现实中的人要达到某种不名誉的目的，总是虚情假意，遮遮掩掩。正如查尔斯·摩根马所说："人类要么生活在一个现实的世界，要么生活在一个虚幻的世界，此外别无选择。人类可以在这个现实的世界中创造出一个虚幻的世界，同样也可以在一个虚幻的世界里创造出一个更加真实的世界。”[①] 如此看来，埃米莉已经不知不觉地走在浪漫主义和现实主义的前面，和后现代主义一样，用语言创造一个比现实世界还要真实的世界：贡达拉王国。

另外，在作品人物主角性别的选择方面，无论是浪漫主义作品还是现实主义作品，主人公更多的是男性，以女性作为主角的作品毕竟不多，而且作为独立女性为争取平等和自由而登上文学舞台的更是少之又少。就这点而言，埃米莉和她的姐妹则处在较为前沿的位置。她们在创作中有意将女性作为主角，在她们身上倾注了她的平等和自由的理想。《贡达拉史诗》中的奥格斯塔就是一个追求自我独立、平等自由的女性。她不甘心在感情和权利上受制于男人，表现出极大的聪明才智和勇气胆略，为实现自己的目标而不屈不挠，努力不懈。奥格斯塔最终实现了自己的愿望，征服男性国王，成为至高无上的贡达拉女王，主宰着国家，吞并别国。这是和总处于从属地位的传统女主角极相异质的。埃米莉以女性为作品的主角，与其说是她性格中那种阳刚之气、宁折不弯男性品质的体现，不如说是她本身的女性意识所至。我们知道，埃米莉非常喜欢乔治·桑[②]和雪莱，深受他们本人那种女性意识和作品中那些为争取独立自由的女性的影响，加上埃米莉本人世界观和性格使然，她在作品中刻意塑造为独立、自由、平等而奋斗的女性，这是很自然的。

---

① Hatfield C W. The Complete Poems of Emily Jane Brontë [M]. New York: Columbia University Press, 1995：11.

② 乔治·桑（1804—1876），法国女小说家。作品《安蒂亚娜》、《华伦蒂娜》、《莱莉亚》等描写的都是爱情上不幸，然而具有独立与自由精神、充满激情和反抗意志的女性。雪莱《心之灵》中的埃米莉·维文安妮也是一位敢于争取女性独立和婚姻自由的女性。

二、诗艺技术的继承与创新

埃米莉诗歌在诗艺技术上的继承和创新首先表现在题材上。埃米莉诗歌题材虽然有限，但是在抒情诗方面，她还是继承了浪漫主义前辈回归自然的思想，笔锋转向大自然，托物言情，发掘人的内心精神世界。在这方面，有所突破的是内心的挖掘更加细致而深刻，更加倾向于个人情感的抒发。这一点似乎又和同时代的勃朗宁（1812—1889）的内心独白和丁尼生（1809—1892）的抒情独白（通过人物的感情和形象来表现主题）有所类似。[①]不过，她的诗歌没有摆脱维多利亚时代那种自我悲怜和哀怨的意味。在诗歌语言上，她继承了浪漫主义诗人的语言传统，采用民间或日常生活语言直接表达情感，语言质朴，形象生动，格调清新。这些特点在埃米莉的抒情诗和自然诗中表现得尤为明显。她诗歌的语言言简而意丰，清淡而幽远，富于触发感想。她的诗歌语言创新之处，在于具有高度的写实性和隐蕴性，不像浪漫主义前辈那样空灵和直指主题。

埃米莉诗歌在意象的运用上，倾向于多元化和集群化，而且呈现着多元两极对立的特征。就这一点而言，她比前辈们更富于独特的个性。在意境的营造上，有两点是与众不同的。她诗歌的意境不像华兹华斯那一味凝重深沉，也不像拜伦和雪莱那样一身激情满怀、斗志昂扬，也不像济慈那样一脸低沉哀愁。她诗歌的意境既有忧郁而淡远的，也有阴沉又狂暴的。特别在狂暴这一点上，似乎得到了拜伦和雪莱的真传。

埃米莉喜欢民歌和歌谣。小时候，父亲常给他们讲爱尔兰的民间故事；女佣们，如泰比（Tabby）等，常常给他们讲当地的民

① 罗良功.英诗概论[M].武汉：武汉大学出版社，2002:143.

间传说，教他们唱民谣；稍后，他们更是喜欢读托马斯·珀西[①]的作品和司格特的《苏格兰边区歌谣集》（Minstrelsy of the Scottish Border），而且深受他们的影响。因此，在诗歌体式上多受民歌的影响，她的诗歌篇幅短小，诗节多为四行，格律多为三步—四步抑扬格，韵式多为尾韵 abab 型，如：

I paused on the threshold, I turned to the sky;
I looked on the heaven and the dark mountains round;
The full moon sailed bright through that Ocean on high,
And the wind murmured past with a wild eerie sound. (from No. 83)

我在门槛停下，抬头仰望天堂，
我望着天堂和周围黑色的群山，
一轮明月在天上的大海里航行，
清风拂过，声音不安而又怪诞。（摘录自第 83 首）

可是，更应值得注意的是，在有的叙事诗中，埃米莉则采用了更为复杂的交叉韵和连续韵，以表达诗歌更为动人心魄的故事情节和人物复杂的思想感情，使作品更叩人心扉，富于吸引力。

埃米莉诗歌可贵之处还在于平淡的外表下涌流着炽热的感情。话语平平常常，毫无渲染，读起来却觉得耐人寻味。埃米莉是一个写意的能手。虽然她生活不幸，但她的情感极富于诗意。她写诗不过是一种爱好，是感情的自然流露，表现了真善美的特点。另外，埃米莉善于利用许多精当的象征性意象，向其灌注着自己的人生体验，达到象征意境合一、主观心情和客观物象浑然

① 托马斯·珀西（1729—1811），英国高级教士、古董收藏家和诗人，代表作《古代英语诗遗粹》（Reliques of Ancient English Poetry），1765。

一体，达到情境交融的境地。在象征方面，埃米莉诗歌另一可贵之处就是在于摒弃直言不讳，把思想变为意象，超乎象外，由写实上升为象征，增添了作品的深层意蕴。

三、创作手法的继承与创新

（一）浪漫主义和现实主义

少年时代的埃米莉主要受到浪漫主义的影响，19世纪30年代是英国浪漫主义文学运动的高涨时期，这时也是他们求知欲最旺盛的时期，从夏洛特的读书清单里，可以看到他们喜爱的书籍大多是浪漫主义的，如密尔顿、布莱克、华斯华兹、骚塞、司各特、拜伦、雪莱、济慈、坎贝尔、霍夫曼等。浪漫主义运动的伟大人物是他们文学创作的英雄和典范。他们对大自然、自由、感情表达和个人实现等的先入为主的思想，表明他们是司各特和拜伦天生的继承者，这两名作家对他们的影响是最为强大的。在司各特那里，他们学会了讲故事的艺术，欣赏到了那些具有强健而富有冒险精神的人物角色，看到了一派令人激情四溢、色彩浪漫的自然景观。乔治·桑普逊说："不像简·奥斯丁，司各特与习俗格格不入，却与怪癖相处甚安。"这一点说得很贴切。埃米莉姐妹和乔治·桑普逊以及拜伦一样，对神秘、超自然和哥特式的东西很感兴趣。[①] 埃米莉姐妹都是在读着玛丽·雪莱、霍夫曼和詹姆士· 霍格等作家的哥特小说长大的。[②]自然深受哥特式小说的影响，正如美国文学史家S·C·楚和R·D·阿尔蒂指出：埃米莉"始

---

① 简·奥尼尔（Jane O'Neill）．勃朗特姐妹的世界：她们的生平、时代与作品[M]. 叶婉华，译. 海口：海南出版社、三环出版社，2004：86-87.

② Winifred Gérin. Emily Brontë[M]. A Biography. London: Oxford University Press, 1978: 215.

终意识到生活有两个层次，她把超验主义和入验主义（descendentalism）结合在一起，这种结合在最深的内涵上是浪漫运动的标记”。[①] 小勃朗特们的思想和创作风格都是在浪漫主义精神中培养起来的。浪漫主义深深地影响着少年时代的小勃朗特们，给予他们创作的热情和想象。他们喜欢拜伦式的英雄，夏洛特和埃米莉小说的主人公都明显地带有拜伦的印迹。罗切斯特和希斯克利夫和拜伦的亚瑟·亨廷顿都有共同的特点。夏洛特和埃米莉的女主人公也很像拜伦的女主人公，她们都深受爱情的困扰。有一点要特别提到的就是：埃米莉诗歌中的女主人公们虽然都受到爱情的困扰，但是和拜伦及夏洛特的女主人公所不同的是，埃米莉的女主人公们最后都是理智战胜了情感，实现了她们远大的理想和抱负，如奥格斯塔和安奇利加等就是例证。就这一点而言，埃米莉比别的浪漫主义作家有所进步，有所突破。

除了浪漫主义作品，埃米莉姐妹也喜欢阅读现实主义的作品，如巴尔扎克、乔治·桑、狄更斯、萨克雷等都是她们喜爱的作家。埃米莉姐妹的创作旺盛时期正值在现实主义文学的兴旺时期。现实主义启发了她们创作的指向，使她们的创作超出了抒发自我情感和叛逆精神的个人主义范畴，而使其更富于现实意义。她们的作品包含着深刻的社会蕴意，凝聚着她们的人生体验和对现实生活的认识。埃米莉诗歌极为内向，这种内向可以理解成她对人性异化的心理反抗，是在探索精神上的出路。贡达拉王国的王室家族的权力斗争实际上就是英国王权斗争的反映，贡达拉人物的感情纠葛实际上就是现实生活中人们的感情生活的直射。所有这些无一不在现实社会中找到它们的原型。面对资本主义社会的发展、社会的两极分化、社会的不公、劳动人民生活状况的恶化，这个

① Chew, Samuel C and Richard Daniel Altick. The Literary History of England: Volume 4: The Nineteenth Century and After (1789—1939)[M]. New York: Appleton—Century—Crofts, 1967: 1376.

时期进步作家都在探索改良社会，改善人民生活的途径，和狄更斯对社会现实的妥协和改良措施和萨克雷的怀疑和忧虑态度所不同的是：她采取了向内在世界、空灵世界和超灵世界寻找精神慰藉的方法。由于生活阅历所限，埃米莉的诗歌缺乏深广的社会意义，情调比较沉郁低迷，缺乏浪漫主义激越和高亢的格调。就此而言，埃米莉现实不足，浪漫也不足，只算个消极浪漫现实主义者。这就是说，埃米莉是在浪漫主义的熏陶中成长，创作上又受到现实主义的影响，她创作手法既有浪漫的因素也有现实的因素，而她对现实的态度是消极的，所以她的作品具有浪漫性、现实性和神秘性三者融合的特点。

（二）哥特艺术

哥特式文学艺术发展到19世纪初已有近百年的历史。在英国，哥特小说最初出现于18世纪中叶，[①] 到19世纪初风靡一时。后来这一创作手法也应用于诗歌创作中，许多作家在这方面也取得了巨大的成功，如司各特、柯勒律治、拜伦、雪莱等。也就是说，在埃米莉之前，哥特式创作艺术已经发展成熟。在诗歌创作上，埃米莉也深受这一创作手法的影响。从她的诗歌看来，她对哥特

---

① 贺拉斯·沃尔波尔（Horace Walpole, 17172—1797 ）的《奥特兰托堡》（The Castle of Otranto，1765）被看成第一部哥特式小说。小说叙述了12—13 世纪英国北方一个古老家族的离奇故事。奥特兰托堡的亲王曼弗雷德准备让多病的儿子康拉德同伊莎贝拉完婚。婚礼上，一个叫阿方索的人的大理石雕像上的头盔从天而降，神秘地砸死康拉德。为了王位继承权，曼弗雷德准备自己娶伊莎贝拉，并把儿子的死归罪于西奥多。西奥多与阿方索在外貌上有神秘的相似。西奥多和伊莎贝拉从迷宫似的城堡中逃到了有阿方索雕像的大教堂中。西奥多在逃跑途中与曼弗雷德的女儿马蒂尔达相遇，嫉妒的曼弗雷德在这对年轻人相会时，把马蒂尔达误认为是伊莎贝拉，而杀害了她。这时超自然现象出现，阿方索的幽灵越来越大，竟把城堡屋顶穿塌了。在良心谴责及幽灵的惊恐下,曼弗雷德交出王国，并承认西奥多为奥特兰托堡的继承人。最后西奥多和伊莎贝拉结合,砸死康拉德的神秘头盔又回到阿方索的雕像上。

式这一文学艺术既有继承又有创新。在她的诗歌中就出现了许多哥特式的场景和情节，如：

It was about the middle night,
And under such a starless dome
When, gliding from the mountain's height,
I saw a shadowy spirit come.

Her wavy hair, on her shoulders bare,
It shone like soft clouds round the moon;
Her noiseless feet, like melting sleet,
Gleamed white a moment, then were gone.

"What seek you now, on this bleak moor's brow?
Where wanders that form from heaven descending?"
It was thus I said as, her graceful head,
The spirit above my couch was bending.

"This is my home, where whirlwinds blow,
Where snowdrifts round my path are swelling;
'Tis many a year, 'tis long ago,
Since I beheld another dwelling." (from No. 95)

大约是午夜时分，
在这样一个毫无星光的夜晚，
我看到从山顶上
飘然降落下一个幽暗的精灵。

赤裸的肩膀上飘落着她的秀发，
就像月亮周围那闪耀着的柔云，
她无声的脚步犹如融化的冰雪，
白亮地闪烁了一会却转瞬即逝。

当精灵走近，低下她美丽的头时
我这样问道：
“此刻在这凄凉的荒漠上你找什么？
你从天堂上下来，要漫游到哪里去？”

“这是我的家，这里旋风在呼啸，
路边随风飘起的雪越来越猛烈；
这样已经好多年，很长时间了，
从我找到另一住处后都是这样。”（摘录自第 95 首）

在埃米莉的诗歌里，类似的情景往往出现在有关原野、山坡、幽谷、森林、院墙、教堂、墓地、幽灵、监狱、战后废墟、阴云、暴风雨雪等的描写中。在哥特式的阅读效应上，埃米莉的哥特式艺术有继承传统的一面，也就是这种场景的气氛都阴森恐怖、神秘莫测和超乎自然，让人产生一种压抑和恐惧的心理。然而，在哥特式描写的场景上，她却有创新的一面：传统哥特文学通常以中世纪时代和古老的城堡为场景，而埃米莉却把这种哥特式场景转移到了当时的维多利亚时代，转到了她生活的英格兰北部的荒原上。这样，哥特式的场景随着时空的转移而缩小与读者的距离，从而变得更富于现实性和时代感。

在哥特式主题上，埃米莉诗歌也有所发展和创新：传统哥特式文学主题，总体说来，都是有关善恶冲突和道德的问题，可是，在埃米莉诗歌中，我们看不出谁是好人谁是坏人，也看不到有关善恶的道德评判，而看到的却是关于人性的探索，关于人性异化和回复的探讨。另外，感情揭示和心理刻画方面，埃米莉诗歌的哥特式艺术都比传统的哥特式艺术都有较大的深入。埃米莉笔下的人物情感执著、热烈，无论爱还是恨都是那样的一如既往，歇斯底里。如奥格斯塔对朱利叶斯王的爱、费尔南多对奥格斯塔的爱、安奇利加对奥格斯塔的仇恨等。正如毛姆在谈到《呼啸山庄》时说的那样："它是一本可怕的、令人痛苦的、强有力的、充满激情的书。"[①] 毛姆的这句用于埃米莉的诗歌也无所不妥。在人物心理探测上，埃米莉也有所突破，如：

"Wild morn," he thought, "and doubtful noon;
But yet it was a glorious sun,
Though comet-like its course was run.
That sun should never have been given
To burn and dazzle in the heaven,
Or night has quenched it far too soon!

And thou art gone—with all thy pride;
Thou, so adored, so deified!
Cold as the earth, unweeting now
Of love, or joy, or mortal woe.
For what thou wert I would not grieve,
But much for what thou wert to be—
That life so stormy and so brief,

---

① 杨静远.勃朗特姐妹研究[G].北京：中国社会科学出版社，1983：399.

That death has wronged us more than thee.
Thy passionate youth was nearly past,
The opening sea seemed smooth at last;
Yet vainly flowed the calmer wave
Since fate had not decreed to save.
And vain too must the sorrow be
Of those who live to mourn for thee;
But Gondal's foes shall not complain
That thy dear blood was poured in vain!"

"早上多糟糕"——他想道——"中午更难预测；
虽然太阳会像彗星一样匆匆离去，
可是现在它还是那样光辉灿烂。
太阳自己从来不会在天空中烧毁，
也不会感到眼花目眩，
夜晚也不会这么快就把它熄灭！

而你却走了——带上你的傲慢，
你，曾那样被人崇拜，奉为神灵！
此刻，你却像泥土一样冰冷，
感觉不到爱、快乐和人间的痛苦。
对于你的过去，我不会伤心，
而更多的是，感伤你的现在——
你生活那样坎坷，那样短暂，
你死得委屈，而我们更难过。
你火热的青春几乎就要逝去，
辽阔的大海似乎终于平静了；

可命运女神已无心把你拯救，

再怎么平静的海浪也是枉然。

对那些活着为你哀悼的人而言，

他们的悲伤肯定也会徒劳无益；

你白白地喷洒自己珍贵的鲜血，

然而贡达拉的敌人也不会悲叹！”

如此深刻情感的揭示和细致心理的刻画，在传统的哥特式作品中实为少见。埃米莉诗歌正是利用这种激情的释放和细致的心理刻画，使其作品产生一种狂飙闪电般的效果，从而使读者体会到作者的气魄和力量以及作品的崇高与壮美。[①]

（三）现代主义和后现代主义

现代主义是 20 世纪以来西方各种与传统相异的文学思潮的统称。现代主义旨在表现对 20 世纪所发生的深刻变化而做出精神的反映。其主要特征是：反对古典传统，在题材上、技巧上力求标新立异，在精神上具有疯狂的性质，作家着力发掘的不是外在的客观世界，而是人贫乏空虚的内心世界。他们排斥现实主义，崇拜精神分析学，主张描写梦和人的下意识，追求表现人瞬间的感受。总之，现代主义以自我为中心，以人的精神世界作为主要表现的对象。后现代主义是 20 世纪 60 年代在西方兴起的文艺思潮，它的文化特征是，颠倒文化原有的定义，反对传统标准文化的各种创作原则，扬弃传统的语言、意义系统、形式和道德原则。支持发生于知识、文化和社会中的断裂和背叛，号召对现代性持有攻击的态度，提倡新范畴、新思维、新写作模式和新的价值取向。一切都是零散的、支离破碎的、非中心的、片断的、动态的

① 邓颖玲.论艾米莉·勃朗特对哥特传统的发展[J].外语教学，2005（7）：86.

和革命的。它与现代主义的区别在于：深度模式削平，历史意识淡化，主体性和距离感消失。总之，后现代主义以语言为中心，高度关注语言的实验和改革，意图不在表现世界，而是用语言来虚构一个世界，从而极大地淡化，甚至取消了文学作品反映生活、描绘现实的基本功能。

埃米莉是一个生活在19世纪的人，可是，从她的诗歌里，我们可以找到与现代主义和后现代主义相类似的东西。埃米莉诗歌的思想特征主要是“苦难”的表述和“自由”的探索。她的“自由”探索显然不是向外的，不是在于颠覆社会现存价值观，不是在于推翻现行的社会制度，而是向内的探索，她是从人的内心世界、精神世界、超灵世界去探索“自由”的途径。另外，埃米莉诗歌的主题之一就是探讨人类的人性问题，探讨人类的“异化”和“回归”的历程和规律。就这两点而言，埃米莉诗歌和现代主义有相通之处。就这一创作手法而言，在现代主义出现的50多年前，她已经不知不觉地走在了它的前面，引领着人类自身内心世界的探索和文艺创作的思维方向。

她能做到这一点，并不是因为她是超然的人，也不是因为她是一个天才，而是因为她是一个内向的诗人。她的生活境遇造就了她的性格，面对苦难，要寻求摆脱，只有指向于内心世界和精神世界以外，她别无他法。作为一个文弱的女子，她不能像拜伦、雪莱那样去号呼天下，更不能像他们那样慷慨激昂地亲身投入到社会变革运动中去。她所能做的只有回归自我，在幽静斗室中、在空旷孤独的荒原上，用语言来构建自我的精神家园和灵魂的世界。就这一点而言，她又和后现代主义不谋而合。埃米莉从13岁开始就和妹妹安妮构建了她们的虚幻世界——贡达拉王国。贡达拉王国就是她们的精神世界，是她们所有爱好、青春和热情的结晶。她们潜心地经营着它17年，寄予它极大的希望。贡达拉王国就是她们用语言建立起来的一个世界，在这个世界里上演了许多痴男怨女动人的爱情故事，讲述了许多惊心动魄的你争我夺的事件，映射着 19 世纪英国社会的现实。应该说，贡达拉王国是英国社会生活在埃米莉和安妮头脑中的反映，是她们社会观念和人生价值的集成。贡达拉王国是埃米莉和安妮对现实社会的一种改革和实验。她们和后现代主义者一样，都在尝试着用语言构建一个比现实世界更加真实的现实世界。

埃米莉是一个内倾型作者，以抒写个人内心感受为主，而且她从事诗歌创作只是一种爱好，不是为了发表，昭示于众，因此，她的创作自然不受任何社会规范或当时文学创作规范的束缚。从这一点来说，她诗歌的创作手法和维多利亚时代的文学创作手法格格不入，独立于时代的主流文学之外，在艺术手法方面表现出与现代主义和后现代主义文学创作有相通之处也是可以理解的。从上述分析来看，对于一个19世纪的人来说，她的创作手法不能不说是一种创新和超前，然而，她能做到这些也是情有所缘，理有所据，可以理解。另外，在叙事艺术方面，埃米莉也有她创新的一手。在叙事视角上突破了大多数维多利亚文学作品的传统叙述视角，采用多变人称和多重复合式的视角来叙述故事的人物和情节，让不同的叙述者从各自的角度讲述有关的故事，评价自己眼中的事件与人物。

三、结束语

综上所述，埃米莉在题材内容、诗艺技术和创作手法方面都有对英国传统诗歌继承和创新的一面，不愧为时代诗歌创作的探索者和实践者。她勇于探索和创新的精神令后人钦佩。埃米莉的诗风既清淡又雅致，既感伤又暴烈，具有极大的感染力和独创性。虽然它们没有得到同代人的赏识，但是却符合现代人的口味。

第六节

埃米莉在中国

埃米莉是一个奇特的小说家，也是一个神奇的诗人。然而，我国学者关注的主要是她的小说，而她的诗歌则少有人涉及。本节对近百年来埃米莉小说和诗歌在中国的译介和研究情况进行全面和系统的梳理，展现其译介和研究的状况和特点。

一、《呼啸山庄》在中国的译介

埃米莉的《呼啸山庄》在世界上享有很高的知名度，被译成几十种文字，流传世界各地，深受各国人民的喜爱。在中国，近一个世纪以来，就出现了近百种版本[①]，发行数量庞大。这足以说明《呼啸山庄》在中国备受人们的喜爱。早在20世纪30年代《呼啸山庄》就已经被介绍到中国来。1930年，上海华通书局出版了伍光建的版本，名为《狭路冤家》。1942年，上海商务印书馆出版了梁实秋的版本，取名《咆哮山庄》。1949年，上海正风书局发行了罗塞的版本，书名为《魂归离恨天》。到了1955年，杨苡的版本由上海平明出版社出版，书名是《呼啸山庄》，[①] 至今中国内地大多采用此译名。杨苡的这一版本深受读者的喜爱，在几十年里曾在多家出版社多次再版，发行量极大。译林出版社为此书再版了15次，江苏人民出版社第一次发行的数量就达35万册。[②] 由于政治的原因，20世纪60年代到改革开放前，中国译介的外国文学主要是苏联等社会主义国家的作品，大多排斥欧美

---

① 杨静远.勃朗特姐妹生平及其创作[J].名作欣赏，1986（2）：89.

② 张宇波，吴格非.艾米莉·勃朗特作品在中国的译介和研究[J].河北理工大学学报（社科版），2005（4）：181.

国家的文学作品。《呼啸山庄》同样也遭遇冷落，这段时间里，再也没有别的版本出现。随着改革开放的进行，《呼啸山庄》的译介又以空前的规模繁荣起来，其中有全译本、改编本、简写本、英汉对照本、各级读本、插图本等版本，可谓不计其数。这说明了埃米莉的作品在中国有一大批爱好者，深受中国读者的认同和接受。20 世纪 80 年代以后，除杨苡修订和再版的译本外，还有田心（简写本，上海译文出版社，1986）、方平（上海译文出版社，1993）、徐晓雯（漓江出版社，1998）、宋兆霖（北京燕山出版社，1999）、林秀琴(海峡文艺出版社，2003) 、毛荣贵（航空工业出版社，2004）等 50 多个汉译本。众多的版本极大促进了埃米莉的《呼啸山庄》在中国的传播，满足中国不同文化层次人们的需要。

另外，由《呼啸山庄》改编的电影更是备受世界各国人民的喜爱。1939 年美国联美公司把《呼啸山庄》（又译《咆哮山庄》）改编成电影[劳伦斯·奥利佛（Laurence Olivier）和默尔·奥伯伦(Merle Oberon)主演 ，威廉·怀勒（William Wyler）导演]。影片气氛阴森，色调灰暗，充分表现了呼啸山庄和霍沃思荒原的环境氛围和人物故事情调，而成为 20 世纪银幕上伟大的经典作品之一，并获得第 12 届奥斯卡最佳摄影（黑白片）奖。新中国成立之前，这部电影曾在我国上映，片名为《魂归离恨天》或《情之所衷》。[①] 抗日战争时期，剧作家赵清阁曾把它改编成话剧《此恨绵绵》，并在上海公演，1944 年重庆新中华文艺社出版其剧本。联美公司的《呼啸山庄》是现今我国最流行的一个版本，也正是这部电影使许多国人了解《呼啸山庄》和认识埃米莉·勃朗特。继联美公司的《呼啸山庄》以后，《呼啸山庄》还多次重拍，但均未达到 1939 年版的高度。如 1953 年由路易斯·布努艾尔导演的西班牙语版《呼啸山庄》，对白过多，而激情缺乏；1970 年由罗伯特·菲

---

① 杨静远.勃朗特姐妹生平及其创作[J].名作欣赏，1986（2）：88.

亚斯特（Robert Fuest）导演的英国版，实景拍摄，人物感情真挚，富于写实，整体水平不错；由彼特·科斯敏斯奇（Peter Kosminsky）导演的1992年版本比较接近现代观众，但是人物过于自我，细节过于琐碎；由大卫·斯金纳（David Skynner）导演的1998年版本，是一部电视剧，反映了原作的整个故事，颇具感情，可是过于冗长，激情不足。此外，许多国家如意大利、日本等都曾经把《呼啸山庄》拍摄成电影。1979年法国制作的彩色大型传记片《勃朗特姐妹》（Les Soeurs Brontë）在我国也有一定的影响。

二、《呼啸山庄》在中国的研究

《呼啸山庄》以其狂放不羁的浪漫主义风格和极端爱恨的描写震撼了无数人的心灵。《呼啸山庄》是一部奇特的小说，故事情节不是基于作者的经历，而是作者的想象和杜撰。然而，它却充满着神秘的浪漫色彩和社会的现实意义。《呼啸山庄》和埃米莉本人一样充满着神秘的色彩和不解的疑惑。《呼啸山庄》被译介到中国后，深受广大读者的喜爱，也激起了许多学者的探知热情。他们纷纷加入到介绍、评价和研究这部小说的行列中。长期以来《呼啸山庄》一直是英国文学研究的一个焦点。1917年《妇女杂志》连载题为“秦西女小说家论略”就提到了勃朗特姐妹。20世纪20年代有人把《英国文学发展史》译成中文，其中也有有关勃朗特姐妹的介绍。1931年7月《妇女杂志》的“妇女与文学”专号发表了仲华的论文《英国文学史中的白朗脱氏姊妹》，介绍了勃朗特姐妹。1931年《读书月报》上有一篇题为《狭路冤家》的评论文章，其中提到它“以极深刻之笔，写极坚狠之情致”，把它与《醒世姻缘》并提，称它们同为言情、醒世之作。抗日战争和解放战争期间也有少数有关勃朗特姐妹的译介和评论，如1946年7月15日《萌芽》发表了聂绀弩的文章《谈〈简·爱〉》，1947年10

月 15 日《文讯》刊登了赵瑞的《爱美黎·白朗特及其〈喔瑟山庄〉》的文章。[①] 20 世纪 50 年代，由于受到国家计划和“左”倾政治的影响，外国文学研究对勃朗特姐妹少有涉及。1955 年夏洛特逝世 100 周年，《译文》杂志发表了一篇关于英国《马克思主义季刊》的纪念文章的报道，文中小心翼翼地提到勃朗特姐妹“也许是无意中成了千百万不幸的和受压迫的人们的代表”，因此今天仍然受到无数男女的热爱和尊重。1957 年随着“反右”运动的到来，外国文学研究受到了极大的冲击，许多外国作家及其作品成了批判的对象。1958 年有人出版了《论艾米莉·勃朗特的〈呼啸山庄〉》和《夏洛蒂·勃朗特的〈简·爱〉》两本小册子，对作者、作品、主要人物的个人主义和爱情至上进行分析和批判。“文化大革命”期间中国文坛更是没有了勃朗特姐妹的踪迹。十一届三中全会吹响了外国文学研究的号角，1979 年电影《简·爱》在中国捷足先登，紧接而上的是许多读书评论和报刊文章。老专家李霁野先生、中年专家朱虹和许多外国文学爱好者都参加了勃朗特姐妹的研究和评介活动，发表的文章多达 60—70 篇。[②] 接着迎来了 20 世纪 80 年代的译介和评价勃朗特姐妹及其作品的第一次浪潮。这个年代的埃米莉研究主要是其生平介绍和研究综述方面的内容。如重要的文章有李霁野的《夏洛特·勃朗蒂和她的创作》（外国文学研究，1980/03）、杨静远的《勃朗特姐妹的生平及其创作》（名作欣赏，1986/02，1986/03）和《一百多年来的勃朗特姐妹研究》（读书，1983/06）及《关于勃朗特姐妹的传记文学》（外国文学研究，1988/01）、李小江的《勃朗特姊妹的创作背景》（河南大学学报，1983/02）、张唯的《国内勃朗特姐妹研究述评》（外国文学研究，1984/01）和陶勇的《勃朗特姐妹研究的新发展》（外

---

① 谢天振.中国现代翻译文学史（1898—1949）[M].上海：上海外语教育出版社，2004：229.

② 杨静远.勃朗特姐妹生平及其创作[J].名作欣赏，1986（2）：90.

国文学研究，1988/03）等。此外，《呼啸山庄》创作思想、创作方法也得到初步的探讨。如，张玲的《艾米莉·勃朗特的诗——〈呼啸山庄〉创作的源泉》（外国文学评论，1988/04）、方平的《一部用现代艺术技巧写成的古典作品——谈〈呼啸山庄〉的叙述手法》（外国文学研究，1987/02）、叶红的《浪漫的壮诗 哥特式的悲歌——谈谈〈呼啸山庄〉的创作方法问题》（湖北大学学报，1987/02）和訾晓霞的《一部璀璨的浪漫主义杰作：〈呼啸山庄〉创作方法浅探》（许昌学院学报，1984/01）等。刊登有关勃朗特姐妹文章的有《外国文学研究》、《外国文学评论》、《名作欣赏》、《译林》、《河南大学学报》、《河南师范大学学报》和《世界文化》等多家重要学术期刊。1987 年 11 月 9—13 日在上海召开了《简·爱》、《呼啸山庄》研讨会，对国内外一百多年来的勃朗特姐姐研究进行了回顾和总结，并对这两部作品问题进行学术讨论。20 世纪 90 年代以后，学术界对勃特姐妹及其作品的研究更是有增无减。单就《呼啸山庄》而言，从 1990—2006 年在各类学术刊物上发表的有关论文就多达 300 篇。按其研究的对象来归类，就小说文本内容方面，有的文章探讨其主题旨意和内涵意蕴，如袁若娟的《〈呼啸山庄〉的主旋律：人性的扭曲与复归》（外国文学研究，1992/04）、卢华的《人性及其价值——从〈呼啸山庄〉的人物形象看其主题思想》（华北电力大学学报，1995/02）、张辉的《真爱永存——论〈呼啸山庄〉的主题意蕴》（齐齐哈尔大学学报，2000/02）等；有的探讨其叙述结构和艺术手法，如金琼的《绝对时空中的永恒沉思——〈呼啸山庄〉的叙述技巧与结构意识》（外国文学研究，1993/02）、袁静的《〈呼啸山庄〉的套盒式结构与复调旋律》（黑龙江社会科学，1998/05）、龚玲的《略论〈呼啸山庄〉的叙事技巧》（株洲工学院学报，2002/S1）、李渝凤的《〈呼啸山庄〉的艺术结构评析》（海南大学学报，2003/04）等；有的继续剖析其人物性格，涉及的人物不再局限于希斯克利夫和凯瑟琳，一些小人物如内莉等也有所论及。有的探讨其人物的女性主义、人性和作品的社会意义，如田祥斌的《论勃朗特三姐妹的女权观》（三峡大学学报，2006/01）、邓志辉的《对〈呼啸山庄〉中凯瑟琳悲剧的女性主义解读》（中山大学学报论丛，2000/06）、缪春旗的"《呼啸山庄》的人性复归主题"（盐城师范学院学报，2000/03）、曾岚的《论艾米莉·勃朗特〈呼啸山庄〉中对人类社会公正问题的思考》（内蒙古大学学报，2000/06）等；更多的还是探究其人物的爱恨情仇的缘由和真谛，如沈小茜的《论〈呼啸山庄〉中的情感与理智》（西南民族大学学报，2005/05）、周光发的《对世俗爱情的超越——希克厉与凯瑟琳爱情模式漫议》（台州学院学报，2001/04）、高二坡的《绝望的存在：〈呼啸山庄〉爱情悲剧的原因探析》（宿州师专学报，2003/04）、何宏伟的《希斯克利夫的复仇刍议》（柳州师专学报，2004/03）等。就作者主体范畴方面，有的文章对其生活经历、性格及生活环境对其文学创作的影响进行探寻，对其创作动机及其成功经验进行挖掘或推测。这类文章有姜光辉的《论环境等外部因素对勃朗特三姐妹文学成功的正面影响》（西安教育学院学报，2004/01）、覃志峰的《论艾米莉·勃朗特的性格及其文学创作》（莆田学院学报，2004/02）、袁海旺的《艾米莉·勃朗特及其〈呼啸山庄〉》（重庆大学学报，2005/01）、吴晓丽的《探艾米莉内心的那口井》（湘潭师范学院学报，2006/05）、董敏的《试论艾米莉个性特征对〈呼啸山庄〉的影响》（唐山学院学报，2007/01）等。总的说来，20世纪90年代至今，《呼啸山庄》的研究呈现多元化的趋势，许多有关文本、作者和社会文化因素等都被纳入研究课题。许多研究者借用精神分析、象征主义、女性主义、结构主义、解构主义、新历史主义等各种现代主义和后殖民主义批评理论和方法，从不同的角度对它们进行研究和阐释，如王录的《试论〈呼啸山庄〉的现代主义因素》（佳木斯大学社会科学学报，2000/05）、苏宜梅的《〈呼啸山庄〉的现代主义解读》（湖北大学成教学院学报，2002/03）、李世奎的《论〈呼啸山庄〉中的浪漫主义、现实主义及象征主义》（语文学刊，2006/12）鹿彬的《〈呼啸山庄〉蕴涵的现代主义艺术端倪》（泰山学院学报，2005/01）等。这类文章应该说是从20世纪90年代到目前为止埃米莉研究的主要倾向。另外，有关勃朗特作品和其他作家作品的比较研究也是一个值得关注的研究趋势。张唯的《〈呼啸山庄〉和〈原野〉》（华东师大研究生学报，1984/02）、李达武的《〈红楼梦〉和〈呼啸山庄〉主人公爱情悲剧比较》（文艺理论研究，1984/03）等文章使人们对这部令人费解作品的人物性格、反叛精神、执着的爱等有个比较清晰的轮廓。[①] 20世纪90年代以来这方面的研究也取得了一定的成果，如王桢的《英国女性文学的两座丰碑——〈简·爱〉与〈呼啸山庄〉比较研究之一》（贵州大学学报，2005/04）、陆小宁的《〈呼啸山庄〉与〈金锁记〉情感世界之比较》（外国文学研究，2000/01）、旷剑敏的《〈呼啸山庄〉与〈雷雨〉环状结构之比较》（湘潭师范学院学报，1998/05）和唐嘉荣的《〈悲惨世界〉与〈呼啸山庄〉美学机制比较》（红河学院学报，1990/03）等，都在不同程度上，帮助人们从另外的角度来理解埃米莉的作品。

三、埃米莉诗歌在中国的译介和研究

埃米莉诗歌的艺术成就不亚于《呼啸山庄》。马丁·韦德（Martyn Wade）曾根据埃米莉的贡达拉诗歌，编写了一部广播剧《贡达拉》（Gondal），于1993年在英国BBC播出。[②] 至今我们还

---

① 陶勇，沈建青.勃朗特姐妹研究的新发展[J].外国文学研究，1988（03）：125-126.

② Lucasta Miller. The Brontë Myth[M].New York：Alfred A.Knope,2003：203.

可以听到这部戏剧的广播。我国读者很熟悉《呼啸山庄》，而对她诗歌的了解并不多。1996 年以前只有零星的十几首她的诗歌被翻译成中文。一些老一辈翻译家都曾翻译过埃米莉的一些诗歌，如杨苡翻译了《我独自坐着》、《夜晚在我周围暗下来》和《忆》等，飞白翻译了《希望》、《歌》等。在中国，埃米莉的诗歌不像《呼啸山庄》那样得到系统的翻译，不同的译本也比较少。她诗歌的译著目前只有 1996 年河北教育出版社出版的宋兆霖主编的《勃朗特两姐妹全集》(全 10 卷)（其中有刘新民翻译的《艾米莉·勃朗特诗全编》）和 2005 年中国作家出版社出版的覃志峰的《埃米莉·简·勃朗特诗歌全集》中译本。有关她诗歌的专题研究论文，20 世纪 80 年代有几篇，如倔儆聆的《艾米丽·勃朗特和她的诗歌》（河南师范大学学报，1983/02）首次对她的诗歌作了概括性介绍，并注意到它和小说创作的关系。[①] 王晓秦的《从爱米莉·勃朗蒂的诗歌创作看〈呼啸山庄〉》（外国文学研究，1986/01）和张玲的《艾米莉·勃朗特的诗——〈呼啸山庄〉创作的源泉》（外国文学评论，1988/04)。这几篇属介绍性文章，没有涉及诗歌实体。20 世纪 90 年代至今，各类学术刊物上有关埃米莉诗歌的论文也并不多，只有谷红丽的《孤独才女，傲世诗魂——勃朗特与狄更生诗歌比较研究》(海南师范学院学报，1998/02)、郑晓风的《非分的激情，狂野的心——艾米莉·勃朗特诗歌的哥特风格》（九江学院学报社会科学版, 2005/04)、王桢的《艾米莉·勃朗特与艾米莉·狄金森》（贵州民族学院学报，2006/04)、刘洪宇的《浅谈艾米莉·勃朗特诗歌创作的几个特点》（徐州工程学院学报，2006/11)。近年笔者也发表几篇有关埃米莉诗歌的文章[北京第二外国语学院学报（2006/04)、辽宁工学院学报（2006/05）和绍兴文理学院学报（2006/05）等]对埃米莉的诗歌进行一些尝试性的

① 张唯.国内勃朗特姐妹研究述评[J].外国文学研究，1984（01)：111.

探讨。所有这些都说明我国埃米莉诗歌研究有一定的基础，积累了一些材料，然而这也说明我国埃米莉诗歌研究还很薄弱，需要做进一步的工作，以便全面、充分地认识和评价埃米莉的文学成就。

四、勃朗特姐妹的研究资料

几十年来，由于各种各样的原因，加上国内关注点主要在于夏洛特的《简·爱》和埃米莉的《呼啸山庄》，她们其他作品的文本资料非常缺乏，她们有的小说虽然都有了中译本，但是其原文在国内很难找到。有关的研究资料，无论是中文的还是英文的，更是少之又少。埃米莉的传记文学在中国至今尚未见有中译本，有关勃朗特姐妹研究的中文集合本或论文集也还没有出现。目前，较重要的勃朗特姐妹研究的资料是杨静远编译的《勃朗特姐妹研究》一书，该书1983年由中国社会科学出版社出版，当时印数是14 000册，现在市面上已经很难购买到。可以说，至今为止该书是我国出现最早的也是最有价值的勃朗特姐妹研究资料集，是有关研究中引用率最高的。该书分成三部分：自述、评论和生平资料。自述部分选译了勃朗特姐妹（主要是夏洛特）在世时自撰的序言和书信中有关文学创作的论述；评论部分选译了从1847—1977年许多重要作家、文学评论家、出版商及杂志社对她们本人和作品的评价；生平资料部分是选译了几篇关于勃朗特们生平事迹的文章。[①]

① 杨静远.勃朗特姐妹研究[G]. 北京：中国社会科学出版社，，1985：7-8.

第五章

结 论

埃米莉是一个苦难的诗人，她诗歌写的就是她苦难的一生、苦闷的内心以及她对人生的认识和自由之路的探索。她的诗歌创作实际上就是苦难和自由的探索。

“我看到命运对于你没有一丝爱的表示，没有一星半点的荣誉，也没有一个微笑的时辰”[①] 埃米莉一生不幸，3岁时就失去母亲，7岁时又失去两个大姐姐，24岁时失去姨母，30时又失去哥哥。家庭生活的艰苦、失去亲人的痛苦、身体的虚弱、求学和就业的艰难、办学的失败、作品的出版引起的非议等，让她受难连连，压力重重。诸多的苦难和不幸扭曲了她的性格和心理，她一生孤独沉默、忧郁苦闷，可是苦难的际遇也铸就了她坚韧倔强、刚强不阿的品质。

孤独和苦闷使埃米莉形成独立自省的心理品质。生活的坎坷和心理的苦闷使她精神上达到极端的和谐肃穆，成就了她深邃的人生思考。她天赋的聪明才智和丰富的内在情感构筑了她多彩多姿的精神世界。这精神世界便是她的文学创作。生计之余，她把全部身心都投入到她所刻意构筑的文学生活之中。从儿童时起，她就和姐妹兄弟们一起在文学创作中互相切磋、互相砥砺，培养文学爱好，发展文学创作技艺。在如此惨淡的人生中从事文学创

① 杨静远.勃朗特姐妹研究[G].北京：中国社会科学出版社，1983：214.

作可谓不可思议，困难重重，然而正是这般苦难的生活铸就了埃米莉的顽强的人生，凝聚成了她不朽的文学作品。然而，埃米莉的生命极其短暂，她的文学才华尚未得到充分的展现就过早地谢世，正如她自己说："当我对自己的幸福感到最为自信时，死神！它打击着我，当时间的枯枝从永恒的活根分离出来时，它又再次打击着我！时间树枝上的叶子正长得茂盛，充满着活力，挂满银色的露珠 …… 悲痛女神走过，摘去金色的花蕾；罪孽女神又捋去长势茂盛的绿叶。"（摘录自第 183 首）[①] 诚然，埃米莉就像一棵树，树枝上正长得茂盛的叶子和金色的花蕾时，悲痛女神就剥夺了她的幸福，罪孽女神就糟蹋了她的生活，死神就夺去了她的生命。

埃米莉的生活是苦难的，她的诗歌创作也是苦难的。由于苦难、孤独和傲世，埃米莉在现实生活中找不到解脱，找不到知心和温暖，她不得不到自己的内心世界去找，到大自然中去找，到虚幻世界去找。埃米莉孤傲独立，不愿合群入世，更喜欢离群独处，沉迷于自我的内心世界。虽然埃米莉生活贫穷，阅历有限，孤朋少友，可是她的内心世界却异常丰富多彩。她的许多诗歌作品就是反映了她内心的思想感情和对生活的思考："告诉我，告诉我，微笑的孩子，对你来说，过去的日子像什么？——就像那宁静温暖的秋天傍晚，伴随着阵阵忧伤叹息的晚风。——告诉我，现在的时光怎么样？——是一簇开满鲜花的嫩绿树枝，上面歇息着一只小鸟，等待着腾空高飞远去。——那么将来是什么？是幸福？——是一片晴空丽日下的大海，浩瀚，辉煌而又绚丽多彩，它延伸到无边无际的天地。"（摘录自第 3 首） 然而，人的内心世界和灵魂世界也并非像埃米莉想象的那样，可以给人提供精神的

---

① C・W・海特菲尔德.埃米莉・简・勃朗特诗歌全集[M].覃志峰，译.北京：作家出版社，2005：221-222.

寄托和心灵归航的港湾，她“却发现它那里也一样腐败”。[①]

大自然是埃米莉的至爱。经常独自在荒原的旷野上徘徊或静坐，欣赏大自然的景色。她认为，幽暗的石楠丛中、灰色的山坡上、阴沉的溪谷里有她的追求，有她的自由。那里的花草树木、人畜鸟兽可以激荡她心中无限的豪情诗意。从那里她可以找到创作的灵感和创作的素材。她的诗作中就有一部分属于自然诗，然而，她的自然诗不是为了写自然而写自然，而是情景交融，借景抒情，表达自我的心情或人生哲学，或者以物景衬托故事情节、人物的生活际遇和前途命运。埃米莉热爱家乡的荒原，特别是荒原上的狂风暴雨。在她看来，狂风暴雨充满着野性和力量。狂风暴雨无所不及，无所不至，它们是自由的象征，她希望能和它们合二为一。埃米莉向往大自然，她认为大自然是生命和灵魂的归宿。《呼啸山庄》里的人物一生都在挣扎着回归自然，诗歌中的人物也都渴望着回归自然：我不会哭，因为夏日的光辉，肯定总是在阴暗中结束；最让人感到幸福的人生之旅——它的尽头就在坟墓之处！（摘录自第 136 首）此外，诗歌的第 126 首、第 149 首、第 172 首、第 140 首等都流露出这样一种思想：“死去何所道，托体同山阿。”埃米莉返回大自然的思想，包含着对于世俗社会的厌恶与鄙弃，也体现她追求纯真和本我的最高的美学境界。她轻理性、重意志、强调人的自然属性、否定人的社会属性、回归自然的做法虽然消极没落，但是它却包含着反抗社会黑暗、不与其同流合污的积极意义。

埃米莉从 13 岁起，就和妹妹安妮共同虚构了贡达拉王国。在那里上演了一幕幕神秘离奇、慷慨悲壮的爱恨情仇故事。贡达拉王国是埃米莉社会观和人生观的结晶。那里演播着现实社会中你

---

① Hatfield C W. The Complete Poems of Emily Jane Brontë[M].New York: Columbia University Press, 1995：36.

死我活、尔虞我诈、争权夺利的实录，特写着世间趋炎附势、阿谀奉承的小人走狗的嘴脸。那里也寄托着她的理想和希望。在那里她可以无拘无束地放飞自我的想象，驰骋自我的理想，纵容自我的欲望，超脱自我的凡身俗体，构建自我心目中的世界。贡达拉王国是她诗歌创作的源泉，是她诗歌创作灵感的来源。通过经营贡达拉王国，埃米莉可以在那里寻找到现实生活中缺失的补偿，得到现实生活无法得到的“自由”，可以获得心灵上的慰藉。

除了到内心世界、大自然和虚幻世界去寻找解脱和知音以外，埃米莉甚至到墓地去，到坟墓里去，到地狱里去和死人和幽灵交朋友：“地下很冷，您上面盖着厚厚的积雪！远离尘世，在阴森而寒冷的墓穴里！终究被那消融一切的时间所隔绝了，唯一的爱人啊，我怎能忘了去爱您？……地下很冷，15 个严寒的冬天，从褐色的山岗上融化成了阳春——经过这么多年变迁和哀思的折磨，长相思的灵魂真的已算得上忠贞！……再没有别的阳光来照亮我的天宇，再没有别的星光来为我闪放，我一生的幸福都是您的生命给予，我一生的幸福都已与您合葬。……那座坟墓啊！比我自己还自己。”（摘录自第 182 首）埃米莉喜欢写阴间，她写幽灵，写死亡，写黑夜，写寒冷。通过她这些诗歌，我们看到了她苦闷不安的灵验，看到了她对现实的厌倦，憧憬着来世安宁和幸福的生活。

她只活了 30 岁，可是她却以自己苦难的生命和苦难的探索，在诗歌上取得了令人瞩目的成就，在创作艺术作出了新的贡献。埃米莉在意象的使用上倾向于多元化和集群化，并显现出极明显的冷暖色调、积极与消极两种对比鲜明的含义。她忧郁的情怀借着冷色物象塑造出许多色彩阴郁的意象；她坚强激烈的性格凭借着狂风、闪电、暴雨、阳光、鲜花等客观物象成就了明朗激越的意象。埃米莉的意象富于情趣和理趣。它们不是从抽象的哲理出发，而是来自于生活中的感受和理性的升华。她诗歌的意象诗既有诗人的情趣，又有哲人的智慧。在诗歌创作上，她总能找到许多精当的意象，向其灌注着饱满的人生体验和命运感悟，展衍出其独特的象征群体。埃米莉的象征群体分为积极象征、消积象征以及积极消极交加象征三种类型。“积极的象征”表达了生活中的欢乐和幸福，对爱情和自由的憧憬、向往和对大自然的热爱。“消极象征”反映了生活中的孤独和痛苦，以及对人生和爱情的忧虑和哀叹，甚至对死亡的向往。“积极消极交加象征”反映了悲喜、福祸、苦乐交加的心理感受。

埃米莉诗歌的意境饱含着她不幸生活的体验和人生的思考，浸润着她的追求和审美情趣。在诗歌意境的营造上，她主要遵从自我的性格，表现出一种忧郁而流丽、蕴意淡远，或者阴沉而狂暴的意味。在诗歌格律音韵的运用上，埃米莉在继承传统诗歌的基础上，又有其独到之处。她的诗歌内容凝聚，节奏明快，篇幅短小。诗节多为四行，格律多为三步—四步抑扬格，韵式多为尾韵 abab 型。有的叙事诗则采用复杂的交叉韵和连续韵，表达紧张的情节和人物复杂的心理。

埃米莉诗歌的美在于真，在于她真实感情的自然流露。她诗歌的语言通俗平白，不露任何锤炼和雕琢的痕迹，自然得很。正是“一语天然万古新，豪华落尽见真淳”。她自然、朴素和淳真的语言所产生的艺术魅力，决非那些“俪采百字之偶，争价一句之奇”的作品所能比拟。埃米莉诗歌在叙事艺术上更是独具一格。有关个人感情和人生哲理的诗歌，主要采用作者全知式叙事视角直接叙述。有关贡达拉的叙事诗，她的叙述视角有传统的一面，更有创新的一面：多变人称和多重复合式的视角，从不同的人从不同的角度来叙述同一人物事件、从而形成一种多视点、多侧面、生动流变的叙事风格。

概言之，埃米莉是个苦难的诗人，她为苦难而写诗。她的诗是关于苦难的诗，是探寻自由的诗。她的诗没有奇异的形象、夸张的手法和华丽的辞藻，一切平淡自然，平淡中蕴藏着真实的人生和情感，反映她的追求和审美情趣。埃米莉诗歌在题材内容、诗艺技术和创作手法既有继承传统的一面又有独立创新的一面，特别是在创作手法上，远远地走在时代的前面，涵盖着浪漫主义、现实主义、哥特式、现代主义和后现代主义等创作手法。

附录一

埃米莉·勃朗特年表

1818 年 7 月 30 日

埃米莉（Emily Jane Brontë）生于英国约克郡（Yorkshire）布拉德福（Bradford）教区的桑顿村（Thornton）。

1820 年 4 月

勃朗特一家搬迁到布拉德福（Bradford）教区基斯利（Keighley）镇的霍沃思村（Haworth）。

1821 年 9 月

母亲勃朗特太太去世。

1824 年 11 月

埃米莉入考恩桥学校（the Cowan Bridge School）就读。

1825 年

5 月，大姐玛丽娅(Maria)和二姐伊丽莎白（Elizabeth）在考恩桥学校患上伤寒病；5 月 6 日，大姐玛丽娅在考恩桥学校病逝；6 月 1 日，父亲勃朗特先生把二姐伊丽莎白、三姐夏洛特（Charlotte）和埃米莉本人带回家；6 月 15 日，二姐伊丽莎白在家病逝。

1826 年 6 月 5 日

父亲勃朗特先生给哥哥布兰韦尔（Branwell）带回来 12 个木制斗士—从此揭开了小勃朗特们的口头文学和幻想游戏。

1831 年

埃米莉和小妹安妮（Anne）开始创作北太平洋岛屿的贡达拉

传奇（Gondal Saga）。

1834 年 11 月 24 日

埃米莉早期的手稿提到了贡达拉人发现了南太平洋的加阿尔丁（Gaaldine）岛屿。

1835 年 7 月—10 月

埃米莉入伍勒小姐（Miss Wooler）的罗海德（Roe Head）学校就读，由于健康日渐衰退，又被送回家里。

1836 年 7 月 12 日

是最早有日期标记的诗歌的日子。

1836 年 9 月—1837 年 2 月

埃米莉到哈利法克斯（Halifax）市附近的洛希尔学校（Law Hill School）当了大约六个月的教师（人们对埃米莉在洛希尔学校任教的确切时间有不同的看法）。

1838 年—1842 年

在现存的埃米莉诗歌中，有半数以上是在这一时期写成的。

1842 年 2 月—11 月

埃米莉和夏洛特到布鲁塞尔学习音乐和法语，并以法文写了一些文章；姨妈死后回到霍沃思。

1843 年

埃米莉单独和父亲待在霍沃思，这是一段极富创造性和可以自由支配的时间。

1844 年

埃米莉开始把她的诗歌按贡达拉诗歌和非贡达拉诗歌分别抄写在两本笔记本上。

1845 年

勃朗特们放弃了开办学校的愿望；布兰韦尔正在写一本小说，他告诉姐妹们，写小说可能是一条有利可图的途径；埃米莉的生日日记反映了她和安妮重聚的快乐和满足以及依然对贡达拉传奇很感兴趣；10 月，夏洛特发现了埃米莉的诗歌并说服她合作出版一本诗集；12 月，埃米莉开始创作《呼啸山庄》（Wuthering Heights）。

1846 年

5 月，勃朗特姐妹们自费出版《柯勒、埃莉丝和阿克顿·贝尔诗集》（Poems by Currer, Ellis and Acton Bell）；7 月，《呼啸山庄》完稿并开始和安妮的《安奇妮丝·格雷》（Agnes Grey）、夏洛特的《教授》（The Proffessor）一起到处向出版商投稿；9 月 14 日，埃米莉写完最后一首有日期标记的诗歌。

1847 年

7 月 T·C·纽白（Thomas Cautley Newby）接受了《呼啸山庄》和《安奇妮丝·格雷》，然而却延迟其出版，直到《简·爱》获得成功，引起人们对“贝尔”们的兴趣后，才于 12 月出版了这两本小说。

1848 年

文学界对贝尔们的身份和人数的说法莫衷一是；安妮出版了《怀尔德菲尔庄园的佃户》（The Tenant of Wildfill Hall）；埃米莉则更加趋于内向；9 月 24 日布兰韦尔病逝；10 月 1 日埃米莉最后一次离开家里去参加布兰韦尔的葬礼，由此患上重感冒，继而转变成肺炎，不幸于 12 月 16 日病逝。

1848 年 5 月 13 日

是最后有日期标记的诗歌的日子。

1850 年

埃米莉的《呼啸山庄》再版，并附有其诗选及夏洛特撰写的有关埃米莉身份的说明。

1893 年

勃朗特协会（The Bronte Society）成立。

1941 年

C·W·海特菲尔德（Hatfield）编辑出版了《埃米莉·简·勃朗特诗歌全集》（The Complete Poems of Emily Jane Brontë）。

注：本年表是在参考以下主要书籍的基础上综合而成。

[1] Gaskell E C. The Life of Charlotte Brontë[M]. England: Penguin Books Ltd, 1975.

[2]Edward Chitham. A Life of Emily Bronte[M]. Oxford UK and Cambridge USA, 1993.

[3]Fannie E. Ratchford. Gondal's Queen—A Novel in Verse by Emily Jane Brontë[M]. Austin: University of Texas Press, 1955.

[4]Heather Glen.The Brontës[M].Shanghai: Shanghai Foreign Language Education Press, 2004.

[5]Laura L. Hinkley. Charlotte and Emily[M]. London: Hammond, Hammond & CO. LTD, 1947.

[6]Richard Benvenuto. Emily Bronte [M]. Boston: Twayne Publishers, 1982.

[7]Winifred Gérin. Emily Brontë, A Biography[M]. London: Oxford University Press, 1978.

附录二

贡达拉人物和地名表

一、人物表

奥格斯塔·杰拉尔丁·阿拉米达（Augusta Geraldine Almeda），也称为：

A. G. A.
A. G. 阿拉米达（A.G.ALmeda）
杰拉尔丁（Geraldine）
罗西娜（Rosina）
阿拉古娜的罗西娜（Rosina of Alcona）
阿拉古娜（Alcona）

奥格斯塔是贡达拉南部阿拉古娜王国的一个公主，后来成为贡达拉女王。她相继和几个国王结婚，如埃尔比王亚历山大（Alexander, Lord of Elbë）、阿斯品城堡的阿尔佛雷德王（Lord Alfred Sidonia of Aspin Castle）和阿尔米多王朱利叶斯·布兰萨达（Julius Brenzaida，king of Almedore）。此外，她还有几个情人，如阿米多斯（Amedeus）和费尔南多（Fernando De Samara）等。

朱利叶斯·布兰萨达（Julius Brenzaida），也称为：

阿拉米多（Almedore）
安哥拉（Angora）

J. A.

J. B.

朱利叶斯王（King Julius）

朱利叶斯皇（Emperor Julius）

朱利叶斯是贡达拉北部安哥拉（Angora）王国的王子，后来成为阿加尔丁（Gaaldine）阿尔米多（Almedore）的国王，以及贡达拉和阿加尔丁的皇帝。

亚历山大里亚（Alexandria）,奥格斯塔和朱利叶斯王的婴孩。

亚历山大，埃尔比王，也称为：

亚历山大（Alexander）

埃尔比（Elbë）

A. E.

亚历山大是奥格斯塔早年的情人，在和朱利叶斯王的领土争夺战中受伤，死在贡达拉埃尔诺湖的湖畔。

阿尔佛雷德（Alfred Sidonia），也称为：

阿尔佛雷德王（Lord Alfred）

A. S.

阿尔佛雷德是贡达拉阿斯品城堡的国王（Lord of Aspin Castle）， 后来与奥格斯塔结婚，由于健康不断衰落和寻求反对共和党的支持，被奥格斯塔借故流放英国，后来在那里自杀身亡。

安奇利加（Angelica）,也称为：

A. S.

R. C.（可能）

安奇利加是阿斯品城堡阿尔佛雷德王的女儿，奥格斯塔和阿尔佛雷德结婚后，她成为奥格斯塔的继女，由于奥格斯塔抢夺了她的情人和流放了她的父亲，而成为她的仇人。刺杀朱利叶斯王和杀害奥格斯塔的都是她一手策划。

阿米多斯（Amedeus），也称为：

A. A. A.

H. A.

A. E.

A. S.

阿米多斯是个忧伤的黑孩子，被安奇利加收养为兄弟，和她发展成为恋人。后来被奥格斯塔居为情人，之后又被抛弃和流放，在行刺朱利叶斯王的过程度中被其侍卫刺杀。

费尔南多（Fernando De Samara），为了追求奥格斯塔，他背叛了早年的恋人。成为奥格斯塔的情人以后，由于政治原因被关进监狱，不久奥格斯塔便冷落了他，导致他在监狱中自杀。

格兰尼顿（Glenedon），贡达拉联邦埃克西纳（Exina）王国的统治家族的姓氏。

杰拉尔德（Gerald），埃克西纳王国的王子，和朱利叶斯王组成联合政权，后来被朱利叶斯王囚禁致死。

亚瑟（Arthur），杰拉尔德的儿子。

E.
E. R.
玛丽（Mary）
R.
（以上）格兰尼顿，杰拉尔德家族的亲戚。

玛丽·R（Mary R.），E·格兰尼顿（E. Gleneden）的恋人。

M.道格拉斯，E·R·格兰尼顿（E.R. Gleneden）的情人。

道格拉斯，也称为：

E. W.

道格拉斯也是安奇利加的情人，在她的唆使下，参与刺杀朱利叶斯王和奥格斯塔的阴谋。

埃尔德雷德勋爵（Lord Eldred），奥格斯塔女王的家庭教师、宫廷占卜家、占星家、终身护卫。许多诗歌都是从他的角度来反映奥格斯塔的经历和活动，是他发现了奥格斯塔的尸体。

二、贡达拉和加阿尔丁地名

贡达拉（Gondal），北太平洋的一个岛屿,分成四个王国：

贡达拉（Gondal）

安哥拉（Angora）

埃克西纳（Exina）

阿拉古娜（ALcona）

贡达拉是个联邦制国家，首都是丽贾纳（Regina）。

加阿尔丁（Gaaldine）,南太平洋的一个岛屿,分成：

亚历山大里亚（Alexandria）

阿尔米多（Almedore）

埃拉西拉顿（Elseraden）

尤拉（Ula or Ulah）

泽罗纳（Zelona or Zalona）

泽多拉（Zedora）等王国，它们分别被贡达拉的几个王室家族占据和统治。

沃纳湖（Werna），贡达拉阿拉古娜的一个湖泊。

埃尔诺湖（Elnor or Elmor），贡达拉的一个湖泊，四周环绕着埃尔默（Elmer or Einor）的岩礁和沼地。

埃尔德诺湖（Elderno），贡达拉的另一个湖泊。

泽罗纳（Zelona），泽罗纳的首都。

丽贾纳(Regina)，贡达拉的首都。

参考文献

[1]Alexander Jones. The New Testament of Jerusalem Bible[M]. New York: Doubleday & Company, 1969.

[2]Charlotte Brontë. Jane Eyr[M]e. New York: Washington Square Press, 1970.

[3]Clement King Shorter. The Brontës and Their Circle[M]. London: J. M. Dent, 1896.

[4]C W Hatfield. The Complete Poems of Emily Jane Brontë[M]. New York: Columbia University Press, 1995.

[5]Edward Chithan and Tom Winnifrith. Brontë Facts and Brontë Problems[M]. London: The Macmillan Press, 1983.

[6]Edward Chitham. A Life of Emily Bronte[M]. Oxford UK and Cambridge USA, 1993.

[7]Elizabeth Cleghorn Gaskell. The Life of Charlotte Brontë[M]. Edit: Alan Shelston. England: Penguin Books Ltd, Harmondsworth, Middlesex, 1975.

[8]Emily Jane Brontë. Wuthering Heights[M]. E. Bronteuml. Oxford: Oxford University Press, 1978.

[9]Fannie Elizabeth Ratchford. The Brontës' Web of Childhood[M]. New York: Columbia University Press，1941.

[10]Fannie E. Ratchford. Gondal's Queen—A Novel in Verse by Emily Jane Brontë[M]. Austin: University of Texas Press, 1955.

[11]Harold Boom, ed. The Brontës (Modern Critical View)[M]. New York: Chelsea House Punblishers, 1987.

[12]Heather Glen.The Brontës[M].Shanghai: Shanghai Foreign Language Education Press, 2004.

[13]Laura L. Hinkley. Charlotte and Emily[M]. London: Hammond, Hammond & CO. LTD, 1947.

[14]Lucasta Miller. The Brontë Myth[M]. New York: Alfred A. Knope, 2003.

[15]Margery S Berube. The American Heritage Dictionary[M]. Boston: Houghton Mifflin Company, 1976.

[16] Tom Winnifrith. The Brontës and Their Background —Romance and Reality[M]. London: Macmillans Press, 1988.

[17]Winifred Gérin. Emily Brontë, A Biography[M]. London: Oxford University Press, 1978.

[18]艾米莉·勃朗特.呼啸山庄(英文)[M].上海：世界图书出版公司，2005.

[19]C·W·海特菲尔德.埃米莉·简·勃朗特诗歌全集[M].覃志峰，译.北京：作家出版社，2005.

[20]盖斯凯尔夫人.夏洛特·勃朗特传[M].覃志峰，译.北京：中国文联出版社，2004.

[21]简·奥尼尔(Jane O’Neill).勃朗特姐妹的世界：她们的生平、时代与作品[M]. 叶婉华，译.海口：海南出版社、三环出版社，2004.

[22]宋兆霖.勃朗特两姐妹全集[M].石家庄：河北教育出版社，1996.

[23]杨静远.勃朗特姐妹研究[G].北京：中国社会科学出版社，1983.

[24]张耘.勃朗特姐妹传[M].北京：中国文联出版社，2002.

[25]中国基督教协会.圣经[M].南京：中国基督教协会，1998.

[26]中国地名委员会.外国地名译名手册[M].北京：商务印书馆，1990.
[27]新华通讯社译名编辑室.世界人名翻译大词典[M].北京：中国对外翻译出版公司，1993.
[28]辛华.英语姓名译名手册[M].北京：商务印书馆，1981.
[29]菲莉丝·班特利（Phyllis Bentley）.勃朗特姊妹（The Brontës）[M].郭菀玲，译.上海：百家出版社，2004.
[30]Tim Vicary. The Brontë Story[M].李颂，译.北京：外语教学与研究出版社，1998.
[31]埃德蒙·斯宾塞.斯宾塞诗选[M].胡家峦，译.桂林：漓江出版社，1997.
[32]王佐良.英国诗史[M].南京：译林出版社，1997.
[33]侯维瑞.英国文学通史[M].上海：上海外语教育出版社，1999.
[34]罗良功.英诗概论[M].武汉：武汉大学出版社，2002.
[35]袁行霈.中国诗歌艺术研究[M].北京：北京大学出版社，2002.
[36]朱光潜.诗论[M].上海：上海古籍出版社，2004.
[37]魏饴.诗歌创作的艺术与智慧[M].长沙：中南大学出版社，2005.

后　记

《埃米莉·勃朗特诗歌艺术研究》原来是莆田学院 2005 年度校内科研课题，2006 年提升为福建省教育厅社会科学研究 B 类项目。其实，研究埃米莉诗歌艺术的想法早在 2004 年底就已产生。当时我的译作《夏洛特·勃朗特传》已经出版，而另一部译作《埃米莉·简·勃朗特诗歌全集》也已经接近尾声。在翻译这两部作品的过程中，我十分同情勃朗特姐妹的生活遭遇，常常被她们素雅的气质和坚韧不拔的意志所震撼，更是被她们的文学才华所倾倒，特别是被埃米莉的诗歌那种忧郁哀怨的情调和狂暴激烈的力量所深深地吸引着。故此便产生要研究埃米莉诗歌艺术的念头，希望通过研究，加深对其诗歌的理解和揭开其中艺术魅力之所在。

然而，真正动起笔来就觉得不太容易，因为无论对于诗歌欣赏，还是对于诗歌艺术的把握需要的都是感观、印象和顿悟，需要读者有很高的悟性以及相当的审美判断能力和感受能力。对于我自己而言，既没有深厚的诗歌功底，也没有高深和敏锐的审美感受能力。读诗只能一知半解，似懂非懂，觉得只能意会，不能言传，加上有关埃米莉诗歌研究的书籍在国内奇缺，要把埃米莉诗歌的思想和艺术，系统详细地诉诸笔端确实非常困难。尽管这样，我既然有这份爱好，承担了这项课题，就应该善始善终。所以，近三年来，我几乎把所有的闲暇时间都用于读书和写作上，其中的艰辛和苦闷已经不堪回首。我认为，既然是一种爱好，那结果就不那么重要了，重要的是追求和体验爱好的过程。确实，我从完成每一章、每一节的过程中，得到了很多的收获和乐趣。我深知自己学养不足，尚需苦心孤诣，一丝不苟地学习。在研究过程中，我阅读了近百册中外书籍和两千多篇有关诗歌的学术论文，从中吸取了许多诗学滋养和思维理念。

人常说：“劳作之后的歇息是甜美的，暴风雨之后的宁静更宜人。”[①] 可是，在完成本课题研究之后，我并没有觉得有任何的轻松和甜美，我终日感到诚惶诚恐，觉得有更多的东西还需要去修正和深入研究，更是觉得埃米莉正在怒目圆睁地看着我，说不定我已经曲解了她的诗意，辱没了她的名声，或者激怒了读者。果真如此，我愿在此特意表示歉意，也请诗人和专家、读者多多见谅，并不吝指教，毕竟我自己才粗识浅，谬误难免，需要斧正。

我的研究得到南京大学、福建省教育厅科学技术处和莆田学院科研处等各方面的支持，澳大利亚阿德莱德大学（The University of Adelaide）的刘凡德博士也为本研究购买了不少有关外文版图书，谨在此一并表示深深的谢意。另外，还要特别感谢贤妻李金兰和女儿覃莹莹在生活和精神上的鼓励和帮助。

覃 志 峰

2016 年 6 月

①Charlotte Bronte.The Death of Emily Bronte[M]// Oscar Wilde . The Sphinx without a Secret.北京:中国国际广播出版社，2002：45.

